卡尔曼情变断魂录

梅里美中短篇小说选

[法] 普罗斯佩·梅里美　著　柳鸣九　译

四川文艺出版社

图书在版编目（CIP）数据

卡尔曼情变断魂录：梅里美中短篇小说选 /（法）普罗斯
佩·梅里美著；柳鸣九译.—成都：四川文艺出版社，2017.5
ISBN 978-7-5411-4666-4

Ⅰ.①卡… Ⅱ.①普… ②柳… Ⅲ.①中篇小说－小说集－
法国－近代 ②短篇小说－小说集－法国－近代 Ⅳ.①I565.44

中国版本图书馆CIP数据核字（2017）第100912号

KAERMAN QINGBIAN DUANHUNLU

卡尔曼情变断魂录

梅里美中短篇小说选

［法］普罗斯佩·梅里美　著
柳鸣九　译

责任编辑　金炀淏　卢亚兵
封面设计　叶　茂
封面绘图　［法］爱德华·德巴-蓬桑
内文设计　史小燕
责任校对　蓝　海
责任印制　周　奇

出版发行　四川文艺出版社（成都市槐树街2号）
网　　址　www.scwys.com
电　　话　028-86259287（发行部）　028-86259303（编辑部）
传　　真　028-86259306

邮购地址　成都市槐树街2号四川文艺出版社邮购部　610031
排　　版　四川胜翔数码印务设计有限公司
印　　刷　成都东江印务有限公司
成品尺寸　145mm×210mm　1/32
印　　张　10.5　　　　　　　　字　　数　290千
版　　次　2017年9月第一版　　印　　次　2017年9月第一次印刷
书　　号　ISBN 978-7-5411-4666-4
定　　价　36.00元

卡尔曼情变断魂录

梅里美中短篇小说选

译本序

雅士型的浪漫派作家梅里美

1

梅里美（Prosper Mérimée，1803—1870）生于巴黎一个资产阶级知识分子家庭，祖父是律师，父亲雷阿诺·梅里美是颇有才能的画家，后从事教学工作，在美术学校担任常任秘书达数十年之久，并写有论油画的专著。梅里美的母亲是18世纪童话作家博蒙夫人的孙女，也擅长绘画。在这种家庭条件下，梅里美从小就培养了美术才能以及对艺术的热爱和精微的鉴赏能力。在政治上，梅里美的父亲是一个能适应时代潮流的人。大革命期间，他持温和的共和主义态度，拿破仑担任第一执政后，他表示衷心拥护，在第一帝国期间，他更成为拿破仑的热烈崇拜者。梅里美的母亲也是18世纪启蒙思想的忠实信徒。这些条件对梅里美政治思想的形成起了重要的作用。但梅里美的父母是典型的自由资产阶级知识分子，一直与政治保持着某种距离，从不卷入激烈的斗争，而是以冷静的旁观者的态度观看着19世纪最初几十年间多变的历史进程和政权的更迭。这种若即若离的处世态度也使梅里美受到潜移默化的影响，从他以后的生活和创作中可以隐约看出这一点。

梅里美从小生活在优裕的环境中，作为独子深得父母宠爱。纤细、敏感成为他性格的主要特点。1812年，他进入父亲任教的拿破仑中学。他在学校里是一个颇有才能，学习努力却相当任性的少年，长于绘画，对外国语言有浓厚的兴趣。在中学期间，他经历了第一帝国的崩溃和波旁王朝的复辟，眼见他所在的拿破仑中学改名为亨利四世中学。1819年，他中学毕业，按照父亲的安排进入巴黎大学学法律，但他真正的兴趣并不在此。大学期间，他热衷于语言学的研究，学习并掌握了西班牙语、意大利语、英语以及古希腊语和拉丁语，打下了他作为一个优秀语言学家的深厚基础。他还广泛钻研各国的古典文学、哲学乃至巫术，积累了丰富的知识，这使他在成为一个作家之前成了一个渊博的学者。以梅里美对古代历史文化的精湛修养而言，他在19世纪法国作家之中，要算是最突出的一个。大学毕业后不久，梅里美进入商业部任职，同时走上了文学创作的道路。他出入巴黎那些文化名流聚集的沙龙，结识了各方面的代表人物，如贵族浪漫主义作家夏多布里昂，资产阶级自由主义思想家贡斯当、梯也尔，浪漫主义画家德拉克洛瓦，特别还有司汤达。比梅里美年长二十岁的司汤达这时已经是一个思想成熟的反复辟王朝的积极斗士，并具有了完整的现实主义文艺思想，梅里美接受了他的影响，与他结成了深挚的忘年之交。当时正是资产阶级自由主义思潮向封建贵族意识形态进行冲击的时期，也是新一代作家在浪漫主义文学口号下向伪古典主义文学开始展开斗争的阶段。梅里美从其出身与教育来说，都属于从启蒙思潮到自由主义思潮这一传统。他置身于这一营垒，是当时新派文人经常聚会的场所之一朗盖教授的沙龙中的常客，这说明他在刚走上文学道路的时候，就接受了方兴未艾的浪漫主义运动的熏陶。

1825年，巴黎出版了一部名为"克拉拉·加楚尔戏剧集"的作品，作者署名为"西班牙著名女演员克拉拉·加楚尔"，译者为爱斯特朗兹，作品的前边还附有这位女演员的小传和肖像。这些都是戏剧集的真正作者梅里美和他几个朋友合作的伪造和假托，戴着头巾和项链的女演员的肖像就是梅里美的好友兑内克留兹根据他的脸庞绘制的，这一顽皮的行动典型地表现了当时新派文艺青年的某种特点。戏剧集本身并没有重要的社会意义。它包括《非洲人的爱情》《女人即魔鬼》《西班牙人在丹麦》《天堂与地狱》《伊莱斯·芒多》五个短剧，内容轻松而略带讽刺，具有异国情调和轻快自然的风格，完全抛弃了传统的古典主义的戏剧法则，是当时浪漫主义文学思潮的产物，颇引起文艺青年的爱好，并受到舆论的好评。从时间上来说，这个集子是浪漫主义戏剧的先声。

1826年，梅里美与后来在自己的画幅中热情描绘了"七月革命"的德拉克洛瓦到英国旅行了大半年，有机会观看了莎士比亚戏剧的演出，这对他后来写作著名的历史剧《雅克团》颇有影响。从英国回来后，他发表了一个具有浪漫主义气息的抒情民谣集。这次他又假托一个意大利政治流亡者之名，伪称这些诗歌都是从中欧地区收集的斯拉夫人、阿尔巴尼亚人的民歌。梅里美的伪造是如此充满地方色彩，在内容和风格上是如此酷似民间的谣曲，以至于人们都信以为真。歌德曾撰文向德国读者介绍这本诗集，普希金也把其中一部分译成俄文。1828年，梅里美第一部重要的作品《雅克团》出版。它是梅里美研究封建社会和接受莎士比亚戏剧影响的产物，它以思想内容方面的民主精神和艺术形式上对三一律的肆意违反而在新的文学潮流中占有重要地位。1829年，他出版了著名的历史小说《查理九世时代轶事》，继《雅克团》之后，再一次表现了他强烈的反封建、反宗教的思想情感，而这两部作品的现实主义风格又使他作为一个与浪漫派有所不同的作家而别具特色。

1829年，梅里美在文学创作上找到了更适合他的道路，在一年多的时间里，他连续写出了一批成功的中篇小说，其中最著名的有《马铁奥仗义斩子》《达芒戈海上喋血记》等。1830年"七月革命"前夕，梅里美到西班牙旅行，结识了日后对他的生活道路很有影响的蒙蒂霍伯爵夫人一家，而且，西班牙之行还扩大了他创作的视野，带给他的小说以新的西班牙题材和对西班牙性格的描写。

1830年以后，梅里美不止一个朋友在"七月王朝"政府中获得了要职，梅里美本人在行政机关中也得到了晋升，他被任命为历史文物总督察官。担任这个职务后，他成为一个杰出的考古学者、历史学家，在发掘、整理和保存法国古代文物方面做出了重大的贡献。由于他的敦促，政府开始注意对文物的保护。他还多次在全国进行考察，编制散轶于各地的古物的目录，于1835、1836、1838、1840年，整理出四册《旅行笔记》，不少几乎泯灭的古迹和典籍，多亏梅里美的辛勤劳动才得以保存下来。在这一时期，梅里美还写作和发表了历史学和考古学的著作和多篇论文，如《论罗马历史》《论社会战争》《关于中世纪艺术的考察》等等，在学术上提出了不少有价值的创见。相形之下，1830年以后梅里美在文学创作方面远不如在学术方面活跃，每隔好几年才发表一篇小说，不过，最能体现他的思想特点和艺术风格的两篇著名小说《高龙芭智导复仇局》（1840）与《卡尔曼情变断魂录》（1845）却是发表在这个时期。此外，他还学习了俄语，于1849年翻译了普希金、果戈理与屠格涅夫的小说，使俄国现实主义文学得以在法国流传。

在第二帝国时期，由于他的老朋友蒙蒂霍夫人的女儿欧仁妮·蒙蒂霍成为拿破仑三世的皇后，梅里美身不由己地与这个肮脏的帝国有了联系。1853年，拿破仑三世任命他为上议院议员，并使他实际上成为宫廷的客卿。从此，他在喜庆游乐、仪典宴会中浪费了不少可贵的年华，他作为文学家和学者的生命实际上已经终结，在文学创作上他已是"江郎才尽"。只写出两篇不足道的小说《罗基斯》与《蓝色的房间》。在学术研究上，他也只能偶尔写出一点随笔和论文，另外，他却应拿破仑三世专制独裁的需要，编纂了一部《恺撒传》。晚年，他经常到外国旅行，过着悠闲的日子。1870年普法战争中，他一直忠于拿破仑三世的宫廷，坚持待在巴黎，后来才出走到南方的小城戛纳，不久在那里去世。他的生命几乎可以说是随着第二帝国的崩溃而终结的，对梅里美来说，这是最为可悲的结局。

2

梅里美在文学创作上称不上伟大，然而却是法国19世纪最富有艺术魅力的作家之一。他生活在法国资产阶级与封建阶级作最后一次严重的较量到建立自己的巩固统治的时代，他的创作在思想内容上也经历了由批判过时的封建阶级到否定资产阶级文明的过程。而作为一个资产阶级作家，他反封建的激情与锐气显然大大超过了他对资本主义社会的揭露，因为他往往只是从某一个侧面对资本主义时代加以贬责。他的文学生涯正好是法国资产阶级文学从浪漫主义发展到批判现实主义的时期，他接受了浪漫主义的影响，但在创作上是一个现实主义者。而当他从资产阶级文明与淳朴、自然、粗犷的人性的对立这一角度来进行他的批判时，又流露出了对强有力个性的浪漫主义式的向往。《雅克团》和《查理九世时代轶事》是他反封建的代表作，而他对资本主义文明的批判则主要表现在《卡尔曼情变断魂录》等中短篇小说中。

《雅克团》（1828）是梅里美二十五岁时写出的作品。这时，他正接受了反复辟王朝的自由主义政治思潮和浪漫主义文学思潮的影响，在这部作品里显示出了青年作者反封建的激情。

剧本以法国十四世纪著名的"雅克团"农民起义为题材。这次起义的爆发有深刻的社会历史根源。14世纪法国农村阶级矛盾进一步尖锐化，商品经济的发展刺激了封建领主的贪欲，促使他们更加重了对农民的压榨剥削。从1337年开始，英法为争夺法国境内的领地和弗朗德勒又进行了长期的"百年战争"，战祸发生在法国的西部和西北部。战争加重了农民的负担，当地的农民更受到英法双方军队的野蛮掠夺。正是在这种情况下，1358年，法国北部爆发了农民大起义。"雅克团"的原文"Jacquerie"意为"乡下佬"，是封建贵族对农民的蔑称，起义由此而得名。起义爆发后，一切反动势力都联合起来力图把它消灭，与法国处于交战状态的英国军队，觊觎着法国王位的纳瓦拉国王，都来帮助法国封建领主进行镇压。最后，农民军由于政治上不成熟，中了敌人假谈判的诡计而遭到失败。

剧本的故事发生在英法百年战争的战场包阿锡，纪尔伯·达蒲莱蒙是当地凶残横暴的封建领主，在他的统治下，暗无天日，民不聊生。一部分反抗性强的农民相继逃往丛林，化装为狼，过着杀富济贫的生活。广大的农民群众遭受法国封建领主和英国浪人军队的轮番烧杀抢掠，忍无可忍，终于在一个名叫若望的修士的启发和率领下举行起义。若望修士把农民群众单纯复仇主义的要求提高一步，提出了"从地主贵族的压迫下解放出来"、"建立公社联盟"的纲领，他们利用英国浪人部队与法国封建领主的矛盾，和他们采取联合行动，攻克了达蒲莱蒙的城堡，杀死了封建领主，并进而围攻城镇，击败政府军队，取得节节胜利。但起义军内部情况复杂，有以法兰克为首的专为报仇泄恨而不免任意杀戮的狼人，有像皮埃尔这种在思想感情上与农民群众毫无共同点，最后为取悦贵族小姐而私自通敌的叛徒，更有与农民军同床异梦的假盟友英国浪人。因此，当封建统治者一面设下假谈判的骗局进行麻痹，一面勾结英国浪人内外夹攻时，农民军很快就全面崩溃，法兰克又率领他的狼人旧部遁入丛林，缺乏觉悟的农民军群众在失败的灾难面前，纷纷抱怨若望修士把他们引到了绝境，最后将他杀死。

梅里美在剧本的序言中说明他的意图是"要写出14世纪残暴的风俗"，他力图在剧本中表现出"产生雅克团的原因，其实是不难猜测的，封建统治的暴行自然会引出其他的暴行"。人民在暴虐的统治下不得不奋起反抗，这就是剧本中全部形象集中显示的主题。梅里美通过不止一个人物的经历表现了这一点。狼人法兰克原来是一个善良的马蹄铁匠，封建领主占有了他的妻子，把他关进监牢，还准备把他吊死，逼得他不得不逃进丛林，从此专与贵族领主为敌。西蒙原是胆小怕事的农民，只因扔石头打了爵主的狗，就受到了"该受吊刑"的威胁，他的妻子已经怀孕，却不得不奉爵主的命令到田里去服劳役，在无故遭到总管的毒打后死去，因此，他被迫起来以暴抗暴。为了突出"官逼民反"的主题，梅里美特别集中地揭露了封建统治阶级的残暴：他们把农民"当牲口看待"，任意殴打杀伤，使人民"天天都有新的痛苦"，而对胆敢进行反抗者则施以砍手、割舌、烧死的酷刑。他们不仅对农民进行残酷的剥削和压迫，而且在"领地上的一切都属于我们"的借口下，对农民任意进行公开的掠夺，使得"大家都快要饿死了"。人民在忍无可忍的情况下，终于喊出了"农民解放、打倒领主"的口号。在历史上，雅克团这样一次农民群众反抗剥削制度的革命斗争，一直是被封建贵族渲染为残忍恐怖的暴行的，梅里美在剧本序言中就曾指出封建阶级历史学家对这次起义的"深恶痛绝"。同样，以后的资产阶级学者对雅克团也充满了剥削阶级的偏见。和这些思想比较起来，梅里美在剧本中对这次起义的社会阶级根源的描写有着不可比拟的认识价值，它基本上符合社会历史的真实，表现了封建暴力下被剥削被压迫人民进行反抗的必然性和合理性，对人民的革命行动表示了明显的同情。这说明梅里美写作这部作品时思想上达到了资产阶级民主主义可能达到的最高程度。

《雅克团》是19世纪20年代资产阶级反封建复辟思潮的产物，它对当时仍掌握着政治统治权的封建阶级进行了历史的批判。作者针对这个阶级的特权地位和它所施加的封建压迫，在剧本的前面引用了英国的古民谚："亚当耕，夏娃织，当时有谁是贵人？"又在第四场中通过若望修士之口这样发问："他们比你们有什么了不起的地方，竟让你们受苦受罪？你们不是跟他们一样都是亚当的子孙吗？"作者从资产阶级民主主义平等观出发，彻底否定了封建制度下压迫与被压迫的阶级关系。他在剧本中对封建统治阶级无耻的卖国行径也有无情的揭露，描绘了法国的封建领主是如何与英国雇佣军沆瀣一气、狼狈为奸。当他们的利害发生冲突时就开打，任何一方都不是为正义而战，都没有那种因民族矛盾而产生的对敌方的激愤，而且，民族矛盾往往退居第二位，双方经常谋求妥协，停止战争。于是，在法国贵族与英国贵族之间就结成了对付农民的联盟，英国浪人成了法国封建领主用来抢劫农民、强化封建统治、镇压农民起义的雇佣军。作者为彻底暴露贵族凶残、腐朽、丑恶的本质，还无情地撕下这个阶级用来伪装自己的种种美丽的外衣，让读者看到，贵族文明只不过是空话连篇、虚文客套，这个标榜自己具有典雅文化的阶级原来大都粗俗不堪，甚至"不认识祷告的经文"，而贵族骑士风度实际上就是猎取妇女的手段，后面藏着狰狞的兽欲。作者还特别以漫画的笔法描写了这个阶级顽固坚持贵族观念，以自己的血统和门第自傲的种种丑态：贵族小姐伊丽莎白宁可遭到有贵族头衔的英国浪人的奸污，但一听农民出身的武士皮埃尔对自己的痴情就极为恼怒，厉声斥责，不过，当她父亲的城堡被农民军包围时，她为了贵族家庭的利益，又不惜利用自己的色相和身份去向皮埃尔求助；青年贵族在战场上被农民军一箭射中，临死前还"希望这射中我的箭是出自一个骑士之手"；贵族骑士虽然"既不会念书也不会写字"，比不上"精通各种技艺"的平民，但他们却目空一切，妄自尊大；有的贵族明明是出身不明不白的私生子，却自认为比出身清白的平民来得高贵。作者通过这些描写，表现出封建贵族阶级实际上的毫无价值与他们主观上的骄傲自大之间的尖锐矛盾，对这个阶级的血统、门第观念进行了辛辣的讽刺。此外，梅里美对封建教会也进行了批判，通过若望修士这个反抗性的人物，揭露教会人物都是"伪君子"，戳穿教会为了赚钱如何制造宗教显灵的骗局，为了增加收入如何"保护"逃亡的农奴，为了掠夺东方的财富如何把十字军东侵鼓吹为"圣战"。梅里美在《雅克团》中对封建阶级历史的批判显然是出于1830年"七月革命"前资产阶级反封建复辟斗争的需要，特别是他批判这个阶级的贪欲和与外国侵略者的勾结更有现实的政治意义，对于企图复辟封建所有制，向欧洲君主国屈膝投降的波旁王朝有着直接的针对性。这正是剧本《雅克团》在当时的进步历史意义。

《雅克团》在艺术上明显表现出莎士比亚的影响。作者在剧本的形象内容方面努力显示莎士比亚式的丰富性，力图像莎士比亚那样描绘出五光十色的社会生活的画面和众多的各阶层的人物形象。在这里，不仅对农村的阶级矛盾有深刻的反映，而且对中世纪城市中资产者与手艺工人的斗争也有生动的描写。但正如作者所说的，"关于雅克团战争，历史参考资料几乎完全没有"，这给作者对历史生活的描写带来了一定的困难，因而剧本显得有些图解式，其中的人物全系作者虚构，都有脸谱化的缺点，并没有真正达到莎士比亚化的水平。而且剧本场面浩大，人物过多，矛盾冲突又不集中，在戏剧艺术上是不成功的，因此一直没有得到上演的机会。在思想性方面，作者在不少地方把受压迫的农民群众表现成"好好地鞭打一下才敢跳出来抓人的猫"，而在他们起义之后，又渲染他们是一群贪图私利、反复无常，甚至奴性难以根除的乌合之众，表现了他对人民群众的某些资产阶级偏见。

3

紧接着《雅克团》，梅里美又创作了另一部反封建的作品《查理九世时代轶事》（1829）。这部长篇小说以16世纪查理九世时期著名的宗教惨案"圣巴托罗缪之夜"为题材，表现了中世纪封建专制的黑暗与残暴。

16世纪初，在德国发生了以马丁·路德为代表的宗教改革运动，它的影响很快超越德国的疆界。法国人约翰·加尔文在路德的基础上又进行了更为激进的改革，形成了加尔文教派，信奉这个教派的被称为胡格诺教徒。由于加尔文教"适合当时资产阶级中最勇敢的人的要求"①，在法国得以广泛流传，形成了对抗国教（天主教）实际上也就是对抗王权的力量。尽管国王对新教进行了残酷的迫害，但城市中的市民阶层，包括小业主、小手工业者及城市平民，却热烈支持宗教改革。因而信奉新教的人数有增无减，很多贵族和农民也纷纷加入这个行列，特别是在南部，新教势力更大。到了16世纪四五十年代，有不少高级贵族也信奉新教，他们利用加尔文教派的组织与王权对抗。查理九世时期（1560—1574），大贵族分成了两个集团，一个是国王所支持的以吉斯公爵为首的天主教集团，一个是以海军上将柯里尼为首的新教集团，并爆发了长期的宗教内战。1570年休战后，胡格诺教徒得到了一定程度的宗教自由。但1572年8月，当新教重要人物都聚集在巴黎时，国王和天主教贵族集团于24日，即圣巴托罗缪节发动武装袭击，进行大规模屠杀，死难者达两千余人，史称"圣巴托罗缪之夜"。屠杀很快扩大到外省，由此又触发了长达十几年的宗教大内战。

梅里美的《查理九世时代轶事》写的就是这一段历史。他把小说的故事集中安排在"圣巴托罗缪之夜"前后不久的一段时间里，通过主人公颇有浪漫色彩的经历，展示出16世纪残酷斗争的情景。

主人公麦尔基是外省的胡格诺贵族青年，他的父亲是狂热的新教信奉者，在内战中英勇地为信仰而战，并在麦尔基身上培养了对新教的忠诚不渝。1570年宗教和平后，他打发自己的儿子前往巴黎投奔新教首领海军上将柯里尼。麦尔基来到巴黎后遇见了分别多年，现任轻骑兵营营长职务的哥哥乔治，乔治在内战中改变了宗教信仰成为天主教徒，遭到其父的唾弃并断绝了和他的父子关系。麦尔基与乔治重逢

---

① 恩格斯：《〈社会主义从空想到科学的发展〉英文版导言》，《马克思恩格斯选集》第三卷第391页。

后恢复了兄弟情谊，在他的带领和引见下参加了宫廷和上流社会的游乐活动，结识了土尔芝伯爵夫人。由于柯里尼的推荐，麦尔基得到了掌旗官的职位。他很快与伯爵夫人的情人柯曼治发生了尖锐的矛盾，在一场生死决斗中他获得胜利，并成为伯爵夫人的新宠。这时在巴黎已经酝酿着可怕的阴谋，国王布局对柯里尼进行暗杀，8月22日，海军上将遭到刺客的枪击受了重伤，23日晚，在国王直接指挥下，对新教徒的屠杀开始。乔治的轻骑兵营被调来参加这一行动，他拒绝执行血腥的命令，因此被投入监狱。麦尔基幸亏待在伯爵夫人家里才免于惨死，伯爵夫人尽一切力量劝麦尔基改变信仰以换取人身安全，遭到麦尔基的拒绝。不久，他逃出了巴黎，参加了胡格诺市罗舍尔城对国王的反抗。这时，被释放出狱的乔治又被迫参加了国王围攻罗舍尔城的军队，在战场上，他遭到了麦尔基亲自指挥下的士兵的枪击。小说的最后，乔治死在自己弟弟的怀里，麦尔基也沉浸在莫大的痛苦中。

在小说故事情节的框架中，作者以震撼人心的笔力描绘出"圣巴托罗缪之夜"的悲惨情景："血从四面八方汇入河内"，罗亚尔河上每天都漂浮着大量被杀害者的尸体，到处都是焚烧胡格诺教徒所发散的恶臭。在这场浩劫中，甚至无辜的妇女和儿童都不能幸免。乔治在街头看见一个怀里抱着小孩的妇女被杀害的场景，是梅里美以深刻的人道主义激情描绘出来的拉奥孔式的画面。这个妇女死于两个屠杀者的追击之下，她最后一个动作是双膝跪在地上，使出最后的力气把自己的孩子举起来向乔治托孤。作品中这些描写十分有力地表现出"圣巴托罗缪之夜"罪恶而血腥的性质，实际上是作者对本民族历史上最大的一次宗教迫害的控诉。

作者在小说的序言中谈到这次惨案的罪责时，虽然假装为查理九世开脱，但在作品的形象描绘中，却十分明确地把国王当作罪魁祸首来加以揭露。梅里美笔下的查理九世是一个伪善恶毒的形象，他虚伪地称柯里尼为"我的父亲"，在新教徒面前装出一副宽宏大量、大公无私的样子，内心里却充满了仇恨的毒汁。梅里美在"狩猎"一章中，对查理九世那种恶毒的心理状况做了深刻的描写。这个国王把一只驯良的鹿砍倒在地，一边把刀子刺入鹿的胁肋里去，"用刀刃在里面旋转来扩大伤口"；一边用天主教对新教徒的蔑称来称呼他的牺牲品。这个场面既是象征性的，预示着不久以后对新教徒的大屠杀，又是心理描写的，使读者从中看到，查理九世掩藏在伪善外貌下的狠毒内心终于情不自禁地流露了出来。这种蓄谋已久的仇恨和阴谋不久就成为具体的行动，他先是卑劣地怂恿乔治去枪杀柯里尼，遭到拒绝后又另派刺客进行暗杀，紧接着就发动了大屠杀。当那些被追杀的平民新教徒纷纷逃命时，这个国王"拿了一支长长的抬枪，站在王宫的一个窗口朝那些可怜的逃难者射击"。梅里美在揭露查理九世这个历史罪人的同时，也揭露了当权的统治集团和天主教教会的恶行。他通过人物之口讽刺宫廷"充斥着强盗"，通过柯曼治这个贵族阶级的骄子横行霸道、把人命当儿戏的劣迹，表现了统治阶级、上流社会中残暴野蛮的风习。他让穿黑袍的教士以大屠杀指挥者的身份出现，揭露他们到处把屠杀的狂热愈煽愈烈，"鼓动信徒要加倍残酷"，公开号召"残忍就是人道，人道就是残忍"。作者还戳穿了天主教关于屠杀是保卫宗教信仰的谎言，揭露"圣巴托罗缪之夜"实际上是对新教徒的最残酷的掠夺和抢劫。他还用讽刺的笔墨在宗教信仰的"神圣性"上抹黑，把天主教望弥撒的仪式写成贵族男女传情勾搭的场景，神父劝诫禁欲的讲道不过是用色情的话题来娱乐那些贵族听众。

梅里美的同情是在新教徒方面。在小说里，新教首领柯里尼是"集英雄与圣者于一身"的"伟大人物"，他在宗教内战中严禁自己的军队烧杀掳掠，甚至部下焚烧了天主教修道院他也要加以惩处，以明军纪。他衷心希望内乱结束、宗教自由，以便能用自己的长剑为国王和祖国效力。停战后，他襟怀坦白，一心要为国抗敌，对天主教会和国王制造的种种卑劣的阴谋都不以为意。另一个新教的代表、贵族青年麦尔基也是梅里美笔下的正面人物，他慷慨大度，豪爽高雅，忠于自己的信仰，宁可失去情人，死于屠杀，也不肯改奉天主教。梅里美这些描写有助于对照国王和天主教集团的卑劣、凶残，但把这两个人物作为新教集团的代表人物加以美化，却掩盖了历史上新教贵族集团的阶级实质和人物作为阶级成员的复杂性、真实性。

虽然梅里美面对历史上著名的惨案，把自己的同情寄予了受迫害的一方，但他并没有站在任何一个教派的立场上。他作为历史学家，表示了自己的爱憎，而他作为思想家却显示了对各种各样宗教学说的批判精神。他在描写那些新教徒狂热的宗教信仰时，经常略带嘲讽，还在不止一个地方通过表现新教派的阴暗面，说明新教与天主教同样的虚妄。他特别通过乔治这个人物表现了对一切宗教的否定。乔治本来是新教坚强英勇的战士，但内战中残忍的行为把他的宗教信仰连根拔掉了。他爱上一个贵妇人，新教的首领刚德亲王为了争夺这个女人，就诬陷他是"反宗教的恶魔"，并使他在战场上陷入敌人的重围。他死里逃生后就改奉了天主教，实际上，他在思想上已经成为一个无神论者，已经没有宗教信仰，在他看来，两派宗教都是"异端邪说"、"荒诞无稽的东西"。他的一生虽然具有浓厚的悲剧色彩，最后牺牲在自己兄弟手下，但他临终时明确声称既不要天主教的弥撒，也不要新教的圣诗，拒绝向牧师、修士进行忏悔，表现出一种理性思想的光辉。梅里美把18世纪的理性精神注入这个16世纪的人物形象，并且让宗教信仰最为坚定的麦尔基因为乔治的死而永远得不到安慰，正说明了他自己是站在启蒙思想的立场来写这部小说，对宗教进行批判的。在教权主义猖獗的反动黑暗的复辟时期，《查理九世时代轶事》中的形象描写，无疑具有尖锐的针对性和现实的进步意义。

4

梅里美在文学史上作为艺术大师的地位，在一定程度上是靠他的中短篇小说奠定的。他这方面作品的数量并不多，一共不到二十篇，但它们从思想内容到艺术风格都具有鲜明的特点，其中不少都是精致的艺术佳作。从这些作品的创作时期来看，以1830年"七月革命"为界，可分为前后两个阶段。前一个阶段从他第一篇短篇发表的1829年到1830年，主要作品有《马铁奥仗义斩子》《达芒戈海上喋血记》等。由于复辟时期的梅里美在政治上和文艺上都属于和波旁王朝对立的资产阶级自由主义的阵营，他这一时期的短篇小说不论采用什么题材，都具有较鲜明的政治色彩。

1829年，梅里美第一篇短篇《马铁奥仗义斩子》的发表，显示出他是一个颇具特色的优秀短篇小说家。这篇小说以极短的篇幅描绘出19世纪文学中一种独特的个性，一个令人难以忘却的人物形象。马铁奥是科西嘉岛上一个强悍粗犷的农民，他为人豪爽，重义气，在当地赢得了好汉的名声，甚至也得到那些被政府追捕不得不逃遁山林的"匪徒"的信任。某天，他外出未归时，一个"匪徒"逃到他家，被他的小儿子收容藏匿了起来，官兵追到，以金表引诱孩子，使他交出了这个逃犯。马铁奥回到家里得知此事后，为了洗刷不义，亲手处死了自己的独子。马铁奥这个人物在当时的文学中具有特殊的意义，他在那人欲横流的社会现实面前，发散出一种淳朴豪迈的气息，梅里美怀着明显的赞赏之情来描写这个人物，特别肯定了他那种以不法者之间的"义"来对抗法律，对抗国家机器的精神和他为忠于这种"义"不惜牺牲自己儿子的非凡品德，体现了梅里美自己与统治阶级、上流社会大不相同的政治标准。接着发表的《查理十一的幻觉》通过神怪故事的情节再现了18世纪瑞典国王古斯达夫三世被刺案件的审判场面。在这里，鬼怪小说的手法把封建时代的宫廷生活、专制王权下的阴谋案件描写得十分阴森可怕，令人毛骨悚然，作者强烈的反封建精神，正是通过那充满了鬼怪和鲜血的封建时代画面流露出来的。短篇《勇克棱堡》叙述了拿破仑的军队攻克俄国固守的一个堡垒的经过，描写出帝国时期法国士兵的英勇善战和乐观精神，表现出作者在丧权辱国的复辟王朝的统治下对拿破仑帝国的怀念。在《一赌失足千古恨》中，梅里美又以欣赏的态度写出拿破仑时期一个青年军官的形象，他是一个颇有豪士之风的人物，任何人有困难求助于他，他莫不倾囊相助，但在一次为了"维持自己国家的体面"和外国人进行的赌博中有过不诚实的行为，他为此而内疚得几乎自杀，他在与英国舰队的海战中宁肯战死也不投降敌人，最后英勇牺牲。梅里美在波旁王朝统治下所描写的这些正面人物所属的时代和社会阵营以及他们身上的特点，正表现了梅里美对自己时代和社会的批判倾向，而且，也是复辟时期流行的拿破仑崇拜这一社会思潮的反映，这种思潮明显地具有与复辟王朝相敌对的性质。

这一时期梅里美最具批判意义的作品是《达芒戈海上喋血记》，这篇小说揭露了复辟时期贩卖黑奴的法国殖民主义者的罪恶。几内亚的土豪人贩子达芒戈向法国船长勒杜卖出了一批黑人同胞后，自己也被勒杜劫持成了奴隶。在勒杜把他们运回法国的途中，达芒戈在船上发动黑奴起义，杀死了勒杜和全体船员，但因不会驾驶海船，妻子和全体黑奴都覆灭在海上，达芒戈一人被救出后不久也抑郁死去。

作者把法国殖民主义者贩卖黑人的罪恶活动及其残酷、狡诈的手段作为小说揭露的主要内容。在达芒戈与勒杜船长成交的场面里，我们可以看到殖民主义者那些惨无人道的手段和最为可耻的诈骗：这些从非洲内陆的各地被劫持来的黑人，像牲口一样被驱上了奴隶市场，一百六十多个黑人，勒杜只付给一些破破烂烂的物资作为代价，有的老人和妇女每人只值一瓶烧酒，有的甚至只值一杯烧酒。即使如此，勒杜还刁钻地抱怨黑种人退化了，以此作为借口竭力压低价格。作者对贩奴船"希望号"和船上奴隶非人生活的描写，更是充满了最辛辣的讽刺：勒杜船长"绝没有守旧的精神"，因为他把最新的科学技术用于禁锢黑奴，船上的手铐和铁链都是"按照某种新方法制造出来的"，整个"希望号"的结构都是为了尽可能多装奴隶。因此，在六个星期以上的航程里，黑奴在船上只能拥挤地坐在一起，连伸腰的空间都没有，在勒杜看来，这完全正常："他们有什么站立的必要呢？""到了殖民地他们只会站得太多的！"勒杜有时也"讲点人道"，他声称："黑人也和白人一样是人呀！"因此，他要维持这些黑奴在途中的健康，办法是每天让他们戴着镣铐出来"跳舞"、"玩耍"，用皮鞭驱使他们在甲板上蹦跳，就像"马贩子驱使那些圈在船上作长途远航的马匹踏足一样"。通过对19世纪这些贩奴新技术的描写，梅里美把他批判的矛头指向了整个资产阶级的文明，尖锐地讽刺这些技术"正大可表示欧洲文明的优越"。他还把揭露扩大到政府当局的身上，在不止一个地方以暗示性的描写，使读者看出黑奴贩子的罪恶活动实际上是在法国海关当局的默许下进行的。《达芒戈海上喋血记》在不长的篇幅中以巨大的艺术力量提出了19世纪资产阶级时代一个重大的社会问题：殖民主义者的罪恶活动与非洲黑人的悲惨处境，而且，在作品貌似冷静的形象描写之中，深深地渗透着作家的愤慨之情，这在当时的文学中是不可多得的。然而，梅里美在作品中的思想高度，并没有超出资产阶级人道主义的水平，他当然不可能看出黑人解放的途径，因而，作品笼罩着一种悲观甚至绝望的气氛，过多地渲染了黑人的蒙昧与落后，最终他仍然没有完全摆脱一个白种"文明人"的偏见。

梅里美在发表以上著名中短篇的同一时期，还发表了一部颇有意思的独幕喜剧《送最后圣餐的四轮弓车》（1829）。剧本的故事虽然被作者安排在18世纪的西班牙殖民地秘鲁，但实际上写的是复辟时期法国的现实。剧本中那个身体衰弱、暮气沉沉、整天抱怨神经痛、昏庸不堪、极端顽固的总督，很容易使读者联想到波旁王朝的统治者。这个总督和他的同僚营私舞弊、贪图特权，也是复辟时期统治阶级的真实写照。特别是在剧本中，不仅总督花钱养了一个妖冶放荡的女戏子，而且主教大人和大学士最后也都以这个女戏子为中心，互相勾结，沆瀣一气，确是为整个统治阶级的腐朽糜烂绘制出一幅绝妙的漫画式场景。作者的讽刺在这里是如此大胆无情，他所讽刺的对象又是这样生动并具有代表性，因而，虽然是一个短短的独幕剧，却一直到20世纪还不止一次在法兰西剧院上演。

5

1830年"七月革命"后是梅里美中短篇小说创作的第二阶段，这个阶段的主要作品是《高龙芭智导复仇局》和《卡尔曼情变断魂录》。

"七月革命"前夕，梅里美出发到西班牙旅行，革命的爆发并没有中止他在异国的游历。作为这次游历的收获，他写了三篇关于西班牙风俗人情的报道：《斗牛》《一次死刑的见闻》和《强盗》。在这里他对政治社会问题是漠不关心的，完全像一个猎奇的游客，以鉴赏的态度把当时也存在着资产阶级与封建阶级激烈斗争的西班牙，仅仅描写成一幅轻松有趣的图画。在作者笔下，流血事件并不可怕，像儿戏一样，死刑的执行也不残酷，似乎还颇有人情味，强盗没有一个是凶残的，他们不过像恶作剧的顽童，甚至有些可爱。虽然作者避开一切政治社会问题，却的确从西班牙风土民俗中发掘了某些较少被资本主义文明沾染的东西，如豪爽热情的性格、粗犷勇敢的风尚、注重信义的观念、恩怨分明和不计功利的风气等等，并把它们当作正常的符合人情的东西，以欣赏的态度和调侃的笔调加以描写，奠定了这三篇报道独特的基调。这种基调后来又进一步在梅里美第二阶段的中短篇小说中发展为一种以轻松幽默的方式来叙述粗犷强烈、震撼人心的事件的风格。从这个意义上来说，西班牙之行，的确是梅里美第二阶段创作的起点。

梅里美后阶段中短篇小说的特点，决定于梅里美在"七月革命"以后阶级地位的变化。"七月革命"结束了资产阶级与封建阶级争夺政权的斗争，也中止了梅里美在复辟时期那种强烈的反封建的创作灵感。他与政府当局的关系也有了变化，他不再是当局的反对派，而是与"七月王朝"有了千丝万缕的联系，他不仅有朋友在政府里担任要职，而且自己也成了政府官员。因此，他也不再从新的银行家王朝统治下的社会现实中汲取批判现实主义创作的素材，他的创作量较之1829年至1830年有了锐减。而且，在这一时期，他力图使自己的作品远离现实的政治，有意把作品的政治色彩和社会意义降到最低的程度，最突出的例子就是他1837年写的《维纳斯艳惊伊尔城》。这篇小说讲的是一个恐怖故事：一个青年在结婚前夕无意中把自己的订婚戒指套在一尊新出土的铜铸美神塑像的手指上，在这青年的新婚之夜，美神塑像闯进了房间把青年活活地勒死。小说的表现手法带有神秘主义的色彩，主题抽象，只具有某种含糊的唯美主义的寓意，作者似乎要说明美是认真而严肃的，它要求人对它绝对忠实。尽管梅里美后阶段的小说缺乏对现实的针对性，但是还具有一定的进步意义，他发展了在《马铁奥仗义斩子》和《西班牙书简》中的主题，在著名的小说《高龙芭智导复仇局》和《卡尔曼情变断魂录》中追求某种与资本主义文明相对立的强有力的个性和资产阶级道德体系之外的人物形象，在银行家统治时代的资产阶级文学中别开生面。

《高龙芭智导复仇局》（1840）的故事以科西嘉为背景，这一地中海的法属岛屿就是拿破仑的故乡。这里民风强悍，仇杀成风。小说中雷比亚与巴里契尼两家有世仇，德拉·雷比亚上校是拿破仑手下一个英勇的军官，拿破仑倒台后，他被迫回到科西嘉岛，与在复辟时期得势当了村长的巴里契尼律师不和，并被巴里契尼暗杀，留下了一子一女：奥索与高龙芭。奥索本来也是拿破仑军队里的中尉，在他父亲被害后不久，也被迫退伍回到了故乡。由于巴里契尼消灭了罪证，一直逍遥法外，就连奥索也不相信他就是凶手。只有高龙芭对巴里契尼怀着不共戴天的仇恨，长期策划报仇泄恨，为此，她暗中与绿林好汉互通声气，得到他们的支持。她竭力怂恿奥索报父仇，并使用各种办法激起奥索的仇恨。当省长来调解两家的纠纷时，她当面对巴里契尼进行了揭露，使奥索相信了巴里契尼就是凶手，终于燃起了两家斗争的烈火。这时，奥索从法国回科西嘉途中结识的英国上校和他的女儿莉狄娅前来拜访，当奥索出迎时，遭到了巴里契尼两个儿子的伏击，他被迫自卫击毙了两个伏击者，幸亏高龙芭起了关键作用，奥索被迫自卫的真相得以大白，他才免于被法庭起诉，并且在高龙芭的撮合下，和莉狄娅结了婚。

高龙芭是整个故事的中心和动力，她是一个没有完全开化的村姑，性格开朗，作风泼辣，带有几分野性。她总是按照自然的本性和强烈的感情行事，不在乎什么"体统"，而"只问事情对不对"。她的是非标准和道德观念与统治阶级的偏见格格不入，甚至完全相反。她不受法律和道德规范的束缚，完全目无统治阶级的法纪和权威。她对那些不幸的受法律追捕的犯人富有同情心，而对那个代表着法律和权力的恶人巴里契尼却凶猛异常。作者还有意把她和深受资产阶级文明熏陶的人物加以对照，让她不仅远比文雅纤弱的英国小姐莉狄娅充满生气，而且远比少壮英武的奥索有魄力、有毅力、有个性、有才智，足以在生活中或挑起事端，或解决矛盾，使得事件波澜起伏，局面翻新。作者正是通过这样有意的对比，表现了他对资产阶级文明的讽刺和对远离这种文明的强悍个性的赞赏。在他看来，正是这种文明使人变得矫饰而不自然，软弱而缺乏坚强的个性，顾虑重重而丧失行动的活力，总之，在某种程度上是一种蜕化。因此，在作品里，代表文明人的正面形象如莉狄娅、奥索等都是以略带讽刺意味的笔调写出来的。

　　值得注意的是，作者对资产阶级文明的核心，即统治阶级的法律和道德做了明显的否定。小说中的反面人物就是精通法律、代表法律的巴里契尼，他完全是作者揭露鞭挞的对象。而且，法律在这里只起了助纣为虐的作用，奥索希望"法律会替我报仇"的幻想在现实面前碰得粉碎，还几乎丧失性命。最后，惩罚了恶人的并不是法律和道德手段，而是奥索身上残留的科西嘉人的勇敢。在这样的描写中，作者突出了对统治阶级法律的蔑视与批判。

　　为了把这一批判的主题表现得更清楚，梅里美有意在作品中描写了两个强盗的形象。一个是拿破仑时代的老兵布兰多拉契奥，他因为报了杀父之仇被迫流落绿林；一个是神学院的穷学生加斯特里科尼，他也是犯了命案而当了强盗。梅里美把这两个为法律所不容的人描写得十分令人同情、不同凡俗，在他们粗野的外貌之下有着除暴安良的侠义心肠，他们只与恶人为敌而保护穷人和弱者。他们把钱财视为粪土，当奥索送给布兰多拉契奥一些钱时，他当即予以拒绝，声称自己"不是乞丐"。作者还通过人物之口，指出他们是"公开地反抗社会"，因此，在小说的最后，他们拒绝了奥索要他们回到社会去的建议，因为他们认为社会是恶浊的，在那里"金钱代表一切"，而他们自己却"不谈金钱"、"只看重绝对自由的生活"，自认为精神上道德上都高于社会。他们以一种自豪的感情这样宣称："我们……只要在射程之内，就可以称王称霸。也就是发号施令，除暴安良……既符合道德人伦，又自得其乐，我们是决不会放弃的。有什么生活比游侠生涯更美妙呢？"特别有意思的是，梅里美还让他的强盗具有高度的文化修养，加斯特里科尼能够随口引用拉丁诗人的名句，最后，当他摒弃社会生活的时候，却向奥索讨取了一本贺拉斯的诗集。这样，梅里美就完成了对他理想的强盗的勾画，在这勾画中，既表现了他对阶级文明的批判，又表现了他对古典文化的喜爱，在这里，两者是被区别对待的。

在《高龙芭智导复仇局》里，梅里美再一次表达了他对拿破仑时代的缅怀和对复辟王朝的反感。他通过英国上校这个人物之口，对拿破仑军队的英勇壮烈做了有声有色、十分动人的描写。他笔下的拿破仑旧部，不论是德拉·雷比亚上校，还是他的儿子奥索以及布兰多拉契奥，都是性格刚烈、光明磊落的男子汉，而在复辟时期得势的巴里契尼则卑劣猥琐、诡诈阴险。梅里美不仅在描写拿破仑与波旁王朝的反复斗争在科西嘉岛所引起的两派纷争时，把同情寄予德拉·雷比亚上校一边，而且通过不止一个人物之口，直接赞美了拿破仑时代。这些描写使作品具有了一定的政治色彩。然而，在复辟王朝已经垮台十年之久，法国社会政治生活又出现了新的课题的条件下，作者这种政治态度不过是属于历史范畴，并不具有直接的现实意义。仅仅从历史的斗争中汲取自己的诗情，正反映出作者并没有随着现实的发展向前进，仍停留在他反封建复辟的民主主义思想的阶段上。

《卡尔曼情变断魂录》（1845）是梅里美最著名的中篇小说，它叙述了文学史上一个极富有特点的爱情悲剧故事，表现了法国文学人物画廊中一个最为鲜明突出的女性形象。

故事以平易而引人入胜的叙述开始：1830年初秋，"我"在西班牙进行考古活动，在旅途中结识了一个剽悍的青年，他是当地著名的大盗唐·何塞。幸亏有了"我"的帮助，唐·何塞在途中得以逃脱了官兵的搜捕。分手九个月以后，"我"再见到唐·何塞时，他已经是一个死囚了：他杀死了自己的情妇卡尔曼，自己也投官自首。在赴死之前，他向"我"讲述了自己与卡尔曼的爱情悲剧。

唐·何塞原是一个有贵族血统的青年，在骑兵团当伍长，担任塞维利亚城一个工厂的警戒任务。一天，一个名叫卡尔曼的女工在吵架中砍伤了自己的同伴，由唐·何塞押送她进监狱。卡尔曼是一个容貌妖艳、性格泼辣的年轻吉卜赛女人，属于一个走私集团，专事刺探消息、充当耳目，公开的职业和身份从不固定，以巫术和美色行骗是她惯用的手段。在去监狱的路上，她引诱唐·何塞放她逃走。唐·何塞因此受到降级处分，并在监牢里关了一个月。出狱后，唐·何塞又遇见了卡尔曼，卡尔曼为了报答他，成为他的情妇。但卡尔曼犯罪的职业和她放荡的品性，又使她经常与别的男人勾搭。在一次争风吃醋时，唐·何塞失手杀死了一个军官，成为法律所不容的杀人犯，他在卡尔曼的帮助下参加了她的走私帮。不久，卡尔曼原来的丈夫加西亚从监狱里逃了出来，他是一个心狠手辣的恶棍，在他的带领下，这个走私帮更堕落为杀人越货的强盗帮。唐·何塞因为憎恶加西亚的残酷，也因为要独占卡尔曼，所以在决斗中杀死了这个恶徒，并劝说卡尔曼和他离开西班牙到美洲去过新的生活，但为卡尔曼所拒绝，他只好继续干着走私的行业。不久，卡尔曼又另外爱上了一个斗牛士，这导致她和唐·何塞感情的破裂。唐·何塞哀求卡尔曼继续爱他，被卡尔曼断然拒绝，他盛怒之下把情妇砍死，自己也去自首，准备一死。

这样一个故事在现实生活中只不过是一个混杂着罪恶的情杀案。主人公卡尔曼不属于文学史上那种窈窕淑女或高贵命妇的人物体系。她是一个邪恶的人物。她的职业就是犯罪，现实生活中任何一个人，只要是有钱财可以偷可以抢，就成为她狩猎的对象。任何道德原则对她都是不存在的，唯一的原则就是有利可图。"在西班牙，一支雪茄的一递一接，就以建立起友谊"，但在她身上也是行不通的，小说中"我"对她的善意，并没有妨碍她使这个外国考古学家怀里的金表不翼而飞。她进行抢劫和偷盗惯用的"武器"是她的色相，她为了走私帮某一笔大买卖，可以以卖身为代价。在这方面，她与娼妓没有多少区别，甚至比娼妓更为可怕，她的卖身本身就是一个可怕的陷阱，不仅要夺去对方的全部钱财，而且还有对方的生命。邪恶的生涯带来了她身上邪恶的特点：狡诈、欺骗以及某种程度的残忍和厚颜无耻，即使是对她如醉如痴的唐·何塞也称她为"妖精"，她也承认自己就是"魔鬼"，会害得唐·何塞"上绞架"。但是，卡尔曼并不单纯是一个邪恶的形象。她的复杂性在于，尽管她具有一些"恶"的特点，梅里美却力图把她表现为一朵"恶之花"，赋予了她某些闪闪发光的东西，让她与周围的环境鲜明地对照起来。她自觉地站在社会的对立面，声称自己"不属于这些恶棍的专卖烂橘子的商人国家"。她对这个异己的国家和社会的道德规范表示公开的轻蔑，往往以触犯它们为乐事，还经常对那些不敢越出这些规范的庸人作风加以嘲笑。唐·何塞在还没有成为资产阶级社会的"化外之民"的时候，就被她揶揄地称为"金丝鸟"。她对这个青年的循规蹈矩表示轻视，说："你是一个黑奴，愿意让别人随便拿一根棍子来驱使你吗？"她是一个社会的叛逆者的形象，她以"恶"的方式来蔑视和反抗这个社会。她又是独立不羁性格的典型，不能忍受社会的任何束缚，她身上最突出的特点是热爱自由和忠于自己。在她看来，"自由比什么都重要"，她说："宁可把整个城市烧掉而不愿去坐一天的监牢。"她力图保持自己个性的绝对自由，不受任何道德原则、习俗偏见的限制。她经常声称自己以吉卜赛人的方式来行动，也就是按自己的本性来行动。因此，忠于自己成为她特有的道德原则，当她爱唐·何塞的时候，她情愿在危急的关头与他共患难，一步也不离开；但当她对唐·何塞的爱情终止后，任何劝说和威逼都改变不了她的决定，即使是在死亡的威胁面前，她也始终不让步。于是，以整个生命为代价来坚持个性自由和忠于自己的原则，就成为卡尔曼这个人物最突出也最吸引人的标志。这是她在精神上优越于很多爱情作品中女主人公的所在，也是她成为文学史上最吸引人的一个艺术形象的原因。

《卡尔曼情变断魂录》作为一篇爱情小说，在文学史上之所以特别有名，在于它打破了当时资产阶级文学中爱情故事的俗套，竟然把一对情人的感情风暴描写得那么强烈可怕，以致双方都付出了生命的代价，明显地赞赏了资产阶级作家经常向往的那种粗犷强烈的"激情"，别开生面地为资产阶级人性论的爱情描写提供了另一种类型的典范，因而引起资产阶级文艺家的广泛重视。但在我们看来，小说的价值却在于作者赋予了这个爱情故事以较深的社会意义，通过男女主人公的爱情冲突表现了一定的社会矛盾。男主人公唐·何塞本来和卡尔曼是不属于同一个世界的，他从和卡尔曼相对立的社会阶层中出来，他的思想和愿望都打上了这个阶层的烙印。虽然他已经破落，但他以自己的贵族血统自豪。他本来要通过教会的道路向上爬，只不过因为游乐成性而断送了自己的前程。他当上了伍长，一心想逢迎上司以获得警长的臂章，还幻想当上军官。他循规蹈矩，从不敢越出自己作为国家机器一个小部件的职守和规范，他之所以改变了自己原来的生活道路，成为社会的逃犯，并不由于他具有反抗性，而只因为他更爱美色，在美色之前身不由己，不仅再没有意志力去坚持他的功名打算，而且放弃了自己的职责，与卡尔曼串通一气，卷入了她的非法活动，最后成了杀人犯。虽然他从原来和卡尔曼处于对立状态的社会营垒中走了出来，与她为伍，然而身上毕竟还带着社会和传统的羁绊，这种羁绊始终和他的处境发生矛盾冲突，使他不甘心于这种非法的生活，念念不忘自己成了"坏蛋"，想要"重新做人"，而不像卡尔曼那样认为这种生活本身就是正常的、无可非议的。因此，在卡尔曼与唐·何塞之间一直存在着两种生活理想、两种生活态度、两种是非标准的矛盾。唐·何塞在迷恋之中又经常对卡尔曼看不惯。他像那个社会里有攒财习惯的庸人一样，看卡尔曼把金钱视为身外之物，任意挥霍，就不免有些诧异。他身上还有道德廉耻的影子，对卡尔曼在行劫和行骗中不择手段，不时感到愤怒。卡尔曼声称"自己永远是自由的"，这条原则他当然不能理解，也绝不承认卡尔曼那种独立自由的生活态度，而要实行阶级社会中形成的那种男子对妇女的专横。卡尔曼早就看出了自己和唐·何塞之间深刻的矛盾，也了解他们双方都是各自的原则和观念的固执的坚持者，因而也早就预感到他们会同归于尽。事实上，这一对男女最后悲惨的结局，正是两种观念、两种生活态度激烈冲突的必然结果。《卡尔曼情变断魂录》既具有了这样的社会内容，也就不流于简单庸俗的情杀故事，而具有了一定的社会意义，这是小说的价值所在。《卡尔曼情变断魂录》之所以被不同国家的读者广泛喜爱，而且，被不止一个音乐家改编为歌剧和乐曲广泛流传，主要原因也在这里。

在小说里，梅里美的同情是在卡尔曼这一方面的，他把这个自由、粗犷的吉卜赛人的典型，和虚伪、苍白的文明社会相对照，把她的非法活动、惊世骇俗的生活态度，与社会法律、传统观念相对立，让她以勇敢的忠于自己的死超越于文明社会之上，让这个"恶的精灵"在那个社会的凡夫俗子面前闪闪发光，正表现了梅里美对资产阶级文明社会的批判和否定。这是他进步的一方面。

6

从整体来说，梅里美的创作不是以题材的重大和反映现实的深刻见长，他的作品特别是他的中短篇小说之所以吸引读者，主要在于其独特的艺术风格。在思想上，梅里美毫无疑义深受18世纪启蒙思想的影响，是一个资产阶级民主主义者，但他对现实的态度并不执着而热烈，多少有些游离，他对生活的观察总是采取一种多少有些超脱的观赏者的态度。因而，他的作品中既没有热烈的赞美也没有强烈的憎恨，对正面人物的描写略带揶揄，对不合理事物的揭露并无不可抑制的义愤，倒是含着讥讽的微笑。他在叙述某一惊心动魄的事件或某个少见的悲剧时，总是用一种平静的态度，让自己和这一事件保持着一定的距离。所有这些就决定了梅里美的作品具有一种幽默调侃的基调。批判揭露的微温是其缺点，但他这种对待现实和表现现实的方式，对读者却也有平易近人的效果。

梅里美在他的中短篇中，自己往往以讲述者的身份出现，他总把自己如何获得故事的经过交代得很清楚，或者自己也参与故事情节的发展，在其中掺杂一些对历史、考古、地理、民俗的感想和议论，这给他的作品以真闻实录的效果。不过，这种手法并不意味着作者在感情上投入了作品中的事件，恰恰相反，他竭力避免在人物和情节上表现自己的爱憎，而以一种冷静的态度来进行描述和刻画。这样，他作品中的事件和图景就很少有明显的主观色彩，给人以客观的现实生活本身的印象，这是梅里美的现实主义风格的特点。但同时，梅里美作为现实主义者，却又喜爱强悍的不平凡的性格，也喜爱选用震撼人心的事件，如马铁奥·法尔戈内为了义气亲手杀死自己的儿子，卡尔曼为了自由宁可丢掉自己的生命，虽然这些是通过对事件过程和生活场景的现实主义的描写表现出来的，但不可避免地透露着鲜明的浪漫主义色彩。

梅里美的作品具有高度精练的优点。他的作品篇幅不长，但是其中浓缩着丰富的生活内容和复杂的矛盾，如《达芒戈海上喋血记》就是以短短的篇幅表现了巨大的社会问题和深刻的阶级矛盾。梅里美善于抓住事件的关键和主要方面，紧凑地展开，简繁得当，结构严谨。他也善于抓住人物最具表征性的言行以突出其性格，他总是让自己的人物行动，而避免用作者抽象的分析来代替。他是一个高明的故事讲述者，他的叙述和描写既不铺陈，也不繁杂，因而整个作品呈现出明快流畅的特点。梅里美还是一个善于设置众多艺术层次的作者，他并不满足于让读者一眼就看透自己的主题和意图，而是用一些描述来挑起读者的兴趣和思考，随着情节的进展和深化最后才揭露作品的真谛。他的构思充满智慧，耐人寻味，很有情趣，《维纳斯艳惊伊尔城》就是这样一篇作品。总之，梅里美是一个具有精巧技艺的小说家，他的中短篇小说在艺术上很有借鉴的价值。

CONTENTS

目录

卡尔曼情变断魂录

女人命苦不堪言，苦中自有乐与甜，

一为床笫鱼水欢，一为辞世赴黄泉。

帕拉达斯^①

一

历来的地理学家都如是说，芒达一役^②古战场位于巴斯菊里人与迦太基人^③聚居的地区之内，靠近马尔贝拉以北七、八公里之处，即当今的蒙达镇附近，敝人一直怀疑他们言之无据，信口开河。根据佚名氏所著的《西班牙之战》^④书以及在奥舒纳公爵^⑤丰富的藏书楼里所获得的某些史料，细加研究之后，窃以为当年恺撒破釜沉舟与共和国元老们一决生死的古战场，应该到蒙第拉^⑥附近去探寻才是。时值1830年初秋，敝人正好来到安达卢西亚地区^⑦，为了弄清楚心中尚存疑点的一些问题，便在整个地区考察了一大圈，寄希望于自己即将发

---

① 原诗为希腊文，作者帕拉达斯是希腊五世纪诗人。

② 公元前四十五年，恺撒与庞培会战于西班牙的芒达，前者大获全胜。

③ 巴斯菊里人与迦太基人，均为古代部族，居于北非与地中海沿岸，包括西班牙滨海地区。

④ 出自古罗马时期一位佚名军官之手笔，是记载恺撒远征西班牙的珍贵史料。

⑤ 奥舒纳公爵（1579—1624），西班牙政治家，曾藏有大量古希腊罗马的典籍与手稿。

⑥ 蒙第拉，西班牙南部的城市。

⑦ 安达卢西亚，乃西班牙南部一大省区，上文所提及的城镇，皆在此省区的境内。

表的地理考古论文，将使得那些有执着追求的考古学家们脑子里的疑团都一扫而光。但在该文最终将全欧学术界这一悬而未决的地理学难题彻底加以解决之前，在下且先给诸位讲一个小故事，此故事绝不会对芒达古战场究竟位于何处这个有趣的问题，造成先入为主的成见。

　　我在哥尔多①雇了一名向导，租了两匹马，行囊里只装一本恺撒的《高卢战记》和几件衬衣，就这么轻装上路了。有一天，在加希纳平原②的高地上巡察，骄阳似火，肌肤灼痛，疲惫不堪，几近瘫倒，口渴难耐，如受煎熬，我正恨不得将恺撒和他的对手统统咒进地狱，忽见小路远处有一小块青绿的草地，其间稀稀疏疏长了些灯芯草与芦苇，使我预感到附近定有泉水。果然，继续前行，就见草地原来是一片沼泽，正有一道泉水暗涌潜淌于其中。那道泉水似乎是出自加布拉山脉中两面峭壁之间一个狭窄的峡谷。我断定，沿此泉流而上，水质当更为清冽纯净，蚂蟥与青蛙当更为稀少，或许在山崖岩石之间，还能找到若干绿荫凉爽之处。刚一进峡谷，我的马就昂首嘶叫，引得另一匹我尚未看见的马也回应了一声。我又往前走了百余步，峡谷口豁然开朗，眼前出现了一大块天然形成的圆状空地，四面皆有高崖峭壁拱立，恰把这空地笼罩在阴影之中。旅人不是想坐下来歇息歇息吗？再也找不到比这更美妙的处所了。峭壁之下，泉水突涌飞溅，直泻一小潭之中，水潭细沙铺底，洁白如雪。潭边有橡树五六株，雄伟挺拔，浓荫如盖，掩映于小潭之上，生态如此繁茂，皆因经年累月受群峰遮挡，免遭劲风骤雨之害，又近水楼台，幸得清泉滋润所致也。更有妙者，水潭四周，细嫩的青草铺陈于地，如绿茵卧席，你休想在方圆几十里之内任何上佳客店里找到如此美妙的床榻。

---

①　西班牙南部安达卢西亚省的一座城市。
②　指加希纳小河沿岸的平原。

但是，慧眼识佳境的并不只有我。在我来到之前，便已有人捷足先登了。显而易见，我进入峡谷时，那人还在呼呼大睡，他被马嘶声惊醒了，就站起身来，向自己的马匹走去，那畜生趁主人熟睡之际，正在周边的草地上大啃大嚼。这汉子年轻力壮，中等身材，体格结实，目光阴沉，神情桀骜不驯。他的肤色本来可能很好看，可惜被骄阳晒得黝黑，比头发还要黑。他一手抓着坐骑的缰绳，一手握着一管铜制的短铳。说老实话，他那管短铳与一副凶神恶煞的样子，颇使我吓了一跳，但我不相信是碰上了土匪，因为我老听说有强盗却从来没有遇见过。何况，老实本分的庄稼人全副武装去赶集的事，我也见得多了，总不能一见到枪就神经过敏，怀疑对方定有歹意吧。再说，我那几件衬衣和那本埃尔赛维尔版本的《高卢战记》，他拿去有什么用呢？这么一想，我便朝那拿枪的家伙，亲切地点了点头，笑着问他，我是否打扰了他的好梦。他未作回答，只把我从头到脚打量了一番。感到放心后，他又仔细打量那个随后来到的向导。不料那向导突然脸色煞白，惊慌失措，呆立不动。我心想，坏了，碰上了强盗！但为谨慎起见，我决定不动声色，不流露出任何惊恐不安。我下了马，吩咐向导卸下马鞯，然后来到泉边跪下，把头和双手浸在水里，再喝上一口凉水，肚皮朝下往草地一趴，就像基甸手下那些没出息的兵丁^①。

我仍留神观察我的向导和那个陌生汉子。向导很不乐意地走了过来，那汉子似乎对我们并无恶意，因为，他把自己的坐骑放走，本来他是平端着短铳，现在也枪口朝下了。

我觉得不应该因为对方没有太搭理自己而动气，便往草地上一躺，态度挺随和地问那持枪汉子身上可有火石，同时就掏出了我的雪茄烟盒子。那汉子一言不发，在衣袋里搜了搜，取出火石，主动替我打

----

① 典出《旧约·士师记》第七章，耶和华命基甸挑选士卒抗敌，以在河边饮水的姿势为标准，凡跪下饮水者为不合格。

火。显而易见，他的态度和缓了一些，竟在我的面前坐下，不过，短铳仍不离手。我点着了雪茄，又在盒子里挑了一支最好的，问他抽不抽。

"我抽，先生。"他回答说。

这是他说的第一句话。我发觉他念S这个音不像安达卢西亚人[①]，由此，我断定他和我一样，也是一个外乡的过路人，只不过不是从事考古职业的。

"这一支您一定会觉得不错。"说着，我递给他一支正牌的哈瓦那[②]上等雪茄。

他向我稍微点了点头，用我的雪茄点燃了他自己的那一支，又点点头表示谢谢，然后高高兴兴地抽将起来。

"啊！我好久没有抽烟了！"他说着，慢吞吞把第一口烟雾从鼻孔里、嘴腔里吐放出来。

在西班牙，一支雪茄的一递一接，就足以建立起友谊，正如在近东，朋友之间分享面包和盐一样。出乎我的意料，那汉子倒是挺爱说话。他自称是蒙第拉地区的居民，但对该地区的情况并不太熟悉。我们当时歇脚的那个清幽的峡谷叫什么名字，他也不知道；附近有哪些村落，他也举不出来。最后，我问他是否在周围见过什么断壁残垣、卷边瓦当、石头雕塑，他回答说从来没有注意过这类东西。但另一方面，他对坐骑马术这一道却是在行。他把我那匹马大大评论了一番，当然，这并非难事；但接下来，其行道之精就毕现无余了，他向我大谈特谈他那匹马的家族世系，说它出自赫赫有名的哥尔多养马场，据说，其血统高贵，耐力极强，曾经有一天跑了一百二十多里，而且不是飞奔就是疾走。正说到兴头上，他突然停住，仿佛有了警觉，感到后悔：怎么自己口无遮拦，竟说了这么多话。他有点局促不

---

① 安达卢西亚人发"S"音时，与发柔音C与Z并无区别，西班牙人将柔音C与Z发得像英文中的th，故听"Senor"一字，便能辨出是否安达卢西亚口音。——作者原注

② 古巴首府，其雪茄蜚声全球。

安，弥补了一句，说："那是因为我急着要赶到哥尔多去，有一桩官司要求求法官。"他一边这么说，一边盯着我与向导，而那向导，一听此话，就低下眼睛朝地上看。

既有绿荫，又有清泉，真是不亦乐乎，我情不自禁想起蒙第拉的友人们送别我时，塞了几片上等火腿在我向导的褡裢里，便要他取出来，请那汉子随便吃点。刚才他说很久没有抽烟，我看他至少有四十八小时没有进食了。果然，狼吞虎咽，像个饿鬼。我想，这可怜的家伙那天遇上了我，真可谓天公赐福。但我的向导吃得不多，喝得更少，一声不吭，虽然一上路我就发现他是个无与伦比的话匣子。这陌生客人在场，似乎使得他感到不舒服，他们两个各怀戒心，互相回避，其原因何在，我不得而知。

最后一些面包渣和火腿屑也都一扫而光，我们每人又抽了一支雪茄。我吩咐向导把马套上，准备向我这位新朋友告别，这时，他突然问我打算在哪儿过夜。

向导赶紧对我做了个暗号，我没有来得及注意便脱口告诉那汉子，我打算去库埃尔沃客店。

"先生，那客店太糟，对您这样的人不合适……我也要到那边去，如果允许我奉陪，咱们可以结伴同行。"

"太好了，太好了。"我一边上马，一边回答。

向导替我扶着脚镫，又向我使了个眼色，我耸了耸肩作为回答，好让他明白我是泰然处之，满不在乎的，于是，一行三人就上路了。

向导安东尼奥神秘的暗号、不安的表情，陌生人说漏了嘴的某些话，特别是他一天赶了一百二十里的故事以及对此的牵强解释，已经使我对这位旅伴的身份心里有数了。我毫不怀疑自己是碰上了一个走私犯，或者是个强盗，可是这有什么关系呢？我对西班牙人的性格已经了解得入木三分，对于一个跟你在一块抽过烟、吃过饭的人，你是大可以放心的。有这条汉子同路，反倒是一种安全保证，不会被别的坏人所害。再说，我也很想见识见识土匪强盗究竟是怎么一种人，这类好汉可不是经常能够碰得见的。与危险人物在一起也不无某种妙趣，尤其是在这个主儿和善而斯文的时候。

我想慢慢套出那汉子的真心话，所以根本不去理睬向导频频向我使出的眼色，而故意把话题引到拦路剪径的强人身上，当然用的是很有敬意的语气。当时在安达卢西亚出了个赫赫有名的大盗，名叫何塞·马利亚，他做下的案件，真可谓家喻户晓，脍炙人口。说不定我身边的这个主儿就是何塞·马利亚，我这么思忖着。于是，我大谈特谈这位好汉的传闻故事，专拣赞赏颂扬的话来讲，表示对他的勇敢大胆、仗义行侠佩服得五体投地。

"何塞·马利亚只不过是无赖的小人一个。"那汉子冷冷地说。

这是他的自我鉴定还是过谦之词呢？我心里这样想。因为一经仔细打量，我发现这位旅伴的相貌，与张贴在安达卢西亚许多城门口的告示上说的十分相像。对！一定是他……金色头发、蓝色眼睛、大嘴巴，牙齿整齐，双手细巧，穿优质布料衬衣，披条绒外衣，上缀有银色纽扣，脚蹬白皮套靴，骑一匹红棕色马……一点也不假，准就是他！不过，他既然要隐匿自己的真实身份，那么我们就不必去点破吧。

一行三人到了小客店。我的旅伴说得没有错，这小店简陋到了极点，实为我从未遇见过的。只有一间大屋子，既是厨房，也兼作饭厅与卧室。房中间有一大块石板，那就是生火煮饭的地方，屋顶上有一个窟窿，炊烟就从那里出去，有时烟只停滞在离地面几尺的空间，像聚成了一团云雾。靠墙壁的地上，铺着五、六张旧骡皮，就算是客铺了。整个屋子，就这么一大间，屋外二十步，有一个棚子，权作为马厩使用。这家美妙的宾馆，当时只有两个人，一个老婆子和一个约莫十岁到十二岁的小姑娘，她们的皮肤又黑又脏，像是烟煤，衣服破烂不堪。我心想，古代蒙达·波蒂卡①居民的后裔竟沦落到现在这副模样！唉，恺撒呀，塞斯土斯·庞培②呀！假如你们死而复生，见此情景，定会惊讶不止！

老婆子一见我那位旅伴，不禁惊叫了一声，脱口喊道："啊，唐·何塞大爷！"

唐·何塞皱起眉头，威严地摆了摆手，老婆子就乖乖地不吭声了。我转过头去偷偷向向导递了个眼色，让他明白，对于这位将与我同榻而眠的旅伴，我已经了如指掌，用不着他再向我道明什么。出乎我的意料，晚饭倒还比较丰盛。饭菜摆在一张一尺高的小桌上，先是鸡丁炒饭，辣椒放得很多，然后是油炒辣椒，最后是"加斯巴丘"，即一种辣椒拌的沙拉。三道菜都很辣，我们不得不老是打开酒囊靠美味的蒙第拉葡萄酒解辣。酒足饭饱之后，见墙上挂着一把曼陀林，这是西班牙到处可见的一种乐器，我便问侍候我们的小姑娘会不会弹奏。

她回答说："我不会，可是唐·何塞弹得好极啦！"

我便邀请他赏脸弹唱一曲，说："敝人对贵国的音乐爱得入迷。"

"先生你是一位仁人君子，用这么名贵的雪茄款待我，您什么事情我都不该拒绝。"唐·何塞兴高采烈地喊道。说着，他要过曼陀林，自弹自唱起来。声音粗犷，但悦耳动听，曲调凄凉而古怪，至于歌词，我一个字也没有听懂。

"如果我没有猜错的话，您刚才唱的并不是西班牙歌曲，倒像我在外省地区听见过的《佐尔齐科》，歌词大概是巴斯克语。"

"是的。"唐·何塞脸色阴郁地答道。

他把曼陀林放在地上，手臂交叉在胸前，呆呆地盯着快熄灭的

---

① 蒙达·波蒂卡，乃古罗马帝国的一个行省，即今安达卢西亚。
② 塞斯土斯·庞培，古罗马的历史人物，庞培大将之次子，庞培死后，其子仍与恺撒为敌。

火，脸上有一种异样的忧郁的表情。经小桌上的灯一照，他的脸显得即高贵又凶猛，使人想起弥尔顿诗中的撒旦。也许，我这位旅伴也像撒旦一样，在想着自己离别的家园，想着自己一失足而不得不流亡漂泊的生活。我想再挑引他打开话匣子，他却缄默不语，而完全沉浸在自己沉郁的默想之中。这时，老婆子已经在屋里一角睡下，那个角落拉了一根绳子，上面挂着一条破破烂烂的毯子，聊作为遮掩妇女卧榻的幕幔。随后，小姑娘也钻进了破毯子的后边。我的向导站起身来，要我陪他到马房去，一听这话，唐·何塞突然警觉起来，厉声问他要上哪里去。

"上马房去。"向导答道。

"你要干什么？马不是都喂饱了吗。你在这里睡下吧！先生会同意的。"

"我怕先生的马病了；希望他自己去瞧瞧，也许他知道该怎么办。"

显而易见，安东尼奥是想私下跟我说几句话，但我并不愿意由此引起唐·何塞的疑心，我觉得当时的情况下，最好是对他表示深信不疑，因此，回答向导说，我对马的事一窍不通，再说，我也很想睡觉了。于是，唐·何塞跟着向导去了马房，不一会，他自己就单独回来了，告诉我说，那马明明是好端端的，但那向导却把它当宝贝，硬要用自己的上衣去给它擦身，引它发汗，居然自得其乐，准备干上一通宵。我已经倒卧在骡皮上，用斗篷将身体裹得严严实实，唯恐脏毯子贴着皮肤。唐·何塞说了声对不起，就在我身旁躺下，正对着门口，而且没有忘记将短铳的雷管重新顶上，放置在当枕头用的褡裢下面。我们互道了晚安，五分钟后，两人都沉沉入睡。

我想自己实在是太累了，居然还能在如此简陋的条件下睡得着，可是，个把钟头之后，我浑身奇痒难忍，便醒了过来，我弄清楚了是臭虫在作祟，心想与其宿在这么一间令人难受的房子里，还不如去露天下打发下半夜。我踮着脚尖走到门口，从呼呼大睡的唐·何塞身上跨过，我的动作极其小心翼翼，居然没有惊醒他就出了屋子。屋外有一条宽宽的长凳，我在上面躺下，准备就这么度过下半夜。正当即将再次进入梦乡的时候，我似乎感到有一个人影、有一匹马影先后从我跟前走过，悄无声息。我赶紧坐起，认出是安东尼奥。见他半夜三更跑出马房，我大感惊奇，便站起来向他走过去。他先看见了我，就立即站住了。

"他在哪儿？"安东尼奥低声问我。

"在屋子里睡觉，他倒是不怕臭虫。你为什么把马牵走？"

这时，我才发觉，他为了走出马房时无声无息，已用毯子的破片小心翼翼地将马蹄裹上。

"看上帝的分上，您小声点。"安东尼奥对我说，"您还不知道这家伙是谁吗？他就是何塞·纳瓦罗，安达卢西亚鼎鼎有名的土匪。今天一天，我向您做了好些暗示，您却不愿意理会。"

"是不是土匪，不关我的事。"我答道，"他又没有抢我们，我敢打赌，他绝无害我的心思。"

"好吧，不过把他举报出来，便可得到二百个金币的奖赏。我知道离这儿五、六里路，有一个枪骑兵的驻扎所。天亮以前，我可以带几个精壮的汉子回来。我本想把他那匹马骑走，但那畜生很厉害，除了纳瓦罗，谁都没法靠近它。"

"你见鬼去吧！他有什么对不起你的？这可怜的家伙，你竟要告发他，再说，你能肯定他就是那个大盗？"

"绝对可以肯定，刚才，他跟着我进了马房，对我说：'你好像认得我，如果你同那位好心的先生说出我是谁，我就要把你脑袋打开花。'先生，今夜您别走，就留在他身边，您不用害怕，只要他见您在这里，他就不会疑心。"

说着说着，我们离开那个客店已经有了一大段距离，不会有人听得见马蹄的声音了，于是，安东尼奥扯掉马蹄上裹着的破毯，准备上马出发。我再做最后的努力，连央求带威胁想要他止步。

"先生，我是个穷光蛋。"他回答我说，"不能轻易放弃二百个金币，何况，还能为本地除掉一个大害·不过，您自己要当心，如果那家伙醒过来，他必定会操起短铳，那您就得留神了! 我嘛，我已经走到这一步，没法后退了，您自己想办法去对付吧! "

那混蛋翻身上马，两腿一夹，很快就消失在黑夜之中。

我对这向导固然很恼火，但心里着实有些不安。先思索了一会儿，我打定了主意，就回到屋里。唐·何塞仍在呼呼大睡，显然是因为最近几天颠沛流离而已疲惫不堪，好不容易补偿补偿。我只得用力把他摇醒。我永远也不会忘记他那凶狠的眼神与扑向短铳的动作，幸好我防了他一手，先把他的武器放在离卧榻稍远一点的地方。

我对他说："先生，很抱歉把您叫醒，但我想冒昧地问一句，如果有五六个官兵来到这里，您是不是会不乐意? "

他猛地一跃而起，厉声喝道：

"这是谁告诉您的? "

"只要消息准确，别管它是哪儿来。"

"您的向导把我出卖了，我饶不了他! 他在哪儿? "

"我不知道，……也许在马房里……是别人告诉我的……"

"谁告诉的? ……不可能是老婆子……"

"是一个我不认识的人……别多说啦，您要不要等那些大兵来，如果不要，那就别耽误时间，不然的话，但愿您今晚平安无事，我把您吵醒了，抱歉抱歉。"

"咳，你的那个向导，那个向导，我早就对他起了疑心……可是……这个账我是要跟他算的……先生，后会有期。您帮了我一个大忙，上帝会保佑您。我并不全像您所想的那么坏……是的，我天良未泯，还有些地方值得仁人义士的同情怜悯……再见啦，先生，我感到很遗憾，未能报答您的恩情。"

"如果您想报答我，那就请您答应我，不要怀疑任何人，也不要老想报复，喏，我还有几支雪茄，您拿去在路上抽：祝您一路平安！"说罢，我向他伸出手去。

他一声不吭地握了握我的手，拿起短铳与褡裢，用我听不懂的土话跟老婆子说了几句，然后就去了马房。不一会儿，就听见他在平原上飞奔了。

我回到长凳上躺下，但再也难以入眠。我扪心自问，把一个强盗、甚至是一个杀人犯从绞刑架下救出来，仅仅因为我跟他在一起吃火腿与瓦伦西亚式炒饭，这样做是否恰当？那个向导倒是在维护法律，我不是把他出卖了吗？不是会给他招来恶人的报复吗？可是，朋友之间总该讲义气呀！对此，我又想，此乃野蛮人的偏见陋习也；难道强盗以后犯了罪，也得要我负责……但是，种种冠冕堂皇的道理都难以容忍的这种内心良知，难道果真就是偏见？也许，在我当时所处的那种尴尬境况下，不论我怎么做，事后都难免会感到后悔。正当我在为自己的行为是否合乎道德规范而在反复思量时，忽见来了六个持枪骑兵，安东尼奥则小心翼翼地走在后面。我迎将上去，告诉他们，强盗逃跑已经有两个多小时了。老婆子在班长的盘问下，回答说，她的确认识纳瓦罗，但她一个人势单力薄，不敢冒生命危险去告发，还说，那家伙每次来，照例在半夜就离去。至于我这个证人，则必须走上十几公里，将护照交给区里的法官检验检验，再签署一份证词，然后才获得允许，可以继续我的考古勘察。安东尼奥对我颇有怨恨，疑心是我断了他二百个金币的财路。但回到哥尔多后，我与他还是客客气气分手了；因为我在自己财力所容许的条件下，大大地给了他一笔厚重的报酬。

二

我在哥尔多停留了几天，有人告诉我，多明俄教派的图书馆里，藏有一部手稿，可能给我提供关于芒达地区的重要资料。和善的神父热情地接待了我，白天我便待在修道院里查阅资料，傍晚则到城里去闲逛。在这个城市，夕阳西下时，很多闲人都挤在瓜达基维尔河的右岸上。那儿有一股浓烈的皮革味，自古以来，当地就以制革业而闻名遐迩。在这河岸边，你还可以观赏到以下这么一道别有风味的景色，晚祷的钟声敲响前几分钟，就有一大批妇女聚集在河边高高的堤岸上，只等晚钟一响，大家以为天黑了，所有的女人在最后一响钟声落定之际，就纷纷脱掉衣服，跳进水中。于是，叫喊声嬉笑声汇成一片，闹得不亦乐乎。河岸上，男人们把眼睛睁得大大的，从高处盯着浴女戏水，可惜什么都看不清。深蓝的河水上，有影影绰绰的乳白色出水芙蓉，这就足以使有诗意的人悠然神往，浮想联翩，你只要略加想象，就不难将当前的情景当作狄安娜与仙女们的天浴，而用不着害怕自己碰上阿克泰翁那样的命运①。据说，有一天，几个轻薄无赖凑了些钱，买通寺院的敲钟人，将晚祷的钟声提前二十分钟敲响。虽然当时天色尚甚为明亮，但瓜达基维尔河岸上的仙女们对晚祷声比对太阳更为信任，便毫不迟疑，泰然自若换为"浴装"，而她们的"浴装"自古以来就是最最自然简单的。那一次我没有在场。我在哥尔多期间，敲钟人从来不收贿赂，况且，暮色朦胧，只有猫的眼睛才能在一大群浴女中分辨出哪是年纪最大的卖橘子女人，哪是哥尔多城中最漂亮的女工。

　　一天傍晚，夜幕已经降下，我正在堤岸凭栏抽烟，忽然，沿着从河边延伸上来的石阶，过来了一个女人，在我身边坐下。她鬓间插着一大束素馨花，在夜色里发出一股醉人的香气。穿着朴素，甚至有点寒酸，一身黑衣服，就像大多数女工晚间所穿的那样。如果是大家闺秀，那就是早晨穿黑色衣服，而晚上则一身法国装束了。那刚出浴的

---

　　①　狄安娜为希腊神话中的狩猎女神。阿克泰翁乃一猎手，他因偷窥狄安娜入浴，被女神变成一头牝鹿，遭猎犬咬死。

女子来到我身边时，故意让披在头上的纱巾轻轻滑落在肩上，我借着朦胧的星光，看出来她很年轻，身材娇巧匀称，有一双大眼睛。我立刻将雪茄扔掉。她明白这是典型的法兰西礼貌，便赶紧对我说，其实她很喜欢闻烟草的味道，如果遇上味道醇和的卷烟，她还能抽上几口呢。正巧，我烟盒里有几支这种烟，便赶紧递了过去。她果然取出一支，花了一枚小钱向一个小孩取了个火，把烟点上。我跟这漂亮的浴女一边抽烟一边聊天，不觉时间过了许久，堤岸上几乎只剩下我们两个。这时我想，如果邀请她到冷饮店吃点冰激凌，大概不至于有唐突冒昧之嫌。她略微谦让了一下也就接受了，但先问了问我是几点钟了。我把弹簧表一按，表就发出了铃声，她对此大感惊奇，说：

"你们外国人发明的玩意儿真有意思！先生，您是哪国人？一定是英国人吧！"

"在下是法国人。您呢？是小姐还是夫人？大概是哥尔多本地人吧？"——"不是的。"

"我想您该是耶稣国人氏，离天堂仅两步之遥。"（即指安达卢西亚，这一隐喻的说法，我是从好友、著名的斗牛士弗朗西斯科·塞维利亚那里学来的）

"得了吧！天堂！……本地的人都说，这天堂属于他们，而不是给我们准备的。"

"那么，您是摩尔人啰，要不然就是……"我打住了，不敢说犹太人这几个字。

"算了！算了！您明明知道我是波希米亚人。怎么，要不要我给您算个命？您可听见过人称卡尔曼小姐的？那就是我。"

早在十五年前，我就是一个不信邪不怕鬼的主儿，即使巫婆就站在我身边，我也不会被吓跑。这时一听卡尔曼的自白，我心里就这么想：好哇，上星期才跟拦路抢劫的大盗共进过晚餐，而今何妨带上一个魔鬼的女徒去饮冰纳凉。行走江湖，什么事都该见识见识。除此以外，还有另一个动机促使我进一步跟她结交。说来惭愧，我中学毕业后还曾浪费过不少时光研究巫术，甚至还玩过几回召神唤鬼的把戏。虽然这种怪癖早已戒掉，但我对一切迷信活动仍兴趣不减。若能见识见识波希米亚人的魔术修炼到了几层，真乃一大乐事也。

交谈之间，我们走进了冷饮店，找了一张小桌子坐下。桌上有一个玻璃罩，里面点着一支蜡烛。这时，我才有工夫仔细打量这个吉卜赛姑娘，屋里有几个正在喝冷饮的顾客，见我有如此一个美人做伴，脸上都露出惊讶的神情。

我怀疑卡尔曼小姐并非纯粹的波希米亚人，至少她比我遇见过的同族妇女要美丽多少倍。据西班牙人说，一个美女必须具备三十个条件，换句话说，必须当得起十个形容词，而每个形容词还要适用于她身上的三个部位。例如，必须有三黑：眼睛黑、眼皮黑、睫毛黑；有三细：手指细、嘴唇细、头发细，等等。详见布朗托姆的论述[1]。我面前这位波希米亚姑娘当然不是如此十全十美。她的皮肤虽然很是光洁柔美，但肤色近若黄铜。她的眼睛大得美轮美奂，但有点斜视；她的嘴唇略厚，不过线条极美，露出一口比杏仁还白的牙齿。她的头发也许有点粗，但又黑又长又亮，像乌鸦的翅膀闪映出蓝光。为了避免描写流于琐细冗长，招惹看官生烦生厌，我可以总括一句，她身上每一个缺点都伴随着一个优点，两相对照，反倒更衬托出美。那是一种别具一格的野性的美，她那张脸，初见之际使你感到惊讶，继而就永远难忘了。尤其是她的眼神，既妖媚又凶狠，我从没有见过像她这样的眼神。西班牙人有谚语曰：波希米亚人的眼是狼眼。此语观察入微，准确传神。如果列位看官无暇去动物园研究狼眼，只需观察您府上的猫儿捕麻雀时的眼神就行了。显然，在咖啡馆里算命不免叫人笑话。

---

① 布朗托姆（1535—1614），法国贵族，著有《名人名将传》《风流贵妇传》《名媛录》等，其《名媛录》第二卷，记述了西班牙人关于美女的种种标准。

因此，我要求到这位美丽的女巫的家里去进行，她立即满口答应了，但要知道是几点钟了，要求我把弹簧表再打开一次。

"是纯金做的吗？"她专注地端详着那只表，问道。

我和她离开咖啡馆时，夜幕已经完全垂下，大部分店铺已经关门，街上几乎没有行人了。我们走过瓜达基维尔大桥，一直走到城关的尽头，在一所毫无奢华体面可言的房子前停了下来。一个孩子出来开门。波希米亚姑娘跟他讲了几句话，我听不懂他们在讲什么，后来才知道他们讲的是"罗曼尼"或"奇波里卡"，亦即波希米亚人的土话。那孩子听了后立刻就走，将我们留在一间相当宽敞的房间里，房里有一张小桌，两把小凳和一个柜子，我不该忘了，还有一罐水，一堆橘子和一捆洋葱。

房间里只有我们两个人，波希米亚姑娘从柜子里取出一副已玩得很旧的纸牌，一块磁石，一条枯干的四脚蛇和其他几样法器，吩咐我手拿一枚钱币画个十字，接着，她便开始作法行术。她口里念念有词且不细表，仅从她的架势动作来看，显然绝非一个半吊子女巫。

可惜法事未行多久，就受到了打扰。突然，房门猛然一声打开，一个身裹棕色斗篷、只露出两只眼睛的男子走了进来，很不客气地对那姑娘大声呵责。我没有听懂他在说什么，但他的音调表明他很恼火。吉卜赛姑娘见了他，既不惊讶，也不生气，只迎了上去，用她刚才在我面前讲过的神秘土话，滔滔不绝地说了一堆。我只听出她重复了好几次"外国佬"这个词，知道那是波希米亚人对一切异族人的称呼。我猜想大概是在谈论我，看样子，来者不善，我会碰上麻烦，于是，我抄起一张凳子的腿，准备找准时机朝那男人头上扔去。他把波希米亚姑娘粗暴推开，向我走近，接着又后退一步，嚷嚷道：

"哦！先生，原来是您！"

我仔细端详，认出了这男子就是唐·何塞，我那位朋友。这时，我真有些后悔上次没让大兵把他抓去吊死。

"啊！老兄，原来是您！"我笑着对他说，尽可能笑得自然点，"小姐正在给我算命，正好被你打断了。"

"她的老毛病，非得要她改一改。"他咬牙切齿，目露凶光，直瞪着那姑娘。

波希米亚姑娘继续用土语跟他说话，而且越来越激动，两眼充血，凶光毕露，脸色陡变，还不停地跺脚，看样子似乎是在逼唐·何塞干一件事情，而他却犹豫不决、裹足不前。究竟是什么事情，我也心知肚明，因为她一再用她的纤纤小手在脖子上抹来抹去。我断定这手势是指要割断一个人的脖子，而这个人就是我。

对这姑娘滔滔不绝的一大堆话，唐·何塞只斩钉截铁回答两三个字。姑娘非常轻蔑地盯了他一眼，然后就走到房间一个角落里盘腿而坐，拣了一个橘子，剥了皮，吃了起来。

唐·何塞抓着我的胳膊，打开门，把我带到街上。我们两人谁也不吭声，走出二百来米，他用手一指，对我说：

"您一直往前走，就到大桥了。"

说完，他转过身去，很快走了。我回到客店，颇感尴尬，闷闷不乐。更糟的是，脱衣时发现怀表已不翼而飞。

出于种种考虑，我第二天没有去索回我的表，也没有要求本地当局去替我找回。我在多明俄修道院结束了对那份手稿的研究，便动身去塞维利亚。在安达卢西亚漫游了好几个月之后，我就准备返回马德里了，而哥尔多正在必经的路上。这次我并不想在那里久留，因为这座美丽的城市与瓜达基维尔河岸的出水芙蓉，都已经使我心存反感。但是，我有几个朋友要拜访，有几件别人委托的事要办，我不得不在这个伊斯兰教的历代古都至少还逗留三四天。

我又到多明俄修道院去了，有位对我研究芒达古战场一直很关心的神父，立刻张开双臂迎了上来，大声说道：

"感谢上帝！欢迎欢迎，老朋友，我们都以为您已经不在人世了，我告诉您吧，为了超度您的亡灵，我已经念了好些天的祷词。您能平安归来，我白念了一场也不后悔。这么说来，您没有被人谋害啰，因为您遭人抢劫的事，我们是知道的。"

"你们是怎么知道的？"我有点惊讶，问道。

"可不是吗，您知道，您有一只报时表，从前您在敝院图书馆工作期间，每当我们告诉您该去听唱圣诗，您便按机关报时，好啦，那只表要物归原主了，待一会儿就还给您。"

"这就是说，"我丈二金刚摸不着头脑，急不可待地发问，"我丢了的那只表是……"

"抢表的那个坏蛋已经被关进牢里了，谁都知道，他这种恶人，哪怕只为了抢一枚小钱，也会朝一个基督徒开枪的。我们都担心他把您杀了。回头我就陪您到市长那里去，把您那块漂亮的表领回来。这样，您回去后就别说西班牙的司法当局效率不高！"

"实不相瞒，"我对他说，"我宁愿丢了那块表，也不愿意出庭指证一个穷光蛋，让他被吊死，尤其是因为……因为……"

"噢，您大可放心，那家伙罪有应得，只吊死他一次，他不亏。说吊死不够准确，抢您手表的那人是个贵族，所以后天他是受绞刑①，当然，绝不赦免。您瞧，多抢一次少抢一次，根本就不影响他的判决。如果他只抢劫，那还得多感谢上帝！但是他呀，血债累累，一桩比一桩残酷。"

"他叫什么名字？"

"本地人叫他何塞·纳瓦罗。但他还有另一个巴斯克语②的名字，发音别扭，你我休想念得出来。真的，此人倒值得一看，既然您喜欢探胜猎奇，饱览本地风光，那就该乘此机会去见识见识在西班牙

①　1830年元时，犯死罪的贵族，享有被处绞刑而非被吊死的特权，而在立宪政制下，平民亦获受绞刑的待遇。——作者原注。

②　巴斯克乃分属法国与西班牙的一个地区。

是怎么打发坏蛋离开人世的。他目前关在小教堂①，马丁内斯神父可以领您去。"

这位多明俄会的修士一再要我去看看"挺有意思的绞刑"是如何按部就班进行的。他的盛情难却，我便随人去看那个死囚，但请他原谅我去探监要带一盒雪茄。

我被领到唐·何塞的跟前时，他正在吃饭。他冷冷地向我点了点头，很有礼貌地谢谢我送他的雪茄，挑出了几支后，把其余的还给我，说这么多他抽不完。

我问他是不是花点钱，或者靠我跟有关人士的交情，能替他减减刑。他先是耸耸肩膀，苦笑了一下，然后又转了念头，托我找人为他做一台弥撒，超度他的灵魂。

"您能否，"他又怯生生地追加一个要求，"您能否为一个得罪过您的人，另外再做一台？"

"当然可以啦，朋友，可是，我实在想不出本地有谁得罪过我。"

他握起我的手，神情严肃地握着，沉默一小会儿，又说道：

"您能再替我办一件事吗？……您回国的途中，也许会经过纳瓦拉②。至少会经过维多利亚，这两地相距不远。"

"是的，"我对他说，"我肯定得经过维多利亚。绕道去一趟班布罗那③，也不是办不到的事，为了您，我乐意绕这个弯。"

"好极啦！如果您去班布罗那，一定可以看到不少您感兴趣的东西……那是一个美丽的城市……我把这枚徽章交给您，"说着，他用手指着挂在他脖子的一枚银质徽章，"请您用纸包好……"他又停了一下，努力调控自己激动的情绪，"请把它交给一位老妈妈，她的地址我待一会儿给您，您只告诉她，我死了，别说是怎么死的。"

---

① 西班牙法律规定，死刑犯在刑前三天关在教堂进行忏悔。
② 西班牙一个省，居民大多是巴斯克人。
③ 西班牙纳瓦拉省的首府。

我答应他一切照办。第二天，我又去探监，和他度过了大半天，下面这个悲惨的经历就是他亲口告诉我的。

三

他的讲述如下：

我名叫唐·何塞·里萨拉哥亚，出生于巴兹坦^①盆地的艾里仲多。先生，您对西班牙的情况很熟，一听我的名字就能知道我是巴斯克人，而且，祖祖辈辈都是基督徒。我姓氏前面的"唐"字并非我冒充的^②，而是我的本名，如果是在艾里仲多我的老家，我可以向您出示羊皮纸的家谱为证。我的家庭想让我进教会当神甫，送我上学，但我一点也不上心。我玩心太重，特爱打网球，这就断送了我的前程。我们这些纳瓦拉人，一打起网球来，什么都忘得一干二净。有一天，我赢了球，一个阿拉瓦省的小伙子向我寻衅，两人都动了铁棍，在这场恶斗里我又是赢家，但是伤了人、闯了祸，就不得不逃离家乡躲风。路上碰到了龙骑兵，我便入伍进了阿尔曼萨骑兵营。我们这些山民习武打仗一学就会。我不久便当上了下士，上级正要提升我为中士时，倒霉的事情来了。我被派往塞维利亚烟草厂当警卫。如果您去塞维利亚，一定会看到城外瓜达基维尔河边那座大建筑，时至今日，我觉得那烟草厂大门与旁边的警卫室仿佛仍历历在目。西班牙大兵值班时，不是打牌便是打瞌睡，我这个老实巴交的纳瓦拉人，却总想找点正事做做。有一天，我正在用黄铜丝编织一根链子，用来拴住我枪上的铳针，忽听见弟兄们在嚷嚷："敲钟了，敲钟了，姑娘们快回来干活啦。"先生，您知道，烟厂里足足有四五百女工，都在一个大厅里卷雪茄。任

---

① 西班牙一个富饶省区，居民多有贵族头衔。
② 在西班牙，贵族的姓氏前均有"唐"字为标志。

何男性若无"二十道条纹①"的批准，皆不得入内，因为天热的时候，女工们都衣衫不整，尤其是年轻的。女工们吃过午饭回厂时，很多年轻小伙子都会观看她们的招展而过，还油嘴滑舌地跟她们搭讪打诨。姑娘们对塔夫绸头巾之类的礼物，从来都不拒绝。风流浪子只需以此为诱饵，上钩的鱼儿即可俯身而拾。大伙争相观赏之际，我正坐在大门旁边的板凳上。那时我还年轻，总思念自己的家乡，总认为不穿蓝裙子、肩上不搭着两条长辫子的姑娘②，绝对算不上漂亮。况且，安达卢西亚的女孩子也叫我害怕，她们尖酸刻薄，没有一句正经话，这种作风使我很不适应。所以，当时我仍埋着头编我的链子，忽然，听见围观的人嚷啊起来："瞧呀！那个吉卜赛妞来啦！"我抬起眼睛，一下就看见了她，我永远不会忘记，那天是一个星期五。我瞧见的那个妞，便是您所认识的卡尔曼，几个月前，我就是在她家里遇见了您。

她穿一条红色的超短裙，露出一双破了好几个窟窿的长筒丝袜，脚上是一双漂亮的红皮鞋，上面系着火红的丝带。她撩开了头巾，露出她的肩膀与插在衬衣上的一束金合欢花。她嘴角上也叼着一朵小花，柳腰款摆，招摇而行，活像哥尔多养马场里一匹小牝马。若在我的家乡，大家看见一个如此装束的女人，都会惊骇得画十字，但在塞维利亚，她的体态风情却博得了每个人带轻薄意味的奉承；而她，则一唱一和，还两手叉着腰，向众人大抛媚眼，那种放浪淫荡的劲头，真不愧为地道的波希米亚妞。我起先并不喜欢她，便又埋头做我的活计。但是她呀，像所有的女人，像所有的猫儿，你叫她们，她们不来，你不叫她们，她们偏要来，她竟然在我跟前停下，跟我搭讪：

"大哥。"她用安达卢西亚的方式称呼我，"你的链子能不能送我，给我系钱柜上的钥匙？"

---

① 即西班牙城市警察局长兼行政长官。——作者原注。

② 纳瓦拉省与其他巴斯克省的农村妇女的普通装扮皆为穿蓝裙子、搭长辫子。——作者原注。

"这是我系铳针用的。"我回答说。

"你枪上的铳针！"她大肆嘲笑地嚷嚷，"哦，你老兄原来是做挑绣活计的，怪不得要用上钩针①呀！"

在场的人哄然而笑。我满脸通红，尴尬得答不上话来。

她得寸进尺，说："来呀，我的心肝，替我钩七尺黑色花边做一块头巾吧，亲爱的钩针师傅！"

说着，她取下嘴角上的小花，用大拇指一弹，正好将花弹中我的鼻梁。先生，那花简直就像一颗子弹……我无从躲闪，挨个正着，像呆在那里的一根木头。她走进工厂后，我才发现那朵花已落在地上，正好在我两脚之间，我不知是中了什么魔，竟趁着弟兄们不注意的时候，将花捡了起来，如获至宝地放进上衣口袋。这是我干下的第一件蠢事！

过了两三个小时，我还沉浸在对这件事的回味中，突然，一个看门人气喘吁吁、面无人色地跑进警卫室来，报告说卷雪茄的大厅里，有一个女人被杀，必须赶快派警卫去管。排长命令我带两个弟兄进去。我领着人上楼，先生，您能想象吗，我一进大厅，首先看到的是，三百个只穿着衬衣或几乎只有衬衣蔽体的妇女，正在又叫又嚷、指手画脚、闹成一片，声响震耳，即使天上打雷，大厅里也听不见。有个女人躺在地上，仰面朝天，浑身是血，脸上被人用刀划了个大十字，几个心肠好的女工正在忙着救护。靠近伤者的另一旁，卡尔曼已被五六个同事逮着。受伤倒地的那个女人嚷道："快叫神父来，我快死了！我要忏悔！"卡尔曼则一声不吭，咬紧牙关，眼睛滴溜溜乱转，活像四脚蛇一样。

"怎么回事？"我问道。

---

① "铳针"原文为"epinglette"，"钩针"原文为"epingle"，人物利用两词的相近，用作双关的戏谑语。

女工们七嘴八舌，同时向我讲述，我好不容易才听清楚事情的经过。大致上是这么的，那受伤的女人夸口自己兜里有许多钱，足可以在特里亚纳①集市上买一头驴子。多嘴好事的卡尔曼取笑道："嘿！你有一把扫帚②还不够吗？"对方一听便恼，认为此语恶毒伤人，也许是由于扫帚一词犯了自己的忌讳，便针尖对麦芒，反击说，她对扫帚一窍不通，既没有荣幸做波希米亚人，也当不上撒旦的干女儿，不过，将来卡尔曼小姐陪市长大人去散步，屁股后面跟着两个仆人轰苍蝇的时候，就会很快跟她买下的驴子混熟的。卡尔曼一听对方的反唇相讥，便说："那好吧，我先在你脸上挖几个槽让苍蝇喝水，还想给你脸上划一个棋盘哩。"说时迟，那时快，她拿起一把切雪茄烟的刀，咔嚓两下，让对方的脸上开了花。

案情一清二楚，我抓住卡尔曼的胳膊，彬彬有礼地对她说："大妹子，你得跟我走。"她瞅了我一眼，似乎认出了我，乖乖地说："那就走吧，我的头巾呢？"她系上头巾，只露出一双大眼睛，柔顺得像一头绵羊，跟随我的两个兄弟走了。到了警卫室，排长认为案情严重，得把她关进监狱。押解的差事又落到我头上，我命令两个龙骑兵一边一个，把她夹在中间，而我则按押解犯人的规矩，一人殿后。我们一行人就这么朝城里进发。起初，那波希米亚女子一声不吭，但到了蛇街——这条街您是认识的，弯弯曲曲，真是名副其实——一进街口，她故意让头巾滑落在肩上，让我看见她那迷人的脸蛋，而且老扭过头来，和我说话：

"长官，您要带我去哪儿？"

"去监狱，可怜的小家伙。"我尽可能以柔和的口气回答她，一个好军人对待囚犯，尤其是女犯，理当如此。

---

① 塞维利亚城郊一个吉卜赛人聚居点。
② 在欧洲民间传说中，女巫是靠骑扫帚而在夜间飞行的。

"哎哟，那我将来会变成个什么呀，长官大人，可怜可怜我吧。您这么年轻，这么和气……"然后，她压低声音说道，"放我逃吧，我会给您一块'巴拉齐'，它可以使所有的女人都爱您。"

先生，"巴拉齐"是指一种磁石，据波希米亚人说，掌握了某种秘诀，可以用它施展许多法术。例如，刮下若干粉末掺入一杯白葡萄酒里让女人喝下，她就会任你摆布。当时，面对卡尔曼以上的诱劝，我摆出最最一本正经的面孔，对她说：

"在这儿废话少说，要把你关进监狱，这是命令，绝无通融。"

我们巴斯克人说话有口音，一听就知道不是西班牙人。相反，西班牙人也没有一个能把"巴伊，姚纳"①这句话说得清清楚楚。所以，卡尔曼很容易就能猜出我是个外省人。先生，您知道，波希米亚人没有自己的祖国，四海为家，到处流浪，能讲各地的语言，他们大部分人定居在葡萄牙、法国、外省和加泰罗尼亚。他们甚至和摩尔人、英国人也能对话。卡尔曼的巴斯克语讲得相当好。她突然操这种语言对我说：

"拉古纳，埃内，比霍察雷那②，我的心上人，您跟我是同乡吗？"

先生，我们的巴斯克语实在是太美了，客成异乡，一听到自己的家乡话，便不由得全身激动……（说到这里，那唐·何塞压低声音加了一句：我希望有一个外省神父来听我的临终忏悔。接着，他又说下去。）

"我的老家是艾里仲多。"我听她讲我的家乡话，心里特别感动，便用巴斯克语回答说。

"我嘛，我的老家是艾查拉尔。"她说道，（她讲的这地方，离我的家乡只有四个小时的路程。）"我是被波希米亚人拐骗到塞维利

---

① 原文为巴斯克语，意为："是的，先生。"
② 原文为巴斯克语。

亚来的。我在卷烟厂当女工，想挣些钱作路费回到纳瓦拉我妈身边去。我妈只有我这么一个依靠，家里只有一个'巴拉切阿'①，种了二十棵酿酒用的苹果树。唉，要是我能回到家乡，站在白雪皑皑的山峰前，那该多好啊！刚才那些人辱骂我，就因为我不是本地人，跟那些流氓骗子与卖烂橘子的小贩不是同乡。那些臭娘们齐心合力跟我作对，因为我毫不客气地告诉她们，即使她们塞维利亚所有的'雅克'②手执刀枪一齐上，也敌不过咱们家乡一个头戴蓝贝雷帽、手执马基拉的汉子。喂，好伙计，好朋友，您就不能给同乡妹子帮个忙吗？"

这妞撒谎，先生，她撒谎成性，真不知道这妞一辈子是否讲过一句真话。但只要她一开口，我就信以为真，一物降一物，我自己也无能为力，虽然她的巴斯克语说得很蹩脚，我却真相信她是纳瓦拉人。其实，光看她的眼睛，还有她的嘴巴与肤色，就知道她是波希米亚人，当时，我真是鬼迷心窍，对所有这些都视而不见。我心想，如果西班牙人敢说我家乡的坏话，我也会像她刚才对付同伴那样，用刀子划破他的脸。总而言之，当时，我在她面前如痴如醉，说起话来傻里傻气，眼看就要干蠢事了。

她又用巴斯克语对我说："老乡，如果我一推您，您只要往地上一倒，那两个卡斯提尔傻小子就休想抓得住我……"

我的天呀，我把押解犯人的命令忘到九霄云外，对她的鬼主意竟表示了同意："那么，乡妹子，小乖乖，您不妨试试看，但愿山上的圣母保佑你！"

说着，我们正经过一条小巷，在塞维利亚，这样的小巷遍布全城。说时迟，那时快，卡尔曼霍的一转身，给我当胸一拳。我立即故意仰面一倒。她则乘势一蹦，从我身上跃过，拼命就跑，只容得我们

---

① 原文为巴斯克文，意即：小园子。
② 原文为巴斯克文，意即：爱炫耀武力、好斗成性的小伙子。

看见她飞奔的两条腿……俗话说得好，巴斯克人有飞毛腿，果然不假，她那两条腿堪当此称，无半点逊色……不但跑得飞快，而且姿势优美。我当即赶快爬了起来，却故意将长枪一横，挡住了去路，两位兄弟正想去追，却被耽误了一下。然后，我才开始在后头追去，而他俩则尾随我后。我们三个追捕者，脚穿带马刺的军靴，腰挎军刀，手持长枪，要追上她？休想！不到我跟你讲这句话的工夫，那女犯就逃得无影无踪了。况且，附近街坊的妇女瞎起哄，也大大有助于她逃之夭夭，那些女人要么在旁边大肆嘲笑追捕者，要么故意给指错方向。害得我们来来回回搜索了好几趟，最后完全落空，只好返回原单位警卫室，不言而喻，未能带回监狱长收押女犯的收条。

跟随我的那两个弟兄，为了脱离干系，免受处分，供出了卡尔曼曾用巴斯克语和我交谈，而且，那么娇小的女子一拳就轻而易举将我这样的壮汉撂倒，看来其中也有诈。所有这一切，都十分可疑，明眼人一看便心里有数。我下了岗，被撤了职，送去蹲一个月监狱。这是我入伍后第一次受罚，本以为十拿九稳的排长一职，从此以后就彻底告吹。

入狱后的头几天，我情绪低沉，心境悲凉。当初两个同乡，龙加与米纳，他们早已经是将军了。还有夏巴朗加拉，他和米纳一样，也是个造反派[1]，后来也逃亡到贵国去了，居然也当上了上校，他有个兄弟，跟我一样是个穷光蛋，我们在一起玩网球不下二十次之多。一进监狱，我就对自己说，你过去那些奉公守法的日子，全都付诸东流啦。现在，你的档案上有了污点，你要恢复你在长官们心目中的良好形象，就必须比你刚入伍时多花十倍的苦功！为什么我会受此处罚？仅仅是为了一个对我冷嘲热讽的波希米亚小婊子。说不定这臭娘们正在城里某个地方偷东西呢。偏偏我没有出息，还在念想着她。先生，

---

[1] 此二人均为十九世纪初西班牙游击队的领导者。

您能相信吗？她逃走时腿上那双有窟窿的丝袜，仍然老在我眼前晃来晃去。我从监狱的铁窗向街上望去，见那些来来往往的妇女，竟无一人比得上这个鬼婆娘。我不由自主地还在闻着她扔给我的那朵金百合花的香气，花虽已经干瘪，但芳香仍在……如果世界上真有妖女巫婆的话，她准是其中的一个。

　　有一天，狱卒走进来，递给我一块阿尔加拉面包^①，对我说：

　　"拿着，这是你表妹给你送来的。"

　　我接过面包，心里很是纳闷，在塞维利亚我并没有什么表妹呀。我看着那块面包，心想这也许是有人给弄错了。但是，那块面包美味诱人，令人垂涎欲滴，我也顾不上是哪儿来的，是谁送的，决定吃了再说。我用刀一切，却碰上了一块硬硬的东西。我发现原来是一片小小的英国锉刀，那是在和面时塞进去的。另外，还有一枚值两元钱的金币。显而易见，是卡尔曼送进来的。对于她那个种族的人来说，人身自由比什么都重要，为了少坐一天牢，他们宁可把整个一座城市都烧得一干二净，那鬼婆娘她真狡诈，用这么一个面包就把狱卒骗过去了。要不了一个钟头，我就可以用这小锉刀把铁窗上最粗的那根铁条锯开，揣着那块金币，到最邻近的一家旧衣店，用身上的军大衣换上一套便服。您不难想象，一个常在自己家乡悬崖峭壁上掏鹰巢的小伙子，要从不到三丈高的窗口下到街道上，那简直就是轻而易举的事。但我不愿意逃，我还有军人的荣誉感，认为当逃兵是罪大恶极的行为。不过，卡尔曼这种讲义气之举使我着实感动。要知道，一个人被关在牢房里，想到外面有人在念想你，总是很高兴的。只有那块金币使我不快，真想把它退回去，但谈何容易！到哪里去找这个塞钱给我的主儿呢？

---

　　①　阿尔加拉是离塞维利亚约八公里的一个小镇，所烤制的小面包，美味可口，据称，系得益于该地优质水泉之故也，此种面包，每日均大量运往塞维利亚销售。——作者原注。

革职程式举行之后，我自认为不会再受什么羞辱了；没有想到还有一桩丢脸的事要我去硬扛，出了监狱后重新上班，却是被派去和小兵一样站岗。你很难想象，这对于一个要脸面的男人来说，是多么难堪的事。我甚至觉得还不如被枪毙拉倒。至少你在行刑之时，可以昂首走在前头，一排士兵跟在屁股后面，围观的人都瞧着你，你觉得自己颇像个人物。

我被派到上校门外站岗。他是个有钱的年轻人，脾性随和，喜爱玩乐。营里所有的年轻军人常聚在他家里，还有许多平民百姓，也有一些女人，据说都是女戏子。我觉得似乎是全城的人都不约而同到他家门口来观赏我。喏，上校的马车来了。马车夫的旁边坐着上校的贴身男仆。您猜，从车上下来的是谁？就是那个吉卜赛女人。这一回，她打扮得花枝招展，浓妆艳抹，衣裙上金光闪闪，彩饰飘飘，整个人包装得就像一个圣人遗骸盒。裙子上装点着亮晶晶的缀片，蓝色的鞋子上也饰有闪亮的晶片，全身上下，不是彩绣便是花带。她手里拿着巴斯克鼓，与她一道的还有两个吉卜赛女人，一老一少。按惯例，领头的是一个老婆子，还有一个吉卜赛老头抱着一把吉他，是专门负责给她们的舞蹈伴奏的。您知道，有钱人聚会时常把波希米亚姑娘招来，要她们跳她们所特有的罗马利斯舞，此外，往往还要她们提供其他的乐子。

卡尔曼认出了我。我俩互相看了一眼，不知怎的，这时我真恨不得躲进地底下去。

"阿居，拉居纳。"[①]她跟我打招呼道，"长官，你怎么像小兵一样站岗守门啦！"

还没等我回应一声，她就已经进屋子去了。

---

① 巴斯克语，意即："你好，伙计。"

来寻欢作乐的人都聚在院子里，虽然人多，我仍隔着铁栅栏①把里面的情形看得一清二楚。我听见鼓声，响板声，笑声，喝彩声；偶尔当卡尔曼击着巴斯克鼓往上蹦的时候，我还能看见她的脑袋。我还听见有几个军官跟她在讲一些不堪入耳的淫词秽语。她作何回答，我就不得而知了。从那一天起，我便迷上了她，因为我有那么三四次，真想冲进院子里去，拔出军刀朝那几个调戏她的轻薄小子捅上几下。我受煎熬足有好一个时辰；之后，那一班吉卜赛人才办完差事出来，仍由马车把他们送走。卡尔曼从我面前走过时，用您知道的她那双大眼睛瞅了瞅我，悄声对我说：

"老乡，你想吃美味的炸鱼，就到特里亚纳去找里拉斯·帕斯提亚。"

说完，她便轻捷得像一只小山羊，钻进了车子。车夫给骡子抽上一鞭，就把这班嘻嘻哈哈的艺人不知送回哪里去了。

您一定能猜出，我一下班就到特里亚纳去了。事先，我刮了胡子，刷了衣服，就像去接受检阅。卡尔曼果然在里拉斯·帕斯提亚那人的家里。他是一个卖炸鱼的老头，也是波希米亚人，皮肤像摩尔人一样漆黑，上他那儿吃炸鱼的人很多，我想，特别是卡尔曼在他店里落脚之后人就更多了。

她一见我，就向老板告辞：

"里拉斯，今天我什么也不干了。明天的事明天再说②，老乡，咱俩出去溜达溜达吧。"

她用面纱遮住自己的脸，我俩就到了街上，漫无目的地闲逛。

"小姐。"我对她说，"我该谢谢你送进监狱的那件礼物。面包

---

① 塞维利亚的房屋，大多数都有院子，四面有游廊围着。夏天，大家都待在院子里。院子顶上张着布篷，白天往上洒水，晚上撤去。朝街的大门终日敞开。大门与院子之间的通道叫作"萨朱安"，有一道雕刻精致的铁栅栏，整天都关着。——作者原注。

② 此为西班牙谚语。——作者原注。

我已经吃掉了，锉刀我可以用来磨磨枪头，还可以留作纪念，可是那钱，我得还给你。"

"瞧！你竟把钱留着没花掉。"她一边说着一边大笑，"不过也好，我正缺钱，管他是谁的钱，能跑得动的狗就不会饿死①。来，咱们把这点钱全都吃光，你好好请我吃一顿。"

我们掉转头又返回塞维利亚城。在蛇街的街口，她买了一打橘子，叫我用手巾包着。再往前走，她又买了面包、香肠和一瓶曼萨尼拉酒，最后，走进一家糖果铺，把我还给她的那枚金币加上她口袋里的另一枚以及若干零星银角子，全都往那柜台上一扔，这还不够，她又要我把身上的钱统统拿出来，我倾囊而出，不过是一枚银币、几个小钱而已，囊中如此羞涩，我颇感无地自容。我觉得她大有将整个铺子都要买走之势。她专挑美味可口的，价格较贵的，蛋黄酱、杏仁糖、蜜饯果脯等等，直到把我们的钱全都花光。这些东西统统装进了一个纸袋，归我提着。您也许还记得油灯街吧，那儿有一座唐·佩德罗国王的头像，此王有无私执法者之称②，他的头像颇值得我反思。

----

① 此为波希米亚谚语。——作者原注。

② 唐·佩德罗国王，人称残暴之君，而其信奉天主教的王后伊莎贝尔则称之为"严正执法者"，他喜夜间微服出游，出没于塞维利亚城的大街小巷，像穆罕默德的继承者哈鲁恩·阿尔·拉希德一样。某夜，他至一僻静街道，与一个正在献媚求爱的男子发生争执，两人恶斗起来，王一剑将那多情的对手送上天西。一老妇闻声探首窗外，借手中一小提灯之光，得见现场情景，油灯街之名即由此而来。须知佩德罗王虽身手矫捷，勇猛不凡，但体形畸特，行走时，骸骨咯咯作响，清晰可闻。老妇得听其声，记忆犹新，故易于识别也。次日，昼夜值勤的官吏来奏："陛下，昨夜有人于某街决斗，一人丧命。""卿知何人为凶手？""臣知。""何不从速惩处？""臣恭候陛下降旨。""依法不怠。"盖佩德罗王前不久曾颁法令，凡决斗者必斩首于决斗现场示众。王此言既出，值勤官灵机一动，顿开茅塞，即下令将国王一座塑像的首级取下，置于命案街道中央一龛盒之中。对此，佩德罗王及塞维利亚全体臣民莫不欣然称善。老妇既为唯一的目击证人，当时所持的提灯乃成为了该街道命名之由来，此乃民间传说也，与祖尼加的记叙略有出入（见《塞维利亚编年史》第二卷第136页）。不论真实性如何，至今塞维利亚城里仍有一名为"提灯"的街道，街道中央仍有一座石雕胸像，据云，此即为佩德罗王也。惜此雕像为近世仿造，盖原来之石塑于十七世纪，已严重破旧，当时之市政当局曾加以重建，以今日所见的胸像取而代之。——作者原注。

卡尔曼与我在这条街的一所房子前停下，她走进过道，敲了敲底层的门，出来开门的是一个波希米亚女人，一看就是地地道道的撒旦女仆。卡尔曼用波希米亚语跟她说了几句话。那老婆子先是咕咕噜噜。卡尔曼为了安抚她，给了她几个橘子和一把糖果，还让她尝了几口酒，然后，把自己的斗篷披在她身上，把她送出门口，用木栓将门插上。一待房间里只剩我们两人的时候，她又是跳，又是笑，像疯了似的，还这么唱道：

"你是我的罗姆，我是你的罗米。"①

我站在房间中央，手里捧着一大堆食品，不知往哪儿放为好。她把这些东西都扔在地上，扑上来搂住我的脖子，说："我要把欠你的债还清！把欠你的债还清！这是加莱的规矩！"②

啊，先生，那一天呀，真销魂，那一天！……我现在只要回想起那一天，就会把明天抛到脑后！

（那强人沉默了一会儿，接着又点起一支雪茄，继续往下说）：

我俩在一起泡了整整一天，又是吃，又是喝，其他更不在话下。她像一个六岁的小孩塞饱了糖果之后，又抓了几把糖放进老妇人的水罐里，说："给她做点果汁饮料。"她还抓了蛋黄酱往墙上扔个一塌糊涂，说："免得苍蝇来干扰我们。"总而言之，刁钻古怪、调皮捣蛋的名堂她都玩尽了。我对她说我想看她跳跳舞，但到哪儿去找伴奏的响板呢？她立即拿起老妇人那仅有的一个盘子，将它砸破，于是就敲打着珐琅碎片，跳起了罗曼丽舞，那碎片的声音清脆响亮，与乌木或象牙制的响板同样动听。我可以向您保证，跟这么一个俏妞待在一起，是不会感到腻烦的。到了傍晚，我听见从营里传来召集归队的鼓声。

---

① 在波希米亚语中，"罗姆"意即丈夫，"罗米"为妻子。——作者原注。
② 波希米亚人自称"加莱"，男人叫"加罗"，女人叫"加莉"，两性复数"加莱"，其意为"黑"。——作者原注。

"我该回营报到了。"我对她说。

"回营去？"她带着轻蔑神情对我说，"难道你是个黑奴，非得跟着别人的指挥棒转？从衣着到骨子里，你就是一只彻头彻尾的金丝鸟①，去你的吧，胆小如鼠的家伙。"

我当晚便留宿在她那里，做了第二天回营蹲禁闭的思想准备。次日早晨，她首先就向我提出分手的问题。对我说：

"何塞，你听着，我可还清了欠你的情，按照我们的规矩，我再也不欠你什么了，因为我俩不是一路人；但你长得很帅，招我喜欢。现在你我两清了，再见啦。"

我问她何时能再见到她。

她笑着回答说："等到你不这么傻的时候。"然后又用略为正经的口吻说："小乖乖，你知道？我觉得自己有点爱上你了。不过，这长不了。狗跟狼在一起，是过不了几天的。如果你肯入我们的籍，我也许会愿意做你的罗米。但这些全是废话，根本不可能兑现。唔，小伙子，相信我说的，你走了桃花运，你碰上了妖精，是的，就是妖精。但妖精并非都是一身黑，这妖精也没有弄断你的脖子。我身上披着羊皮，可我不是绵羊②。去给你的马哈里③上一支烛吧，她应该等到你的供奉。得啦，再说一声，再见。别再痴想卡尔曼姑娘了。否则她会害得你娶上一个木腿寡妇④为妻的。"

说着，她拔下门闩，一到街上，就把头巾往身上一裹，转身便扬长而去。

她说得不错，我应该放聪明一点，对她断了念想；但是，自从在油灯街过了那一天后，我日思夜想，心里只有她。我整天整天东游西

---

① 盖因西班牙龙骑兵的军装为黄色，故作此一比喻。——作者原注。
② 此为波希米亚谚语。——作者原注。
③ 波希米亚语，意为：女圣人、圣母。——作者原注。
④ 即绞刑架。——作者原注。

荡，希望能碰见她。我不止一次向那个老妇人与卖炸鱼的打听，他们都说她上红土国^①去了，他们把葡萄牙叫作红土国。也许，是卡尔曼嘱咐他们这么说的。但不久我就发现他们在撒谎。油灯街那天的几个星期之后，一天，我正在一个城门口站岗，离城门不远处，城墙有一个缺口，白天那里有人在干活，夜里有士兵放哨以提防走私。那天，我看见炸鱼贩子里拉斯·帕斯提亚在岗哨附近来回溜达，还跟我的几个弟兄搭讪，他跟大家混熟了，他的炸鱼与炸面团就混得更熟。他走近我身旁，问我是否有卡尔曼的消息。

"没有。"我回答说。

"好啦！老弟，你很快就会有了。"

他说得可准啦。夜里，我被派往城墙缺口处站岗。班长下班一走，我便见一个女人向我走来。我心里知道这一定是卡尔曼，但仍然大喝一声：

"走开，这儿不准通行！"

"别这么横吧。"她边显身露像，边对我说。

"怎么！卡尔曼，原来是你！"

"是的，老乡，废话少说，先谈正事。你想不想挣一块银币？待会儿有人要带一批货打这里过，你就放行好啦。"

"不行，我不能放。这是上级的命令。"

"命令，命令，那天在油灯街，你怎么不想有什么命令？"

"哎哟。"我一听她重提旧情，便激动得迷糊起来了，"为了那事，忘了命令很值得，为了得到私贩子的钱那可不值得了，我不愿意。"

"得啦；你不愿意收钱，你可愿意到上次那个老婆子家里来再吃一顿饭？"

———————————

① 指：葡萄牙。

"不，我不干。"我拼命憋着股劲，几乎把自己弄得透不过气来。

"好呀，你既然这么刁难，我知道该去跟谁打交道。我会约请你的长官上老婆子家。他待人和气，我要他调换一个睁一只眼闭一只眼的小伙子来这里站岗。再见啦，金丝鸟儿，有朝一日你上了绞刑架，我才乐呢。"

我心一软，叫她回来，说只要能得到我所想要的报答，即便是给整个波希米亚民族放行，我也愿意。她发誓第二天就兑现承诺，立即就跑去通知她那一帮等在近处的同伙。卡尔曼替他们望风，只待有巡夜的走近，就击响板为号，其实，根本就无此必要。那伙走私犯一共五个人，其中包括炸鱼贩子帕斯提亚，人人身上都背着英国走私货，一眨眼的工夫，他们就把事情办完了，无须卡尔曼望风。

第二天，我如约去了油灯街。卡尔曼让我等了好一阵子才来，而且满脸不高兴。

"我可不喜欢要我磕头作揖的人。"她对我说，"你第一次帮了我一个大忙，但你当时并不知道会有报酬。昨天，你却跟我讨价还价了。我不知道自己今天怎么还会到这里来，因为我已经不喜欢你了。得啦，给你一块银币作报酬，你走人吧！"

我几乎把银币扔在她脸上，我拼命克制自己，才没有动手狠揍她一顿。我俩大吵了个把钟头，我气急败坏，愤然离去，在城里乱逛了一阵，东闯西突，就像疯了一样，最后，跑进了教堂，跪在幽暗的一角，泪如泉涌，大哭起来，这时，我忽然听见有人在对我说话：

"龙①掉眼泪了！我正好取来制媚药哩！"

我抬头一看，卡尔曼正站在我跟前。

---

① Dragon一词，兼有"龙"与"龙骑兵"之意，而何塞正是一个龙骑兵。故用此双关语。

"喂，老乡，还在恨我吗。"她对我说，"不论怎么样，我倒真是爱上了你，刚才你一走，我就六神无主了。你瞧，现在是我来问你愿不愿意上油灯街去。"

于是，我俩就这么和解了；但是，卡尔曼的脾气反复无常，像我们家乡的天气，一时阳光灿烂，一时山雨欲来。她答应我再上老婆子家幽会一次，但临时爽约未到。老婆子明确告诉我，她是为了埃及①的事到红土国去了。

凭经验，我明白这话是什么意思，于是便到处去找卡尔曼，凡是她可能去的地方我都去了，尤其是油灯街，一天要去好多趟。我不时请老婆子喝几杯茴香酒，把她收拾得服服帖帖。一天晚上，我正在老婆子家，不料，卡尔曼进来了，带来一个年轻的男人，他是我们团里的一个中尉。

"你快走吧。"她用巴斯克语对我说。

我待在那儿发愣，满脸都是怒火。

"你在这儿干什么？"中尉对我说，"你快滚，从这儿滚出去！"

我寸步难移，仿佛得了瘫痪症。那军官见我不走，甚至没有脱帽敬礼，勃然大怒，便揪住我的衣领，狠狠摇晃我。我不知道说了什么冒犯了他，他竟拔出剑来，我不示弱，也持剑相抗。老婆子拽了我胳膊一下，军官便一剑刺中了我的脑门，落下的伤痕至今犹在。我往后一退，胳膊一甩，将老婆子摔个仰面朝天。中尉追了上来，我用剑对准他的身体刺过去，戳了个通透。卡尔曼赶紧灭了灯，用波希米亚话教老婆子快溜。我也逃到街上，不辨方向，拔腿就跑，只是觉得背后老有人跟着。等我定了定神，才发现卡尔曼始终没有离开我。

"金丝鸟大傻瓜！"她对我说，"你只会闯祸，我早就警告过你，你会害得自己倒大霉的。不过，你满可以放心，跟一个罗马的

---

① 指：波希米亚。

佛兰德女人①交上了朋友，你凡事都可逢凶化吉。你先用这块手巾把头包起来，再把你的皮带扔掉，就在这条巷子里等着，我一会儿就回来。"

她说完就不见了，很快不知从哪里弄来了一件带条格的斗篷，她要我脱下制服，把斗篷套在衬衣上。这么一打扮，再加上头上那条扎伤口的手巾，我就活像一个到塞维利亚来贩卖楚法糖浆②的华朗西亚乡巴佬。她带我走进小巷深处的一所房子，其外观跟老婆子住的那所很相像。她和另一个波希米亚女人替我清洗了伤口，进行了包扎，医技比军营里大夫还高明，她又给我喝了一种不知是什么的东西，把我安置在一条褥子上，我便沉沉睡去。

她们在我喝的饮料里大概放了秘制的麻醉药，因为我第二天很晚才醒。醒后头痛得很厉害，还有点发烧，好不容易才回想起前一天闯下的大祸。卡尔曼和她的女友替我换了绷带，一同盘着腿坐在我的褥子旁，用土话交谈了几句，好像是谈我的病情。然后两人都安慰我说，伤口不久就会痊愈，但我必须离开塞维利亚，越早越好；因为万一我被捕，就会就地枪毙。

"小伙子。"卡尔曼对我说，"你得找一个行当来干，皇上不再供给你米饭和鲟鱼③了，你必须考虑自谋生路。你太不机灵，干盗窃是不行的。但你身手敏捷，力气大，如果有胆量的话，可以到海边去走私。我不是说过要害得你上绞刑架吗？那总比吃枪子好一些。况且，如果你混得好，只要不被民团和海岸警卫队抓住，你就可以过得像王爷一样美滋滋。"

---

① 此语即指波希米亚女人。"罗马"一词，在这里并非指意大利那长存不朽的名城，而是指波希米亚民族，盖因该族已婚男女皆自称为"罗马"。最早居住于西班牙的波希米亚人很可能来自荷兰，故亦称佛兰德人。——作者原注。
② 楚法，是一种鳞茎植物的根须，能制成甘甜可口的饮料。——作者原注。
③ 米饭与鲟鱼，是当时西班牙士兵常吃的伙食。——作者原注。

这个女妖精就是用这种教唆强迫的方式给我指点了出路：既已犯下了死罪，我确实只有此路可走了。先生，我还用得着跟您明说吗？她没费多大的劲就把我说服了。我预感这种冒险与叛逆的生涯，会使得我跟她的关系更紧密，还认为从此以后我就能够拴住她的心。我常听说过，有些走私好汉身骑骏马，手握短铳，背后坐着情妇，驰骋于安达卢西亚省区，我仿佛也看到自己马上带着这位艳丽的波希米亚女人，策马扬鞭，翻山越岭。每当我向她描绘这一愿景时，她就捧腹大笑，告诉我说，其实最美不过的生活，就是天黑之后，用三个桶箍搭建起一个支架，上面盖上一块遮布，每个罗姆带着自己的罗米往里面一钻，共度良宵。

"如果把你带到山里去。"我对她说，"我对你就放心啦，在那里，就不会有军官来跟我分享。"

"哧，你还好吃醋呢！真是活该。你怎么这样傻呀？你难道没有看出来我是爱你吗？我从来没有向你要过钱呀。"

每当她对我这么说时，我简直就想把她掐死。

先生，闲话少说，言归正传。卡尔曼给我弄来一身便装，我穿上便溜出了塞维利亚城，神不知鬼不觉。我带着帕斯提亚的一封介绍信，去到杰莱兹找一个卖茴香酒的商人，此人的家就是走私贩子碰头联络的地点。我和那一帮人相见了，其首领名叫唐加伊尔，他让我入了伙。我们这一帮就动身去哥山①，跟早先约好的卡尔曼会合。每次我们出动干活，她总是先行去探路摸底，在这方面，她干得最为出色不过。这次从直布罗陀回来，已经跟一个船长讲定，只等我们在海边收下一批英国来的走私货，就装船运走。我们都到埃斯特普纳②附近去等，货到之后，一部分藏在山里，一部分带往龙达。还是由卡尔曼

---

① 哥山，直布罗陀与龙达之间的一座小城。
② 哥山以东三十公里的一个港口。

打前站，通知我们什么时候进城。这一趟买卖以及后来的几趟都很顺利。由此，我觉得走私贩子的生活比当兵的要滋润得多。我常买礼物送给卡尔曼。我有了钱，也有了情妇。我心里毫不悔恨愧疚，正如波希米亚人所说，日子过得舒心，身上长了癣也不痒。我们到处受到盛情款待，同伙的弟兄们对我很好，甚至还怀有敬意。因为我杀过一个人，而他们都没有这等的业绩，尽管它使人在良心上难以释怀。但我在自己的新生涯中，最为得意的则是经常能见到卡尔曼。她对我的情意从来没有这么炽热过，可是，在同伙弟兄们面前，她却不承认是我的女人，还要我指天发誓不跟他们谈论关于她的事。只要一到这女人面前，我就六神无主，俯首帖耳，任其随意摆布。况且，她第一次在我面前表示出她有良家妇女的羞涩之情，我便非常天真地以为，她已洗心革面，一改过去的浪荡行为。

我们这一帮共有十来条好汉，只在关键时刻才聚集碰头，而平时，则三三两两一组，分散在城里或村里。我们每个人表面上都有正式职业，这个是制锅匠，那个是马贩子，而我则是卖针线杂物的，但因为在塞维利亚犯有血案，所以绝不轻易在大地方露面。一天，确切地说，是在一天夜里，我们定在维日山下集合。丹卡依尔与我两人先到，他显得很兴高采烈。

"我们这一伙又要新添一个弟兄啦。"他这样对我说，"卡尔曼前不久使出了她的一个绝招，让她的罗姆从塔里法①监狱里成功逃出。"因为整天听弟兄们说波希米亚话，我已经能多少听懂一点，"罗姆"这个词当时就使得我心里一震。

"什么！她的丈夫！难道她结过婚？"我向我们这一伙的头头发问。

"是的。"头头答道，"嫁给了独眼龙加西亚，一个跟她同样机

---

① 塔里法是直布罗陀海峡边的一座城市，其古代碉堡是有名的监狱。

灵诡怪的波希米亚人。那倒霉的家伙被判了苦役，卡尔曼给监狱的外科医生灌了迷魂汤，竟然使得她的罗姆获得了自由。啊，这小妞真有本事，她曾经花了两年的工夫想救独眼龙出来，一直没有成功。最近狱医换了人，她显然很快就得手了。"

　　您可以想象，我听到这个消息后心里是什么滋味。不久，我就见到了独眼龙加西亚，那真是波希米亚人生养出来的坏种之中的坏种，皮肤黝黑，良心更黑，我一辈子从未遇见过他这样心狠手辣的流氓。卡尔曼是陪着他来的，一边当着我的面叫他罗姆，一边趁他掉过头时朝我眨眼睛，做怪脸。我很恼火，整晚没有跟她讲话。第二天早晨，大伙把走私货包扎停当，正在上路时，突然发现有十几个骑兵追踪而来。那几个安达卢西亚的伙计，平日老自吹自擂，说自己杀人不眨眼，这时却哭丧着脸四散逃命。只有丹卡依尔、加西亚和另一个名叫雷曼达多的漂亮小伙子以及卡尔曼遇险不慌，其他人无不丢下骡子，跳进骑兵追不到的小山沟里逃命。我们既保不住骡队，就赶紧把细软财物卸下来，往肩上一扛，顺着最陡峻的山坡快逃。先把包裹扔下去，再蹲着身子往下滑。这时，追兵向我们一阵射击。我是生平第一次听见子弹在耳边嗖嗖地飞过，但并不在乎。不过，我这般视死如归是不足为奇的，因为有个美人就在眼前。结果，我们都成功逃脱，只有倒霉的雷曼达多腰上中了一枪。我把包裹扔掉，想去搀扶他。

　　"傻瓜，"加西亚朝我大声嚷道，"咱们背具死尸干什么？把他结果掉算了，别把货丢掉啦。"

　　"把他扔下！把他扔下！"卡尔曼也冲我大叫。

　　我累得要死，只好把雷曼达多放在岩下歇一口气。加西亚走来，用短铳对准雷曼达多的脑袋连发了一梭子弹。

　　"现在看谁还有本领能把他认出来。"他看着那张被十二发子弹打得稀烂的脸这么说。

　　您瞧，先生，这便是我所过的美好生活。晚上，我们逃到一个荆棘丛生的小林子里歇下，筋疲力尽，没吃没喝，骡子全都丢了，血本无归。您猜那个像魔鬼一样凶残的加西亚怎么着？他从口袋里掏出一副纸牌，借着一堆篝火的微光，与丹卡依尔赌起钱来。这时，我躺在地上，仰望星空，思念着雷曼达多，心想，倒不如像他那样也干脆。卡尔曼则盘着腿坐在离我不远的地方，不时敲起响板，哼哼唱唱。稍后，又走过来，像是要凑到我耳边说悄悄话似的，不由分说地亲了我两三下。

"你是个魔鬼。"我对她说。

"是的。"她答道。

休息了几个钟头之后，她先行动身到高辛去了。第二天早晨，一个放羊娃给我们送了些面包来。我们在原地待了一整天，夜里偷偷向高辛前进，等着卡尔曼探路的情报。但她杳无音信。天亮时，一个骡夫赶着两匹骡子，上面坐着一个女人，衣着体面，撑着一把阳伞，随行的是一个像女仆的小姑娘。加西亚对我们说：

"圣尼古拉给咱们送来两匹骡子、两个女人，我倒宁可只要骡子，不要女人，管他妈的，我照单收下就是。"

他拿起短铳，借灌木丛作掩护，沿着一条小路逼近。我与丹卡依尔紧跟在他后面。等我们一靠近那一行人。便一齐跳了出来，喝令骡夫停步。我们的装扮本来是够吓人的，但那女人看见我们不仅不害怕，反而哈哈大笑起来。

"嘿，你们这些笨蛋，把老娘当贵妇人啦！"

定睛一看，原来是卡尔曼；她化装得实在太好，如果用另外一种语言来讲话，我简直就会认不出她。她跳下骡子，跟丹卡依尔与加西亚低声讲了几句话，然后对我说：

"金丝鸟，在你没有上绞刑架以前，咱们还会见面的。我现在要去直布罗陀办埃及的事，很快就会有消息通知你们。"

她告诉我们在哪个地方可以暂躲几天之后，就离去了。这小妞真是我们的救星，使大伙得以脱离了困境。此后不久，我们便收到她派人送来的一笔钱，还有一个更有价值的消息：某一天，将有两个英国爵爷从直布罗陀到格林纳达去，会从某一条道路经过。俗话说得好，消息灵通，生意红火。那两个英国人有的是亮晃晃的金币。加西亚要杀掉他们的，我与丹卡依尔都反对。最后，我们只取了他们的钱财与手表，还剥掉他们的衬衣，这才是我们所急需的。

　　先生，一个人变坏是不知不觉的。一个漂亮的女人害得你神魂颠倒，你为她决斗，闯了大祸，不得不上山落草，根本没来得及考虑就从走私贩子变成了强盗。我们犯下英国爵爷这一桩案子后，自知在直布罗陀一带不宜久留，便躲进龙达山中。先生，您不是跟我说起过何塞·马利亚吗，巧得很，我就是在龙达山认识了他。他每次出行都带着自己的情妇。那个姑娘美丽、温顺、谦和、举止文雅，从不说粗话，对他忠心耿耿！……相反，何塞·马利亚却使她受尽了折磨。他见一个女人就追一个，还经常虐待这个姑娘，有时则醋劲大发。一次，他扎了这姑娘一刀，这倒好！她反而更爱他了。女人天生就是如此。那姑娘对自己胳膊上的刀痕感到自豪，把它当作世界上最美的东西展示给大家看。除此以外，何塞·马利亚还是个最不讲义气的家伙！……在一次大家合伙干的买卖中，他耍了个手段，使收益全归他自己，而损失与麻烦则由我们其他人承担。好啦，我不扯远了，还是言归正传吧，从卡尔曼走后，我们再也没有得到她的消息，丹卡依尔出主意说：

　　"咱们必须有一个人去直布罗陀走一趟，打听打听消息，她一定是策划好什么买卖了。我倒想去，可是直布罗陀认识我的人太多。"

　　"我也是的。"独眼龙说，"那里的人也都认得出我，那些龙虾们①我可没有少涮，再说，我只有一只眼，也不容易化装。"

---

　　① 英国士兵的制服为红色，故西班牙老百姓戏称为龙虾。——作者原注。

"这么说，该我去啰？"轮到我说，一想到能见到卡尔曼，我就不禁心花怒放，"说吧，咱们该怎么进行？"

他们对我说：

"乘船去或者走陆路经过圣洛克去，随你的便。到了直布罗陀，往码头上打听一个名叫罗约娜的巧克力小贩住在哪里，找到她后，你就能知道那边的情况了。"

于是，大伙商定先一道去高辛山里，然后，我把他们撇下，自己装扮成一个水果贩子独自上直布罗陀。在龙达，我们的一个内应替我弄了一张护照。在高辛，又有内应给我弄来一头驴，我装满了橘子和甜瓜就上路了。到了直布罗陀，我发现许多人都认识罗约娜，不过，她已经死了，要不就是去了"天涯海角"①。她的失踪，据我看，便是我们与卡尔曼失去了联系的原因。我把驴子寄放在一个牲口棚里，自己背着橘子上街假装叫卖，其实是想试试能否碰见熟人。直布罗陀是世界各国的流氓盗匪聚集之地，简直就是一座巴别塔②，在街上走上十步就能听见十种语言。我看见不少埃及人，但不敢贸然相信。我试探他们，他们也试探我。双方都猜出彼此是一路货色；重要的只是要搞清楚是否同属一个帮派。我就这么白跑了两天，有关罗约娜与卡尔曼的消息一点也没有打听得到。于是，我采购了一些什物，打算回到两个同伙那里去，没想到，傍晚我在街上溜达时，忽听见有个女人在窗口叫我：

"卖橘子的！"

我抬头一看，见卡尔曼肘靠在一个阳台上，旁边站着一个穿红色制服的军官，他佩戴金色肩章，一头鬈发，像个大贵人。卡尔曼也穿着得很华贵，大披肩，金梳子，浑身绫罗绸缎；那婆娘一如既往，轻

---

① 监狱或下落不明。——作者原注。

② 典出《旧约·创世记》，诺亚之后人拟建一座高塔以通天，上帝不满，使建塔者讲各种不同的语言，无法完成此工程。

狂依旧，正在那里笑得前仰后合。那个英国人整出了两句西班牙语，叫我上去，说太太要买橘子；而卡尔曼则用巴斯克语对我说：

"上来吧，别大惊小怪！"

说实话，她花样太多，我已经见怪不怪。与她异地重逢，我说不上心里是喜是忧。把门的是一个英国仆人，高高大大，头上扑着粉，他将我引进一个豪华的客厅。卡尔曼立刻用巴斯克语命令我：

"你装作一句西班牙语也不懂，跟我也不认识。"

然后她转身对那英国人说：

"我不是告诉您，我一眼就看出他是巴斯克人，您听听他说的话多古怪。他长得呆头呆脑的，是不是？好像一只在食柜里偷东西吃的猫，被人当场抓住了。"

"哼，你呀。"我用巴斯克语顶撞她，"你的样子就像一个无耻的小淫妇，我真想当着你姘夫的面，用刀在你脸上划几道。"

"我的姘夫！"她反驳我说，"你真聪明，亏你想得出来！你是在跟这个傻瓜吃醋吗？自从咱俩在油灯街过了几夜以后，你就变得愈来愈蠢了。你这笨蛋，难道没有看出我正在做埃及买卖，而且手段更加高明了吗？这幢房子是我的，这只龙虾的金币也将归我所有。我正在牵着他的鼻子走，我要把他带到有去无回的境地。"

"我嘛，"我对她说，"如果你还用这种手段做埃及买卖，我会叫你永远再也干不了这一行。"

"哎哟！你是我的罗姆吗？敢这么来命令我！独眼龙觉得我这种办法很好，我这么干与你无关，你已经成为我的独家明哥罗①，难道你还不满足吗？"

英国人问道："他在说些什么？"

卡尔曼答道："说他口渴得很，想喝一杯水。"

---

① 明哥罗：Minchoroo，波希米亚文，意即，我的情人，我的心肝宝贝。

说罢，她倒在长条沙发上，因自己的翻译大笑不止。

先生，当这个女人笑起来时，谁都会神魂颠倒，都会跟着她笑。这时，那个大个子英国人也笑了，笑得像个傻子，他叫人拿酒给我。

我喝酒时，卡尔曼对我说：

"你看见他手上的那颗戒指了吗？如果你想要，将来我把它给你。"

我回答说：

"我宁愿自己砍断一根手指，只要能把你的这位贵人弄到山里去，每个手里拿一根玛基拉①比试比试。"

"玛基拉，是什么意思？"傻乎乎的英国人问。

"玛基拉么，"卡尔曼大笑不止地说，"就是橘子呀。把橘子叫作玛基拉不是太可笑吗，这小子说要让您吃吃橘子。"

"是吗，"英国佬说，"那好，明天再带些玛基拉来吧！"

我们正在这么说着，仆人进来禀报晚饭已经准备好了。英国佬站起来，赏给我一枚银币，伸出胳膊让卡尔曼挽着，似乎她自己不会走路。卡尔曼还在咯咯发笑，对我说：

"小伙子，我不能请你吃饭啦，可明天，你一听见阅兵的鼓声敲响，就带着橘子上我这里来。你会见到一个卧房，陈设要比油灯街的那一间好得多，而且你还会明白我还是不是你的小心肝。然后，咱们再谈埃及买卖。"

我没有搭腔，走到街上时，那英国佬还朝着我喊道："明天带点玛基拉来！"接着，我又听见卡尔曼的大笑声。

我走出那幢房子，不知干什么好。夜里，我睡不着，第二天早晨，我对这坏婆娘恨得咬牙切齿，真不想去找她，准备径直回直布罗陀去。但是，听见第一通阅兵鼓敲响，我的意志就彻底瓦解了，

---

① 巴斯克人使用的一种铁棍。——作者原注。

立即背着橘子篓直奔卡尔曼的住所。她的百叶窗半开着，她正睁着大黑眼睛在东张西望。头上扑了粉的仆人把我领进去。卡尔曼打发他上街办事。一等房间里只有我们俩，她就像鳄鱼般张开嘴大笑起来，一把搂着我的脖子。我从未见过她这么漂亮，装扮得像仙女，芳香扑鼻……家具配有绸缎的面料，窗口挂着绣花的帷帘……唉！而我却像一个盗贼。

卡尔曼对我说："我的心肝，我真想把这房子砸个稀巴烂，放一把火烧掉，然后逃到山里去。"

接着，我俩巫山云雨，百般温存！欢笑不止！而后，她又是跳起舞来，又是把衣服上的饰物扯下，还翻筋斗、做鬼脸，淘气胡闹，花样层出不穷，比猴子更顽皮。恢复了正经严肃后，她对我说：

"你听着，我得跟你讲清楚这一单埃及买卖。我要他陪我上龙达，那里有我一个做修女的姐姐……（说到这里，她又噗噗笑出声来。）我和他要经过什么地点，我会提前派人通知你。到时候，你们一拥而上，把他抢得精光。最好将他宰掉。"她说完，脸上露出一个狞笑，这笑谁见了都不会陪她去笑的，"你知道该怎么办吗？你让独眼龙先上，你们几个靠后一点，这只英国龙虾勇猛矫健，还有几把好枪，你们几个往后靠一点，让独眼龙先上……你明白吗？"

她没有把话讲完，就哈哈大笑起来，这使得我不禁毛骨悚然。

"不。"我对她说，"我恨独眼龙，不过他终归是我的同伙。也许，将来有朝一日，我会替你把他除掉，但我与他之间的过节得用我们家乡的规矩了断。我卷进埃及买卖是偶然的；在很多事情上，我仍然是一个地道的纳瓦拉汉子，正如俗话所说的那样。"

卡尔曼说："你真是个蠢货，是个傻瓜，是地地道道的乡巴佬。你就像个侏儒，以为自己能把痰吐得远一点就是高个子①了。你并不

---

① 波希米亚谚语。——作者原注。

爱我，你走吧！"

当她下了这逐客令时，我却寸步难移。我答应很快就动身，回到我那几个同伙身边，等那个英国佬上钩。而她，则答应在英国佬这里装病，一直到离开直布罗陀动身去龙达为止。

我在直布罗陀又住了两天。卡尔曼曾大着胆子，化了装到小客栈来会我。我终于离开了直布罗陀，心里也打定了自己的主意。我得到了英国佬与卡尔曼将在什么时间途经什么地点的确切消息后，便返回约定的地方跟丹卡依尔与独眼龙会合。我们在一个树林里过夜，用松实烧起一堆旺火。我向独眼龙提议打牌赌钱。他同意了。玩到第二局，我说他作弊，他就嘻嘻哈哈笑。我把牌扔在他脸上。他想掏枪动武，被我一脚踩住。我对他说："听说你的刀法和马拉迦①最棒的小伙子一样厉害，想跟我比试比试吗？"丹卡依尔赶紧劝架。我揍了独眼龙几拳，他一怒之下壮起了胆，便拔出了刀。我也操刀在手。两人都叫丹卡依尔站开，让我们公平交手，见个胜负。他眼见无法制止一场恶斗，只好闪开。独眼龙弓着身子，做出猫扑老鼠的姿势，右手持刀前挺，左手以帽作为遮锋，这是他们安达卢西亚人常用的一招。我则使出纳瓦拉的架势，笔直地挺立在他的面前，左手上举，左腿向前，快刀则紧贴右腿，自己觉得威猛胜过巨人。独眼龙像箭一般扑过来，我把左腿一转，他扑了个空，而我的快刀已直插他的咽喉，戳刺得那么深，以至我的手竟触及他的下巴。我把刀猛然一转，用力过大，刀刃戛然而断。决斗告终，胜负已定。一股像手臂一样粗的血流，把断刃从伤口里冲了出来。独眼龙像一根柱子似的扑倒在地。

"你干的什么好事？"丹卡依尔对我说。

"你听着，"我回答说，"我跟他势不两立。我爱卡尔曼，不愿意她有另外的男人。再说，独眼龙是条恶棍，他用什么手段打死可

---

① 安达卢西亚的一个城市港口，濒临地中海。

怜的雷曼达多，我至今还记得。现在只剩咱们两人了，但咱们都是好汉。咱们说说，你愿不愿意跟我结为生死之交？"

丹卡依尔向我伸出了手。他比我年长，有五十岁了。

"男欢女爱，去他妈的！"他大声嚷道，"如果你要他把卡尔曼让给你，本来只需向他付一个银币就行啦。现在只剩下咱们两个人，明天咱们怎么办？"

"让我一个人来杠。"我答道，"现在我是天不怕地不怕。"

我们埋了独眼龙，转移到二百步开外的地点露宿。第二天，卡尔曼跟她那个英国佬带着两个骡夫与一个仆人过来了。我对丹卡依尔说：

"我对付那个英国佬，你去吓唬其他人，他们都没有武器。"

那英国佬颇为厉害，要不是卡尔曼推了他的胳膊一下，他肯定会把我打死。总而言之，那一天，我又把卡尔曼夺回来了。我劈头第一句话，就是告诉她已经成了寡妇。当她弄清楚事情的经过后，对我说：

"你永远是个傻瓜！独眼龙本可以把你杀死，你那种纳瓦拉的防守招式，只不过是花架子，比你强的人死在他手下的多着呢。这一回是他的死期到了。你的死期也快来了。"

我立即回了她一句："如果你不规规矩矩做我的老婆，你的死期也就到了。"

她答道："好呀，我已经不止一次从咖啡渣里观测出，咱俩注定会同归于尽的，管他妈的！听天由命吧。"

说完，她便敲起响板，每当她想驱走某个烦人的念头时，总是这么做的。

一个人谈自己时，往往忘乎所以。这些鸡毛蒜皮的细节您一定是听烦了，不过，我很快就可以讲完了。我们那种非法生涯过了相当长的时间。丹卡依尔与我又找了几个比原来的同伙更可靠的弟兄，专门从事走私，不瞒您说，有时也在大道上拦劫，但只是在山穷水尽、被迫无奈的时候。而且，我们只抢钱财，不伤性命。有那么几个月，我对卡尔曼很是满意。她继续为我们一伙当耳目，对我们的买卖很有用处。她有时在马拉加，有时在哥尔多，有时又在格林纳达。但只要我捎个信去，她就丢下一切，到某个偏僻的小客栈、甚至到帐篷来跟我相会。只是有一次，她在马拉迦，使得我很不放心。我得知她勾搭上了一个富商，可能想故伎重演，玩她那次在直布罗陀的把戏。我不顾丹卡依尔苦口婆心的劝阻，径直在一个大白天闯进马拉迦。我找到卡尔曼后，立即就把她带走了。我俩为此大吵了一架。

"你知道吗？"她对我说，"自从你成为我真正的罗姆以后，我就不如你当情郎的时候那么爱你。我腻烦别人的干预，我更不能忍受别人的发号施令。我要的是自由自在，爱干什么就干什么。小心别把我逼急了。如果你使我烦了，我会去找一个棒小伙子，用你对付独眼龙的法子来对付你。"

丹卡依尔把我俩劝和了。但两人彼此伤害的一些话使我们都耿耿于怀，情爱大不如前了。不久，又来了一件倒霉的事。我们碰上军警，丹卡依尔和两位弟兄丢了性命，另外两个被抓去，我则受了重伤，要不是我的坐骑跑得快，也一定会落在军警的手里。我精疲力竭，有颗子弹还留在体内，跟唯一尚存的一个弟兄躲进了一个树林。一下马，我便晕倒过去，心想自己一定会像中了枪的野兔那样死在灌木丛里。那位弟兄先把我背到一个我们熟悉的山洞，然后就去找卡尔曼。那时，卡尔曼在格林纳达，闻讯后立即赶来。整整有半个月之久，她在我身边寸步不离，她难得合眼入睡，对我悉心照料，无微不至，即使是一个女人对自己最最心爱的男人也莫过如此。待我稍有康复，刚能站起来的时候，她便极为保密地带我到了格林纳达。要知道，波希米亚女人到任何地方都能找到藏身之处。就这样一连六个星期，我都藏在一所房子里，与下令通缉我的市长的府第仅有两个门面之隔。好几次，我就在百叶窗后面看见他走过。后来，我把伤养好了，但在养伤过程中，我经过反复的考虑，打算改一个活法。我对卡尔曼说，我们不如离开西班牙，到新大陆①去安安分分过日子。她对我的想法不屑一顾地说：

"咱们这种人生来就不是耕田种地的，注定要靠走江湖行骗为生。告诉你吧，我已经和直布罗陀的纳当·本·约瑟夫讲定了一桩买卖。他有一批棉织品，只待你去运过来。他知道你还活着，一心一意倚靠你来做。你如果失信撒手，咱们对直布罗陀的那些合伙人该怎么交代？"

我被她牵着鼻子走，又重操起非法买卖。

我躲在格林纳达的期间，城里举行了斗牛，卡尔曼去看了。回来后她津津乐道，特别是大说特说一个名叫卢加斯的斗牛士，说他本领很高，他的马叫什么名字，他绣花上衣很值钱，等等，事无巨细。她都了如指掌。我起先没有在意。过了几天，我身边唯一的患难弟兄茹安尼托告诉我，他在查卡丹一家商店里看见卡尔曼与卢加斯在一起。我立即警觉起来，质问卡尔曼是怎么认识那个斗牛士的，为什么要跟他交往？

她回答我说："那小子，咱们可以打打他的主意。只要河里有声响，不是水在流，就是掉进了石子②。他斗牛挣了一千二百块钱。要么把这笔钱弄过来，要么招他入伙，两个办法，任选其一。他骑马的身手很好，胆子又大，咱们的弟兄一个个都死了，你得补充人手，就把他招进来吧。"

我断然拒绝道："我既不要他的钱，也不要他这个人。我不许你再跟他来往。"

---

① 指美洲。
② 波希米亚谚语。——作者原注。

"我警告你，别人不许我做的事，我很快就要去做！"

幸亏那个斗牛士去了马拉迦，而我也忙着准备把犹太人的棉织品偷运进来。这一趟买卖要做的事很多很多。卡尔曼也忙得很。于是我忘掉了斗牛士，也许卡尔曼也把他忘了，至少暂时如此。正是在这段时间，先生，我遇见了您，先是在蒙第拉，然后是在科尔多瓦，最近一次见面就不用我说了。您也许比我知道得更加详细。卡尔曼偷了您的表，还想要您的钱，尤其是您手上戴的这只戒指，据她说，这是一个神奇的指环，对她的巫术很有用，一定要把它弄到手，我俩大吵一顿，我动手打了她。她脸色煞白，哭了。这是我第一次见她哭，这使得我当时颇为震惊。我请求她原谅，但她一整天都不搭理我。我动身返回蒙第拉时，她甚至不愿跟我吻别。我心里很难受；但三天之后，她来找我，满面春风，欢声笑语，快活得像一只燕雀。所有的不愉快都抛到脑后去了，我们又亲亲热热，像一对热恋的情人。

分别的时候，她对我说：

"哥尔多正在举行节庆活动，我要去赶集，很快就会弄清哪些人身上带着钱，我会通知你的。"

我让她去了。剩下我一个人的时候，我想了想这个节会，想了想卡尔曼何以心情突然大变，认定她一定是先对我狠狠出了一口气，才跑来迁就我的。正好一个老乡告诉我，哥尔多城里有斗牛，我一听就血液沸腾，立即像疯了似的赶到现场。有人把卢加斯指给我看，我从靠边墙的观众席上，看见了卡尔曼。只需要看上一眼，便知我的判断不错。果然不出我所料，卢加斯斗第一条牛时，便当众献殷勤，把牛身上的绸结①扯下来献给卡尔曼，卡尔曼立即戴在头上。但那头牛却替我报了仇。卢加斯连人带马被公牛当胸一撞，翻倒在地，还被牛从

---

① 用丝绸系成的结，其颜色标明公牛出身的牧场，绸结用钩子勾在牛皮上，从活牛身上摘取此结送给一位女人，是公开的最大胆的示爱。——作者原注。

身上踩过。我再去看卡尔曼，她已经离位而去。人群拥挤，我走不出去，只好等到比赛散场。我跑到您所认识的那所房子里，从傍晚直到深夜，我一直待在那里。清晨两点钟左右，卡尔曼回来了，看见我觉得有点意外。

"跟我走！"我对她说。

"好吧！"她答道，"咱们走吧！"

我把马牵来，将她扶上去。我俩走了半夜，互相不说一句话。天亮时分，我俩来到一个僻静的小客栈歇下，附近正好有个静修神父的住所。我把她领到那里，对她说：

"你听着，我对你既往不咎，过去的事就不提了，但你一定要对我发誓，跟我到美洲去。在那边过安分守己的日子。"

"不！"她以赌气的腔调回绝说，"我不愿意去美洲。我在这里觉得很好。"

"这是因为你在这里可以接近卢加斯；但是，你好好考虑考虑，即使他的伤能够医好，也活不了太长。再说，为什么我要跟他去纠缠呢？你的情人一个又一个我都杀腻了；再杀的话，我就该杀你了。"

她用野性十足的目光盯着我说：

"我早就想到你会杀我的。第一次见到你之前，我在自己家门口就碰见了一个神父。昨天夜里从哥尔多出来时，你没看见有一只野兔从路上窜出来，正好从你的马脚之间穿过？都是不祥之兆，命中注定。"

我问她："小卡尔曼，难道你不爱我了吗？"

她一声不吭，只是盘腿坐在席子上，用手指在地上乱画。

我恳求她说：

"卡尔曼，咱们换一种生活吧，住到一个咱俩永不分离的地方去。你知道，离这儿不远的一棵橡树下埋着一百二十盎司黄金……另外，咱俩在犹太人本·约翰夫那里还存有钱。"

她笑了笑，答道：

"反正先是我死，然后是你死。我知道结果一定如此。"

我接着说：

"你再想想，我的耐心与勇气都快到头了。你做决定吧，否则我可要下决心了。"

我从她身边走开，缓缓向神父的隐修所踱去，发现神父正在做祈祷。我也真想祷告，但我做不到。我等他祈祷完毕，他站起来时，我向他走去，对他说：

"神父，您愿意为一个命在旦夕的人做祈祷吗？"

"我为一切受苦难的人祈祷。"他答道。

"有一个灵魂也许很快就要去见上帝了，您能为她做一次弥撒吗？"我问。

"可以。"他回答说，眼睛直盯着我，见我神色有点不正常，便想引我开口，说，"我好像在哪儿见过您。"

我把一块银币放在他的凳子上，问他："您什么时候做弥撒呢？"

"半小时以后。那个小客栈老板的儿子要来帮我做辅助工作。年轻人，告诉我，您良心上是否有什么不安？您愿不愿意听听一个基督徒的劝告？"

我觉得自己快要哭出来了。我告诉他等会儿再来，说完便赶紧溜走。我去躺在草地上，一直等到听见钟声敲响才过去，但我并没有走进小圣堂。弥撒做完后，我回到客栈，巴不得卡尔曼已逃之夭夭，因为她满可以骑上我的马跑掉……但我发现她仍在那儿。她一定是不愿意别人说她惧怕我。我刚才不在的时候，她拆开自己裙子的贴边，取出里面的铅块。现在，她正坐在桌前，正瞅着一个水钵中的铅块，那是她刚刚熔化之后又倒进水钵的，她全神贯注于她的巫术，竟没有发觉我回到了她的身边。她时而取出一块铅，愁容满面地将它翻来覆

51

去，时而又哼起一首神秘的歌子，这歌是在对波希米亚人尊为至高无上女王的马利亚·帕狄亚进行祈求，她原本是唐·佩德罗王的情妇①。

"卡尔曼。"我对她说，"请跟我走。"

她站了起来，扔掉水钵，披上头巾准备要走。店伙计把我的马牵来，她坐在马后，我们就上路了。

走了一段路，我对她说：

"这么说来，我的卡尔曼，你是愿意跟我远走高飞了，是吧？"

"是的，我是跟你去死，但绝不跟你再生活在一起。"

我们到了一个偏僻的山口，我勒住马。

"就在这儿？"她问道。

她纵身跳到地上，摘下头巾，把它扔在脚下，一手叉腰，傲然挺立，两眼直瞪着我，说道：

"我看得很清楚，您想杀我，这是注定了的，但要我让步，你办不到！"

"我求你了。"我对她说，"你要放理智些，听我说，过去的一切都一笔勾销，不过你知道，是你断送了我，我是为了你才变成土匪和杀人犯的。卡尔曼！我的卡尔曼！让我来挽救你吧！让我在挽救你的同时把我自己也挽救出来吧！"

"何塞。"她回答说，"你的要求，我办不到。我已经不爱你了，可你还在爱我，因此要杀我。我完全可以对你撒个谎，哄哄你，可我不想再费这个事了。我们之间的缘分已经完啦，你是我的罗姆，有权杀死你的罗米，但卡尔曼永远是自由的，她生来是加里，死也是加里。"

"这么说你是爱卢加斯啰？"我问道。

---

① 世人曾指责马利亚·帕狄亚以巫术蛊惑国王唐·佩德罗。据民间传说，她将一条金腰带献给王后（波旁家族的白朗施），在国王中了魔的眼睛里，此腰带成了一条活蛇，从此，国王深恶这位不幸的王后。——作者原注。

"是的，我爱过他，就像爱过你一样，但只是爱过一阵子。如今，我谁都不爱了，我恨我自己曾经爱过你。"

我扑倒在她脚下，抓住她的手，泪如雨下，泪珠落在她的手上。我向她重提过去我俩在一起的幸福时光，答应她为了讨她喜欢我愿意继续当强盗。先生，一切，所有的一切我都答应她，但求她仍然爱我！

她却对我说：

"仍然爱你，不可能。和你生活下去，我坚决不干。"

我怒上心头，狂暴失控，拔出刀子，这时，我但愿她表示害怕，向我求饶，但这个女人简直就是个魔鬼。

我朝她嚷道：

"我最后再问你一次，你愿不愿意跟我走？"

"不！不！不！"她一边说一边跺脚。接着又从手指上捋下我以前送给她的戒指，往荆棘丛里一扔。

我立即扎了她两刀。那是我从独眼龙那儿抢来的刀子，我自己的那一把早已弄断了。扎到第二刀，她一声不出地倒下。她那双又黑又大的眼睛直瞪着我，至今我仍历历在目。她的眼光逐渐暗淡模糊，接着双目闭上。我失魂落魄，在她尸体前呆了好一个时辰。我想起卡尔曼常对我说她喜欢死后被葬在一个树林里，便用刀挖了一个坑，把她安放下去。我又去找她那只戒指，找了好半天终于才找到。我把那戒指也放进坑里，就在她的身边，还在坑外插上一个小小的十字架。也许，我这么做有违波希米亚人的习俗。

完事后，我翻身上马，直奔哥尔多城，向最先碰上的第一个兵站自首。我供认自己杀了卡尔曼，但我不愿说出把她埋在何处。那位隐修的神父真是个圣人，居然为卡尔曼做了祈祷，还为她的灵魂做了一次弥撒……可怜的孩子！把她教养成这个样子，完全是加莱的罪过。

四

此种流浪民族，名称繁复，不一而足，或称波希米亚人，或称茨冈人，或称吉卜赛人，或称齐格奥内人，它散布于全欧各国，当今尤以西班牙数量最多，其所聚居或漂泊之地区，多为南部与东部各省，诸如安达卢西亚、埃斯特拉马杜以及穆尔西，此外，加泰罗尼亚省亦为数不少，其中一部分往往由此流入法国，故可在我们南方各集市上常见其踪影。男子多从事贩马、兽医、为骡子剪毛等营生，亦有修补锅子与铜器的，当然，走私与干不法勾当者自不乏其人。女人则是算卦、行乞与贩卖各种有害无害的药物。

波希米亚人之体征，易于辨识而难以描述。只需见过一例，即可从一千人中分辨出与他同种的那一个。和居住在同一地区的其他种族相比，他们的相貌与表情迥然不同，格外醒目。肤色黝黑，颜色总比当地其他种族的为深。因此，他们常以"加莱"，即"黑皮肤的人"自称[1]。眼睛又黑又大，明显睨视，睫毛修长而浓密。其目光大可与野兽相比，狂野与怯缩兼而有之；就此点而言，他们的眼睛充分反映出本民族的性格：狡诈而放肆，但像巴汝奇[2]一样，"天生怕挨打"。男人大多身躯健美、矫健敏捷。我从未见过一个身材肥胖的。德国的波希米亚女人一般都很漂亮，而西班牙的吉卜赛女人则绝少美色天姿，年轻时虽丑，但不无几分可取，一旦生了孩子，便令人望而却步了。不论男人女人，无不脏得难以置信。谁要未曾见过波希米亚女人的头发，就想象不出它是怎么回事，即使比喻为最粗硬、最油腻、最灰黑灰黑的马鬃，亦不过分。在安达卢西亚的某几个大城市里，一些稍有几分姿色的姑娘较为注重打扮，她们以跳舞谋生，所跳的舞很像

---

[1]　据我看，德国境内的波希米亚人虽然完全理解"加莱"一词的含义，但并不喜欢别人以此来称呼他们，他们之间互称为"罗玛内·查维"。——作者原注。

[2]　十六世纪法国作家拉伯雷的长篇小说《巨人传》中的主人公。

我们狂欢节公开舞会上禁跳的那些舞。英国传教士波罗先生，曾得教会的资助向西班牙境内的波希米亚人传教布道，写过两部兴味盎然的书，断言吉卜赛姑娘绝不会失身于一个异族男子。窃以为，波罗先生如此颂扬她们的坚贞，实在言过其实。首先，绝大部分吉卜赛姑娘都像奥维德①笔下的丑女子，正如诗人所言，"无人问津的女人当然贞洁"②。至于那些貌美的，则像所有的西班牙女人一样，选择情人时十分挑剔。既要能得到她们的芳心，又要男才女貌，两相般配。波罗先生举了一个事例以证明西班牙吉卜赛姑娘的道德观，其实倒正是证明了他自己的道德观，尤其是他的天真。他说，他认识一个拈花惹草成性的浪子，出了好几盎司黄金给一个吉卜赛女子，结果却未能如愿以偿。我把这个事例告诉了一个安达卢西亚人，他说，这个浪子如果只拿出两三个银币，说不定倒能马到成功，因为将几盎司黄金献给一个波希米亚女人，实无法使其确信不疑，正如答应送一两百万钱财给一个小客栈的姑娘一样。不论怎么说，吉卜赛女人对自己丈夫确实忠心耿耿，一旦需要，她们赴汤蹈火，在所不辞。波希米亚人对自己民族的称呼之一是"罗梅"，其原义是"夫妇"，在我看来，便足以说明该民族对婚姻关系的重视。总的来说，他们在与同族人的交往中很重乡情，也就是很讲义气，竭诚互助，患难与共，出事时严守秘密，不出卖同伙，凡此种种，实乃他们的主要优点。不过，在一切不法的帮派社团之中，亦何尝不是如此呢。

　　几个月前，我在孚日山③区，访问过一个定居在该地的波希米亚部落。在一个女族长的小屋里，住着一个与她非亲非故的波希米亚男子，他患了不治之症，宁可离开照料甚好的医院，也要死在自己的同胞中间。他在这个家已经卧床十三个星期，得到的待遇比那家的儿

---

① 奥维德，公元前一世纪的罗马诗人，《爱经》是他的名作。
② 原文为拉丁文，出自奥维德《爱经》第一章。
③ 孚日山，法国东部的山脉，在法国与德国的边境。

子和女婿还要好。睡的床用干草与藓苔铺得柔软舒适，被褥洗得干干净净，而家里其他十一个人，却都睡在长不过三尺的木板上。他们待客的情义可见一斑。那个老妇如此仁爱，但却当着病人的面这样对我说："快了，快了，他快要死了。"究其根由，实因这些人生活极为贫苦，故不畏言死亡也。

波希米亚人的另一特点，就是对宗教信仰甚不在乎，这并非因为他们桀骜不驯或对宗教持怀疑态度。他们从不标榜自己信奉无神论，恰恰相反，他们居住在某个国家，便信奉那个国家的宗教。移居到另一个国家，就改信另一种宗教。开化程度低的民族往往以迷信代替宗教信仰，但波希米亚人却并不迷信。说实在的，利用别人的轻信以欺骗为生的人，怎么会迷信呢？但是，我发现西班牙的波希米亚人很害怕接触尸体，他们很少有人会为了钱而把死者抬往墓地。

我说过，大部分波希米亚女人都以算卦为生。她们很长于此道，但她们最大的生财之道是出售媚药与春药。她们用手逮住蛤蟆的腿声称可以拴住朝三暮四的心，还拿磁石粉末来使得对你无动于衷的人爱上你，甚至能够在必要时念咒施法把神魔招来助一臂之力。去年，一个西班牙女人给我讲了这样一个故事，有一天，她心事重重、神情忧郁，正从阿尔加拉大街上走过，一个盘腿坐在人行道上的波希米亚女人朝她喊道："美丽的夫人，您的情人背叛您了。"实际上确有其事。"要不要我帮您使他回心转意？"不用说，这位夫人欣然接受了。对于一个能够一眼就看透你心事的人，怎么能不信赖呢？由于在马德里这条最热闹的大街上不便于施展法术，两人便约好第二天见面。见了面后，那吉卜赛女人说道："要使得您那负心汉浪子回头实在太容易了。他给您送过什么手帕、围巾或面纱之类的东西吗？"那位太太拿出一块头巾。"现在您用深红色丝线在头巾的一角缝上一枚银币，在另一角缝半块银币。这儿缝一个小钱，那儿缝两个小钱，最后在中央再缝一枚金币，最好是一枚高面值的。"那位太太一一照办不误。"现在把这块头巾交给我，等到半夜的钟声敲响，我就把它送到坟场去，如果您想亲眼见识见识我的法术，不妨跟我一道去。我向您保证，明天您就准能见到您的情人了。"后来，那波希米亚女人独自拿了头巾到坟场去了，那位太太不敢奉陪。至于这位被情人抛弃的女人能否收回自己的头巾，能否再见到她的情人，那就只好由读者自己去猜了。

尽管波希米亚人穷困且往往招人反感，但在开化程度甚低的人群中，倒受到相当的敬重，对此，他们甚感自豪，自认为在聪明才智上高人一等，并从骨子里瞧不起接纳了他们的当地东道主民族。

"这些当地人蠢得很，作弄作弄他们，真是轻而易举的事。"孚日山区的一个波希米亚女人这么对我说，"有一天，一个乡下女人在大街上喊住我。我跟她走进她家。原来是家里的炉子冒烟，求我念咒施法。我先是向她索取了一大块肥肉，然后就用波希米亚语念念有词，其实是这么骂她：你是笨蛋，生来就是笨蛋，死了也是笨蛋……走时，我在门口用地道的德语奚落她说，你要炉子不冒烟，最好的办法就是不生火……说完，我撒腿就跑。"

波希米亚人的历史至今仍是问题。众所周知，约在十五世纪初，他们最早的群落，零散地出现在欧洲东部，人数不多；谁也说不清他们是从哪儿来的以及为什么到欧洲来的。更为奇怪的是，他们分散在相距甚远的不同地区，居然能在短短的时期里，繁殖如此神速。波希米亚人对自己民族的渊源，并没有任何世代相传的传说。他们大都称埃及是他们远古的祖国，不过，这是一种由来已久的古老说法，他们只是信从采纳了而已。

研究过波希米亚人语言的东方学学者们，大都认为他们发源自印度。的确，罗曼尼的许多词根与语法形式，皆可在一些从梵语派生而来的方言中找得到。不难想象，波希米亚人在长期漂泊中吸收了很多外族的词语。罗曼尼的各种方言中便有大量的希腊语词汇，例如：骨头、马蹄铁、钉子等等。今天，波希米亚人散居于欧洲各地，彼此分隔，有多少群落，几乎就有多少种方言。他们讲当地的语言比自己的方言更为流利，而且，他们只是在有外族人在场时才讲自己的方言，以便于本族人的沟通。德国的波希米亚人与西班牙的波希米亚人互不往来已有好几个世纪，但如果将两者所操的方言加以比较，即可发现共同的词汇数量极多。然而，因为这些流浪的族群不得不使用所在地的语言，所以他们原来的语言与当地文明程度较高的语言接触之后，便产生了明显的变化，只是或多或少不同而已。一方面是德文，一方面是西班牙文，从两方面使得罗曼尼大大有所改观，因而，居住在黑森林区的波希米亚人便难以与安达卢西亚的波希米亚同胞交谈，虽然他们只要一张口说几句话，便可知他们不同的方言实同出一源。我认为，有一些常用词在他们不同的方言中都是相同的；例如，在我所见到的所有波希米亚方言的词汇中，"Pani"都指水，"Manro"都指面包，"Mas"都指肉，"Lon"都指盐。

数词则几乎到处一样。我认为德国的波希米亚方言要比西班牙的纯得多，因为其中保留了很多原有的语法形式，不像西班牙的吉卜赛人采用了加斯提诺语①的语法形式。但有几个词是例外，足以证明波希米亚语最初是统一一致的。在德国的波希米亚方言里，过去时态是在动词命令式的末尾加上"ium"，而命令式永远是动词的词根。西班牙的波希米亚方言中，动词则全部按加斯提诺语第一人称变位法的动词变位。原型动词"Jamar"（吃）按规则变为"Jame"（我吃了），原型动词"Lillar"（拿），变为"Lille"（我拿了）。但是，有一部分波希米亚老人例外，仍读成"Jayon""Lillon"。我不知道还有什么其他语言的动词也保留了如此古老的形式。

既然敝人在此炫耀了关于罗曼尼的浅薄知识，不妨列举出几个法

---

① 加斯提诺语，是西班牙中部地区的方言，构成了现代标准西班牙语的基础。

语土话中的词汇，那是法国盗贼从波希米亚人那里学来的。《巴黎的秘密》①使得我们上流社会知道"Chourin"一词的意思是"刀子"。这就是一个地道的罗曼尼词汇。"Tchouri"这个词在波希米亚人各种不同的方言中也都有。维多克②把马叫作"Gres"，这个词在波希米亚各种方言中有多种变化，如"Gras"、"Gre"、"Graste"、"Gris"。还有"罗曼尼歇尔"这个词，它在巴黎的土话中就是指波希米亚人，是"Rorrmmane Tchave"（意即"波希米亚小伙子"）的变音。但使我感到沾沾自喜的是找到了"Frimousse"（意即"脸蛋"、"面孔"）一字的词源，这是我那个时代的小学生以至当今的小学生经常用的一个词。首先请注意，在乌丹1640年所编的那本猎奇性的字典里，就收入了"Frilimousse"这个词。而"菲尔拉"（Firla）、"菲拉"（Fila）在罗曼尼中，便是面孔的意思，"摩伊"（Mui）也与此同义，正等于拉丁文中的"奥斯"（Os）。把"Firla"与"Mui"组合在一起成为"菲尔拉摩伊"（Firlamui），任何一个酷爱纯粹母语的波希米亚人一听这个词就能明白，而我个人认为这个组合词也正符合波希米亚人兼收并蓄的语言特点。

够了，对于《卡尔曼》的读者来说，我在罗曼尼方面的学识已经炫耀得足矣，正好有一句波希米亚谚语可引以为戒："嘴巴紧闭，苍蝇难入③"，就让我以此作为全书的结束吧。

---

① 法国十九世纪著名作家欧仁·苏所写的著名长篇小说，对巴黎下层社会与盗贼帮派有诸多描写。
② 法国十九世纪有名的不法分子，犯案甚多，当过警察局的线人与侦缉队长，后又因不法去职，他署名的《回忆录》一书，曾名噪一时。
③ 原文为波希米亚语。

达芒戈海上喋血记

　　勒杜船长是航海业中的好手行家。他起初只是一名普通的水手，后来当上了副掌舵。在特拉法尔加海战①中，一节断木砸将过来，砸断了他的左手，做了截肢手术之后他复员了，带回一份服役期间表现良好的证书。但家居赋闲的日子他实在过不惯，一有机会便重操旧业，到一条私掠船上当上了大副。在海上掠劫了几单，撸了些钱，他得以购置一些书籍，钻研起航海理论来了，而航海的实践他是早已熟练掌握了的。不久，他便摇身一变，成为一艘沿海岸航行的海盗船的船长，那是一条三桅船，配有三门大炮，六十名兵丁。他们在杰西岛②周边海面上干得风风火火，凡在那条航线上行走过的海员，至今仍对他们当年的所作所为记忆犹新。和平时期③的来到，使他大为失望，因为他在战争期间发了一笔小财，本想靠趁火打劫掠夺英国商人来扩充自己的财富。世道一变，他不得不转而向和平商人提供服务。办事果敢，经验老到，他这般名声广为人知，很容易就有人把一艘舰船交给他指挥。贩运黑奴的买卖被禁止以后，再要进行这种非法活动，就必须躲过法国海关人员的监控，这倒并不太难，最难也最危险的是要逃脱英国巡洋舰的追捕，正因为如此，对于那些做乌木生意的人④来

---

　　①　1805年，在西班牙特拉法尔加海面，英国舰队跟法国、西班牙联合舰队作战，英军获胜。

　　②　杰西岛，大西洋上英法海峡中的一个岛屿，属于英国。

　　③　指1815年拿破仑战败、欧洲结束战争后的时期。后文的战争时期，则是指十九世纪初以后拿破仑帝国与欧洲君主国战争不断的期间。

　　④　贩卖黑奴的人对自己的称呼。——作者原注。

说，勒杜船长就成了一个难得的尖端人才。

大部分像他这样长期滞留在低级别层次的海员，都对舰船上的任何技术更新甚为深恶痛绝，一旦职务提升后，往往又墨守成规，拒绝改良，勒杜船长则迥然不同。他热衷于更新与改良，他是最先建议船主采用铁箱装水储水的第一人。贩奴船上一般都备有手铐脚镣，而在他的船上更胜一筹，这些玩意儿都是按新技术打造的，并且还精心地涂上了油漆以防生锈。但使得他在奴隶贩子中间最负盛名的是，他亲自监工打造了一艘专门用来贩运奴隶的双桅帆船。这艘船制造精良，像战舰一样又窄又长，但能装载数量特多的黑人。他给这艘船命名为"希望号"。"希望号"的统舱狭窄而低矮，高度只有三尺七寸，他认为这个高度足以让身材适中的奴隶坐得舒舒服服，至于站嘛，奴隶们何必要站起来呢？

"到了殖民地，他们有的是时间可以站立！"勒杜这么说。

"希望号"上的黑奴排列成平行的两行，每一行都背靠船舷互相面对而坐，两排之间留有一道空隙，若在别的贩卖船上，这道空隙就当作行走的通道。勒杜船长大有想象力，觉得在这两排人之间的这条空隙里，还可以再安置一些黑奴直躺着。他用这个办法使得"希望号"比其他同吨位的贩奴船多装下十来个奴隶。必要时，还可以再多塞几个；但总该讲点人道嘛，至少要让每个黑人在横渡大洋的六个星期之中，有五尺长两尺宽的空间挪动挪动吧，"因为归根结底，黑人和白人一样，毕竟也是人呀！"勒杜向他的船主解释这一宽容的措施这么说。

"希望号"从南特出发了，讲迷信的人士后来指出那是个星期五。行前，海关的稽查人员仔仔细细检查了这艘双桅船，居然没有发现船上有六口大箱子，里面装满了铁链、手铐以及我不懂为什么被称为"正义之棒"的铁棍。稽查人员对"希望号"储存了大量食用水一事也丝毫未曾生疑，此船的出海证件写得明明白白，它是到塞内加尔去做木材生意与象牙买卖的，路程并不漫长呀，何需如此多的食用水；不过，有备无患，岂乃多此一举？万一海上无风，船只滞留海面，那时缺水怎么办？

于是，"希望号"在一个星期五出发了，带足了一切装备，配齐了各类人员。勒杜本来也许想让这条船有几根更为结实的桅杆，不过，实在没有他也不在乎，只要船是由他来掌控就行了。航行甚为顺利，很快就抵达了非洲，趁英国巡洋舰对这一部分海岸放松警戒的时机，"希望号"在若阿尔河口（我想是此地）抛锚停下。当地的捐客闻讯后立即蜂拥而至，这正是做黑奴生意的最佳时节。达芒戈既是威名赫赫的武士，也是人口贩子，他正好赶来了一批奴隶来到河口，准备廉价出售，他有恃无恐，因为他知道，一旦他贩卖的商品开始紧缺，自己完全有能力、有办法立即补充货源。

勒杜船长上了岸，前往拜会达芒戈。达芒戈身居一个临时搭建的窝棚之中，陪着他的是两个老婆和几个倒卖黑奴的人口贩子与押送奴隶的打手。为了接待白人船长，达芒戈好生打扮了一番。他身穿蓝色军服，上绣有下士的军阶条纹，每一个肩上用同一式样的扣子扣着一块肩章，晃晃荡荡的，一块朝前，一块朝后。由于他没有穿衬衣，而那身军上衣对他那样身材的人又太短，因而在军服的白色衬里与他那条用几内亚粗布做的短裤之间，就露出一大块黑色的肚皮，像一条宽宽的皮带。他腰间用绳子悬挂着一把骑兵用的大军刀，手持一支漂亮的英国制双管步枪。有如此一身装备，这个非洲武夫便以为自己比巴黎或伦敦最讲究的帅哥少爷更要神气了。

勒杜船长一言不发，打量了他一会儿，而达芒戈则笔直挺立，好像是一个训练有素的士兵正在接受外国将军的检阅，并对自己给对方造成的良好印象扬扬自得。勒杜船长以行家的老练眼光端详了他一会儿之后，转身对自己的大副说：

"我把这结实的蠢货弄到马提尼克①去，只要他没灾没病，准可以卖个好价，至少一千埃居②。"

宾主落座，一个略懂沃罗夫语③的水手充当翻译。双方略事寒暄之后，一个见习水手用篮子提来了几瓶烧酒。大家便喝将起来。勒杜船长为了讨好达芒戈，送给他一个漂亮的黄铜火药壶，上面还有拿破仑头像的浮雕。达芒戈不胜感激，连连称谢，而后双方走出窝棚，坐在树荫之下，继续畅饮。达芒戈做了个手势，叫人把要出售的奴隶带将上来。

奴隶排成长队走过来，他们又饿又恐惧，身子都直不起来了，每个人脖子上都套着一个六尺开外的长叉，叉的两个尖端用一根木棒联结着，正在每个人的后颈处。需要往前走的时候，押解者把走在最前面的奴隶的叉柄扛在其肩上，这个奴隶又把身后那个奴隶的叉子扛起，第二个则扛起第三个的叉子，其余的奴隶都一一照此办理。如果要停止前进，领头的那人就把叉子的柄端往地上一插，整队奴隶便停下来了。在行进的过程中，休想能够逃跑，每个人脖子上套着一根六尺长的粗木棍，怎么能逃得掉呢。

勒杜船长对每一个在他面前走过的男女奴隶，都耸耸肩膀，表示不满意，不是认为男奴太瘦弱，便是觉得女奴太老或者太年轻，他抱怨黑人已经明显退化，今不如昔。

"退化了，退化了。"他这样叹道，"真是一代不如一代，从前，女人都有五尺六寸高，四个男人就能够转动绞盘，把一艘三桅战舰的主锚拉上来。"

虽然他一边抱怨不满，同时却又挑出了一批身体最强壮、容貌最端正的黑人。这一批他准备按一般价格买下，但其余那些，他要求大

---

① 西印度群岛中的一岛屿，法属殖民地。
② 法国银币。
③ 塞内加尔土著语言。

幅度降价。达芒戈则竭力维护自己的利益，他大肆夸耀他的商品，还陈说男奴的货源来之不易，而且如此贩卖人口大有风险。总之，他对白人船长愿意买下的那些奴隶，要了一个批发价，至于价钱是多少，我也不得而知。

翻译刚把达芒戈开的批发价译成法文，勒杜船长一听简直就气炸了肺，差点晕倒在地，于是，他骂骂咧咧了几句脏话，便站起身来，大有拂袖而去、不跟这个漫天要价的家伙打交道之势。达芒戈赶紧挽留，费了好大的劲才使得船长息怒坐下。他们又打开一瓶烧酒，双方重开谈判。这一回轮到黑人觉得白人压价压得太荒唐，简直无法接受了。双方大吵大嚷，争论不休，都拼命灌烧酒。但烧酒在谈判双方身上所产生的效果却大不相同，法国人越喝越压价，而非洲人却越喝越让步。就这么喝掉一篮子烧酒之后，双方也达成了协议。法国人用一些劣质棉织品、加上一些火药、打火石、三桶烧酒、五十支没有修好的步枪，换得了一百六十名奴隶。船长为了表示成交，击了一下达芒戈的手掌，其实这黑人已经喝得半醉。接着，奴隶立即被交割给了买主，法国水手赶紧把奴隶脖子上的木叉取下来，换上铁制的颈套与手铐，此举倒也充分显示出欧洲文明的优越性。

船已经装满。挑剩下的三十个奴隶，都是老弱病残，妇女儿童。

达芒戈不知如何处置这堆剩下来的废物，便向船长建议以每人一瓶烧酒的价格全卖给他。价格低廉，颇有吸引力。勒杜船长这时突然回想起过去在南特观看《西西里晚祷》[①]演出时的情景，剧场的大厅里已经满座，后来又有好些又肥又胖的人挤了进去，由于人的躯体颇有伸缩性，挤进去的那些人也都能坐下。受此启发，他于是在剩下的三十个奴隶中，又挑了二十个身体较为苗条的。

最后剩下的那十个，达芒戈只要每个换一杯烧酒。勒杜船长一

---

① 法国十九世纪诗人德拉维尼（1793—1843）所写的五幕诗体悲剧，初演于1819年。

想，在公共马车上小孩子尚且只占半个座位，不必花钱，于是，他又要了三个孩子，并宣称他再也不多要一个了。达芒戈眼见还有七个奴隶卖不出去，便抓过一支枪，瞄准站在最前面的那个妇女，她正是那三个孩子的母亲。

他对白人船长说：

"买下吧，否则我就杀了她。只要一小杯烧酒，你不买，我就要开枪啦。"

"你要我买下，我拿她有什么用？"勒杜船长拒绝说。

达芒戈开了一枪，那母亲倒地而亡。

"来吧，另一个！"达芒戈边喊边瞄准下一个衰弱不堪的老头子，"只换一杯烧酒，否则……"

达芒戈的一个妻子拽了丈夫的胳膊一下，子弹打偏了。因为那女人刚认出她丈夫要杀的那个老头子是一位基里奥，也就是说，是一位巫师，此人曾经向她预言她将来会当上王后。

达芒戈喝多了烧酒，脾气狂暴，眼见有人公然反对他的意志，更是难以自制。他用枪托狠狠揍了一下他的妻子，然后转身对勒杜船长说：

"喂，我把这个女人送给你。"

他的这个妻子长得挺标致。勒杜船长见了笑逐颜开，立即便牵着她的手，说：

"我会找好地方来安置她的。"

那位翻译是个厚道人。他给达芒戈一个硬纸板做的鼻烟盒，换来那剩下的六个奴隶，他立即卸下套住他们的木叉，让他们愿意上哪里就上哪里去。这几个奴隶马上就跑得精光，有的往这儿，有的奔那儿，但谁也不知道如何才能回到自己离这海岸有八百公里之遥的家乡。

勒杜船长向达芒戈告辞，准备尽快地装货上船，因为在河口逗留时间长了不安全,巡洋舰随时都会出现,而他准备第二天就起程返航。至于达芒戈,他躺在有树荫的草地上呼呼大睡,静待醒酒时分。

当他醒来的时候,贩奴船已扬帆起航,顺河而下。达芒戈由于头一天暴饮无度,脑子仍然昏昏沉沉,他还要找自己的妻子艾伊雪哩。有人回答他说,艾伊雪因为不幸惹得他生了气,已经被当作礼品送给白人船长,勒杜早已把她带到船上去了。达芒戈一听就愕呆了,他使劲捶打自己的脑袋,然后抓起步枪就去追赶。那条河要拐几道弯才能入海,他便抄近路,直奔离河口两公里的一个小港湾,指望在那里找到一条独木舟,去追上那艘双桅帆船,因为河道曲折,帆船行驶得较慢。果然不出他所料,他先找到一条独木舟,然后又追上了那条贩奴船。

勒杜船长见他追来,颇为惊讶,听到他说想把妻子要回去,更是大吃一惊。

"给了别人的东西,是不能要回去的。"他这么拒绝说。

说完,他转过身去,置之不理。达芒戈坚持要人,并表示愿意将勒杜用来换奴隶的一部物资原件退还。白人船长哈哈大笑,说艾伊雪这个女人很不错,他要把她留下。可怜的达芒戈一听,泪如雨下,他号啕悲号,痛苦得就像一个正在承受外科手术的病人。他时而在甲板上打滚,呼叫爱妻艾伊雪的名字,时而把头朝船板上撞碰,颇有自杀之势。白人船长无动于衷,漠然冷对,指着河岸示意要他滚蛋,达芒戈仍然坚持不懈,甚至提出用他的锈金肩章、步枪与军刀来交换,但他所有的恳求都枉然白费。

正在双方僵持不下之时,贩奴船的大副对船长说:

"昨天夜里,咱们死了三个奴隶,船上还有点空地方,为什么不逮住这个身强力壮的混蛋呢?他一个人就抵得上死去的那三个。"

勒杜心里打了打算盘,达芒戈这厮足可以卖上一千埃居呀,虽然自己这趟买卖看来会有丰厚的利润,但对他来说,毕竟可能是他此生最后的一次；只要发了财以后不再做贩奴生意，自己在几内亚沿岸留下好名还是恶名，对他还有什么关系呢？再说，岸上渺无人迹，他满可以任意摆布这个非洲武夫，只需把他手里的武器取走就行；因为这武夫手里有武器，要对他下手是很危险的。于是，勒杜船长不动声色把达芒戈的枪要过来，仿佛要仔细估一估它的价值，看是否可以把艾伊雪再换回去。在摆弄弹簧扳机的时候，他刻意把导火线的火药卸掉。与此同时，他的大副则把达芒戈的军刀拿过去把玩。这样一来，黑人武夫便完全被解除了武装。两名勇猛有力的水手扑将上去，把他脸朝天的按倒在地，打算将他捆绑起来。黑武夫猛烈反抗。他遭此突袭，已经醒过神来，虽然处于劣势，但仍与那两个水手搏斗好一阵子。由于他天生力大无比，终于又站了起来，一拳就把拽住他脖子的那一个水手击倒。另一个也制服不了他，只撕下他的一块上衣，他挣脱后便疯狂扑向大副。大副朝他头上砍了一刀，伤口相当宽，但并不深。达芒戈又第二次倒地。船丁立即将他的手脚捆绑得结结实实。他一面挣扎，一面怒吼，像只落网的野猪一样乱蹦乱扭。当他感到自己已全然无能为力，一切反抗均属徒劳时，便闭上眼睛，一动也不动。只有他粗声粗气而又急促的喘息，表明他还活着。

"妙极了。"勒杜船长大声嚷嚷说，"被他卖掉的那些黑人，看见他也成了奴隶，准会哈哈大笑。从这件事，他们就会相信天主在上，自有公道。"

这时，可怜的达芒戈还在不断流血。那个慈悲为怀的翻译，就是前一天救了六个奴隶的那位先生，走了过来，替他把伤口包扎好，还对他讲了几句安慰的话。到底是怎么说的，笔者就不得而知了。达芒戈一动也不动，就像一具死尸，两个水手费了好大的劲，像抬沉重的包袱一样，把他抬到统舱里，那里事先给他留下了一个位置。整整两天，他不吃不喝，几乎连眼睛也不睁。他过去的那些阶下囚，如今成为他的难友。他们见他也沦落到这群囚徒之中，惊讶得目瞪口呆，只因对他仍心存畏惧，谁也不敢对这个使得他们沦于不幸的武夫表示幸灾乐祸。

双桅船趁着从大陆吹来的顺风，迅速地离开了非洲海岸。船长已经不再担心会碰上英国巡洋舰了，他一心想着这次直航殖民地将有巨额利润在那里等待着他。他的"乌木"完好无损。没有发生任何传染病。只有十二个奴隶，而且是身体最为瘦弱的，因为酷热中暑而死去，此乃小事一桩，何足挂齿。为了使得他船上的人形牲口尽可能少受点旅途劳顿之苦，他每天不忘让舱里的奴隶到甲板上来透透气。全部奴隶分为三批进行轮流，每批三分之一的可怜虫上来一个钟头，吸足自己一整天所需的新鲜空气。一部分船丁荷枪实弹，在一旁监视，以防奴隶们造反，另一个防范措施则是，小心翼翼地不把他们的脚镣手铐全部卸下。偶尔，一个能拉点小提琴的水手，会给他们演奏演奏，好让他们有点娱乐。在此种难得的时刻，一张张黑色的面孔全都转向这位乐师，脸上原有的那种发呆而绝望的表情逐渐消失不见了，而会开颜大笑，如果在手铐不太碍事的时候，他们还会鼓掌呢，此情此景，见者定会大感惊奇。运动对健康至关重要；为此，勒杜船长定下一条保健措施，那就是要奴隶们经常跳舞，就像要让长途贩运中的马匹经常蹬蹬前蹄一样。

"来吧，孩子们，跳起舞来，大伙都乐一乐。"勒杜船长声如雷鸣，同时，他把手里那根用来赶驿车的马鞭，甩得噼啪直响。

可怜的黑奴们便应声跳起舞来了。

有若干天，达芒戈因为有伤在身，待在舱下没有上来。后来，他终于出现在甲板上了。起初，他面对自己那些惊恐的奴群，昂首而立，环视周围辽阔的大海，凄然无语。然后就躺了下来，或者不如说，是颓然倒在船桥的甲板上，甚至不屑于把镣铐摆弄妥帖，好让自己舒服一点。勒杜坐在后部的艉楼上，悠闲地抽着烟斗。艾伊雪侍立在他身旁，没有戴镣铐，身穿一件式样优雅的蓝布长裙，脚踏一双漂亮的羊皮拖鞋，手持托盘，托盘上放着各种甜酒，随时准备为他酌酒。显而易见，艾伊雪已经得到了船长的重用，担任了贴身要职。有个黑奴对达芒戈心怀不满，故意叫他往船长那边望去。达芒戈转头一看，看到艾伊雪，便大喊一声，霍地而起，向后艄楼奔去，值班水手竟没有来得及制止他这种严重触犯航行法规的行为。

“艾伊雪！”他用雷鸣般的声音呼喊，那黑人女子立即发出了一声惊叫，“你以为在白人的地方就没有‘犸犸龙婆’了吗？”

这时，船丁们手持棍棒纷纷赶到。达芒戈双臂交叉在胸前，若无其事，从容不迫地回到自己原来的位置上，而艾伊雪则泪流不止，似乎被达芒戈那句神秘的警告吓得丧魂落魄。

“犸犸龙婆”这个词凶狠可怕，足以使人恐惧，究竟所指为何？那位翻译做了以下一番解释：

“那是黑人用来吓唬人的妖怪。如果一个丈夫担心自己的妻子干出不守妇道的事，就像法国女人与非洲女人常做的那样，他就会用犸犸龙婆来吓唬她。我得告诉您，我亲眼见过犸犸龙婆这骗人的把戏。但黑人却信以为真……他们头脑简单，根本不懂得这一套。您想想吧，某个夜晚，当女子们正在跳舞取乐之时，用黑人的土话来说，也就是正在‘乐和乐和’的时候，突然从幽深黑暗的树林里，传来一阵阵怪异的音乐声，什么人在演奏，你是看不到的，那些乐师都藏在树林里。乐器则有芦笛、木鼓、木琴以及用半个葫芦做的吉他。奏出来的声调阴气逼人，鬼听也愁。那些黑人妇女一听见这样的调子便吓得浑身哆嗦。她们想躲开了事，但却被做丈夫的扣住不放。她们知道即将有什么堵心的事要来了。忽然间，从树林里走出一个白色的庞然大物，足有咱们船的桅杆那么高，脑袋如笆斗，两眼像锚孔，一张魔鬼的血盆大嘴，里面有火苗闪闪。这怪物缓缓地挪动，最远不超出树林一百米的地方。女人们不断惊呼：‘犸犸龙婆来了！’

“她们像卖鲜蚝蛎的女人那样大叫大嚷，这时候，做丈夫的就对她们说：'臭淫妇，快告诉我们，你们守没有守妇道？如果撒谎，犸犸龙婆已经在这儿了，会把你们活活吃掉。'有的女人头脑简单，信以为真，居然从实招认，于是被做丈夫的打得半死。"

"这个叫犸犸龙婆的庞然大物，究竟是什么东西！"勒杜船长问。

"咳，那是一个滑稽小丑装扮的，身上披着一大块白布，头上顶着一个挖空了南瓜，里面支着一根木棍，棍端放一支点亮的蜡烛。这把戏并不高明，但要诓骗黑人，只需耍点小聪明就行了。不管怎么说，犸犸龙婆倒也不失为一种好发明，我希望我的老婆也相信确有犸犸龙婆。"

"至于我的老婆。"勒杜船长说，"即便她不害怕犸犸龙婆，她也会害怕大棒。她很明白，如果她对我耍了花招，我会怎么去收拾她。我们勒杜家族的男人耐心都很有限。我虽然只剩一只胳膊，但用鞭子抽人，手还是很好使噢。至于刚才那个用犸犸龙婆吓唬人的混蛋，你去告诉他放老实点，别再恐吓我身边的这个小娘子，否则我会叫人去抽他的脊梁，抽得他的皮肤由黑变红，像带血的生牛排一样。"

说完这一番话，船长便返回他的舱房里，他把艾伊雪叫来，想要好好安慰安慰她。但不管用什么办法，起先是哄，哄到后来，他不耐烦了就揍，所有这一切都不奏效，都不能使那个漂亮的黑女人就范。她泪如泉涌，哭泣不止。船长又回到甲板上，心里不胜烦躁，拿值班官来撒气，把他狠骂了一顿，说他操作不当。

夜深人静，几乎全体船员都入睡以后，守夜的人员先是听见从统舱里传出一阵低沉、庄严而又凄凉的歌声，接着船上有了一声女人凄厉可怕的尖叫。紧接着，则是勒杜船长粗暴的声音，又是骂又是威吓，还有他那根可怕的鞭子噼噼啪啪的抽打声，响遍了全船。过了一阵子，一切又归于沉寂。第二天，达芒戈登了甲板，脸上有鞭痕累累，但神情倔强而倨傲，威严一如往昔。

在后部艄楼上，艾伊雪本来坐在勒杜船长的身旁，一看见达芒戈，便飞奔过去，跪在他的跟前，用极为绝望的声音哀求道：

“宽恕我，达芒戈，宽恕我吧！”

达芒戈直盯着她足有一分钟，接着，见那个翻译不在近处，便说了声：

“弄把锉刀来！”

说罢，他往甲板上一躺，不再理会艾伊雪。船长狠狠责备了艾伊雪一通，甚至还打了她几个耳光，并禁止她以后再跟自己的前夫搭话。但他怎么也没有想到他俩刚才那几句简短话里的内容，也没有从这个方面提出过任何疑问。

在以后的这段时间里，达芒戈与其他奴隶都关在一起，他日夜不停地鼓动他们进行一次大胆的冒险，去争取自由。他对难友们说，白人数目甚少，看守起来会越来越疲乏，警惕性会降低；同时，又含含糊糊地承诺，获得解放后，他会把他们带回故乡。他还自吹自擂声称自己精通黑人所迷信的那法术，又威胁说，谁要是不配合行动参与起事，谁就必定遭到魔鬼的报复。他做这番训导时，只使用伯尔人[①]的方言，大部分黑人能听懂，而那个翻译则完全不懂。他能言善辩，本来就特具演说才能，加上他的声望与奴隶们一贯畏惧他服从他的习惯，所以他煽动起事的话语更具有神奇的说服力。黑奴们都敦促他尽快确定一个起义求解放的日期，倒是他本人认为不宜仓促举事。他故弄玄虚，讳莫如深，告诉难友们说，时机尚未成熟，魔鬼还没有托梦通知他可以行动，但他们必须做好充分准备，一旦号令下来，就立即动手。与此同时，他不放过任何一个机会去试探船丁的警惕程度。有一次，有个船丁把步枪靠着船舷，正在尽情观赏着追随双桅船的一群鱼跳出水面、凌空而跃的情景，达芒戈将那支枪拿过来，摆弄摆弄了

① 非洲北部的土著民族，原来定居在塞内加尔。

一番，还故意笨拙地模仿了船丁们操练的动作。不一会儿，那支枪被要了回去，但他由此探知，他可以拿拿武器而不至于立即引起对方的警觉，当将来举事暴动的时候，谁还想把武器从他手里再夺回去，那人真就是胆大妄为、不知死活了。

一天，艾伊雪扔了一块饼给他，同时做了一个只有他才明白的手势。饼里藏有一把小锉刀，举事的成败全靠这件工具了。最初，达芒戈小心翼翼不让自己的难友们看见这把刀。等到夜幕降临以后，他嘴里念念有词，同时做出一些怪异的动作。他越来越兴奋，甚至发出一些呼喊。他的声音昂扬顿挫，起伏变化，真以为他正在和一个肉眼看不见的人在进行热烈的交谈。所有的奴隶见此都不寒而栗，深信魔鬼已经来到了他们中间。最后，达芒戈发出一声欢呼，结束了装神弄鬼的这一幕。

"伙计们。"他叫道，"我祈求的那个精灵，刚才终于答应把它所承诺过的福祉赐给我，我手里正拿着可以使我们得到解放的工具。现在，你们只需鼓起一点点勇气，就能够获得自由了。"

他让周围的人都用手摸摸那把锉刀。他的骗术虽然十分简陋，还是使得那些头脑更为简陋的黑奴信以为真。

经过漫长的等待之后，复仇与解放的伟大日子终于来到了。举事者做了庄严的宣誓，众志成城，团结一致，通过慎重的讨论，敲定了起义的计划。最为勇敢坚定的一批人，由达芒戈率领，趁他们上甲板之际，夺下守卫船丁手里的武器。再去几个人到船长的房间里去夺下那里的枪支。施行第一轮打击的任务由那些先锯开了手镣脚铐的人承担。不过，尽管一连好些个夜晚奴隶们都在顽强地锯断自己的镣铐，但大部分仍然未能得逞，不可能放开手脚参加起义。因此，另由三个特别身强力壮的奴隶，去杀死那个口袋里装着镣铐钥匙的看守，然后再去解放那些仍被铐着的兄弟。

事变的当天，勒杜船长心情甚佳。他一反往常故态，竟赦免了一个原本该受鞭挞的见习水手，并表扬了一个值班的高级船员，说他驾驶得不错，向全体船员宣称他对此深感满意，还说不久就要到马提尼克岛了，届时，每个人都会得到一份额外的奖金。如此诱人的承诺，引人想入非非，每个人都在自己脑子里盘算着，上岸后如何享受马提尼克岛的美酒与女人，正当他们飘飘然之际，达芒戈与一些预谋起事的奴隶被带上了甲板。

他们锉开镣铐时，小心翼翼地加以掩盖，叫人看不出已快锉开，但稍一使劲便能扭断。同时，他们故意把镣铐弄得哗啦作响，好让旁人听见了会以为他们不堪重负。他们饱吸了一阵新鲜空气之后，便全体手挽手，跳起舞来，而达芒戈则唱起了自己部族的战歌①，这是他过去每次出征时都要唱的。舞跳了一阵子之后，达芒戈似乎有点累了，便躺倒在一个无精打采倚靠着船舷的水手的脚下。其他的预谋者也纷纷效仿，于是，每个船丁身边都围有好几个黑奴。

突然，达芒戈稍一用力便把镣铐弄断，大喊了一声，这喊声就是他约定举事的信号。接着，他猛地将身旁那个船丁的两腿一拉，把他掀倒在地，一脚踏住他的肚子，把他的枪夺了过来，开枪打死那个值班的小头目。与此同时，每个值勤站岗的船丁都遭到了攻击，被缴械后即被杀掉。船上杀声四起，掌握镣铐钥匙的那个看守，首当其冲，是第一批丢命中的一个。于是，成群的黑奴拥上了甲板，找不到枪支的就抓起绞盘上木杠或救生艇上的木桨当武器。从这时开始，欧洲船丁们的大势已去。不过，还有几个船丁仍在后部艉楼上负隅顽抗，但他们既缺乏武器，也丧失了信心。勒杜船长尚且还活着，其勇气也丝毫未减。他发现达芒戈是这次反叛的首脑，心想如果能把他干掉，他的那些追随者就好对付了。于是，他高呼达芒戈其名，手挥军刀，直向他冲去。达芒戈立即迎了上去，他倒提着一支步枪，像抡一根大

---

① 每个黑人首领都有自己的战歌。——作者原注。

棒似的抢着它。两个首领在连接前后艟楼的一条窄窄的通道上狭路相逢。达芒戈首先发动攻击，勒杜将身子轻轻一闪，躲过一招。达芒戈的枪托狠狠砸在甲板上，折成两截，其反作用力之大，竟使整支步枪从达芒戈手里震落而下。达芒戈已赤手空拳，勒杜狞笑一声，举起胳膊，挥刀劈下，眼见将对方劈个通透。但说时迟，那时快，达芒戈敏捷得如像他家乡的一头猎豹，竟冲进勒杜的怀里，一把抓住勒杜挥刀的那只手。双方激烈格斗，一个拼命夺刀，一个拼命握刀。在拼死拼活的争夺中，两人同时跌倒在甲板上，但这时非洲人被压在下面。达芒戈毫不泄气，他使出了全身的劲，紧紧将勒杜箍住，张开大嘴狠咬其喉咙，用劲之猛，使得鲜血飞溅，如像从狮子的牙缝里喷出的一样。军刀从勒杜的手里颓然落地。达芒戈把它抓了过来，直往已经半死的对手身上连戳几刀，他鲜血淋漓的嘴里，发出一声胜利的吼叫。

起义胜利已成定局。剩下来的几个船丁哀求胜利者饶命；但他们所有人，包括那个从未对黑人做过坏事的翻译，都被毫不留情地杀死了。大副死得很壮烈。他退到船尾，紧靠一尊能旋转发射霰弹的小炮，他左手转动那尊炮，右手持刀抵抗，越战越勇，招来了一大群黑人的围攻。于是，他把开炮的栓钮一按，顿时密集的黑人被轰得一片死伤狼藉，形成了一条血路。不一会，他就被剁成了肉泥。

当最后一名白人的尸体也被砍成碎块被扔进大海之后，黑人们因大仇已报而感到心满意足，他们抬眼注视船帆，那些帆一直被强劲的风吹得鼓鼓的，似乎还听命于原来的白人压迫者，不理睬起义者的胜利，仍然要将黑人们送往被奴役的地方。

面对此种境况，他们不禁悲哀地想道：这条船是白人奉若神明的庞然大物，我们把它的主人都斩尽杀绝了，它还会把我们送回老家吗？

他们之中一些人认为，达芒戈有本领，能操纵这条船，于是，大家高声呼叫达芒戈。

达芒戈却不急于露面。大家在船尾的一个房里发现他正站在那里，一手按着船长那把血淋淋的军刀，另一只手，他心不在焉地伸给他的妻子。艾伊雪跪在他跟前，吻着他的手。从他的举止看来，胜利的喜悦并没有减轻他心底里隐隐的不安。比起那些黑人同类，他毕竟心思细密一点，更能感觉得到自己境况不妙。

他终于出现在甲板上，外表镇定而内心忐忑。上百张嘴都在吵吵嚷嚷，催促他掌控船只，指挥航行。他慢吞吞走近船舵，似乎想拖延一下时间，因为即将检验出他到底有没有真本领，对此，他自己与他的那一大群追随者都在拭目以待。

船上任何一个黑人，不论是多么迟钝愚蠢，都不会不注意到有一个轮盘和它前面那个盒子，对船只的航行起了决定性的作用。但这种机械装置对他们来说，是神秘莫测的。达芒戈在罗盘前盯了好久，嘴唇不断翕动，似想看懂那上面的文字。接着，他手按额头，似乎在思索，在盘算着什么。所有的黑人都围在他身旁，张着嘴巴，瞪着眼睛，忧心忡忡地注视着他的每一细微的动作。终于，达芒戈出于因无知而产生的恐惧与自作聪明两者兼而有之的心情，贸然使劲转动一下轮盘。

碰上这种前所未有的操纵方式，美丽的双桅船"希望号"，就在海浪上上蹿下跳，剧烈颠簸起来，如像一匹烈马猛地被鲁莽的骑手用马刺一扎，竟昂然直立那样。简直可以说，这条船是在大发雷霆，宁愿毁沉海底，与那个冒失无知的舵手同归于尽。船帆方向与轮盘转动方向之间的协调制动横遭破坏，船身便猛烈倾斜，眼见即将翻倒，葬入大海。高大的帆架已经没入水中，有些人跌倒在甲板上，有些人已掉进海里。但是，转眼之间，双桅船又迎着波浪骄傲地昂起头来，似乎要与死神再作一番搏斗。海风越来越猛，突然，一声可怕的巨响，两根船桅在离甲板几尺之上的高度上被风力折断，船帆的碎片与像沉重渔网般的帆索纷纷落下，遍布了整个甲板。

黑人们被吓得惊恐万状，纷纷逃进统舱。海风吹倒了与它顶力相抗的巨帆，双桅船又得以缓过劲来，又开始随波漂荡。于是，黑人中一些胆子最大的又爬上了甲板，清扫堵塞道路的碎片。达芒戈的手肘靠在罗盘柜上，用弯曲的胳膊遮住自己的面孔，一动也不动。艾伊雪待在他身旁，但不敢跟他说话。黑人们逐渐走拢来，起先是小声低语，议论纷纷，不久，就变成了一阵狂风暴雨似的谴责与辱骂。

"没有良心的家伙！骗人的坏蛋！"他们叫嚷道，"你害得我们这么惨，是你把我们贩卖给白人，是你强迫我们造了他们的反。你向我们胡吹你有知识，还答应要把我们带回家乡。我们相信了你这个家伙，我们真傻，你得罪了白人的这个神物，害得我们差一点就全完了。"

达芒戈把头骄傲的一抬，吓得周围的黑人纷纷后退。他捡起两支步枪，示意他老婆跟着他走。他穿过人群，黑人赶紧给他让出道来，他径直向船头走去。到了那儿，他用空桶与木板筑成一个碉堡似的掩体，然后，他往这个掩体的中央一坐，示威性地将步枪上的两把刺刀从掩体里伸了出去。黑人们再没有去干扰他。在这些造反的人群里，有些人在哭泣，有些人举手朝天，同时向黑人的神明与白人的神明进行祈求，有些人跪倒在那个摆动不停、叫他们惊叹不已的罗盘针之前，哀求它把他们带回家乡，有些人则陷于消沉，沮丧地躺在甲板上。在这些绝望的人群之中，请诸位想象一下，还有一些惊恐万状、哭号不已的妇女与儿童以及二十来个伤员，他们哀苦求助，但没有人去搭理。

忽然间，一个黑人在甲板上出现，他满面赤亮，喜气洋洋，宣称他刚刚发现了白人贮藏烧酒的地方。他那么兴高采烈，手舞足蹈，足以表明他已经美美地品尝了一番。这一消息顿时使得那些可怜虫停止悲号哀哭，他们立即奔向食品贮存室，拿到烧酒就狂饮饱灌了起来。

一个小时之后，只见他们在甲板上一片烂醉，又是跳，又是笑，狂态百出。他们的舞蹈与歌声中仍夹杂着伤员的呻吟与哭喊。就这样，那个白天剩下的时间和整整一个晚上，在醉生梦死中过去了。

第二天早上醒来，又恢复了一片绝望恐惧。夜里，许多伤员已经死去。双桅船在海上漂浮，周围散布着尸体。这时，风急浪高，天空一片雾蒙蒙的。大伙赶紧聚拢商议。有几个学过点巫术的人，以前当着达芒戈的面不敢炫耀，现在一个个都自告奋勇，轮流将自己的法术操演了一番，但都没有奏效。每失败一次，人群的绝望便增添几分。最后，又有人提起了达芒戈，他一直没有从他的掩体里出来。在大家看来，他毕竟是他们之中最有学问的，固然是他把大伙带入了绝境，现在也只有他才能把大伙救出苦海。于是，一个老者走到他跟前，提出了同舟共济的建议，请求他发表高见，控制危局。但达芒戈充耳不闻，像科里奥兰①那样无动于衷。他在昨夜已经趁乱贮备了一些饼干与咸肉，狠下了一条心，准备离群独处，在掩体里过自己的日子。

船上的烧酒倒还剩一些，至少可以使人入醉，忘掉大海，忘掉奴役，忘掉即将来到的死亡。大家喝了便睡，醉梦中回到了非洲，看见橡胶树，看见门户敞开的小茅屋，还有榕树郁郁的浓荫覆盖着整个村庄。第二天起来，又开始狂饮饱灌，如此如此，醉生梦死，又过了一些天。悲号，哭泣，抓扯自己的头发，然后又喝得烂醉，沉沉入睡，这就是他们每天的生活内容。有一些人狂饮过量而死，另有一些人则投海自尽或引刀自戕。

一天早上，达芒戈走出自己的掩体，一直来到那残存的半截船桅旁，对大家宣告：

"奴隶们，神灵托梦给我，告诉我如何才能把你们救出目前的险

---

① 科里奥兰，公元前五世纪的罗马大将，因国人不义，愤而投敌并率部直逼罗马，罗马不止一次遣使求情，他均予以拒绝。

境，如何才能把你们带回家乡。我本来不想再管你们的事，因为你们忘恩负义，但是，我怜悯这些哭哭啼啼的女人和小孩。我宽恕你们，你们得好好听我的话。"

所有的黑人都毕恭毕敬，低着头，簇拥在他周围。

他继续说下去："要使得这样一栋栋庞大的木制建筑在海上移动，就必须像白人那样懂得控制它的咒语，虽然咱们办不到，但咱们能够任意指挥那些和咱们家乡小船一样的轻便小艇。"

说着，他用手指了指旁边的救生艇与其他的小艇。

"咱们在小艇上装足食物，然后坐上去顺着风向使劲划，我的神明与你们自己的神明，一定会施法刮风，把咱们吹回家乡。"

大家对他的话都深信不疑。其实，他这个如意算盘是最荒唐不过的。既不会使用罗盘，又不懂天文气象，只能随风漂流，听天由命了。照他的想法，他认为只要一直朝前划去，就一定能找到黑人居住的陆地。因为他听他母亲说过，陆地都归黑人所有，白人只能在自己的船上栖身。

很快，上小艇的一切准备工作都做好了。但只有一个救生艇与一条舢板还完整可用。容量太小，装不下还活着的八十来个黑人。必须把伤病员扔下。这些可怜的人大部分要求同伴在抛弃他们之前把他们弄死。

费了九牛二虎之力，好不容易把两条小船放到了水面。两条都严重超载，海上波涛汹涌，随时都会把船吞没。舢板先划了出去。达芒戈与艾伊雪是坐在后面那只救生艇上。救生艇要笨重得多，载人的数量也大大超过那条舢板，因而远远落在后面。艇上的人还听见被遗弃在"希望号"上的几个可怜虫仍在哀号惨叫。猛然，一个大浪从侧面朝救生艇袭来，艇内顿时充满了海水，眼见即将沉没，前面那条舢板，见此情景，便赶快使劲划得远远的，唯恐要承担打捞落水者的责任。救生艇上几乎所有的人终于都被大海吞没了，只有十多个人侥幸游回了"希望号"，其中包括达芒戈与艾伊雪。到太阳西沉的时候，他们看见了那条舢板消失在地平线上，但那一船人后来的命运就不得而知了。我何必详细描述"希望号"上残存者备受饥饿折磨的种种令人恶心的惨状，来给读者添堵呢？二十来个人挤在一个狭小的空间里，时而被惊涛骇浪上下颠簸，时而被炎炎烈日暴晒烘烤，每天都要争夺剩下来的少量食物，一块饼干就足以引起一场战斗。弱者一个个死去，倒不是为强者所杀，而是强者坐视他们自行死亡。几天以后，双桅船"希望号"上还活着的，就只有达芒戈与艾伊雪两人了。

一天夜里，海上骇浪涛天，狂风怒号，四周一片漆黑，从船尾竟看不见船头。艾伊雪躺在船长室里的一张床垫上，达芒戈坐在她的脚旁。两人相对无言，沉默了好久。

艾伊雪终于喊道："达芒戈，你受苦啦，你所受的一切苦，都是因为我……"

"我不苦。"达芒戈生硬地答了一句，同时把自己仅剩的半块饼干，扔到他老婆的身边。

"你自己留着吧。"艾伊雪说着轻轻把饼干推了回来，"我已经没有饿的感觉了。再说，我已经死到临头了，何必吃呢？"

达芒戈没有回答，他站起身来，跟跟跄跄登上甲板，在一截折断的船桅旁坐下。他的头低垂在胸前，嘴里轻声哼起了他部族的小调。突然，海面的风浪声中传来一声大喊，同时，闪过一道亮光。紧接着，他又听见几声喊叫，一艘黑魆魆的大船飞快地在"希望号"旁边一闪而过，两船距离甚近，那条船的帆架几乎擦着他的头皮。达芒戈瞥见那船上有一根桅杆上悬挂着一盏桅灯，照亮了两个船员的脸。这两个人还发出了一声呼喊，但在狂风的劲吹之下，那船转瞬即过，消失在黑暗之中。船上的值班人员一定是看到了失事的"希望号"，但风急浪高，他们实在无法掉头回来。过了一会儿，达芒戈又看见大炮的火光一闪，并听见一声轰响。接着，他又看见另一尊大炮闪出火光，但却没有听见任何声响，而后，就再也没有见到什么了。第二天，没有一丝帆影在海面出现。达芒戈又重新躺回床垫，闭上自己的眼睛。当天夜晚，他老婆艾伊雪死去了。

不知道经过了多少时间以后，英国的三桅战舰"战神号"远远发现一艘折断了桅杆的船只，看来船员已经弃船逃离，便派了只小艇前往探个究竟，发现船上还有一个死去的黑女人和一个枯瘦如柴的黑人男子，那男子干瘪得如同木乃伊，他已经昏迷不醒，但还有一口气。战舰上的外科医生收下了他，并进行治疗。当"战神号"在金斯敦①靠岸时，达芒戈的身体已完全康复。旁人询问他的身世，他都知无不言。岛上的种植园主想把他当作反叛的黑奴绞死，但当地的总督是个讲人道的人。他对达芒戈很感兴趣，认为他的作为情有可原，说到底，他只不过行使了正当防卫的权利而已，何况，他杀的都是法国人。于是，该岛按照贩奴船一律没收、其上的黑奴则从轻发落的惯例，给予达芒戈自由，换句话说，就是叫他为政府干活，每天可赚得六个苏的工钱，外加膳食。他长得很是英俊，七十五团队的上校看中了他，让他在军乐队里当铙钹手。他学会了一点英语皮毛，但平时寡言少语，喝起酒来却毫无节制，专喝朗姆酒与塔菲亚酒②。后来，他得了肺炎，死在医院里。

---

① 金斯敦，西印度群岛中英属牙买加岛的首府。
② 此两种酒均为西印度群岛的烈性烧酒。

马铁奥仗义斩子

出维基奥港①的市区，朝着西北方向往岛上腹地走去，可见地势陡然升高。羊肠小道，曲折蜿蜒，沟壑纵横，切割通道，并时有巨石挡路。维艰而行三个钟头之后，前面便是一片深广丛林的边缘。丛林是科西嘉牧羊人的家园，也是为官府所不容者的藏身之地。要知道，科西嘉农民为了省去给田地施肥之劳，总是放火烧荒，即使火势蔓延，超出了需要的范围，他们也任其自然。不管怎么样，树木烧成灰烬，成为肥料，覆盖于地面，在其上播种，肯定会有好的收成。麦穗收割后，农民嫌麦秆麻烦，也就懒得去管了。至于没有烧尽的树根，则仍埋在地下，到来年春天，又出芽抽条，长出茂密的枝叶，不消几年，高度便可达七八尺。这种茂密的再生林，就是科西嘉岛上特有的矮丛林。在其中，各种各样的树木与丛薮交错缠绕，浓密混杂。只有手持利斧才能在其中开辟出一条路来，有时矮丛林的枝叶过于繁密，连野山羊也钻不进去。

如果你犯了命案，那就躲进维基奥的丛林中去好了，只要带上一支好枪，一些火药与子弹，你就稳保平安无事；当然，还别忘了带一件有风帽的褐色斗篷，用来当作被褥。附近的牧羊人会供给你牛奶、乳酪与板栗。除了去城里补充弹药的时候以外，你就不用担心会落入官府手里或遭到仇家报复。

18××年我在科西嘉的时候，马铁奥·法尔戈内一家就住在离矮丛林仅二公里之处。他在当地堪称富人，生活优裕，也就是说，他

---

① 法国科西嘉岛东南一个港口。

什么也不用干，光靠羊群便可过得很滋润，其牧事自有牧人代劳，他们是另类的游牧民族，驱赶着畜群在群山里择地而驻。我见到马铁奥的时候，是在以下这个故事已经发生之后的两年，当时我觉得他至多不过五十岁。他个子矮，体格壮，头发卷曲，像煤一样漆黑，鼻如鹰钩，唇如薄片，大眼睛炯炯有神，皮肤晦暗，如同靴子的里面。当地是出神枪手的地方，高手如云，即使如此，马铁奥的枪法也格外出类拔萃。举例来说吧，他射击岩羊从不用大粒霰弹，而是在一百二十步开外，随手一枪，不是正中头部便是正中肩胛，一击毙命。在夜间也如同在白天一样，百发百中，弹无虚发。他的枪法如此神奇，都是别人告诉我的，对于没有到过科西嘉的人来说，简直就像天方夜谭难以置信。更为神乎其神的是，旁人在八十步以外点上一支蜡烛，蜡烛前遮一张盘子大小的透明纸，他先举枪瞄准，旁人随即把蜡烛吹灭，再过一分钟，他在一片漆黑中扣机射击，射四次有三次能把那张纸击中。

此等超凡的身手，使得马铁奥威震一方，闻名遐迩。在乡里间，他还享有上佳的口碑：对朋友义重如山，对敌人疾恶如仇，而且他热心助人，乐善好施，故此，在维基奥港整个地区，他与同胞乡亲关系融洽，和睦相处。不过，也有传闻说，他当初在科尔特①，为了娶上自己的妻子，曾经十分凶狠地灭掉了情敌，那人不论在情场上还是在武场上，都是一个可怕的对手。至少大家都这么认为，那个情敌正对着挂在窗口的一面小镜子刮胡子的时候，一记冷枪叫他当场毙命，那就是马铁奥的手笔。此事风平浪静之后，马铁奥就娶了妻，成了家。他的妻子吉乌赛芭起先给他生了三个女娃，他对此十分恼火。后来，终于生了个儿子，取名福尔菊纳多。此子一脉单传，成为全家的希望。三个女儿都嫁得很好，只要老爸一旦需要，三个快婿定可拔刀相

---

① 科西嘉中部一座城市。

助。儿子年方十岁，但已可预见将来必成大器。

秋季的一天，马铁奥大清早便同妻子出门，去巡视丛林中一块空地上的羊群。小儿子也想跟他们一道去，可是路途太远；再说，也要留个人看家，所以，父亲没有答应。后来他会不会为此而感到后悔，看官以下便知分晓。

马铁奥走了已经好几个钟头，小福尔菊纳多安安静静地躺着晒太阳，两眼凝视着蓝色的群山，心里念想着星期天将要去城里一个人称"班长"①的叔叔家做客一事。突然间，一声枪响打断了他的思路。他赶忙站了起来，朝响着枪声的平原望去。接着，枪声又起，时断时续，并越来越近。终于，从平原通往马铁奥家那幢房子的小路上，出现了一条汉子，头戴山区百姓常戴的那种尖顶便帽，满脸胡须，衣衫褴褛，挂着一支长枪，步履艰难地走过来，他大腿上刚中了一枪。

此人乃强盗②也，他夜里进城购置火药，回来的路上，遭到科西嘉步兵队③的伏击。他拼命奋战，冲出包围，军队则紧追不舍。他靠岩石作掩护，边退边还击。但追兵距离甚近，而且他已经负伤，眼见在逃进丛林之前就会被抓获。

他走近福尔菊纳多身边，问他：

"你是马铁奥·法尔戈内的儿子吗？"

"是的。"

"我，我是吉阿内托·桑彼埃罗，黄领子④正在追我。请把我藏起来，我快走不动了。"

---

① "班长"是从前科西嘉农民反抗封建领主时各村的起义领袖。至今仍以此来称呼乡镇财大气粗、人多势众、影响广泛并有一定司法权力的乡绅。根据古老的习惯，科西嘉人分五等，即贵族（其中包括达官贵人与领主）、班长、公民、平民与外乡人。——作者原注。

② 此处，"强盗"与"遭官府追捕者"实为同义。——作者原注。

③ 这是当地政府近年来组建的武装组织，与警察共同担任治安任务。——作者原注。

④ 士兵的制服为褐色，带有黄色的衣领。——作者原注。

"没有得到我爹的同意我就把你藏起来，他会怎么说？"

"他会说你做了件好事。"

"谁知道呢？"

"快把我藏起来吧；他们快追上啦。"

"等我爹回来再说吧。"

"还要我等？真该死！他们几分钟之后就到，快，赶快把我藏起来，否则我就毙掉你。"

福尔菊纳多冷冷地答道：

"你的枪已经射空了，你腰带里也没子弹了。"

"我还有匕首。"

"你追得上、抓得着我吗？"

说时便纵身跳开，叫那强人够不着他。

"你不是马铁奥·法尔戈内的儿子吗？难道能让我在你们家门口被捕不成？"

那孩子似乎心里有所松动。

"如果我把你藏了起来，你给我什么好处？"他说着向强人走近。

那强人摸了摸挂在腰间的皮口袋，掏出一块五法郎的硬币，显然是他留着要买火药的。福尔菊纳多见了银币便眉开眼笑，一手抓了过来，对那汉子说：

"你就放心吧。"

说罢，便在房子旁边的干草堆里扒开一个大洞。那汉子便钻了进去。孩子用干草把洞口盖好，留出空隙给他透气，但又不留下破绽，使人不致生疑。另外，他还别出心裁，想出一个妙法，抱来一只母猫和一窝小猫，把它们放在干草堆上，使人以为最近一直无人动过这一堆草。这时，他又发现屋旁小路上留有血迹，便用土仔细掩盖好。安排停当之后，他便泰然自若地躺下来晒太阳。

几分钟后，六个身穿褐衣黄领制服的士兵，由一位队长率领，来到了马铁奥家的门前。这队长与马铁奥还沾点亲。看官须知，在科西嘉，沾亲带故的人际关系，远比其他地方更为普遍。此人名叫第奥多罗·甘巴，办案特别卖力，强盗们都很怕他，已有多人被他缉拿归案。

"你好，表侄。"他走近福尔菊纳多说，"你可长大了！你看见刚才有一个人从这里跑过去吗？"

"噢，我长得还没有您这么高，表叔。"孩子装天真这么说。

"你很快就会长得跟我一样高，不过，你告诉我，刚才有一个人跑过去吗？"

"您问我看没看见有个人跑过去？"

"是呀，有个人，他头戴黑色天鹅绒尖顶便帽，身穿绣着红黄条纹的外衣。"

"有个人，戴着黑色天鹅绒尖顶帽，身穿绣着红黄条纹的外衣？"

"没错，快回答我，别老重复我的问题。"

"今天早晨，神父先生骑着他那匹叫皮埃罗的马，从我们家门口经过，他向我问候了我的爹，我回答他说……"

"好哇，小鬼头，你跟我耍滑，快告诉我，那强盗跑到哪里去了，我们正在追捕他。我敢肯定，他一定是从这条路跑的。"

"谁知道呢？"

"谁知道？我就敢断定你见过他。"

"我睡着了还能看见有人跑过去？"

"你没睡着，小无赖。枪声早就把你惊醒了。"

"表叔，您以为你们的枪能打那么响？我爹的喇叭口火枪响声要大多了。"

"你见鬼去吧，小坏蛋！我敢断定你看见了那强盗，很可能你把藏起来了。喂，弟兄们，你们进屋去，看看咱们要抓的人在不在里面。那家伙只剩下一条腿能走，他贼精得很，决不会妄想一瘸一拐能逃进丛林。再说，血迹到这儿就没有了。"

"我爹会怎么说？"福尔菊纳多冷笑着问，"如果他知道，他不在家的时候，有人进了他的屋子，他会怎么说？"

"小无赖。"队长拧着孩子的耳朵说，"你明不明白，我要你老实点你就得老实。也许用刀面在你身上拍打二十几下，你就会说实话了。"

福尔菊纳多仍冷笑不止。

"我的老子是马铁奥·法尔戈内！"他扬扬得意、装腔作势地说道。

"小混蛋，你要知道，我可以把你抓进科尔特或者巴斯蒂亚的监狱，让你睡草垫、戴脚铐。如果那时你再不招出强盗跑到哪里去了，就把你送上断头台。"

那孩子听了这恐吓，反倒哈哈大笑起来，他仍然重复那句老话：

"我的老子是马铁奥·法尔戈内。"

一名士兵低声劝告自己的队长说："长官，咱们还是别去得罪马铁奥为妙。"

队长显得进退两难，便与士兵们低声商议了一会儿，士兵们已经把整栋屋子搜查一遍了。他们这么做并没有用多久的时间，因为科西嘉人的小屋只不过是四四方方的一大间，家具陈设一目了然：一张桌子，几条长凳，几口箱子，一些猎具与日常用品。在这段时间里，小福尔菊纳多一直在抚摩着那头母猫，对那几个士兵与他表叔队长的一筹莫展，显得有些幸灾乐祸。

一个士兵走近干草堆，看见了那头母猫，便漫不经心地用刺刀戳了一下那堆干草，耸了耸肩膀，似乎觉得自己这么草木皆兵未免有点可笑。那干草堆纹丝不动，孩子也镇静如常，丝毫未动声色。

队长和他的部下到了山穷水尽的绝境，无可奈何，早已把目光转向那片平原，似乎准备从原路打道回府。但那当队长的虽已知道威逼恐吓对马铁奥·法尔戈内的少爷不能奏效，心里仍想做最后一次努力，何不试试哄骗与利诱的法子呢？

"小表侄。"他说，"我觉得你是个挺聪明的小伙子，将来必成大器。可是，你在跟我耍滑头；如果我不是怕我的老表马铁奥难受的话，我就会不管他三七二十一，非把你抓走不可。"

"得了吧！"

"等我的老表回来后，我要把这件事告诉他。他为了惩罚你撒了谎，一定会用鞭子抽得你出血。"

"真的吗？"

"你等着瞧吧……不过，噢！只要你乖乖地听话，我就给你一样东西。"

"表叔，我嘛，倒要给你一个忠告，如果您再在这里耽误时间，那强盗便会逃进丛林，到那时，要进去搜捕他，就得再增加几个像您这样胆大的壮汉。"

队长从口袋里掏出一块银质怀表，它足要值十个埃居。他发现小福尔菊纳多一见这表就眼睛发亮，便提着挂在银表上的钢链，对孩子说：

"小滑头！你一定想有这么一只表，把它挂在脖子上，到维基奥城里大街上，得意扬扬，走来走去，那时，大家一定会问你，'现在几点钟呀？'你就可以回答说，'瞧瞧我的表吧。'"

"将来我长大以后，我那位班长叔叔肯定会送我一块表。"

"那倒不假，但是你那班长叔叔的儿子，现在就已经有一块表啦，那孩子比你还小哩……说实话，他那一块还没有我这一块好看。"

福尔菊纳多叹了口气。

"怎么样，小表侄，你想要这块表吗？"

孩子斜着眼窥视着那表，那神情就像一只猫面对着送到嘴边的一只小鸡，它以为主人在故意逗它，不敢伸出爪子去抓，还不时把目光挪开，唯恐自己经不住诱惑，但又情不自禁地老舔舔嘴唇，似乎在对主人说："您这个玩笑未免太残酷了。"

但是，队长却像是诚心诚意要把这表送给他。福尔菊纳多并没有把手伸出去；他只是苦笑了一下，对队长说：

"您为什么故意逗我？"

"我的天啦！我不是在逗你。只要你告诉我那强盗藏在哪里，这块表就是你的了！"

福尔菊纳多笑了笑，表示不相信，他那双乌黑的眼睛紧盯着队长的眼睛，一心想弄清楚他的话是否有诚意。

"如果你答应了我的条件而我不把表给你，那就让我丢掉官职吧！在场的弟兄们都可以做证，我不能说话不算数。"队长大声嚷道。

他一面这么宣称，一面把表递了过来，越递越近，几乎快碰上那孩子苍白的脸蛋了。孩子的脸色表明，他内心里正在进行激烈的斗争，一方面是对那块表的贪婪，一方面是对避难客人应有的诚信。他裸露的胸膛急剧地起伏着，似乎快要喘不过气来了。而那块表却不停地在晃来晃去，转转悠悠，好几次都碰上了他的鼻尖。终于，他慢慢把右手伸出去，指尖碰到了那只表。现在，那块表整个已经落进了他的掌心，但队长仍然抓住表链的末端，并未撒手……表面是天蓝色的……表壳刚擦拭过不久……在太阳光照射下，光亮闪闪，如一团火焰……它对孩子的诱惑实在是太强烈了。

福尔菊纳多举起他的左手，用拇指从肩上朝他身后那堆干草指了指。队长立即心知肚明。他撒手松开表链，福尔菊纳多顿时便感到自己已经成为那块表的唯一主人，于是，迅速站了起来，敏捷得像一头鹿，赶紧从草堆旁闪开，站到十步开外。士兵们立即上前去搜索那堆干草。很快，但见那草堆一动，一个满身血污的人钻了出来，手里仍握有一把匕首。他想站立起来，但身上的伤口已经凝出了血痂，使得他无法直立。他倒了下去，队长便扑上前夺下他的匕首。尽管他极力反抗，但很快就被捆绑得牢牢实实。

那强人像一捆柴似的躺在地上，他转过头来，向走近的福尔菊纳多骂道：

"狗娘养的！"他的咒骂中蔑视多于愤怒。

孩子把从他那里得到那枚银币掷还给他，觉得自己不配得到这个好处。但那强人对他这一举动不屑一顾，只是很冷静地对队长说：

"亲爱的甘巴，我走不了路啦，您得把我背进城去。"

"你刚才跑得比狍子还快。"捕获者队长大人冷酷地驳了他一句，"不过，你放心好了，能逮住你，我实在太高兴了，即便背着你走上几公里也不会累。再说，好伙计，我们会用树干与你的斗篷替你做一副担架，到了克莱斯波里农庄，我们就可以弄到马了。"

"好吧。"那阶下囚说道，"请你们在担架上铺些干草，让我舒服点。"

士兵们忙忙碌碌，一些人用栗子树的枝干做担架，其他人为那强盗包扎伤口，正在这当儿，突然之间，马铁奥·法尔戈内与他的妻子，在一条通往丛林的小路拐角处出现了。那女人背着一大口袋栗子，弯着腰吃力地往前走，而她的丈夫则大摇大摆，只在手里握一支枪，肩上另挎一支，因为这地方的男子汉除了拿枪外，其他什么也不拿，否则有失身份。

马铁奥一看见士兵，脑子里首先想到的便是，这些士兵是冲着他来的。为什么他有这个念头呢？难道他与官府有什么纠葛？没有。他名声很好，称得上是一个"有声望的人物"。但他毕竟是科西嘉人，是剽悍的山民，而一个科西嘉山民，只要好好回忆一下，总能想起自己没有少犯过开枪、动刀、打架之类的事情。马铁奥比任何人都更有自知之明，因为十多年来，他并没有用枪对准过任何人。即便如此，他仍然小心翼翼，摆好架势，准备必要时进行自卫。

"老婆，"他吩咐吉乌赛芭道，"把口袋卸下，做好准备。"

他的妻子立即照办。马铁奥把自己背着的那支枪交给她，以免开火打起来时妨碍行动。接着，他给手里的枪装上弹药，挨着路旁的大树向自己的家屋走去，准备一旦对方稍有敌意的迹象，便扑倒在最粗壮的一棵树干后面，以树干为掩护向对方开火。他的妻子紧跟着他，提着他那支备用的火枪与子弹袋。一个能干的老婆在战斗中的职责就是替丈夫往枪里装弹药。

另外那方面，队长眼见马铁奥举着枪，手按扳机，一步步地走了过来，不禁提心吊胆，他想，如果万一马铁奥是那强盗的亲戚朋友而想进行救援，他有两支枪准可以击中自己这伙人当中的任何两个，就像把信投入邮箱里一样轻而易举，而如果他不顾亲戚情分向自己瞄准，那就完了！

在犹疑不决、不知所措之中，他毅然做出了一个勇敢的决定，那就是自己只身迎上前去，像一个老朋友那样把事情的经过向马铁奥和盘托出。但他觉得他与马铁奥之间那段短短的距离，却漫长得可怕。

"喂！喂！老朋友。"他大声嚷道，"你好吗？兄弟，是我呀，我是甘巴，你的表弟。"

马铁奥停下脚步，一言不发。随着队长的喊话，他把枪口慢慢向上抬起，等到队长走到了他的跟前，枪口已经完全朝天了。

"你好，兄弟①。"队长说着把手伸过来，"很久没有见到你了。"

"你好，兄弟。"

"我是路过此地来向你和表嫂贝芭②问好的。我们今天赶了很长一段路，可是累得很值，因为收获大大的有。我们刚刚抓到了吉阿内托·桑彼埃罗这强盗。"

"谢天谢地！"吉乌赛芭叫了起来，"上个星期，这贼还偷走了

---

① 科西嘉人见面时打招呼的用语。——作者原注。
② 吉乌赛芭的昵称。

我家一头奶羊哩!"

甘巴队长听了这两句话很高兴。

"可怜的家伙。"马铁奥说,"他一定是饿着肚子的。"

"那混蛋顽抗得像一头狮子。"队长有点诉苦似的答道,"他杀了我的一个弟兄,还嫌不够,又打断了夏尔东上士的胳膊;不过这算不了什么,那上士只是个法国人……干完这些事后,他就藏起来了,藏得神不知鬼不觉,要不是有小表侄福尔菊纳多的指点,我是永远也找不到的。"

"福尔菊纳多!"马铁奥惊叫了一声。

"福尔菊纳多!"吉乌赛芭也惊叫了一声。

"是的,那贼人藏在那边一个干草堆里,小表侄向我戳穿了他的花招。因此,我一定要把他这个功劳告诉他的班长叔叔,让他叔叔送给他一件漂亮的礼物作为奖赏。我还要把你和小表侄的名字写进报告,呈交给代理检察长。"

"真该死!"马铁奥低声咕哝了一句。

这时,他们走到那一队人马跟前。吉阿内托·桑彼埃罗已经躺在担架上,即将押解动身。当他看见马铁奥与甘巴队长走在一起时,便怪笑了一声,并回过头去,朝马铁奥家宅的门槛啐了一口唾沫,骂道:

"叛徒窝!"

只有不想活的人,才敢对马铁奥口出此言。他要回敬此等侮辱,只需拔出匕首扎将过去,无须再补扎一刀。但马铁奥并没有这样做,而是用手托住额头,显得心情沉重。

福尔菊纳多见父亲回来了,便走进家里,很快就端了一碗牛奶出来,两眼低垂把奶递给吉阿内托。

"滚开!"囚徒怒喝了一声,如同一响霹雳。

接着,他却转向一个士兵说:

"朋友,给我点水喝!"

那士兵把水壶递给他，他便把水喝了，没有计较刚才追捕时那士兵跟他交过火的前嫌。而后，他又请求不要将他的双手绑在背后，而是改捆在胸前。

"我喜欢躺得舒服点。"他说。

士兵们赶紧满足了他的要求。接着，队长下令动身回营，他向马铁奥道别，马铁奥没有搭理。队长便加快步伐往平原方向走了。

过了将近十来分钟，马铁奥才开腔说话。孩子惶恐不安，时而看看母亲，时而又看看父亲。父亲则拄着火枪，满腔怒火地逼视着儿子。

"你干的第一桩事很漂亮嘛！"马铁奥终于说了这么一句，声调平和，但了解他性格的人，听起来却不寒而栗。

"爹。"孩子叫唤了一声，噙着眼泪走近他，就要跪倒在他膝下了。

马铁奥朝他大吼一声：

"别靠近我！"

孩子停步下来，呜咽而泣，僵立在那里，离他父亲几步远。

做母亲的走来了，她刚刚发现儿子衬衣里露出一截表链。

她厉声问道："这块表是谁给你的？"

"队长表叔给的。"

马铁奥将表一把夺了过来，使劲往石头上一扔，将表摔得粉碎。

"老婆，这孽种是我的儿子吗？"他问道。

孩子的妈一听此言，原本褐色的脸颊一下涨成了砖红色。

"你在说什么呀？马铁奥，你怎么能这么跟我说话？"

"既然是的，这儿子就是咱们家族里第一个出卖朋友的叛徒。"

福尔菊纳多哭得更厉害了。马铁奥那狠狠的目光始终盯着儿子。终于，他把枪托往地上一撞，然后扛起枪就走上去丛林的小路，并喝令福尔菊纳多跟着他走。儿子乖乖地服从了。

做母亲的追上马铁奥，抓住他的胳膊。

"他是你的儿子啊。"她声音颤抖着对马铁奥说，同时用自己黑沉沉的眼睛紧盯着丈夫的两眼，似乎想看出马铁奥内心里是怎么想的。

"你别管我。"马铁奥命令道，"我是他的父亲。"

吉乌赛芭拥抱了儿子，然后哭着回屋了。她跪倒在圣母像前，虔诚地进行祈祷。这时，马铁奥已经沿着小路走了二百来米，到了一个小山沟。他用枪托试了试地面，发现泥土松软便于挖坑，觉得这个地点便于将自己的意志付诸实现。

"福尔菊纳多，到这块大石旁边去！"

儿子照他的命令做了，然后跪了下来。

"念经吧。"

"爹，爹，不要杀我。"

"念经吧。"马铁奥又说了一遍，声音很可怕。

孩子呜咽着，结结巴巴背诵了《天主经》与《信经》。他父亲在他念到每一段的末尾时，便大声回应一句"阿门"。

"你会背的经文就这些吗？"

"爹，我还会背《圣母经》，还有婶婶教我的祈祷文。"

"那要背好半天，别管了，念吧！"

孩子用细微的声音念完了祷文。

"你念完了吗？"

"噢，爹，饶了我吧，宽恕我这一次，我再也不敢了！我一定会去拼命恳求班长叔叔，要他饶了被抓的吉阿内托！"

他的哀求还没完，马铁奥已经把弹药装进枪膛，一面瞄准儿子，一面对他说：

"愿天主宽恕你！"

孩子绝望地挣扎着想站起来，去抱自己父亲的双膝，但已经来不及了。马铁奥扣动扳机，孩子应声倒地而亡。

　　马铁奥对尸体不看一眼，掉头就往家里走去，准备拿一把铁锹来埋葬儿子。他刚走了几步，便碰见了听见枪声即惊恐奔来的吉乌赛芭。

　　"你干了什么呀？"她惨叫了一声。

　　"伸张正义！"

　　"他在哪儿？"

　　"在山沟里。我马上去把他埋掉。他是按基督徒的方式去死的，死前念了经。我会请人为他做一台弥撒的。去通知我的女婿迪奥多罗·比安契，要他搬来跟咱们一起住。"

费德里哥得道升天①

　　从前，有一贵族少爷名叫费德里哥，容貌俊秀，身姿挺拔，且风度彬彬有礼，性情和柔敦厚，惜乎生活放荡，德行败坏；声色犬马，他爱之入骨，醇酒美人，他迷醉难舍，特别是狂赌豪博，更无节制；他从不做忏悔，倒是经常出入教堂，但不过是去寻找放浪无行、为非作孽的机会而已。他曾经在赌博中赢了十二个良家子弟，害得他们倾家荡产，一贫如洗，此十二人旋即沦为盗匪，在与皇家雇佣兵的一次激战中全都丧了性命，死前均未做忏悔。不久之后，费德里哥亦遭报应，将赢得的钱财输得一干二净，祖传产业也同时丢失殆尽，仅剩下一个位于卡瓦镇②群山背后的小小庄园。他只得在此栖身，贫苦度日。

　　他过着冷寂的生活，白天出门打猎，晚上在家与佃户玩牌，如此如此过了三年。有一天，他在外打猎，猎获之多前所未有。刚一回到家里，耶稣基督带着圣徒前来敲门求宿。费德里哥生性好客，慷慨热诚，见有嘉宾光临而自己恰又有美味在手可待来客，自然不胜欣喜。当即，他请客人进屋入座，以无与伦比的殷勤备席设宴，并称事出仓促，准备不足，恳请贵客原谅招待失周。我主耶稣心明如镜，知此次来访实碰上了一个大好时机，而东道主又如此殷勤，便对他这种虚荣摆阔的小伎俩不予计较。

　　"我们要求甚低，粗茶淡饭足矣。"他老人家这么说，"不过，

---

①　此乃中世纪末流传在那不勒斯王国的一篇故事，与流传在该地区的其他许多民间传说一样，也是希腊神话与基督教信仰的一种奇妙的结合体。——作者原注

②　卡瓦镇在西班牙的那不勒斯城附近。

请你叫人尽快把晚饭做好，因为天色已晚，而这一位已经饿极了。"基督说着指了指圣彼得。

费德里哥不等耶稣基督再次催促便立即照办，除了他所猎获的野味之外，他还想让客人们尝点别的什么，便吩咐佃户把他最后一头小山羊宰掉，马上拿到火上去烤。

晚餐准备停当，客人们入席就座，费德里哥犹感美中不足，那就是他的酒还不够好。

他对耶稣基督敬酒说：

"大人，在下无佳肴可奉，聊敬薄酒一杯。"

听了此言，我主耶稣品了品那酒，抚慰费德里哥道：

"你还客气什么？这酒的质量挺好的嘛；我要此人来品尝品尝。"

说着，他指了指圣彼得。

圣彼得奉命品酒，连声赞道："好酒，好酒，Proprio stupendo①。"并请主人与他共享。

费德里哥虽然认为这一切皆为客套，却仍按那位圣徒的要求欣然干杯；可一饮之下，他竟然发现此酒比他过去荣华富贵之日所享用过的任何美酒都更为香醇！受此启发，他立即感悟到救世主就在他眼前，于是赶紧起身，表示自己没有资格与圣人们同桌进餐；但我主令他重新坐下，他也就恭敬不如从命了。主客进餐之际，自有佃户及其女眷在旁伺候。用毕晚餐，耶稣基督与圣徒们去了给他们准备的房间。剩下费德里哥与两个佃户，他们一如往常玩起了纸牌，并品味剩余下来的神酒。

次日，圣人们到楼下堂厅与主人相聚，耶稣基督对费德里哥说：

"我们对你的款待非常满意，想有所回应以表谢意。你可以随意向我们提三个要求，我们都会答应你的，因为我们拥有天上、人间与

———————————

① 拉丁文，意为：妙不可言。

地狱这三界至高无上的权力。”

于是费德里哥从口袋里掏出他总是随身带着的那副纸牌，说：

“主啊，让我每次使用这副纸牌都能赢钱吧！”

“如汝所愿。”我主恩准道。（Ti Sia Concesso）[①]

但站在费德里哥身旁的圣彼得低声对费德里哥说：

“你想到哪儿去啦？可怜的罪人！你应该请求我主拯救你的灵魂才是。”

“灵魂不灵魂，我倒不在乎。”费德里哥回答说。

“你还可以提两个要求。”耶稣基督继续施恩说。

“主啊。”费德里哥接着提第二个要求，“既然您大发慈悲，那就请您再恩准一事，让任何一个爬上我家门前那棵橙树的人，只要得不到我的允许就永世下不了树。”

“如汝所愿！”我主耶稣又恩准了。

圣彼得听了这番话，用胳膊肘碰了碰身边的费德里哥说：

“可怜的罪人，你已经作孽多端了，难道不怕下地狱吗？赶快请求仁慈的主在他神圣的天堂里给你留块地方……”

“这事不急。”费德里哥一边从圣彼得身边走开一边说。此时，我主耶稣又发话了：

“你的第三个要求是什么？”

“我希望，不管是谁，只要在我壁炉旁边这张板凳上坐下，没有我的同意，他就站不起来。”

我主像恩准前两个要求一样，又恩准了这一个，然后，领着他的诸位圣徒走了。

最后一位圣徒刚一走出门口，费德里哥就想试一试他那副纸牌是否灵验。他把佃户叫过来跟他玩牌，故意对自己手里的牌看也不看，

---

① 拉丁文。

闭着眼睛赌。果然，他轻而易举就赢了第一局，接着，他又这样赢了第二局、第三局。对这副纸牌确有把握之后，他便动身进城，在一家最高级的旅馆住下，租了一套最豪华的房间。他回来的消息不胫而走，他过去那些酒肉朋友便成群结队前来拜访。

"我们都以为你老兄永远消失了呢，"唐·朱瑟普惊叫道，"大家都说，你退出红尘了！"

"此话说得有理。"费德里哥答道。

"三年不见，这么长的鬼日子，你老兄是怎么打发的？"其他所有的人都不约而同地这么问道。

"整天祈祷呀！我亲爱的弟兄们。"费德里哥以虔诚的语调这么答道，"你们瞧瞧，这就是我的祈祷书。"说着，他从自己的口袋里掏出了他珍藏的那副纸牌。

他的回答引起了哄堂大笑，人人都认为，他准是在异国他乡赢了钱发了财，而输给他的那些人肯定要比原来赢了他的那些老牌友赌技低。而今故友再次重逢，老哥们恨不得再赢他一把，叫他重新破产。其中有几位急不可待就要把他拉上牌桌，但费德里哥求他们把赌局推迟到晚上，并邀请大伙去另一大厅赴宴，原来他早就命人在那里备好了一桌美酒佳肴，此举，自然受到了客人的欢迎。

这次宴会比招待圣人们的那顿晚饭要热闹欢快得多。他们只喝两种上等名贵的葡萄酒，众人都觉得其味美不胜收，前所未有，只有费德里哥一人例外，因为他品尝过一次神酒。

在客人们来到以前，费德里哥早就准备好了另一副纸牌，与他原来的那副神牌一模一样，准备在以神牌赢了三四局之后，换上这一副牌故意输一局，以便使得对手们不对他起疑心，他把这两副牌分别放在他左手边与右手边。

用毕晚餐，这一群高贵人士便围坐在一张铺着绿毯的赌桌旁，费德里哥先把那副平凡的纸牌放在桌上，把赌注的金额规定为一个合理的数目，以适应整个赌博过程。为了刺激自己的赌兴，也为了检验出自己赌技的实际水平，他在头两局中使出了浑身解数，不料全都输了，为此他懊恼不已。于是，他命人把酒端上来桌来，趁那几个赢了钱的赌友开怀畅饮庆祝已经取得和即将取得的战果的时候，他一手撤下那副平凡的纸牌，一手将那副神奇的纸牌换上。

第三局开始了，费德里哥再也用不着去专注赌局，他彻底放松，有充分的闲工夫去观察他那些对手，并发现了他们暗中玩了鬼。这一发现使得他感到正中下怀，因为他以后可以心安理得用神奇的纸牌把他们的钱袋赢个精光。可见，他自己以前的倾家荡产，正是这些对手在赌局中作了弊的结果，而不是因为他们牌术高明或手气好，由此，他对自己赌艺的实力也有较高的评价，而从他最早在赌场上无往不胜的战绩来说，他的实际能力也应该得到高度的评价。

自信心至关重要，试问，有哪一件事不需要自信心呢？自信心、复仇信念与必胜把握，是人类内心里三种美滋滋的感觉，现在，费德里哥全都有了。但是，他一回忆自己在赌场上无往不胜的战绩，便会想起那十二个良家子弟，他正是赢了他们才发家致富的，而今，他深信只有这十二个年轻人才是他所遇见过的诚实的赌徒。于是，他生平第一次因为赢了他们而感到后悔了，他脸上兴高采烈的表情顿时蒙上了一层阴影，在赢了第三局时，他深深叹了口气。

接着，又赌了好几局，费德里哥毫不心软，设法赢得更多，这样，第一个晚上，他便赢到手一大笔钱，足够支付当晚的酒宴与整整一个月的房租。他适可而止，鸣金收兵。倒是他的对手们心有不甘，怏怏罢手，临走时声言明日一定再战。

第二天与以后一连好几天，费德里哥控制输赢很有分寸，因而，在短短的几天里便发了一大笔财，而谁都没有发现其中的奥妙。于是，他离开旅馆，住进一幢更为豪华的府邸，并不时大摆筵席，招待宾客。当地最美貌的名媛贵妇都争相博得他的一顾，他每天都以最精致的美酒佳肴款待客人，他的府邸成为闻名遐迩的社交游乐中心。

他在赌局中一直谨慎从事，收放有度，就这么过了一年之后，终于决定将他的复仇推向极致，也就是把当地一些主要的财东的钱袋赢个精光。为了实施这个计划，他把自己大部分钱财都换成宝石，提前一个礼拜邀请财东们出席一个不同寻常的宴会，并请了最著名的乐师与舞者前来助兴。宴会一结束，便举行了一场下注最大的豪赌。于是手头拮据的人纷纷向犹太人借贷现款，富裕的人则竭其所有，结果，所有这些人都输得一干二净。当天晚上，费德里哥便席卷了他所赢得的金银珠宝远走高飞而去。

从这一次起，他便给自己立下了一条规矩，只跟那些心术不正的人才用神牌进行他必胜的赌博，至于其他的赌徒，他相信凭仗自己实际的赌艺就可以对付了。就这样，他走遍了全世界各个城市，走到哪里，便赌到哪里，而且每赌必赢，还尝遍了各个地方特产的美味佳肴。

可是，他老是念念不忘输给他的那十二个倒霉蛋，只要一想起他们，他就兴致索然、心情灰暗。终于有一天，他下定决心要去地狱里拯救他们，否则便与他们同归于尽。

决心已定，他便挂着一根拐棍，背上行囊，动身往地狱去，身边带着他心爱的那条母猎犬马舍赛拉。到了西西里岛①，他登上吉贝尔山②，然后从火山口下去，一直下到最底层，其深度相当于从彼德蒙德平原到山顶的高度。从那里到普鲁东③的所在处，必须穿过刻耳柏洛斯④看守着的院子。费德里哥趁刻耳柏洛斯跟他那条母猎犬逗乐的时机，很容易就穿过了院子，去敲响了普鲁东的房门。

---

① 西西里岛，位于意大利南端，传说乃地狱所在地。
② 吉贝尔山，西西里岛上著名的火山，其更为通行的名字，是埃特纳火山。
③ 罗马神话中的地狱之神。
④ 罗马神话中看守地狱大门的恶犬，长着三个脑袋。

有人把他带到普鲁东的面前。

"你是谁？"地狱之王问他。

"我是赌徒费德里哥。"

"你到这里来搞什么鬼名堂？"

"普鲁东。"费德里哥答道，"敝人有人间第一赌徒之美誉，如果阁下认为我有资格与你一赌，在下且提出一个建议：阁下想赌多少局咱们就赌多少局。只要我输一局，你就可以取走我的灵魂，把它当作你的私有，就像阁下王国里的惯例那样；但敝人如果赢了，便有权在阁下的臣民里挑选一个带走，每赢一局就带走一个。"

"好吧。"普鲁东应允道。

于是，他叫人去拿一副纸牌来。

"这儿已经有一副。"费德里哥赶紧说，立即就从口袋里掏出他那副神奇的纸牌。

他俩就赌起来了。

费德里哥赢了第一局，他便向普鲁东要了斯泰法诺·巴加尼的灵魂，此人是他想拯救的十二个良家子弟中的一个。普鲁东立即兑现交割，费得里哥接下了此人的灵魂，把它放进自己的行囊之中。接着，他又赢了第二局，第三局，一直赢了十二局。每赢一局，他就得到一个他想拯救的灵魂，将它放进行囊。当他赢够了十二个之后，他向普鲁东建议继续赌下去。

普鲁东答道："好呀。"其实他已经输得不耐烦了，他找了个借口摆脱费德里哥说："不过，咱们先出去一会儿，这里不知道冒出了一股什么臭气。"

当费德里哥背起行囊与其中的灵魂，刚一走出门口，普鲁东便竭尽全力大叫一声："关门！"

费德里哥重新穿过地狱的院子，三个头的恶犬刻耳柏洛斯没有来纠缠，因为它正被那条母猎犬马舍赛拉迷住了。费德里哥好不容易才从地底爬上吉贝尔山顶。他大声喊了一声他的猎犬，马舍赛拉很快就回到了主人的身边。于是，费德里哥动身启程，回到了墨西拉①。这一次他大获全胜，满载而归，带回了十二个灵魂，感到心里充满了前所未有的欣喜欢快，那是以往他在人世任何一次赌局的胜利所不能比拟的。到了墨西拉之后，他又上了船直返自己在大陆的故居，解甲归田，安享晚年。

（从地狱回来数月后，费德里哥的母猎犬产下了一窝小怪物，其中有几只还长着三个脑袋。主人把它们全扔进了水里。）

三十年后，费德里哥年已七十岁，死神走进他的家里，叫他清理清理他的灵魂，因为他的死期已到。

"我已经准备停当啦。"临死的费德里哥说，"可是，死神呀，我求求你，在把我带走以前，请你到我门前遮阴的那棵树上摘一只果子给我吃。只要再有这么一点小小的享受，我就死也瞑目了。"

"如果你只有这么一个要求。"死神说，"我倒乐意满足你。"

说罢，死神便爬上那棵橙树采了一个橙子。但他要下得树来，却怎么也办不到；没有费德里哥的同意，谁能下得来呢。

"哎哟，费德里哥，我上了你的当。"死神大呼倒霉，"现在我被你捏在手里，不过，如果你放我自由，我让你再多活十年。"

"十年！真不少呀！"费德里哥逗着说，"我的乖乖，如果你想下来，就得再慷慨一点。"

"让你多活二十年。"

"你开玩笑！"

"多活三十年！"

---

① 墨西拉乃西西里岛上一城市。

"你还没有达到三分之一的数呢。"

"难道你想再多活一百年?"

"正是,亲爱的。"

"费德里哥,你蛮不讲理。"

"有什么办法呢,我想活下去呀!"

"好吧,那就一百年吧。"死神无可奈何地叹道,"只好如此。"

说罢,死神立即就下了树来。

死神一走,费德里哥便雀跃而起,精神抖擞,体能充沛,开始过起一种新的生活,既如青年人那样充满活力,又如老年人那样富于经验。关于他重获生命之后的情况,人们所知不详,仅仅知道他继续纵情享乐,特别是肉体官能的享受。有机会他也做点好事,但再也不像前辈子那样,在乎自己灵魂得救的问题。

又过去了一百年,死神再次来敲他的门,发现他正躺在床上。

"你准备好了吗?"死神问他。

"我已经派人去找我的忏悔神父了。"费德里哥回答说,"请你坐在火炉旁边等他来吧,我只等获得上帝的宽恕后,就跟随你去地狱。"

死神心地实诚,便坐在板凳上干等。整整一个小时过去了,仍不见忏悔神父的踪影。他终于开始不耐烦了,便对费德里哥说:

"老头儿,我是第二次来找你了,咱俩有一百年未见了,你还没有把你的灵魂清理好吗?"

"实不相瞒,我有好多好多其他的事情要做。"老头儿带着嘲讽的微笑说。

"那好吧。"死神对他这种目无宗教的态度甚为恼怒,"那你一分钟也别想再活了。"

"算了吧。"费德里哥眼见死神想站却站不起来,便揶揄地说道:"我知道你天性随和,不会不让我再多活几年。"

"再多活几年？你这个卑鄙小人！"死神拼命挣扎，也没能离开壁炉。

"是的，就这个条件；不过，这一次我要求并不过分，我并不奢求长生不死，第三次生命我只要四十年就够了。"

死神眼见自己像上次一样又中了道，被一种神奇的力量吸在板凳上起不来，不由得火冒三丈，什么也不肯答应。

"我知道有一个办法能使你变得通情达理。"费德里哥说。

说罢，他叫人把三大捆柴扔进壁炉，顿时，炉里烈焰熊熊，把死神烤得灼热难耐。

"行行好吧！行行好吧！"死神觉得自己那把老骨头快要被烤焦了，急得大声求饶，"我答应你四十年没灾没病就是。"

一听此言，费德里哥立即解了神法，死神被烤得焦头烂额，终于狼狈而逃。

又过了四十年，死神又来找费德里哥。费德里哥正背着一个行囊，镇定自若地等候呢。

"这下子，你的死期到了。"死神闯进来对他说，"这次你可跑不掉啦，但你背着这行囊干什么呀？"

"这行囊里装着我十二个赌友的灵魂，是我早先从地狱救出来的。"

"那就让他们跟你一道再回地狱去吧。"死神道。

说着，死神一把揪着费德里哥的头发，腾空而起，向南方飞去，带着这批猎物一头扎进了吉贝尔火山口。来到地狱的门前，他连敲了三响。

"谁呀？"普鲁东问道。

"赌徒费德里哥。"死神答道。

"别开门。"普鲁东大声叫道，因为他想起了自己曾经连输十二局那件事，"这坏蛋会把我帝国里的臣民都赢走。"

既然阎王老子拒绝开门，死神便将一行俘虏带到炼狱①的门口。没料到守门天使也拒不接纳，因为他发现费德里哥身负有大罪，不符合炼狱的标准。死神遣送无门，只剩下天堂可去，虽然他对费德里哥恨之入骨，无奈之下，也只能极不情愿地将他送往天堂。

死神把费德里哥往天堂门口一放，圣彼得查问赌徒："你是何人？"

"我是曾经招待过你的人。"费德里哥答道，"就是曾经用野味待客的那个人。"

"你现在这副德行，居然敢到这儿来？"圣彼得嚷嚷道，"你难道不知道你这种人是没有资格进天堂的？什么！你连炼狱也不配进去，竟想到天堂里来占个席位？"

"圣彼得呀。"费得里哥央求道，"大约一百八十年前，当您和您神圣的主到我家来投宿，我是这样接待你们的吗？"

"你所说的倒是千真万确。"圣彼得心里有所松动，却仍然用责备的语气说，"可是我不能自己做主就把你放进来呀，我且去禀告耶稣说你来了，看他怎么说吧。"

我主耶稣闻讯后，立刻来到天堂门口，见费德里哥跪在门槛上，还带着十二个灵魂，左右两边各跪六个，不禁动了恻隐之心，便对费德里哥这么说：

"你进来还情有可原，但这十二个灵魂本该下地狱的呀，凭良心我不便让他们进来。"

费德里哥恳求道：

"怎么啦，我的主，想当年我有幸在舍下接待您老人家的时候，您不是也带着十二位随从吗？我不是也竭诚款待了您老人家和全部的

---

① 根据天主教传说，炼狱是一个涤罪的所在，生前犯有小罪的人，必须先在炼狱中吃苦受罪，待把罪恶涤尽后才能上天堂。

随从吗？"

　　我主耶稣叹道：

　　"拿这么一个人有什么办法呢？既然你们已经全来了，那就进去吧。可是，你们不要颂扬我赐给了恩典，因为下不为例，此风不可长。"

一赌失足千古恨

　　船帆紧贴着桅杆沉沉垂下，纹丝不动。海面波平如镜，暑气逼人，周遭一片死寂。

　　在海上长途旅行中，船主所能提供的一切娱乐消遣方式，很快就都被客人玩腻了。大家在一间一百二十法尺长的木头房子里，一同度过了四个月之后，彼此都混得太熟了。只要看见大副走过来，你就会知道他即将向你大谈他的老家里约热内卢①，然后就要谈那座有名的埃斯林格桥②，那是禁卫军中的水兵修建的，他当时就在这支队伍里。只要你在船上待够了半个月，大副在叙述中喜欢用什么词语、讲到哪里略事停顿、声调的抑扬顿挫如何掌握，你就会全都了如指掌。如他在叙述中第一次提到皇帝③这个字眼时，万一忘了神情悲凉地略为停顿一下，他就会毫无闪失地立即弥补一句："要是你们当时能目睹他的丰采就好了！"其语气如此强调，就像用了三个感叹号。接着，他所叙述的总是那个军号手跟他那坐骑的小插曲，还有一颗炮弹如何反弹回来炸飞了一个子弹盒，盒里竟装着价值七千五百法郎的金银珠宝，等等，等等！……二副则是船上的大政治家，他每天都对他从布雷斯特④带来的最近一期《立宪报》发表评论；要不然，他从高不可攀的政治话题屈尊降格而下到艺文领域，对他上次看过的一出歌

---

　　①　1763年—1960年为巴西的首府。
　　②　埃斯林格，维也纳附近一个村庄，1802年，拿破仑大军在此大胜奥地利军队。
　　③　指拿破仑。
　　④　法国西北部一个港口。

舞剧大发高论以饱你的耳福。我的天呀！……事务长则总是讲一个十分有趣的故事。他第一次给我们讲述他从卡狄斯①囚船上逃跑的经历时，我们都听得入迷！但是，听了二十遍以后，说实话我们大家就都受不了啦！……还有船上那些海军中尉与准尉！……只要一回想起他们的谈话，我就毛骨悚然。至于那位船长，总的说来，他是船上最不令人讨厌的人。他作为一个独断专行的指挥者，对自己的部属幕僚都抱有挑剔的态度。他故意找惹茬，不时采取压制手段，不过，人们也有一个解气找乐的法子，那就是背后骂他一顿。他对部属既总有悖谬无理之举，下人们一发现他的荒唐可笑，自然就会幸灾乐祸。

我乘坐的那只舰船上的军官们都是世上的精英，他们个个性情和善，相互友爱，情同手足，但是，在船上他们倍感无聊，一个个无精打采。舰长倒成了他们之中最和蔼可亲的人，丝毫不令人生烦，这种情况实属罕见。每当他独断专横、发号施令的时候，他都出于无奈，迫不得已。即使如此，我还是觉得旅途太长，不胜其烦，特别是因为只要几天便能抵达岸上的时候，偏偏碰上海面微风不兴。

一天，为了消磨时间，我们尽量把用晚餐的过程拖延得老长老长，餐后，大家都聚集在甲板，等着观看每天千篇一律但又壮丽辉煌的海上落日景象。有的人在抽烟，另一些人则在第十九二十次阅读从藏书仅寥寥二三十册的图书室里借来的书。人人不断打呵欠，打得直流眼泪。坐在我身边的一个少尉，在一本正经地玩弄着一把海军军官着便装时通常佩带的匕首，他将匕首尖端朝下，让它垂落在木制的甲板上。找乐消遣的法子各有不同，这也算是一种，它要求有一定技巧，才能使匕首尖端垂直扎进木板。我也想跟着玩一把，可惜没有匕首，便想向船长去借，但船长不肯。他特别珍爱这把匕首，见它被用来作如此无聊的消遣，是会生气的。他的这把兵器从前是归一位勇敢

---

① 西班牙在大西洋岸的一个军港。

的军官所有，后来那军官不幸在上次战争中阵亡了……我猜想，接下来肯定还有一段故事，果然，不出我之所料，船长不用别人要求便讲述了起来。他所讲的罗杰上尉的不幸遭遇，我周围那些军官们早已听得耳熟能详，船长一开讲，他们就都悄悄退席了。以下就是船长所讲述的故事：

当我认识罗杰的时候，他比我大三岁。他是上尉，我是少尉。我向你们保证，他是我们部队里最优秀的军官之一，而且，为人非常善良，有头脑，有教养，有才干，总而言之，是一个很可爱的青年人。可惜有点傲气，还容易感情用事，我想，这是因为他是个私生子，总害怕自己的出身会让别人瞧不起。但是，老实说，他总是想出人头地、高人一等，这才真是他最大的缺点。他那从未见过的父亲给了他一笔赡养费，如果罗杰不是那么仗义轻财的话，这笔钱足以支付他的日常所需而绰绰有余。但他把自己的钱财都拿来与朋友共享。每个季度，他一领到生活费，谁都装出一副愁眉苦脸的样子前来找他。

"喂，老兄，你怎么啦？"他总是关切地这么问道，"我看您像是囊空如洗了；别犯愁，这是我的钱袋，你需要多少就拿多少吧，然后你跟我一道去共进晚餐。"

布雷斯特来了一个很漂亮的年轻女演员，芳名嘉布莉埃尔，不久就使得不少海军人员与驻防该地的军官拜倒在其石榴裙下。此女子天姿虽然并非完美无缺，但身段苗条，媚眼流盼，双足纤巧，风姿甚为风骚，自然易于招蜂引蝶，特别是那些二十岁到二十五岁的小青年更是趋之若鹜。此外，据说她还是女性中最为放浪任性的一个尤物，她演戏的台风即证明此言不虚。有的时候，她演得妙不可言，简直就是一个第一流的名角。但时隔一天，在演同一出戏时，她却演得冷淡漠然，死气沉沉，念台词时就像小孩被迫背诵宗教经文。使得我们年轻人特别感兴趣的是这样一段有关她的传闻：据说，她曾在巴黎被一位参议员金屋藏娇，这男人为了她挥金如土。有一天，参议员在她的屋里没有脱帽，她要求他脱下，还怪他对她不够尊重。参议员哈哈一笑，颇不以为然，耸了耸肩，坐在安乐椅上趾高气扬地说："小事一桩嘛，在被我供养的女人的家里，我爱怎么样就怎么样。"嘉布莉埃尔一听此不逊之言，扬起玉手就是一个耳光，把参议员的帽子扇到了房间的一个角落。从此，两人彻底决裂。不少银行家和将军也都曾愿意高价供养，但她均一概拒绝，宁愿当一名女伶。据她说，是为了活得独立自由。

罗杰见过她并得知她的往事以后，就认定这女子跟自己是一个脾性，实乃地造一双。我们这些水兵言行一贯坦诚直率，世人往往视为粗鲁有余、文雅不足，罗杰正是以这种直白的方式来表达他对这美貌女子的一见倾心，且看他的所作所为：他把布雷斯特最美丽、最稀罕的鲜花买来，用漂亮的粉红丝带扎成一束，又在丝带的打结处十分巧妙地放进二十五个用纸卷在一起的拿破仑金币①，那是他当时手头的全部所有。我还记得，是我陪他在幕间休息时去后台的。他言辞简单扼要，赞美嘉布莉埃尔穿上戏装后是如何美丽，接着便献上那一束鲜花，并请求她允许自己以后登门拜访，寥寥三言两语，说完就了事。

嘉布莉埃尔一见那束鲜花与献花的俊秀青年，莞尔一笑，还行一个最为妩媚的屈膝礼，但是，当她接过花束，感觉出其中藏有沉甸甸的金币时，脸色陡然一变，其变化之迅猛，较热带风暴在海面掀起惊涛骇浪有过之而无不及。她使劲将花束与金币朝我那位可怜的朋友头上扔将过去。他的脸部因此而挂了彩，后来一个多星期也未能痊愈。正当此时，舞台监督的铃声响起，嘉布莉埃尔匆匆走上舞台，结果把那场戏演得一塌糊涂。

---

① 拿破仑时期发行的金币，上有拿破仑头像，每枚值二十法郎。

罗杰十分狼狈地把那束花与那卷金币拾捡起来，去咖啡厅将花束送给了柜台上的姑娘，不过并不包括那卷金币。然后，他喝起潘趣酒，想借酒浇愁，忘掉那个狠心的女人，但无济于事。虽然他两眼被打肿不能公开露面，心怀怨恨，却对脾气火爆的嘉布莉埃尔更是痴爱入迷。他每天给她写二十封情书！那是多么热情倾倒的情书啊！百依百顺，柔情似水，顶礼膜拜，给一位公主写信亦不过如此。最初几封信，对方根本没有拆阅就原封退回来了，其他的亦如石沉大海，杳无回音。罗杰一直心存幻想，直至我们发现了嘉布莉埃尔竟把这些情书扔给剧院里卖橘子的女贩子作包装纸用。她这一招实在是刁钻恶毒，对我朋友的自尊是可怕的打击，但罗杰痴情不改，还说自己要向那个女演员求婚。有人提醒他说，海军部长不会同意他这么胡来，他便大叫大嚷说要开枪自杀。

正在这期间发生了这么一件事，在一次演出中，一些驻防的步兵团军官，要求嘉布莉埃尔将歌剧中的某一段再唱一遍，这女演员却使小性子断然予以拒绝。双方僵持不下，军官们使劲喝倒彩，台上的幕布急忙落下，女演员也当场晕倒。在一个有军队驻防的城市里，剧院的场子里是何情景，是可想而知的。起哄的军官们约定，第二天以及以后几天，都要继续来给这个得罪了他们的女人喝倒彩，要叫她什么戏也演不成，直到她低头谢罪，赔礼道歉为止。罗杰当时并未在场，但当晚便已听说这件事把整个剧院扰得一团糟，也得知军官们第二天仍有报复的计划，于是，他立即打定了主意。

第二天，当嘉布莉埃尔上场时，军官们聚坐的长凳上突然爆发出震耳欲聋的嘘声与口哨声。罗杰事先故意坐在这些军官的旁边，这时，他站了起来，向那些闹得最起劲的家伙破口大骂。顿时，军官们的满腔怒火便转而扑向了他。他倒是冷静起来，从口袋里掏出了记事本，把四方八面冲着他怒吼的人都一一记录在册。幸亏有大批海军军官及时赶到，前来支援他，并向大部分跟他对抗的那些步兵军官一一提出挑战，要不然的话，他就很可能要跟那整个步兵团队约期决斗了。总之，两派剑拔弩张、恶狠对峙，其阵势的确叫人害怕。

当地驻军的全体官兵被明令禁止外出营房已有一些日子，但一旦我们获准自由出入，却有一笔可怕的老账需要了断。我们一共六十多个决斗者如期来到了既定场地。罗杰一人要轮流与三个对手决斗。他刺死了其中之一，重伤了其余两个，自己未伤分毫皮肉。至于我，远没有他那么幸运。我的对手是个该死的陆军中尉，他曾经当过剑术教师，一剑狠狠刺中了我的前胸，差一点要了我的命。我向诸位保证，那次决斗实在蔚为壮观，绝不亚于一次战斗。我们海军大占上风，陆军团队不得不撤离了布雷斯特。

你们可想而知，我们的顶头上司决不会忘记这场风波的罪魁祸首。罗杰被关了半个月的禁闭。

他的禁闭被解除之日，正是我伤口痊愈出院之时。我去看望他。当我走进他屋子时，不禁大吃一惊：他正和那个女演员亲密坐在一起在用午餐呢！两人的神情好像已是多年的老相好。他们彼此已用昵称来呼对方，还共用一只杯子。罗杰把我介绍给他的情妇，称我是他最好的朋友，说我在决斗中受伤完全是因为她的缘故。他这么一说，我便获得了美人的一个香吻。这小娘子倒是颇爱起起武夫的呢。

他们在一起度过了极为幸福的三个月，如胶似漆，形影不离。嘉布莉埃尔爱罗杰似乎到了癫狂的程度，而罗杰则承认，他在结缘嘉布莉埃尔之前，根本就不懂得爱情为何物。

后来有一天，一艘荷兰的三桅战舰驶进了布雷斯特港口。舰上的军官邀请我们共进晚餐。我们开怀畅饮，享用各种美酒。因为那些荷兰先生法语说得很差，大家在散席之后实在无以消磨时间，于是便开始赌博。荷兰人显得很阔绰，尤其是他们那位大副老是下大额的注，我们之中无人敢跟他对赌。罗杰平时并不赌博，现在，他认为事关维护祖国的面子。于是，他毅然上阵，荷兰大副要赌多少他都一一奉陪。先赢后输，经过几个回合，双方各有输赢，分手之时谁也没有占什么便宜。我们回请荷兰军官吃晚饭。饭后又赌了起来，罗杰与荷兰大副再度交手。就这么一连好几天，他们两人不断相约对赌，有时在咖啡馆，有时在船上，赌法花样翻新，尤以掷骰子的双六棋为主，而且赌法愈来愈大，最后竟然每局卜注二十五个拿破仑金币。这对我们这些清贫的军人来说，可是一笔不小的数目，比两个月的薪水还要多呢！对赌了一个星期之后，罗杰把身上的钱输得精光，外加东借西借的三四千法郎。

想必诸位都猜到了，罗杰已经与嘉布莉埃尔同居，两人的钱财也合成了一个小金库，具体来说，罗杰把刚刚从海上缉私行动中所获得的大笔奖赏放进去了，其数目甚为巨大，相当于女演员所奉献的钱财的十倍、二十倍。但罗杰一直把这个小金库视为他情妇的所有，自己只留下五十几个拿破仑金币作为他个人的零用。可是，为了继续与荷兰大副拼赌，他不得不动用这个小金库。对此，嘉布莉埃尔也毫无怨言。

罗杰自己的零用钱输光了，家里的储蓄也消失在豪赌的黑洞里。不久，罗杰只剩下最后的一笔赌本二十五个拿破仑金币。他苦苦对抗，一局的时间拖得老长，赌得难见输赢。终于，见分晓的时候来了，这时罗杰手执掷骰子的皮筒，准备孤注一掷，他必须掷出一个六点一个四点方能取胜。夜已很深，一个在旁边观战已久的军官终于在安乐椅上沉沉入睡。荷兰大副也疲惫不堪，昏昏欲睡，何况他还喝了很多潘趣酒。只有罗杰在强烈绝望情绪的刺激下精神仍处于亢奋状态。他战战兢兢把骰子掷在棋盘上，他用力过猛，以致把一根蜡烛震落在地板上。荷兰大副的新裤子上也洒满了蜡烛油，他不由得先转过头去看看蜡烛，然后才去看骰子。骰子一个是六点一个是四点。罗杰脸色煞白，像个死人。这一局他赢了二十五个拿破仑金币。他跟荷兰大副继续对赌。现在，我那位可怜的朋友时来运转，但他却不断漏记自己所赢得分数，把棋子乱放一通，似乎是要故意输给对方。荷兰大副硬撑着把赌注加大两倍、十倍，但每次都输掉了。他当时的样子我至今仍还记得：身材高大，一头金发，表情冷静，面孔像蜡做的一样。他站起身来，共输掉了四万法郎，他付了钱，面不改色。

罗杰对他说：

"今晚这场赌博不算数，您都快睡着了。我不要您的钱。"

"您这是在说玩笑话。"荷兰人冷静地回答，"我赌得很认真，可惜骰子都是跟我为难。我有把握即使让您四分也能赢您，晚安！"

说完他便走了。

第二天，我们获悉，荷兰大副赌输之后，感到绝望，喝了一碗潘趣酒，便在自己房间里开枪自杀了！

罗杰把赢来的四万法郎放在桌子上，嘉布莉埃尔带着满意的微笑观赏着，她说：

"咱们现在发大财啦，该怎么来花这么一大笔钱呢？"

罗杰没有作声。自从那个荷兰人自杀身亡后，他变得有点痴呆了。

"我们得尽情挥霍一番。"嘉布莉埃尔继续说，"得来容易的钱，就应该花得大方。咱们可以买一辆敞篷四轮马车，气气海军军区司令和他的老婆。我还要买钻石与羊毛料子。你请个假，咱俩到巴黎去逛一趟。在现在住的这个破地方，咱们永远也花不完这么多钱！"

她停顿下来，看看罗杰有何反应。只见罗杰呆呆地盯着地板，用手托着脑袋，对她以上这番话完全没有去听，他脑子里似乎有一些不祥的念头在翻腾。

"真见鬼，你怎么啦？罗杰。"她拍了拍他的肩膀，大声问道，"我想你也许在跟我生气，我讲了这么多也引不出你一句话来。"

"我非常难受。"罗杰终于开口，说着轻轻地叹了口气。

"难受？我的上帝，你总不会因为赢了那个大阔佬的几个钱而后悔吧？"

罗杰抬起头来，神色惊慌地看着她。

"有什么关系呢。"她劝慰说，"他想不开，非得拿枪打裂自己的脑袋，这跟你有什么关系呢？我才不怜悯那个输了钱的赌徒。他的钱放在他自己手里还不如转到我们手中好，他不过是把钱花在吃喝与抽烟上，我们则不同，我们要花得别出心裁，而且一次比一次花得漂亮。"

罗杰在房间里来回踱步，脑袋低垂在胸前，两眼半闭，噙满了泪水。如果诸位见了，一定会觉得他实在可怜。

"你知道吗？"嘉布莉埃尔说，"你在这件事上如此多情善感，不了解情况的人，还会以为你在跟他赌的时候作了弊呢？"

"如果我真作了弊呢？"罗杰走到她跟前，声音低沉地喊道。

"得了吧！"她微笑着说，"你还没有那么聪明，会在赌博中作弊。"

"真的，嘉布莉埃尔，我的确作了弊！我像个下流胚一样作了弊。"

从罗杰激动的情绪里，嘉布莉埃尔看出他讲的是真话，她在沙发的一端坐着，半天没有说话。

"我宁愿。"她终于非常激动地开口说话了，"我宁愿你犯了十条命案，也不愿意你在赌博中作弊。"

接着是死一般的沉寂，足有半个钟头之久。两人坐在同一张沙发上，互相没有瞧一眼，最后，还是罗杰先站起身来，以相当平静的声调道了一声晚安。

"晚安！"嘉布莉埃尔冷淡而刻板地回了一声。

后来，罗杰告诉我，要不是害怕同伴们猜出原因，他当天夜里就会自杀。他不愿意死后留下卑污可耻的名声。

第二天，嘉布莉埃尔像平日一样快快活活，似乎已经忘掉了昨天晚上罗杰向她袒露的那个秘密。罗杰却变得忧郁沉闷，激动易怒，几乎不出自己的房门，躲避朋友，常常一整天也不和嘉布莉埃尔说一句话。我认为他的忧郁出自他对荣誉感的重视，不过实在有点过分，我便多次试图加以劝慰，但是，他却装出一副对那可怜赌友的死毫不在乎的样子，把我打发得远远的。甚至有一天，他突然猛烈攻击起荷兰民族来了，还力图向我证明荷兰人没有一个是诚实的。但他私下里却在打听那个荷兰大副的家庭情况，可惜没有人能够向他提供任何讯息。

这场不幸赌博之后六个星期，罗杰在嘉布莉埃尔房间里，发现某个准尉写给她的一张便条，对她的亲切关怀表示感谢。嘉布莉埃尔凡事马虎打点，杂乱无章，她把那条便条随手就放在壁炉上。此事是否证明她已有外遇，我很难说，但罗杰认定她已经有了，于是怒不可遏，因为，他对嘉布莉埃尔的这份爱与他残存的自尊心，是仍支持他活在这个世上唯有的两种情感，而现在，两者之中最为强烈的一种眼见就要倾毁崩溃！他破口大骂那个自命不凡的女演员，虽然他当时暴怒如雷，却并没有出手打她。

"这个花花公子大概给了你不少钱吧？"他质问嘉布莉埃尔，"你这个人就是爱钱，哪怕是水手中最肮脏的家伙有钱给你，你也会跟他上床。"

"为什么不呢？"女演员冷冷地驳道，"是的，我会把肉体出卖给一个水手，但是……我决不会偷他的钱。"

罗杰被气得怒吼一声，浑身颤抖着拔出匕首，犹疑不定的眼神盯了嘉布莉埃尔一会儿，接着，使出全身的气力，将匕首往她脚下一扔，急忙逃出房间，唯恐自己气头上失手把她杀掉。

那天晚上，我深夜从他住处经过，看见他仍亮着灯，便进去向他借一本书。只见他在疾笔书写着什么，连头也不抬，似乎根本就没有看见我进了他的房间。我在他的写字台旁边坐下，仔细端详他。他憔悴多了，如果不是我，别人恐怕很难认出他。忽然间，我瞥见桌子上有一封已经封好的信，是写给我的。我立即把它拆开，罗杰在信里告诉我他准备自杀，托我替他办几件事。我看信的时候，他仍在继续写他的，根本没有注意我，原来他是在给嘉布莉埃尔写诀别信……诸位不难想象我当时多么惊讶，也不难想象我会对他说些什么宽劝的话，因为他的决定确实把我吓了一大跳。

"怎么，你这么幸福，居然想自杀？"我对他说。

"我的朋友。"他一边封上他的信一边对我说，"你什么也不知道，你不了解我。我是个骗子。我低贱到了极点，连一个风月场上的婊子也敢侮辱我，我自惭形秽到如此地步，竟没有勇气揍她一顿。"

于是，他把那次赌博的经过与诸位已经听说过的情况，原原本本都告诉了我。我听他叙述的时候，心里的激动实不亚于他自己。我不知道对他说什么是好，紧握着他的双手，两眼充满泪水，一句话也说不出来。最后，我总算有了一个说辞，为他解脱，说根本无须因为他使得那个荷兰人破了产而过于自责，归根结底说来，他唯一那次作弊只不过使得荷兰大副输掉最初的那二十五个拿破仑金币而已。

"这么说来。"他以苦涩的自嘲口吻叫了起来，"我是个小偷，而不是大盗了。我过去一直胸怀大志，自命不凡，倒头来只不过成了一个小骗子！"说完，他哈哈大笑，我却泪如雨下。

正当其时，房门突然一开，一个女人一冲而入，直扑罗杰怀中，原来是嘉布莉埃尔。

她一边使劲抱着他，一边大声喊道："原谅我吧，原谅我吧。我心里觉得我只爱你一个人。现在，我比你没有做那件亏心事以前更爱你了。只要你愿意的话，我愿意去偷……我已经偷过了……是的，我偷过东西……偷过一块金表……谁能干出比这更坏的事情？"

罗杰摇了摇头，表示不相信，但他的脸色却豁然开朗了。

"不，我可怜的小宝贝，"他把嘉布莉埃尔轻轻推开，说道，"我非自杀不可，我太痛苦了，心里这么痛苦，我实在忍受不了。"

"好吧，如果你一定想死，我就陪你一起去死，你不活，我活着还有什么意思？我有勇气，我扛过枪；我也能像别人一样开枪自杀。别的不说，我演过悲剧，对死我早已习以为常了。"

嘉布莉埃尔这么说着，起初还眼含泪水，说到最后却哑然失笑了；罗杰对此也不禁微笑起来。

"你笑了，我的军官。"她拍着嚷了起来，又拥抱他说，"你不会自杀了！"她抱着他，又是哭，又是笑，有时又像水手那样出言粗野，要知道，她可不是那种听见一句粗话就害怕的女人。

这时，我已经把罗杰的手枪与匕首缴了过来，对他说：

"我亲爱的罗杰，你拥有一个情妇和一个朋友，他们都爱你，请相信我，你在这个世界上还真有福可享呢。"

我抱了抱了他之后，就离开了他的房间，让他单独与嘉布莉埃尔在一起。

我想，要是罗杰没有接到海军大臣的命令调他上前线的话，我与嘉布莉埃尔的劝止也只可能使他自杀的念头稍稍打消于一时而已。上司的那道命令是派他到一艘三桅战舰上去当大副，驾船从封锁港口的英国舰队中冲杀出去，到印度洋上去游弋巡逻。任务艰险。我再次进劝，让他明白，与其毫不光明正大、对祖国也无所裨益地自杀身亡，倒不如在英国人的炮弹下英勇牺牲为好。他答应决不自杀。并把四万法郎的一半分赠给残废的水兵与阵亡水兵的孤儿寡妇，剩下的则给了嘉布莉埃尔。他的情妇起初信誓旦旦说要用这笔钱来做慈善事业。这可怜的女子确实想实践自己的诺言，但她的热情坚持不了多久，后来，据我所知，她将几千法郎散发给了穷人，其余的则用来给自己添置衣服。

我与罗杰登上了漂亮的三桅战舰"伽拉忒亚①号"。舰上的水兵英勇善战，训练有素，纪律严明，但舰长不学无术，却妄自尊大，竟以约翰·巴尔②自命，无非是因为他比粗鲁的陆军上尉更会骂人，还因为他的法语说得极为蹩脚以及他从未学过兵舰专业知识、对实践更是只略知皮毛。但是，他一开始就运气不错。当时海上正刮起一阵大风，将封锁港口的舰队刮回到公海之上，趁此良机，"伽拉忒亚号"冲出了海湾。接着，我们在葡萄牙海岸附近又击毁了一艘英国轻型巡洋舰和一艘属于英国东印度公司的商船，就这样，"伽拉忒亚号"旗开得胜，开始了海上巡逻。

　　我们遇上逆风，加上舰长指挥失误，"伽拉忒亚号"就缓缓地朝印度洋漂流而去，舰长的笨拙无能显然增加了我们巡航的危险性，时而被敌人的优势舰队驱赶，时而自己又冒冒失失去追逐商船，每天险情层出不穷。虽然过的是冒险生涯，而且舰船上大小事务也使人疲惫不堪，但罗杰仍未能摆脱一直折磨着他的自杀念头。过去他是我们军港中最勤勉、最出色的军官，现在却只满足于完成自己的差事，差事一完，便把自己关在房间里，既不看书，也不写信，一连好几个小时躺在自己的吊床上，可怜又睡不着觉。

　　一天，我见他如此无精打采，萎靡不振，便斗胆进行开导：

　　"当然啰，亲爱的，你在为一点鸡毛蒜皮的事在苦恼。你骗取了一个荷兰阔佬的二十五个拿破仑金币，如此而已！可是你却后悔得像是骗取了一百万似的。你且说说，你从前勾引司令的老婆那阵子，你就不感到内疚吗？那个女人可比二十五个金币珍贵得多啦！"

　　罗杰在床上翻了一个身，没有理睬我。

　　我继续说："不管怎样，就算按你的说法，你犯了罪过，但你最

---

　　① 伽拉忒亚，希腊神话中的海洋女神。

　　② 约翰·巴尔（1650—1702），法国十七世纪海军将领，英勇善战，屡立战功，深得路易十四重用。

早参赌也是由于荣誉感的动机呀，那是出自一颗高尚的心灵。"

他转过头来，一脸怒色盯着我。

我继续侃侃而谈："我没有说错，因为，归根结底，要是你参赌输了，嘉布莉埃尔怎么办？可怜的姑娘，她会为你卖掉她最后一件衬衣。如果你输了，她就得一贫如洗……你是为了她，为了你对她的爱情，你才作了弊。有的人为了爱情而杀人……而自杀……可你，亲爱的罗杰，你比他们更走极端。坦白地说吧，像咱们这种人……去……偷，要比去自杀更需要勇气。"

船长中断了他所叙述的故事，对我说："也许现在你们觉得我很可笑。我可以保证说，是我对罗杰的友谊才使我当时口若悬河发表了这一大通宏论，今天，我可没有这份口才了。不管怎么样，我对他讲的这一大番话，都是真心诚意的，而且我深信自己说的都是至理。要知道，当时我还很年轻啊。"船长说完，又接着讲完罗杰的故事：

罗杰半天没有回应我的话，他把手伸给我说，说的时候似乎在竭力克制他自己的感情："我的朋友，我可没有你想象的那样高尚，我本来就是一个卑鄙小人。我欺骗那个荷兰人时，只是想赢得那二十五个金币，仅此而已。我当时并没有想到嘉布莉埃尔，这就是我之所以瞧不起自己的原因……我当时把这二十五个金币看得比荣誉还重！……多么卑劣！是的，如果当时我真的对自己说：'我要作弊赢钱是为了使嘉布莉埃尔免遭贫困。'那我后来也许会心安理得一些……但不是！不是，我当时并没有想到她……我当时并没有想到爱情……我当时赌红了眼……成为一个小偷……我完全是为了钱而去作弊，去偷……这种行为愚蠢到了极点，使得我一失足成千古恨，时至今日，我既丧失了勇气，也丢掉了爱情……我苟活于世，再也不会去想嘉布莉埃尔了……我这个人彻底完蛋啦。"

罗杰说这些话时，看起来是那么痛苦，如果他当时向我要枪自杀，我想我是会给他的。

一个星期五，那是倒霉的一天，我们发现一艘巨型的英国三桅战舰"阿尔刻斯提斯号"，向我们追杀过来，那舰有五十八门大炮，而我们只有三十八门。我们扯起所有的风帆想溜之大吉，可是，它的速度比我们快，一步一步朝我们逼近。很明显，在天黑以前，我们将被迫进行一场殊死的战斗。舰长把罗杰叫到自己房里，商量好一阵子。罗杰回到甲板上，挽起我的手臂，把我拉到一旁。对我说：

"再过两个钟头，大难就要临头了，舰长老兄在后甲板上忙得团团转，已经是焦头烂额了。现在，我们有两个办法可以选择，一个最轰轰烈烈的办法，就是故意让敌舰追上来，然后猛地向它靠拢，派百十个英勇剽悍的小伙子冲将上去；另一个办法也不错，只是不大光彩，那就是把我们的一部分大炮扔进大海，以减轻舰船的重量，这样就可以轻装快速，紧贴着非洲海岸航行，我们的左舷就是岸边，英国战舰害怕搁浅，就只好让我们溜掉。问题是，我们的那位宝贝舰长，既不是懦夫，也不是英雄。这两个办法他都不会采用。他只会让敌人的大炮先把我们轰个片甲不留，经过几个小时的战斗之后，再扯起降旗。你们活下来的人那就倒霉了，等待你们的将是英国朴次茅斯军港的囚船。至于我嘛，我可不愿意看到那些囚船。"

"也许，"我回答他说，"我们头一阵炮击会使敌舰遭到重创，迫使它停止追杀，亦未可知呢。"

"你给我听着，我是不愿意当俘虏的，我宁愿战死，我正可以死得其所。万一我伤残未死，请你答应我一定把我扔进海里，像我这样一个优秀的水兵，大海才是我应该寿终正寝的地方！"

"你简直就是神经病！"我对他嚷道，"你怎么能委托我办这种事！"

"请你为我尽一个好朋友的责任。你知道，我是非死不可的。我之所以同意不自杀，就是因为我希望战死捐躯，你应该还记得这一点。那么，就答应我吧；如果你拒绝，我就去请水手长帮我这个忙，他一定不会拒绝的。"

我考虑了片刻，对他说：

"我答应你照你说的去做，只要你是受了重伤而又没有治好的希望。在那种情况下，我愿意让你少受一些临终的痛苦。"

"我一定会受致命的重伤，要不，我就是当场战死。"说着，他向我伸出手来，我紧紧地握住。从这时起，他就变得平静多了，甚至脸上还不时洋溢着一种战斗的喜悦。

下午三点钟左右，敌舰的迫击炮开始朝我们的船械轰击。于是，我们赶紧收起部分帆篷，掉头侧身对那敌舰连续开火，英国人则猛烈还击。海战进行了一个钟头之后，我们那位办事一贯毛糙失当、指挥从来失策的舰长却想要把我舰冲向前去进行近距离厮杀。但是，我方已经伤亡惨重，剩下的水兵也已经泄了勇气。舰上的器械已经损毁极为严重，残破不堪。当我们扯起舰帆想逼近英舰的时候，我们那根已经毫无支撑的主桅，竟完全折断，轰然倒下。敌舰趁我舰上此一混乱之际，绕到我们舰尾，在手枪半射程的距离内用侧翼的全部火力向我们猛轰，将我们那艘倒霉的三桅战舰打得个稀巴烂，而我们的侧翼只剩下了两门小炮勉强可以还击。这时，我正在罗杰身旁，他指挥着众人去砍断还纠缠在已倾倒在地的主桅上的缆绳桅索。我觉得他的手紧紧抓住我的胳膊。我转过身去，看见他仰面倒在甲板上，浑身是血，他的肚子刚被一颗子弹丸击中。

舰长向他跑过来，叫道：

"怎么办，大副？"

"快把咱们的舰旗钉在半截桅杆上，然后把船凿沉。"

舰长觉得这个建议不对自己的口味，立即离他而去。

"喂，别忘了你答应过的事。"

"不在话下，你的伤能治好。"我对他说。

"立即把我扔进海里去。"他厉声叫道，接着，他一边恶狠狠地骂骂咧咧，一边抓住我衣服的下摆，"你看得明明白白，这回我肯定是难逃一命，把我扔进海里去吧，我不愿意看见我们兵舰投降。"

两个水兵走了过来，准备把他抬进舱底去。

"混蛋，你们去管你们的大炮吧！"他使劲地高声叫嚷，"装上霰弹，瞄准他们的甲板射击。至于你，如果你不兑现你的承诺，我就要诅咒你，骂你是世界上最怯懦、最卑劣的小人。"

罗杰受的伤是严重致命的。这时，舰长把一个准尉叫了过来，命令他降旗投降。

我对罗杰说了一声："跟我握一下手吧。"

就在我们的舰只降旗投降的那一刹那……

船长的故事讲到这里时，一名中尉跑过来喊道："舰长，左舷发现有一条鲸鱼。"打断了他的叙述。

"一条鲸鱼！"舰长兴高采烈地叫了起来，他也不再把故事讲下去了，"快，放小艇下海，把舢板也放下去，所有的小艇都放下去，拿鱼叉来，拿绳子来……"

因此，可怜的罗杰大副最后究竟是怎么死的，我就所知不详了。

维纳斯艳惊伊尔城①

但愿这雕像善良而仁慈

因为她与常人形貌相似

——吕西安②：《喜欢说谎的人》第十九章

　　我从加尼古山③最后一道山坡上走下来，虽然时已夕阳西沉，却仍能清晰可见远处平原上伊尔小城的屋舍。那小城正是我要去的目的地。

　　"您该知道，您一定知道德·佩莱赫拉德先生住在城里什么地方吧？"我向前一天就开始给我担任向导的那个加泰罗尼亚人这么问道。

　　"当然知道啰！"他高声宣称道，"我熟悉他的家就像熟悉我自己的家一样。如果不是现在快天黑了，我一定可以指给您看。那是全伊尔城最漂亮的房子。德·佩莱赫拉德先生很富有，他给自己儿子找的亲家比他更富有。"

　　"婚礼快要举行了吧？"我问他。

　　"很快！婚礼上奏乐的提琴师大概都已雇好了。也许就在今晚举行，也许是明天，后天，这可说不准！婚礼的地点是在普伊加里，因为这位少爷娶的是普伊加里小姐，这桩婚姻门当户对，真够美满！"

---

①　法国东比利牛斯省的一个小城。

②　吕西安（120—192），古希腊讽刺幽默作家。

③　加尼古山，法国东比利牛斯省的高山。

我的朋友P.先生介绍我去认识德·佩莱赫拉德先生，告诉我说，此公乃一位学识渊博而又平易近人的考古学家，一定会乐于领我去参观方圆四十公里以内的古代遗迹，因此，我一直打算请他带我参观伊尔的附近地区，据我所知，此地区有许多古代与中世纪的历史建筑。如今我初闻他家即将举办婚礼，看来我的如意算盘会被打乱。

　　我心想，人家操办喜事，我此去岂非平添打扰？可是P.先生已经通知说我即将来到，主人家正在等着我呢，我非去不可。

　　我与向导已经到了平原上，他对我这样说：

　　"先生，咱们打个赌，赌一支雪茄烟，看我能不能猜出您去德·佩莱赫拉德家要干什么？"

　　"这个嘛，倒并不难猜。"我边回答边递给他一支雪茄，"太阳已经西沉，我们已经在加尼古山里走了二十公里，现在去他们家最紧要的事当然就是吃晚餐啰。"

　　"这话不错，可明天干什么呢？……得啦，我敢说您到伊尔来是为了参观那尊神像的，对吗？从我看见您在塞拉波纳①临摹圣像，就猜出来了。"

　　"神像！什么神像呀？"向导的话激起了我的好奇心。

　　"怎么！您在佩皮尼昂②的时候没有听说德·佩莱赫拉德先生怎么在地里挖出了一尊神像吗？"

　　"您说的是一尊用黏土烧制的雕塑，是吗？"

　　"不是。是铜铸的，那么多铜，可值钱啦。其重量足比得上教堂里的一大口钟，在地里埋藏得很深，我们是在一株橄榄树下发现的。"

　　"这么说来，挖掘的时候您是在场啰？"

---

　　① 山上一座修道院，距伊尔城二十公里。

　　② 东比利牛斯省的首府。

"是的，先生。半个月以前，德·佩莱赫拉德老爷叫我同约翰·科尔两个人把一株老橄榄树连根刨掉，您知道，去年冬天非常寒冷，这株树被冻死了。我们这么挖着挖着，科尔一镐镐挖下去，忽然我听见咣当一声……就像撞在一口钟上。'这是什么呀？'我问道。我们继续挖着挖着，忽然里面露出一只黑颜色的手，就像死人的手从地里伸出来了一样。我呀，这可把我吓坏了。我赶紧跑去找老爷，对他说：'东家，那橄榄树下有死人，得赶快请神父来。'老爷问我，'什么死人呀？'他跟我来到现场，一见那只黑手，便大叫一声，'一件古物，一件古物呀！'见他这么惊喜，你真以为他是发现了一件奇珍异宝呢。于是，他亲自挖了起来，手与镐同时并用，其劲头，比我们两个人加在一起的力量还要大。"

"你们最后挖出什么来了？"

"一个身材高大的黑色女人雕像，说句不敬的话，全身几乎一丝不挂，先生，完全是铜铸的，据德·佩莱赫拉德老爷说，这是异教徒时代的神像……可能是查理曼大帝①时代的！"

"我知道是什么了……这是某个被毁的修道院里的铜制圣母像。"

"圣母像！说得倒好！如果真是圣母像，我早就认出来了。告诉您吧，那是一尊神像，从它的神气就看得出来。她那双大大的白色眼睛死死盯住你，简直就是在审视，是的，谁看着她，谁都会不好意思，会把眼睛垂下来。"

"她有白色的眼睛？一定是嵌在青铜上。也许这是一尊罗马时代的雕塑。"

"罗马！对了。德·佩莱赫拉德老爷说那是个罗马女人。啊，我

_____

① 查理大帝（742—814），古代法兰克王国的国王，王国在他统治时期达到全盛，版图很大，后渐分裂为三，即近代西欧三个主要国家法国、德国与意大利的来由。

看出来了，您和老爷他一样，也是一位学者。"

"雕塑完整吗？保存得好吗？"

"啊，先生，完好无缺。比放在市政府里那尊路易－菲力普的彩色石膏半身像更漂亮、更精致。尽管如此，这尊雕塑的面孔使我不舒服，她显得很凶恶……的确如此。"

"凶恶！她对你怎么凶恶了？"

"确切地说，倒不是对我。不过，您听下去就会明白了。当时，我们费了好大的力气才把她抬了起来，德·佩莱赫拉德老爷这位老好人，虽然手无缚鸡之力，也帮着拽绳子！用了九牛二虎的劲，我们把她竖立直了。我去捡块瓦片想把她垫稳当，没想到哗啦一声，她整个身躯朝天倒了下来。我喊了一声，'当心底下'，但为时已晚，约翰·科尔没有来得及把腿抽回来……"

"他受伤了吗？"

"可怜他那条腿，就像葡萄架一样当场折断了。哎呀真惨！我一见就火冒三丈，真想用镐把那雕像砸个稀巴烂，但德·佩莱赫拉德老爷拦住了我。他给了科尔一些钱。出事后至今半个月，科尔仍躺在床上，医生说他这条腿永远报废了。真可惜，他从前是我们当中跑得最快的人，而且，他的网球也打得很好，仅次于我们的少东家。科尔受伤使得阿尔封斯·德·佩莱赫拉德少爷心情很不好，因为科尔一直是陪他练球的练手，他们打球的时候，球一来一往从不落地，啪！啪！真是好看极了。"

这么谈着谈着，我们进了伊尔城，很快我就见到德·佩莱赫拉德老爷了。他是一个精力充沛的矮老头，假发上扑了粉，鼻子通红，神情快活而略带幽默诙谐。他没有拆开P.先生的介绍信，便把我带到一桌筵席前，请我入座，还介绍我认识他的夫人与公子，说我是位出色的考古学家，能够使得由于历史学者的疏忽而被遗忘的鲁西戎地区①重新引起世人的关注。

我的胃口很好，因为再没有什么比山区的清新空气更能增加人的食欲了。我边品味美食，边观察我的主人一家。刚才我对德·佩莱赫拉德先生已经略加描述，现在还得补充一句，他很活跃敏捷，又是说，又是吃，还不时站起来跑到藏书室里给我拿书，让我看他收藏的一些版画，同时又给我斟酒，就这么忙乎着，一连几分钟也静不下来。他的夫人体态稍胖，就像大多数四十岁出头的卡塔卢尼亚妇女一样。在我看来，她是一个典型的外省女人，一心只扑在家务上。虽然晚餐很丰盛，足够六个人享用，但她仍然不断跑到厨房去，还叫人宰鸽子，烤玉米蛋糕，还打开好多罐蜜饯果酱。不一会儿，餐桌上便摆满了盘碟与瓶罐。如果把端到我面前的食物都尝一点，我肯定被胀死不可。但每当我谢绝一道菜时，他们都要一再表示歉意，怕我在伊尔过得不满意。他们想来，外省的物质品类如此匮乏，而巴黎人的口味又实在太高。

当父母双亲忙着待客施礼的时候，阿尔封斯·德·佩莱赫拉德少爷端坐不动，像一块界石。他是一个二十六岁的高大青年，五官端正，眉清目秀，但缺乏表情。从他的身材与运动员的体魄来说，本地人称他为网球好手，真乃实至名归。那天晚上，他的衣着很讲究，完全是按照最近一期《时装杂志》插图里的款式。但我觉得他穿那套衣服有些拘谨，脖子套在天鹅绒的领圈里，僵硬得像一根木桩，脖子一扭转，整个身躯也要随之转动。他那双大手被太阳晒成了褐色，指甲很短，与他那身衣服颇不相称。他尽管对我这个巴黎人十分好奇，不断从头到脚加以观察，但整整一个晚上，他只跟我说了一次话，就是问我，我的表链是在哪儿买的。

---

① 法国一个旧行省，即今东比利牛斯省，境内有不少历史古迹。

"好哇！我亲爱的客人。"晚饭快吃完的时候，德·佩莱赫拉德先生对我说，"您在我的家里，您就是我的客人，我不把我们山区稀奇古怪的东西都让您看个遍，我是不会放您走的。您应该设法对我们鲁西戎有更多的了解，为它做些宣传报道。我们要让您看的那些东西，都是您想不到的。这地区有腓尼基、克尔特、罗马、阿拉伯、拜占庭的各种历史建筑，大大小小，不分巨细，您都能见到。我会领着您到处参观，连一块砖也不让您错过。"

一阵剧烈的咳嗽使得他停止说话。我趁这个时候对他说，在他家办喜事的时候我前来打扰，实在深感抱歉，只要他对我在附近地区的采访做些指点就够了，不必麻烦他陪着我到处跑……

"哦，您是说我儿子的婚礼。"他大声打断我的话说，"小事一桩，小事一桩，后天就办。您也和我们一道参加，就像家里人一样。因为新娘子有个姑妈刚去世，她是姑妈的继承人，戴着孝呢，所以婚礼不大肆操办，不举行舞会……真可惜……否则，您就能观赏我们卡塔卢尼亚姑娘的舞姿了……她们可漂亮了啦，也许您见了要学我的儿子阿尔封斯的样子哩，俗话说得好，一桩婚姻引发出另一桩婚姻，好事成双嘛……到了星期六，年轻人的婚事一办完，我就自由啦，咱俩就可以动身出游了。我真抱歉，寒舍的一桩外省婚礼对您有所耽误。巴黎人对欢庆热闹的场面早已司空见惯、习以为常，何况，我们这小地方的这次婚礼还没有舞会！不过，您可以见到一个新娘子……一个新娘子……您会说还有一些其他的姑娘……但您是一位正人君子，不会再去关注女人了。我有更好的东西给您看。我要让您看一件宝物！……明天，我要您见了大吃一惊。"

"我的上帝呀。"我对他说，"家有宝物若要外人不知，那是很难做到的。我想，我已猜出您打算叫我吃惊的宝物是什么了。如果就是您的那尊雕像，那我的向导早就已经给我描绘过了，说实话，我的好奇心已经被激起来了，我正急于观察这件宝物呢。"

"噢！他已经跟您谈过这尊神像了，他们把我这尊漂亮的美神简称为神像。但我现在不想对您作任何评论。明天见分晓，您将亲眼见证，请您见了以后告诉我，我认为那是一件杰作是否有道理。说真的，您的来临再凑巧不过。雕像上有些铭文，我这个不学无术的可怜虫，只能按照我的浅识加以解读，可您是来自巴黎的大学者！您也许会觉得我的解读很可笑，因为我已经写了一篇学术报告……我真已经写出来了……我是一个外省的蹩脚考古学家，我已经豁出去了……我要把我的报告刊印出来……如果您愿意审读并替我修改修改，我便有希望……比如说，我很想知道您会怎么翻译雕像基座上的那句铭文CAVE①……但我今天不想再向您请教什么了，明天再说吧，明天！咱们今天就不说那尊美神了。"

"佩莱赫拉德，你说得对。"他妻子说，"咱们别谈你那尊神像。你瞧，你使得客人吃饭都吃不消停了。得了吧，这位先生在巴黎不知见过多少雕像，远比你的这尊精美。在杜依勒里宫，就有好几十个，而且都是青铜铸的。"

"你这就是无知，外省人地地道道的无知！"德·佩莱赫拉德先生打断她的话说，"你居然把一件精美绝伦的古物，拿来跟库斯图②平淡无奇的雕像相提并论！"

拙荆妄谈神祇！
出言实为无礼③！

"您知道吗？我的妻子要我把我这雕像熔掉，去给教堂铸一口钟，她就可以当这口钟的命名者了。先生，这毕竟是米隆的艺术

---

① 拉丁文：当心，提防。
② 库斯图，法国十八世纪著名雕刻家。
③ 原文引自莫里哀的喜剧《昂菲垂永》第一幕第二场。

杰作啊！”

"杰作，杰作，这雕像一出土就制造了杰作呢！把人家的一条腿给砸断了！"

"我的老伴，你瞧。"德·佩莱赫拉德先生把自己穿着花条纹丝袜的右腿向妻子伸过去，斩钉截铁地说，"如果我那尊美神像砸断了我这条腿，我绝不会有丝毫惋惜！"

"我的上帝呀！佩莱赫拉德，你怎么能这么说呢！幸亏那人的腿伤好多了……不过，我还是下不了决心去观赏那尊制造了不幸事件的雕像。可怜的约翰·科尔真倒霉！"

德·佩莱赫拉德先生哈哈大笑起来，说道："被美神所伤，先生，被美神所伤，笨蛋才会抱怨呢。"

你怎么不领受美神的恩典[①]

"谁被美神所伤？"

阿尔封斯的法语程度比拉丁语高，他会意地眨了眨眼，盯着我看，似乎在问："您，巴黎先生，您懂这句话吗？"

晚餐迟迟才结束，其实在餐桌上我停止进食已经有一个钟头了。我感到很疲倦了，连连打着呵欠。德·佩莱赫拉德夫人先观察到了这一点，便提醒说大家应该就寝了。于是，殷勤的主人又不断表示歉意，说给我安排的住处条件太差，客人毕竟不是在巴黎，在外省总得受些罪，对鲁西戎的款待者就得包涵包涵。我则一再声称，在山区里跑了一天之后，我只要有一捆干草，便能美美地睡上一觉。话虽然这么说，但主人夫妇仍然一再恳请我予以原谅，他们这些可怜的乡下人待客不周，实在也是不得已的呀。最后，我由德·佩莱赫拉德先生陪

---

① 原文为拉丁文，引自古罗马诗人维吉尔的史诗《埃涅阿斯记》第四章第三十三节。

同，上楼来到给我准备的房间。上面几级楼梯是木板的，一直通到一条走廊的中央，走廊两旁有好几间房间。

"右面那一套房间，是给我新婚的儿媳准备的。"主人对我说，"您的房间是在走廊另一端。"说到这里，他又故意装出狡黠调皮的神情加上一句："您当然知道，应该跟新婚夫妇远一点，您在房子的这一头，他们在另一头。"

走进一个家具齐全的房间，我首先看到的东西就是一张大床，长约七尺，宽可六尺，高高的，要靠一张板凳才能爬上去。主人把召唤仆人的铃铛指点给我看，又亲自检查了糖罐是否装满了糖以及香水瓶子是否放在梳妆台上，还一再问我还缺什么，然后，跟我道了晚安便走了。

窗户都关着。宽衣就寝之前，我打开了其中的一扇，呼吸呼吸晚间的清凉的空气。刚才那顿晚餐吃了很长时间，现在透透气，觉得很是舒服。窗户对面就是尼古山，这山一年四季的景色都令人赞赏，而那天夜晚，在皎洁的月色下，更是美得无与伦比。我观赏它美妙的侧影足足好几分钟，正打算低头关上窗户的时候，忽然瞥见那尊雕像置于一台座上，就竖立在一道矮树篱笆的边角处，距离房子约四十公尺之远。绿篱隔在一个小花园与一块十分平坦的场地之间，那场地，后来我得知，就是本城的网球场，原来是德·佩莱赫拉德的产业，经他的儿子一再恳求，他才出卖给了公家。

我当时所在的距离，使我难以看清那雕像的姿态，只能粗略判断出它有六尺上下。这时，正好有两个城里的顽童经过网球场，距离那道矮树篱很近，他们用口哨吹着鲁西戎地区一支悦耳的曲调。他们停步下来好打量打量那尊雕像，其中一人还朝雕像大骂了一声。他是用卡塔卢尼亚语骂的，由于我在鲁西戎地区已经盘桓了好些日子，他骂的什么意思，我大致能懂，他是这么骂的：

"你原来猫在这儿，婊子（卡塔卢尼亚语所用的字眼比这更厉害）！你猫在这儿！是你砸断约翰·科尔的腿，如果你归我所有，我就非打断你的脖子不可。"

"算了吧，你用什么去打？"另一个顽童说，"它是铜铸的，硬极了，艾蒂安想用锉刀去锉它，结果连锉刀也折断了。它是异教徒时代的铜制品，比什么都硬。"

"要是我手头有我那把冷錾（看来，他是一个锁匠学徒），我很快就可以把她两只大大的白眼珠挖了出来，就像挖杏仁那样。里面的银子足可值一百多个苏①。"

他们走了几步，正要离开雕像。

"我得向偶像道声晚安。"高个子那个突然停下脚步说道。

他弯下身子，很可能是捡起了一块石头。只见将胳膊一扬，将手里的东西扔了出去，立即砸得那雕像发出了响亮的一声。几乎就在同时，他突然用手捂着脑袋，连连大声叫痛。

"她把石头给我扔回来了！"他嚷道。

于是，这两个调皮鬼拔腿就逃。显而易见，那块石头从铜像上反弹了回来，惩罚了那个冒犯了美神的蠢货。

我关上窗户，开怀大笑。

"又一个旺达尔人②遭到了维纳斯的惩罚！但愿所有破坏古代文物的人，都脑袋开花！"抱着这样一个善良的愿望，我酣然入睡。

一觉醒来，天已大亮。在我床边，已站立着两个人，一边是还穿着睡袍的德·佩莱赫拉德先生，另一边是他妻子派来的仆人，手里端着一杯巧克力。

"起来吧！巴黎人！京城来的人都是懒鬼！"我已经开始穿衣服了，款待我的主人这么说，"八点钟了，还在床上！我六点钟就已经

---

① 法币名，二十个苏为一法郎。
② 古日耳曼民族的一支，曾入侵高卢、西班牙与非洲，以破坏文明而著称。

起床，我上楼来了三次，踮着脚尖走到您房间门前，没有听见一点声息，就像没有人一样。在您这样的年龄，睡得太多没有好处。您还没有见识我的美神雕像呢！来吧，快把这杯巴塞罗那巧克力喝掉……这是真正的走私货。在巴黎，您喝不上这种饮料。喝了长长力气，您走到我那尊美神雕像前面，用九牛二虎之力也不可能把您从她身边拉开啦！"

短短五分钟，我就梳洗完毕，也就是说，胡子草草刮了一下，衣服大致上扣了一扣，三口两口喝完了那杯滚热的巧克力，被烫得好不厉害。于是，我随主人走到花园里，来到一尊令人惊叹的雕像面前。

的确是一尊维纳斯雕像，真是美到了极致。她上身赤裸，古代人所想象的了不起的天神都莫不如此。右手抬到胸前，掌心内向，拇指与第二第三手指伸直，最末的两指微微弯曲。另一只手靠近腰部，挽住遮盖着下身的裙衫，这尊雕像的姿势使人想起那个猜拳者的形象，不知为什么，人们把这形象称为"日耳曼尼库斯"①。也许，雕塑家是想表现这美神在玩猜拳游戏吧。

不管怎样，没有比这尊美神的身材更完美的了。她线条优美，躯体丰腴，风姿高雅，衣裙华美。我想她准是罗马帝国时期的作品，是古代雕塑艺术处于顶峰状态时的一件杰作。特别使我赞叹的是，她的形体如此逼真，可以肯定是以真人为模特儿雕塑出来的，如果大自然能精制出如此完美的造物的话。

她的头发从前额之上往后梳，似乎是镀过金的。头小巧精致，同几乎所有的希腊雕像一样，微微向前倾斜。至于脸部，我怎么也难以描述出它独特微妙的表情，其脸型，就我所记忆的，与任何古代雕像都不一样。她的美不是古希腊雕塑那种宁静而庄严的美，那是古代雕刻家刻意要使所有的线条都具有的一种凝重肃穆的神态。我惊异地发

---

① 日耳曼尼库斯，公元一世纪的罗马将军。

现，这尊美神则相反，雕塑家显然是有意要在其脸部表现出一种近乎凶恶的狡黠。所有的线条都微微略显扭曲：眼睛有一点点斜，嘴角有一点点翘，鼻孔有一点点鼓。美得不可思议的那张脸上，却流露出轻蔑、嘲讽与冷酷的神情。说真的，越是端详这尊美丽的雕像越是有一种不舒服的感觉，如此令人惊叹的美貌，怎么这样冷漠无情呢？

"即使这雕像的真人模特儿的确存在过。"我对德·佩莱赫拉德说，"我也怀疑此女是否上天所造。我真可怜那些爱上了这个女人的男子，她一定使得他们因绝望而死去，而她自己则以此为乐。她表情中有一种凶野，不过，这么美的尤物，我的确没有见过。"

德·佩莱赫拉德先生见我对这尊雕像如此赞赏有加，溢于言表，不禁兴高采烈，因此，高声背诵了一句诗：

这是美神在全身心拥抱你这个猎物①

这尊女神那双嵌着白银、炯炯发亮的眼睛，与她那久历侵蚀的躯体上所布满的暗绿色铜锈正形成强烈的对比，眼中那满含恶意的嘲讽表情由此而显得更为突出。这双闪闪发亮的眼睛足以使人产生一种幻觉，以为这雕像真是一个活体。这时，我突然想起，我的向导曾经对我说过，她能使得所有端详她的人不由自主低下视线。此言不假，我自己在这青铜雕像的面前，也感到有点局促不安了，为此，我不禁对自己甚为生气。

"现在，您已经仔仔细细欣赏过了，我亲爱的考古同行。"款待我的主人说，"如果您愿意的话，我们不妨在学术上进行一点探讨，您还没有注意那上面有一句铭文，对它您有什么看法？"

说着，他把雕像的基座指给我看，那上面刻有这样两个字：

---

① 出自法国十七世纪古典主义诗人拉辛的诗剧《费德尔》第一幕第三场。

CAVE AMANTEM

他搓着手先用拉丁文问我："您博学多闻，对此有何高见？"然后说："看看咱俩在CAVE AMANTEM这句话上，是否所见略同！"

"可是，"我回答说，"这句话有两重意思，可以译为：对爱你的人要小心提防，不要轻信你的情人。但如果是取这一重意思，则不知道是否合乎拉丁语的表达方式。而从这雕像脸上的凶险神情来看，我还是认为，雕塑家是想提醒世人，要提防这个蛇蝎美人。因此，我把这句话译为：如果她爱你，你可要小心提防。"

"嗯，不错，这个解释言之成理，"德·佩莱赫拉德先生说，"不过，请别见怪，我却喜欢第一种翻译，我还可以加以引申发挥。您知道吗，维纳斯的情人是谁？"

"她的情人有好几个。"

"是的，而第一个就是伏尔甘①。这就意味着，'尽管你如花似玉，目空一切，你的情人只可能是个铁匠，又丑又瘸'，先生，这对那些风情万千、娇艳俏丽的女人来说，真是一课深刻的前车之鉴。"

我听了不禁笑了笑，觉得他这种解释未免太牵强附会了。

"拉丁文过分简练了，所以很费解。"我这么说，是为了避免当面反驳这位考古学家。接着，我往后退了几步，以便更加仔细地观察那尊雕像。

"等一等，我的同行。"德·佩莱赫拉德拽住我的胳膊说，"您没有看全，还有另一处铭文。请您到雕像的基座上，看一看美神的右臂。"他一边说，一边帮我爬上了基座。

我不拘礼地搂着美神的脖子，跟她，我开始熟稔相处了。有那么一阵子，我甚至逼视着她的脸，发觉近看起来她显得更凶险，也显

---

① 罗马神话中的火神，亦司炼铁业。

得更美艳。接着，我看出她胳膊上刻有几个似乎是古体草书的字。借眼镜之助，我拼出以下几行字，我每念出一个字，德·佩莱赫拉德先生就重复一个字，同时用手势与声音表示赞同，拼出来的几行字是这样的：

VENERI TVREVL……

EVTYCHES MYRO

IMPERIO FECIJ

在第一行"TVREVL"这个字的后面，有几个字母已经模糊不清了，但TVREVL这个字还是清晰可见。

"这个字是什么意思……"我的主人神气十足，带着狡黠的微笑问我，他一定是认为我解释不出这个字的意思。

"我解释不清的有一个字。"我对他说，"其余的字都容易解释。这几行字的意思就是：埃蒂切斯·米龙遵维纳斯之命将此礼物奉献给她。"

"好极了。但TVREVL这个字你怎么解释？TVREVL是什么意思？"

"TVREVL这个字倒真把我难住了。"我费尽心思想找一个与维纳斯有关的形容词来启示我做出解释，但一时找不到，于是，我反问主人，"唔，您说呢？TVREVL作何解释，是形容维纳斯使人迷惑，还是形容她使人不安……您看得出来，我一直觉得她有一股凶相，对于维纳斯来说，用TVREVL这个词来形容并不委屈她。"最后这句话，我是用谦逊的语气说出来的，因为我对自己的解释也并不怎么满意。

德·佩莱赫拉德先生嚷嚷地表示不同意：

"不安分的维纳斯！爱吵闹的维纳斯！啊！您以为我的这尊维纳

斯是酒馆里的维纳斯吗？绝对不是！先生，这尊维纳斯是上流社会里的维纳斯。来，我来给您解释TVREVL这个字吧……不过，请您答应我，在我的论文发表以前，不要向外界透露我的见解……因为，您明白，我要靠这个创见来名扬天下……巴黎的学者先生，您已经很富足了，也该剩下一些麦穗让我们这些外省可怜虫去捡呀。"

我一直站在那雕像基座的高处，一听此言，立即庄严地向他保证，自己绝没有要剽窃他这一创见的卑鄙念头。

"TVREVL，……先生。"他边说边靠近我，把声音压得低低的，似乎害怕旁边有人偷听，"这个字，您得读成TVREVLNERAE。"

"我还是不明白。"

"请您好好听着。离这里四公里的山脚下，有一个村子名叫布尔太奈尔，正是TVREVLNERAE这个拉丁字的讹音。这种章节上的颠倒错位是最常见的事。先生，布尔太奈尔从前是一个罗马城市。我一直有这个看法，但苦于没有找到证据。现在，证据找到了。这尊维纳斯就是布尔太奈尔城所供奉的神。刚才我说过，布尔太奈尔这个字源于古代，它证明了一件有趣的事，那就是布尔太奈尔城在归属于罗马以前，早就是一座腓尼基的城市了！"

他停顿下来，喘了口气，见我不胜惊讶，就不禁得意起来。我则好不容易才忍住了没有大笑起来。

他接着说下去：

"实际上，TVRBVLNERA是一个地地道道的腓尼基语，TVR要读成Tour……而Tour则与Sour就是同一个字，对吧？Sour是腓尼基语中的蒂尔①，它的意思，我就不必告诉您了。而BVL就是Baal；Bal，Bel，Bul，在发音上只有很细致的区别。至于字尾的NERA，我

---

① 蒂尔是古腓尼基重要的商业与手工业城市，今属黎巴嫩，阿拉伯语为SUR，位于贝鲁特以南。

要解释清楚倒有点困难，因为找不到一个相应的腓尼基字，我想，它是来自希腊语Uypós，意思是：潮湿，泥泞。所以，这很可能是一个混合字。为了证实Uypós这个字，到了布尔太奈尔，我可以指给您看，那里的泉水是如何从山上流下来的，形成一片一片发臭的沼泽。另外，词尾NERA很可能是很晚以后才加上去的，为的是纪念泰特里库斯[①]的妻子奈拉·皮维亚，这个女子可能对杜布尔城做过什么事。可是，考虑到这些沼泽，我倾向于认为字源就是Uypós。"

他以得意的神情吸了一撮鼻烟，接着说：

"咱们且放下腓尼基人不说，再看看那句铭文吧，我是这么译的：遵循维纳斯之命，米隆谨将其所作之雕像，奉献给布尔太奈尔的维纳斯。"

我小心翼翼对他的字源学议论表示异议，可也想趁机显示一下自己也有颇深的见解，于是，对他这么说：

"且慢，先生，米隆的确奉献过一尊神像雕塑，但我一点也看不出就是这一尊。"

"什么！"他大叫一声，"难道米隆不是希腊著名的雕塑家吗？雕刻技艺是他的家传。这尊雕像肯定是他的一个子孙制作的。这一点确凿无疑。"

我又反驳道：

"可是，我注意到雕像的胳膊上有个小洞。我想，这是用来佩戴什么东西的，比如说，一只手镯呀，那是米隆为了赎罪献给维纳斯的。米隆是个不幸的情人。维纳斯对他动了怒，为了平息她的怒火，米隆献给她一只手镯。请您注意，FECIT[②]这个字，往往是用来代替

---

① 泰特里库斯是古罗马著名的暴君之一。

② 拉丁文：制作，创作。

Consacravit①一词的，二者是同义词。如果我手头有格吕泰②或奥雷利③的论著，我就可以给您举出不止一个例子。一个爱上了维纳斯的情人，在梦中见到这个美神，以为她命令自己给她的雕像佩上一只金手镯。于是，米隆就献给雕像一只手镯……没想到，后来来了劫掠的野蛮民族，或者是碰上了某个胆大妄为的小偷，竟把手镯盗走了……"

"啊，显而易见，您是在编小说！"主人一边伸手扶我走下基座，一边大声说，"先生，您说得不对。这是米隆学派制作的一尊雕像，您只要看看它的手艺就会同意了。"

我一向恪守一条原则，不要去跟那些顽固的古物研究者较真较劲。因此，我装出一副心悦诚服的样子，低下了头，说道：

"这尊雕像的确是一件了不起的艺术杰作。"

这时，德·佩莱赫拉德先生突然惊叫了一声：

"啊，我的上帝呀，有人向我的雕像扔过石头，它又被人破坏了一处！"

他刚刚发现维纳斯的胸部有一道白色的划痕。我也看见在雕像的右手指头上还有一处类似的划痕，据我推测，这是石头扔过来时划破的，或者是石头撞击雕像时有一块碎片飞了出来，反弹到了雕像的手上。我把我昨夜亲眼所见的雕像被侮、而侮辱者当时就遭到报应的事件，告诉了主人。他听了大笑不止，把那恶作剧的少年比喻为狄俄墨得斯④，希望他像这个希腊英雄一样，目睹自己的同伴们都变成了白色的鸟儿。

午饭的铃声响了，打断了我们之间这场引经据典的谈话。像昨天

---

① 拉丁文：奉献，呈献。
② 格吕泰（1560—1627），荷兰著名的希腊语、罗马语学者。
③ 奥雷利（1787—1849），瑞士著名的古典语文学者。
④ 狄俄墨得斯，希腊神话中的特洛亚战争的英雄。

一样，主人的盛情难却，我又一个人吃下了四个人的美食。接着，佃户们来了；德·佩莱赫拉德先生得接见他们，于是，他的儿子就领我去参观他从图卢兹买回来的一辆敞篷四轮马车，那是他送给自己未婚妻的礼物，不用说，我对这车赞不绝口。而后，我跟他走进了马厩，他足足用了半个钟头向我夸耀他的马，详述那些马的世系，一一列举它们在本省赛马会上所获得的奖项。最后，他话题一转，从一匹准备送给他未婚妻的灰色母马，又谈到了他的未婚妻。

"我们今天就可以见到她。"他说，"我不知道您是不是会觉得她漂亮。你们巴黎人，眼光总是很挑剔。但在我们这地方和佩皮尼昂，大家都觉得她很可爱。她的好处就在于她很有钱，她在佩拉德^①有一个姑妈，给她留下了一大笔财产。啊，我很快就会成为很幸福的有钱人啦。"

一个青年男子对未婚妻的嫁妆比对她的美貌更为热衷更感兴趣，这使得我内心里大为反感。

"您对首饰珍宝很在行。"阿尔封斯先生继续说，"这是我明天要给她戴上的戒指，您觉得它怎么样？"

说着，他从小指的第一节上脱下一个镶着钻石的大戒指，戒指制作成两手紧握着的形状。我觉得这是很有诗意的象征。戒指的做工很古老，但据我判断，为了把钻石镶嵌上去，戒指是经过加工的。戒指的内侧，刻有一行哥特体的字："Sempr'ab ti"，意即：永远和你在一起。

"这戒指很漂亮。"我对主人家的少爷说，"但镶了这些钻石，反倒有失原来的风韵。"

"嗨！镶了钻石就更好看了。"他微笑着回应说，"上面的钻石值一千二百法郎。戒指是家母送给我的，是传家宝，年代很久远了，

---

① 法国东比利牛斯省一座小城。

是骑士时代的珍品。我祖母戴过，而我祖母又是从她祖母那里继承下来的。天知道它是什么时代打造出来的。"

"按照巴黎的习惯。"我对他说，"结婚只送一只普普通通的戒指。通常是用两种不同的金属制成的，例如黄金与白金。瞧，您这只手指上戴的戒指就很合适，而您的那一只戒指，既镶了一些钻石，又有两手紧握的浮雕，显得有些笨重，戴上它就可能没法戴手套了。"

"噢！让我未来的夫人爱怎么处理就怎么处理好了。我相信，她得到这只戒指一定会很高兴。手指上戴着一千二百法郎，总是件美滋滋的事吧。至于我这枚普通的小戒指嘛。"他得意扬扬地看着手指上朴素无华的那一只，继续说道，"这戒指是一个狂欢节的最后一天，一个女人在巴黎送给我的。啊，两年前，我在巴黎玩得可真痛快！那里才是纵情享受的地方！……"说完，他不胜眷恋地叹了口气。

这一天，大家都应该到普伊加里去，在女方家里吃晚饭。我们登上了四轮马车，驶向离伊尔城约六公里的新娘家的府邸。我作为新郎家的朋友被介绍给女方家庭并受到了欢迎。这顿晚饭与饭后的闲谈，我且略去不表，反正我很少开口。阿尔封斯坐在他未婚妻旁边，每隔一刻钟便凑到她耳边说几句话。而她呢，她很少抬起眼皮，每当未婚夫跟她说话时，她便羞得满面通红，不过，回答得却大方得体。

普伊加里小姐芳龄十八，身材苗条婀娜，与未婚夫的魁梧强壮、骨架粗大恰成对照。她不仅长得美貌，且柔媚迷人；谈吐应对亦自然大方，深得我的欣赏，而她的娇柔之中又略带狡黠，则使我不禁联想到我的主人所发掘的那尊维纳斯雕像。我内心里对两者稍作比较，觉得我们之所以不能不承认维纳斯雕像更胜一筹，其原因很大一部分是否就在于那尊雕像有一种母老虎的表情呢？因为力，即使是邪恶情欲中的力，往往也能引起我们的惊讶之情与不由自主的赞美。

"多么可惜呀。"我在离开普伊加里时这样想道，"这么一个可意的美人儿，偏偏生在这富贵之家，她丰厚的嫁妆就成了追求者垂涎三尺的目标,而这个追求者根本就配不上她。"

在回伊尔城的路上,我不知对德·佩莱赫拉德夫人说些什么是好,只觉得应该说那么几句,于是,我高声说道:

"怎么,夫人,你们居然选了一个星期五举行婚礼,我们巴黎人比你们讲迷信,没有人敢在这样的日子娶亲。"

"我的上帝!别提这事了。"夫人对我说,"如果由我来做主,我肯定会选另一个日子,但佩莱赫拉德执意如此,我只好依他。这事弄得我心神不宁。会不会发生什么不幸的事呢?这种迷信肯定有它的道理,否则,为什么大家都忌讳星期五呢?"

对此,德·佩莱赫拉德先生却高声嚷嚷道:

"星期五!那是维纳斯的日子①,正是喜结良缘的吉日!我亲爱的同行,您瞧,我心里只有我的维纳斯。我以人格担保,正是因为她,我才选择了星期五。如果您同意的话,明天,在举行婚礼之前,咱们为她举行一个小规模的祭祀,拿两只野鸽作祭品,另外,如果还能在什么地方弄到一些香火的话……"

"呸!佩莱赫拉德!"他的妻子怒气冲冲打断了他的话,"给一个神像上香火,简直就岂有此理,附近的邻里乡亲会怎么说我们呢?"

佩莱赫拉德先生在兴头上说得更起劲:"至少,得让我在维纳斯雕像的头上戴一顶用玫瑰与百合编制的花冠吧!"说着,他引证了一句拉丁文的诗:

　　　大把大把地撒百合花吧②

然后,又有针对性地发表时评,说:

---

① 法语"星期五"一词,来自拉丁语,意即"维纳斯的日子"。但在基督教文化中,星期五则是耶稣受难的日子,故被视为不祥日。

② 原文为拉丁文,引自罗马诗人维吉尔的史诗《埃涅阿斯记》第六章。

"先生，您看，宪章只是一纸空文，我们根本就没有任何信仰自由。"①

第二天，婚庆活动按计划是这么安排的：上午十点整，大家准备停当，衣着整齐，吃了巧克力之后，乘马车去到普伊加里。婚姻注册手续在乡政府办理完毕，宗教仪式则在别墅的小教堂举行。接着是午宴。午宴之后，大家自由活动直到七点。然后，回到伊尔城佩莱赫拉德先生的府第，两个家庭的成员欢聚在一起共进晚餐，以后的活动，均顺其自然，因为不能跳舞，大家自然就尽可能要在餐桌上多享用享用。

这一天，早从八点钟开始，我便坐在维纳斯雕像的面前，手里拿着铅笔，将雕像的头部反复临摹了不下二十次，但始终抓不住她的表情。德·佩莱赫拉德先生在我身边走来走去，给我出主意，还不断给我讲解腓尼基字源学的知识，接着，他又在维纳斯雕像的基座上放上几朵孟加拉玫瑰，并像在悲喜剧中那样用夸张的声调，祈求美神保佑那一对即将住在他家里的新人。九点钟左右，德·佩莱赫拉德先生回屋穿衣打扮。这时，阿尔封斯出现了，他穿着一套修身的全新礼服，戴着白手套，踏着漆皮鞋，礼服上有雕花扣子，扣眼上插着一朵玫瑰花。

他俯身看着我的画，问我：

"您能给内人画一张肖像画吗？她也很漂亮呀！"

这时，在上文我曾提及的那个网球场上正开始进行一场球赛，它立即吸引了阿尔封斯的注意。我也因为画累了，而且也画不出那张有点邪恶的脸而感到泄气，于是，我放下画笔也去看球，参加球赛一方是前一天来到本地的几个西班牙骡夫，来自阿拉贡省与纳瓦罗省，

---

① 指复辟王朝时期，由路易十八批准的宪章，这句话是夸张地针对星期五不宜婚娶的习俗。

几乎个个身手不凡。因此，伊尔城一方的球员，尽管有阿尔封斯在场打气且指导有方，但还是很快就被对方那几名好手打败。法国观众对此不胜惊愕。阿尔封斯先生看了看表，才九点半钟。他的母亲还没有梳妆打扮完毕。他便不再犹豫。立即脱下礼服，要了一件运动衣，入场向西班牙人挑战。我微笑地看着他这么做，心里不无惊讶。

"必须维护国家的荣誉。"他这么说。

这时候，我发觉他很美。他亢奋激昂，刚才他对自己那身打扮还十分在意，倍加呵护，现在已经无所顾忌了。几分钟前，他担心弄歪了领带而不敢随便扭转脑袋，而现在，他就不去管他头上的鬈发与胸前那整整齐齐的饰巾了。这把他的未婚妻置于何地？……我的天呀，如果球赛有必要，我想他很可能将婚礼延期举行。他急匆匆地换上一双球鞋，挽起衣袖，信心十足地领着战败的一方上阵，就像恺撒在狄拉奇乌姆重整自己的残部①一样。我跳过了篱笆，在一棵朴树的树荫下，找了一个合适的位置，以便把双方的争夺看得一清二楚。

出乎大家的期望，阿尔封斯一上阵就失了一球。这球擦地而来，力量劲猛，击球者是个阿拉贡省人，看来是西班牙人的队长。

此人约莫四十岁，精瘦而刚健有力，身高六尺，皮肤呈橄榄色，几乎与维纳斯的青铜色一样深沉。

阿尔封斯先生怒气冲冲地将球拍往地上一摔，狠狠地说：

"都怪这该死的戒指，把我的手指箍得太紧，使我丢了一个本可以得分的球。"

他好不容易把自己的钻戒脱了下来。我走向前去想把戒指接过来，但他先我一步，朝维纳斯跑去，把戒指套在她的无名指上，然后又上场率队对抗。

---

① 狄拉奇乌姆，今日的港口城市都拉斯，在阿尔巴尼亚境内，罗马统帅恺撒曾在此被庞培击溃，数年后率军再战，终报失败之耻。

他脸色苍白，但沉着应战，斗志坚强。第二次上场后就再也没有失过手，终于，把西班牙人打得落花流水。观众热情沸腾，其情其景堪称壮观，有些人大声欢呼，把帽子抛向空中，有些人争相与他握手，称他为国家的光荣。即便是他击退了一次外国的入侵，我想，他所获得的祝贺，其热烈、其诚挚的程度亦不过如此。败北的那些西班牙人垂头丧气，更增添了他这个胜利者的光彩。

"咱们可以再玩几场嘛，老弟。"他用盛气凌人的口气对那个阿拉贡省人说，"不过，我得让你们几分。"

我真希望阿尔封斯先生放谦虚一些，不要这么张狂，眼见他的对手受辱，我心里甚感难过。

那个西班牙人深深感到自己受了侮辱，气得连他那晒黑了的皮肤也发白了。他紧咬牙关，脸色阴沉地看着自己的球拍，闷声闷气地说了一句："咱们走着瞧吧。"①

德·佩莱赫拉德先生闻讯而至，他的来到打断了儿子对胜利的沉醉；原来是他发现儿子根本没有忙着去指挥下人套马备车，已经深感诧异，及至见到儿子满身大汗，手执球拍，更是不胜惊讶。于是，阿尔封斯先生赶紧跑回房间，重新梳洗，再穿上崭新的礼服与漆皮鞋。五分钟后，我们终于坐上马车，沿着大道直驶普伊加里。全城所有的网球手与很多观众都跟在马车后面，奔跑欢呼。虽然拉车的那几匹马强壮善奔，也好不容易才没有被这一大群勇健的加泰罗尼亚人追上。

我们到了普伊加里，一行人正准备向乡政府走去，忽然，阿尔封斯先生用手一拍前额，低声对我说：

"我真糊涂，竟把戒指忘了！戒指还戴在维纳斯的手上呢，鬼知道谁会把它取走！请您至少不要告诉我母亲，也许她不会发觉。"

"您可以派人去取它。"我对他说。

---

① 原话是西班牙语。

"算了吧！我的仆人现在在伊尔城里。这里的这些下人我都信不过。值一千二百法郎的钻戒呀，谁都难免会见财起歹心。再说，女方府上的人得知我如此粗心大意，肯定都会笑话我的，把我称为雕像的丈夫……但愿钻戒没有被人偷走！幸亏我手下那帮坏蛋害怕那尊雕像，不敢走近它。算了！没有什么，我还有另一枚戒指。"

结婚典礼与宗教仪式都举行得颇具盛况。普伊加里小姐接收的结婚戒指，原是一个巴黎时装店女店主送给阿尔封斯先生的，她根本没有想到丈夫把自己的一件定情信物割爱送给了她。仪式结束后，大家入席，又是大吃又是畅饮，还开怀唱歌，热闹了好长的时间。在新娘子周围，不时爆发出阵阵粗俗不雅的谈笑，我听了也为她感到难受，但她应付处理得比我预料的要好，有时她也有点窘困尴尬，但既不是由于笨拙无能，也不是矫揉造作。

也许勇气正是从困境中产生的吧。

谢天谢地，午宴终于结束，时间已到了下午四点。男宾们在繁花似锦、景观壮丽的花园里散步，或者去别墅草坪上观看普伊加里的农妇穿着节日的盛装欢快起舞，大家就这么消磨了几个小时。女宾们则殷勤地簇拥着新娘，让她给她们展示新郎赠送的礼物以引起一片赞赏。接着，新娘便换装了，我注意到她拿一顶软帽和一顶有羽饰的帽子盖在她一头秀发上，因为按照当地习俗，妇女们在当姑娘未嫁时，是不能佩戴饰物的，一旦她们的身份有所改变，便会急不可待佩戴起来。

时近八点，大家正准备动身返回伊尔城。但临行又上演了动人的一幕。普伊加里小姐的姑母，是一个年岁很高而又十分虔诚的女人，她待普伊加里小姐如同自己的亲生女儿，她不能跟随我们一道进城，我们出发前，她又对自己侄女进行一大通关于为妻之道的说教，之后，又是没完没了的眼泪与没完没了的拥抱。德·佩莱赫拉德先生调侃地将这次离别比作萨宾妇女被劫场面。终于，我们还是动身上路了。一路上，大家都努力逗新娘子开心、逗她笑，但都没有成功。

在伊尔城里，晚宴等着我们，那是一次怎么样的晚宴啊！如果说上午那些粗俗的笑闹曾使我大吃一惊的话，晚宴上大家针对新郎新娘的双关语与谑笑就更使我受不了。新郎在入席之前不见了一小会儿，回来后脸色苍白，表情凝冷。他不停地喝科利乌尔酒，这种酒几乎与烧酒一样烈。我坐在他旁边，觉得有责任提醒他：

"当心，听说这种酒……"

我随声附和宴席子上的其他宾客，也对他讲了点劝诫他少饮为妙的蠢话。

他碰了碰我膝盖，用很低的声音对我说：

"等大家离席的时候……我要同你说两句话。"

他的声调严肃得叫我吃了一惊。我定睛地瞧着他，发现他的脸色已经大变。我问他：

"您觉得不舒服吗？"

"没有。"

他又开始喝起酒来。

可是，就在大家又是叫喊又是鼓掌的喧闹之中，一个十一岁的小男孩偷偷溜到桌子底下，从新娘子的脚踝上解下一条红白两色相间的漂亮丝带，展示给大家看。大家都说那是新娘的吊袜带，于是，立刻就将这丝带剪成碎片，分给了年轻人。而那些年轻人则按某些大贵族世家保存至今的古老习惯，将碎片别在各自衣服的扣眼上。这可把新娘羞得满脸通红，甚至白眼珠也羞红了……最使新娘难为情、不知所措的是，德·佩莱赫拉德先生叫大家安静下来后，自己却用卡塔卢尼亚方言对着新娘子唱了几句诗，据他说，这是他即席吟诵的，如果我没有理解错的话，以下就是他吟唱的内容：

"朋友们，这是怎么回事，难道美酒使我入醉，两眼昏花？这里竟出现了两个美神维纳斯……"

新娘子听了不胜羞涩，心慌意乱地赶紧把头扭转过去，引起宾客哄堂大笑。

德·佩莱赫拉德先生接着说道：

"是的，我家里有两个维纳斯。一个是像蘑菇一样被我从地下挖出来的；另一个是从天上降临而来的，她刚才把自己的腰带分给了我们大家。"

他本来是想说分的是吊袜带，却说成腰带了。接着，他又说下去：

"我的儿呀，罗马的维纳斯与卡塔卢尼亚的维纳斯，两者之间任你挑选一个你中意的。犬子挑选了卡塔卢尼亚的那一个。他选得好。罗马的维纳斯是黑漆漆的，卡塔卢尼亚的维纳斯是白皙皙的，罗马的那位冷若冰霜，卡塔卢尼亚的这位，却足以使靠近她的人个个激情亢奋。"

他最后这段精彩的结语，引发出全场震耳的鼓掌声与喧哗的笑闹声，其声浪之激荡，几乎使得我以为屋顶会震塌下来呢。满堂如此欢闹，唯有三个人正襟危坐，表情严肃，那就是新郎新娘和我。我头痛欲裂，而且，我过去参加任何一次婚礼，不知是什么原因，总有一种哀伤情绪油然而生，而眼前的这场婚礼更是使得我有厌恶之感。

德·佩莱赫拉德先生吟诵的那首诗，最后几节是由镇长助理伴唱的，我不能不说，其格调很是下流。接下来，大家拥进客厅，观看新娘子退席，因为时已午夜，她即将被引入洞房。

阿尔封斯先生将我拉到窗口，眼睛朝向别处，对我说：

"您一定会笑话我……我不知道是怎么搞的……我中了邪！真见了鬼！"

我对他此话的第一想法就是：他感到自己会要碰上某种不幸，也许就是蒙田①与塞维涅夫人②都论述过的那种不幸：整个爱情王国都充满了悲剧的故事③。

我心里嘀咕道：

"我还以为只有富于才情的人才会遇上这类悲剧哩。"

我对他说：

"亲爱的阿尔封斯先生，您喝科利乌尔酒喝得太多了，我早就告诫过你别喝这么多。"

"也许是喝多了，但我碰见的事比喝醉了更为可怕。"他说起话来断断续续，我确信他是完全醉了。

"您知道我的那枚戒指吧。"他沉默了一会又继续说。

"怎么啦？被人偷走了？"

"那倒没有……我没法把戒指从维纳斯这个魔鬼的手指上脱下来了。"

"原来如此！您一定是没有使劲去拔。"

"我使劲了……但那维纳斯……却把手指攥紧起来。"

他满脸神色惊惶，把身躯倚靠在窗门的横插上以免跌倒。

"胡说！"我否定了他的说法，"您一定是把戒指在维纳斯雕像上套得太深了。明天您用钳子就能脱下来。可是得当心，别把雕像损坏了。"

"我跟您说，脱不下来啦。维纳斯的手指已经握回去了，握紧了，成了一个拳头。您听明白没有？显然，她已经成了我的妻子，既然我把戒指给了她……而她又不愿意还给我。"

---

① 蒙田（1533—1592），法国十六世纪著名的人文主义作家，其传世的杰作是散文巨著《随笔集》。

② 塞维涅夫人（1626—1696），法国十七世纪著名的散文作家，有《书简集》一书传世。

③ 出自塞维涅夫人的《书间集》1671年4月8日一函。

一听此言，我骇然一惊，全身不寒而栗。他说完之后，叹了一口气，一股酒味朝我扑鼻而来，我的恐惧不安顿时烟消云散了。

我想，这家伙刚才讲的全都是醉话。

"先生，您是古物鉴赏家。"新郎可怜兮兮地说，"您对这一类雕像很精通……也许那雕像里面有什么发条、有什么鬼名堂，对此我一窍不通……您去看看好吗？"

"好，我们一道去看看。"我答应了他。

"不，我希望您一个人去。"

我走出了客厅。

刚才吃晚饭时，天气有了变化，下起了倾盆大雨。我正准备去要一把雨伞，但同时又有一个念头制止我这么去做，我心想，我真是个大傻瓜，竟打算去验证一个醉汉的话是真是假！再说，也许他是想给我来一个恶作剧，好让那些老实的外省人乐一场，至少，我也会淋得像只落汤鸡，得一场重感冒。

我站在门口向那个被雨水淋得湿漉漉的雕像望了一眼，没有再回客厅，就上楼回自己的房间去了。我躺在床上，久久不能入睡。白天婚礼的影像纷至沓来，在脑海里翻腾。我想，如此一位纯洁美貌的少女，竟然就这么嫁给了一个粗野庸俗的醉鬼。对此，我不禁对自己说，结婚只论门户家财，真是丑恶得很！镇长披上三色肩带，教士系起襟带，就把世界上一个最纯真的少女送进了弥诺陶洛斯①的嘴里！婚礼本是一对相爱的情侣宁愿用生命去换取的宝贵时刻，但两个并不相爱的人在此场合有何可言？一个女子见过一个男人的粗野不止一次，以后还能去爱他吗？先入为主，最初的印象是难以磨灭的，我可以断言，这位阿尔封斯先生咎由自取，将会被人憎恶……

我内心里的独白远不止这些，我且略去不谈。就在我自言自语之

---

① 希腊神话中半人半牛的怪物，每年要吃掉进贡来的七对少男少女。

时，可听见屋里有人来来往往、开门关门以及马车驶出的声音。接下来，似乎又听见楼梯上一阵细碎的脚步声，有好几个妇女朝着走廊的另一端与我房间相反的方向走去，她们大概是在送新娘子进洞房。后来，送新娘子的妇女们又都下楼梯走了。德·佩莱赫拉德夫人的房门也关上了。我心里想，这位可怜的姑娘这时一定心慌意乱，不知所措！我愤愤不平地在床上辗转反侧。别人家里举办婚礼，而我这个单身汉却在这里扮演一个傻乎乎的角色。

整幢屋子静下来了好一段时候，突然楼梯上响起了沉重的脚步声，打破了周遭的寂静，这是上楼去的脚步声，木板楼梯被踏得咯咯直响。

"真是个粗人！"我叫了起来，"我敢打赌他会摔倒在楼梯上。"

一切又复归寂静。我拿起一本书来想转移转移思绪。那是本省的一本统计手册，其中还附有德·佩莱赫拉德所写的一篇普拉德地区德洛伊教历史建筑的论文。我读到第三页便昏昏入睡了。

我睡得很不踏实，醒了好几次。鸡叫的时候，我已经醒了二十多分钟，那时可能是早上五点钟光景。天快亮了。又可清晰地听见前半夜那沉重的脚步声与楼梯咯咯作响声，我觉得好生古怪。我一边打呵欠，一边琢磨阿尔封斯先生为什么起得这么早。但我实在想不出什么站得住的理由。我正要合上眼睛再寻睡意，突然一阵异样的跺脚声惊动了我，伴随着跺脚声的，还有打铃声与房门开开关关的响声，接着，又听见一片混乱的叫喊声。

我立即从床上一跃而起，心想：那醉鬼没准是在什么地方放火了。

我匆匆穿上衣服，来到走廊上。从走廊另一头传来了叫喊声与哀号声，盖过其他声音的是一声撕心裂肺的惨叫："我的儿呀！我的儿呀！"显而易见，阿尔封斯先生出事了。我赶紧朝新房跑去，里面已经挤满了人。首先闯入我眼帘的是那个年轻的新郎。他半裸着横躺在床上，床板已经压垮了。他脸色铁青，全身僵直。他的母亲在他身旁号啕大哭。德·佩莱赫拉德先生手忙脚乱，不是用古龙水去揉儿子的太阳穴，便是给他闻什么药。可惜，他的儿子早就已经断气了。在房间的另一端，新娘在一张长条沙发上仍陷于可怕的惊厥之中，还不断发出含混不清的叫喊声。两个身强体壮的女仆好不容易才把她按住。

"我的上帝！"我喊道，"到底出了什么事？"

我走到床前，把那不幸的年轻人抱起来，他已经僵硬而冰冷，牙关紧闭，脸色发黑，神情极其痛苦，一切都显示出他是暴死，而且死得很恐怖。可是他的衣服上并无血迹。我解开他的衬衫，发现他胸脯上有一道青紫色的伤痕，一直延伸到两肋与后背。他似乎是被一个铁环紧紧箍死的。这时，我的脚踩到地毯上一块硬的什么东西，我弯腰一看，原来是那枚钻石戒指。

我把德·佩莱赫拉德先生和他的太太拉到他们自己的房间，又叫人把新娘抬了进来。我对老两口说：

"你们还有一个女儿，你们应该好好照顾她。"说完，我把他们三人留在房间里就走了。

在我看来，阿尔封斯先生无疑是遭到了谋杀，凶手在夜里设法进入了新房。但死者胸前的伤痕绕身一周而呈环形，却使我大惑不解，因为木棍或铁棍的凶器都不可能留下这样的伤痕。突然，我想起了曾经听人家说过，在瓦伦西亚，有些亡命之徒被人收买去杀人，就是用装满沙子的长条皮口袋当凶器的。于是，我立刻就想到了那个阿拉贡省的骡夫与他的威胁。然而，我几乎不敢想象，那厮会因为一个小小的玩笑而进行如此可怕的报复。

我在房子里到处寻找破门而入的痕迹，一点都没有找到。我又走进花园，查看凶手是否有可能从此处潜入，也找不到任何蛛丝马迹，而且，昨天下过一场大雨，地上都湿透了，不可能存留下清晰的脚印。可是我偏偏在地面上发现了几个深深的脚印，一来一往，朝向两个相反的方向，但都在同一条直线上，即从连接网球场的那个篱笆角到新郎家这幢房子的门口。这也许是阿尔封斯到雕像那里去取戒指时留下的足迹。而且，这一块地方的篱笆比别处较为稀疏，凶手也可能是从这里进来的。我在维纳斯的雕像前踱来踱去，又停下来对她端详了好一会儿。这一次，说老实话，我看着她那充满恶意的嘲弄神态，真有些不寒而栗。我脑海里不断浮现出刚才我所见到的凶杀现场的种种可怕景象，面对这尊雕像，就仿佛看见一个地狱凶神在对死者一家人惨遭不幸拍手称快呢。

　　我回到自己的房间，一直待到中午，才出来打听我的东道主一家人的消息。他们已经稍稍平静了下来。普伊加里小姐，我应该称她阿尔封斯先生的遗孀才是，她已经恢复了知觉，甚至已经和来到伊尔巡查的佩皮尼昂王家检察官谈过话，那位法官听取了她的证词，也要听取我的。我把自己所知道的一切都告诉了他，并不向他讳言我对那阿拉贡省骡夫的怀疑。他立即就下令逮捕了那骡夫。

　　待我的证词记录完毕，我在上面签字画押之后，我问检察官：

　　"您从阿尔封斯太太那里听到些什么？"

　　"那个可怜的女人已经完全精神失常。"他凄惨地笑了笑回答我说，"精神失常！完完全全的精神失常，她所讲叙的经过是这样的：

　　"她说，她放下了帐子，在床上已经躺下好几分钟，忽然房门打开了，有人走了进来，那时，她睡在床里边，脸朝着墙壁。她一动也没有动，心想是丈夫来了。不一会儿，那床咔嚓一响，仿佛有很重的东西压了下来。她恐惧到了极点，不敢把头转过去。过了五分钟，也许是十分钟……就这样过了一阵子，她说不清究竟有多久，她不由自主地动了动，或许是床上的那个人动了一动。她突然碰到了一件像冰一样冷的东西。她的原话就是这么说的。她不禁浑身哆嗦，紧紧地蜷缩在床的里侧。不久，房门又第二次打开，有人走了进来对她说，晚安，我亲爱的妻子。接着那人就拉开了帐子。她突然听见一声闷哑的喊声。躺在床上的那个人猛然坐了起来，似乎向前伸出了胳膊。于是，她转过头来……据她说，她看见她丈夫跪在床边，脑袋靠近枕头，正被一个暗绿色的巨人使劲地紧紧搂着。她就是这么说的，足足向我这么重复了二十次，这可怜的女人！……她说，她认出来是……您猜得到吗？她说就是德·佩莱赫拉德先生的那尊雕像，那尊青铜的维纳斯……自从这雕像在本地出土以后，很多人都在梦中见到她。我还是继续把那疯女人所讲的经过讲给您听吧。她一看这个景象，便昏厥了过去，也许在昏厥之前几分钟，她就已经神经错乱了。她怎么也说不清自己昏过去多长时间。只是醒来的时候，又看见了那个幽灵，也就是那尊雕像，她一动也不动，两腿与下半身仍在床上，上身与双臂前伸，搂着新郎，新郎官已经不能动弹了。这时鸡叫了，于是雕像下了床，扔下尸体，就走了出去。阿尔封斯太太立即使劲拉铃叫人，以后的事您已经知道，不用我再讲了。"

那个涉嫌的西班牙人被带来了。他很沉着镇定，为自己辩护时十分冷静，脑子也很灵活。虽然他并不否认自己说过被我听见的那句话；但解释说，他并没有什么行凶的意思，只是想说等他第二天缓过劲以后，他会打赢一场球以雪败北之耻，如此而已。我记得他还说了这么几句话：

"我们阿拉贡人有仇必报，绝不会等到第二天。如果我认定阿尔封斯先生故意侮辱了我，我早就会立即给他肚子上扎一刀。"

拿他的鞋子与花园里的脚印作比较，他的鞋比脚印要大得多。

最后，此人所投宿的旅店的老板，也证明他整个一夜都在给他一个生病的骡夫擦身和喂药。

而且，这个阿拉贡人的口碑不错，在当地颇有名气，每年都到这里来做买卖。因此，地方上释放了他，向他道声歉了事。

我在上面忘了转述一个仆人的证词，阿尔封斯在世时，这人是最后一个看见他仍活着的证人，当时，阿尔封斯正准备上楼到自己妻子的房间里去，他把这个仆人叫了过来，满怀心事地询问他是否知道我在什么地方。这仆人回答说没有见到我。于是，阿尔封斯先生叹了一口气，足足有一分多钟没有吭声，然后说了这么一句话："算了，魔鬼也会把他抓走的！"

我问那个仆人，阿尔封斯先生跟他说话时手上有没有戴着钻戒。仆人犹犹豫豫答不上来，说他根本就没有注意，最后，他说他觉得没有，他定了定神又说：

"如果他手上戴着钻戒，我肯定会注意到，因为我以为他早就把戒指送给了阿尔封斯夫人了。"

我在盘问这个仆人时，也因为有点迷信而感到恐怖。阿尔封斯夫人的证词使得全家每一个角度都充满了这种恐怖。这时，检察官先生微笑着看了我一眼，我也就不再问下去了。

阿尔封斯先生的葬礼结束几小时，我准备好离开伊尔城。德·佩莱赫拉德先生打算用马车送我到佩皮里昂。这可怜的老人尽管身体虚弱，还一定要陪伴我走到他的花园门口。我俩沉默无言地穿过花园，他靠着我的胳膊，步子艰难地往前挪动。道别的时候，我向维纳斯看了最后的一眼。我相信我的屋主人虽然不像他一部分家人那样，对这雕像充满了恐怖与憎恨，但我也预料他肯定会要摆脱这么一件会不断引起他悲痛可怕记忆的物件。我本打算劝他把这雕像送到一家博物馆去，正犹豫不决准备直截了当向他提出时，忽然他机械地回头转向我定睛凝视的地点。他看到了那尊雕像，顿时泪如雨下。我拥抱了他，没有敢对他说什么便登上了马车。

我离开伊尔后，没有听说过有什么新的发现足以使那场神秘的凶案真相大白。

德·佩莱赫拉德在自己儿子死后几个月也去世了。他在遗嘱中说把他的全部手稿留赠给我，也许，将来有一天，我会把这些手稿公开发表出来。但在他留给我的手稿中，我并没有找到他关于维纳斯雕像上那段铭文的学术论文。

后记：

我的朋友P.先生最近从佩皮尼昂写信来告诉我，那尊雕像已经不存在了。德·佩莱赫拉德夫人在丈夫死后，最在意的第一件事就是把那雕像销熔掉，铸成一口钟，让它以此方式为伊尔城的教堂效力。可是，P.先生又补充了一句：看来，谁拥有这块青铜谁就倒霉。自从这口铜钟在伊尔城敲响以后，当地的葡萄已经冻坏了两次。

高龙芭智导复仇局

但请你长眠无忧

为你报仇，她一人足够[1]

——《尼奥罗挽歌》

第一章

且说十九世纪头十载的某一年，时值十月上旬之初的某一天，出类拔萃的爱尔兰籍英国军官，上校托马斯·内维尔爵士，携爱女畅游意大利之后，来到了马赛，下榻于博伏大饭店。兴致极高的游客对旅游地没完没了地赞不绝口，往往会引起某种逆反心理，而当今的旅游者为了显示自己与众不同，则会引贺拉斯的名言"切勿少见过赞"作为座右铭。上校的独生千金莉狄娅小姐便属于此类爱挑剔的游客。她认为《耶稣显圣图》[2]平淡无奇，正在喷发的维苏威火山[3]仅比伯明翰[4]工厂的烟囱略为壮观一点。总之，她对意大利最为不满的就是这个国家缺乏地方色彩与独特个性。何谓地方色彩、独特个性？仁者见仁，智者见智，几年前，我还颇为理解，而今倒不甚了然了。起始，莉狄娅小姐沾沾自喜，以为在阿尔卑斯山的彼麓目睹了她的前人从未观赏过的美景，回国后大可与那些高人雅士畅谈一番，就如同附庸风

---

[1] 原文为科西嘉文。

[2] 意大利文艺复兴时期大画家拉斐尔的名作。

[3] 意大利著名的火山，位于那不勒斯的东南。

[4] 伯明翰乃英国著名的工业城市。

雅的茹尔丹①先生那样。但不久，她就发现自己参观过的景点均已被同胞游客捷足先登，毫无希望再找到任何一件为别人所不知晓的东西，于是，她索性就一变而成反对派。的确，只要跟人一谈到意大利的珍品胜迹，对方总要问："您一定见过某某城某某王宫中的那幅拉斐尔名画吧？那真是意大利最美的东西。"不料这恰巧是她所漏看了的，这种场面的确令人尴尬。既然要把所有的胜景都看全看尽太费时费劲，她就不如全盘否定一笔抹杀来得干脆。

在博伏大饭店，莉狄娅小姐还碰见一件令她很恼火的事。她从意大利带回一幅精美的素描，画的是塞尼城②那座班拉斯吉式或希科洛佩式的城门，她以为此乃空前绝后之作，从未有其他画家曾描绘过这一历史遗址。后在马赛得遇法朗西斯·范维克夫人，不意从其向自己出示的画册中，发现亦有描绘此门的画作赫然在目，夹在一首十四行诗与一朵干枯的花之间，画幅上着的是浓烈的土黄色，即斯埃纳城③的那种土黄色。她一怒之下就把那幅素描扔给了自己的贴身女仆，从此对一切班拉斯吉式的建筑不屑一顾。

她这种不快的心情也传染了内维尔上校，因为自从丧偶以后，他看人看事均以自己女儿的眼光为准。在他看来，意大利既然使自己的千金不快，那就有天大的不是，因此，就要算世界上最为讨厌的国家。对于意大利的绘画与雕塑，他固然无话可说，但他可以断定，就打猎而言，这个国家的确贫乏无趣，往往要顶着烈日在罗马郊外田野上跑上四十公里，才能打着几只不像样的红胸斑山鹑。

抵达马赛后的第二天，上校请他从前的副官艾利斯上尉共进晚

---

① 茹尔丹乃十七世纪法国著名喜剧作家莫里哀《贵人迷》一剧中的主人公，身为粗俗的资产者，却羡慕贵族上流社会，附庸风雅。

② 意大利的小城，位于罗马省内，城周围有保存得甚为完整的古城墙，以巨石砌成，是古希腊以前班拉斯吉文化或希科洛佩文化时期的遗迹。

③ 斯埃纳，意大利中部一小城。

餐。上尉刚在科西嘉过了六个星期，他给莉狄娅小姐讲了一个精彩的绿林故事，讲得有声有色，而且妙就妙在与她从罗马到那不勒斯一路上所听到的强盗故事完全不同。到了饭后用甜点的时候，餐桌上只剩下了两个男人，他们面对着好几瓶波尔多酒，一边品用，一边大谈狩猎之道。直到此时，上校方才得知，科西嘉的飞禽走兽种类之多、数量之丰可谓举世无双。

"那里野猪很多，"艾利斯上尉说，"但家猪很像野猪，你必须学会把两者区分开来，因为，错猎了家猪，养猪人就会来找你算账，他们全副武装，从他们称之为'林莽'的矮树林里冲将出来，要你做出赔偿，并狠狠将你冷嘲热讽一顿。还有岩羊，这是一种十分珍奇的动物，别的地方没有，是狩猎的好对象，但很难打到。科西嘉岛上的飞禽走兽、麋鹿、野鸡、小山鹑，各种各类，不胜枚举，如果阁下喜欢打猎，就到科西嘉去吧，在那里，就像我的一个客店主人所说，您能任意猎射任何目标，从斑鸠到人，无一不可。"

喝茶的时候，上尉又给莉狄娅小姐讲了一个株连家族的仇杀①故事，比刚才那一个更为离奇古怪，听得她如醉如痴。上尉还给她描绘了当地蛮荒初开的奇特景象、野性风习以及本土居民的独异性情、好客热忱与原始习俗，使得莉狄娅小姐对科西嘉完全着了迷。最后，上尉还赠她一把精美的小匕首，此器的价值还不在于它独特的形状与镶钢的刀柄，而在于其来历。它是一个声名赫赫的绿林好汉送给上尉的，并声言它曾捅穿过四个人的躯体。莉狄娅小姐如获至宝，便把它别在自己的腰间，晚上又放在床头柜上，入睡前还要拔出鞘来观赏两次。上校则做了一个美梦，梦见自己猎杀了一只岩羊，羊的主人向他索赔，他慨然照付，因为那只羊长相怪异，像头野猪，还长了两只鹿角和一条山鸡尾巴。

---

① 报仇的范围扩大到对方的近亲与远亲。——作者原注。

第二天，上校在和女儿共进午餐时说：

"艾利斯告诉我们，科西嘉的猎物非常丰富，如果路途不太遥远，我真想去住上半个月。"

"既然老爸有意，咱们何不去逛一趟？您可以去打猎，我可以去写生，艾利斯上尉说，那儿有一个拿破仑小时候学习的山洞，我要是能把它画进我的画册，那我就美死了。"

上校先生的意愿幸得自己宝贝女儿的赞同，这也许是破天荒的第一遭。他喜出望外，但他出于心计，又故意唱点反调以便把女儿一时兴起的良愿反击得更为强烈，如说那地方是蛮荒之地啦，女儿家到那儿旅行诸多不便啦，等等。他白费了心思，女儿对他所说的这一切都不怕，骑马旅行正是她心仪已久的乐事，谈到野外露宿，她更是兴高采烈。她甚至还吓唬吓唬老爸，声称自己要去小亚细亚呢。总而言之，你说一条，她顶一句，因为从来没有英国妇女去过科西嘉，所以她非去不可。试想，将来回到圣詹姆斯广场①，拿出自己旅途中的画册给人欣赏，那该多美呀！

"亲爱的，您为什么把这幅漂亮的素描快快地翻了过去呀？"

"噢，那不算什么，只是我做的一张速写，画的是一个著名的绿林好汉，他在科西嘉给我们当过向导。"

"怎么，您去过科西嘉呀？……"

在那个时代，从法国本土到科西嘉，还没有火轮通航，他们多方打听有没有驶往科西嘉的帆船，莉狄娅小姐深信一定能够找到。当天，上校便写信去巴黎，把先前预订好的房间退掉，同时与一位船主洽谈，欲乘他的双桅船去阿雅克修②。船上正有两个现成的房间。他们储备了充足的食物，船主则大力保证，他有一个水手是非常高明的

① 英国伦敦皇宫前的广场。
② 阿雅克修是科西嘉的省会，位于该岛的西岸。

厨师，所做的海鲜汤无人能及，而且一路上风平浪静，小姐一定不会有任何不适的。

此外，上校按照女儿的意愿，限定船主不得搭载任何其他旅客，且必须沿着科西嘉岛的海岸行驶，以便观赏岛上的山景。

第二章

到了动身的那一天，一切都准备就绪，大清早大家都上了船，但双桅船要等到有晚风的时候才起航。在等待的时候，上校和小姐正在加恩比埃尔大道上散步，船主突然走过来，要求上校允许他顺便搭载一个亲戚，是他大儿子教父的一个外甥，此人有急事要赶回科西嘉，一时又找不到其他的船。

“他是一个挺可爱的小伙子，”船主马泰补充说，“是军人，禁卫军步兵军官。如果那一位[①]还在皇位上的话，他早就晋升为上校了。”

“既然是军人，”上校说道，他正准备往下讲“我同意他来跟我们做伴”，莉狄娅小姐已抢先用英语表态了：

“一个步兵军官！……”其父是在骑兵中服役的，她自然对其他兵种不屑一顾，“这样的人很可能毫无教养，他肯定会晕船，会把我们渡海的乐趣全都破坏了！”

她讲的是英语，船主一个字也没有听懂，但从她樱桃小嘴的一噘，也不难猜出她的意思。于是，便赶快将他这位亲戚大大夸赞一番，最后，还保证他是个有教养的青年，出身于班长世家，绝不会打扰上校先生，因为他会被安置在船上偏僻的一角。

在科西嘉，居然还有班长一职世袭传承的家庭，这使上校父女颇

---

① 指拿破仑，1815年滑铁卢战败后，他被迫下台，从此彻底退出历史舞台。

感奇怪。但他们既然真的相信了那个人是兵营中的步兵班长，便以为此人一定很穷，船主是大发慈悲才决定捎他一程。如果他是位军官，你就不得不跟他周旋应酬，可是对一个班长，你就用不着拘礼了，只要他手下的那一班人，不是荷枪实弹地将你押到什么鬼地方去，那他便是一个无足轻重的人。

"您那位亲戚晕船吗？"莉狄娅小姐直率地问道。

"他从不晕船。小姐，不论在陆地或在海上，他都结实得像岩石。"

"行！您可以让他上船。"她说。

"您可以让他上船。"上校鹦鹉学舌式地重复了一句。说完，父女二人又继续散步去了。

傍晚五点钟左右，船主来接他们上船。到了码头，他们看见船主的舢板旁边站着一个身材高大的年轻人，身着蓝色的外套，纽扣一直扣到下巴，脸晒得呈棕色，一双眼睛又大又黑，炯炯有神，看样子是个爽直而聪明的人。从他侧身而立的姿势与两撇卷曲的小胡子来看，一眼便知是个军人，因为那个时代留胡子的风气尚未流行，而国民卫队军人的姿态习惯也尚未被人普遍模仿。

那青年一见上校，就脱帽致意，举止从容，措辞恰当地向他表示感谢。

"我很高兴能帮你的忙，小老弟。"上校友好地点点头对他说。

说着，上校便登上了舢板。

"您的这位英国雇主倒是挺当仁不让的。"年轻人低声用意大利语对船主说。

船主把食指放在左眼下方，两边嘴角往下撇。年轻人懂得这个手语，知道它的意思是说，这个英国佬懂得意大利语，而且他是个怪物。年轻人笑了笑，用手点了点额头表示回答，似乎是说，所有英国人的脑子都有点毛病，然后，他在船主的身旁坐下，仔细打量那位美丽的女性旅伴，但并没有放肆的神情。

"这些法国军人都很有风度。"上校用英语对女儿说，"所以他们很容易就晋升为军官。"

接着，他用法语对年轻人说：

"小老弟，您是哪个部队的？"

年轻人用胳膊肘碰了碰他的表亲，忍笑回答说，他原属禁卫军中的步兵，最近刚从第七步兵营退役。

"您参加过滑铁卢战役吗？您还很年轻嘛。"

"对不起，上校，那是我参加过的唯一一次战役。"

"那一仗可抵得上两仗啊。"上校说。

年轻的科西嘉人咬了咬嘴唇。

"爸爸，问问他科西嘉人喜不喜欢他们的拿破仑。"莉狄娅小姐用英语对父亲说。

上校还没有来得及给年轻人译成法语，他便径直以英语来回答了，虽然法国口音很重，但说得相当标准。

"您知道，小姐，任何人在自己的故乡都当不上圣人。虽然我们科西嘉人跟拿破仑是同乡，但崇拜他的程度也许还不如法国本土人。至于我，尽管我的家族与他的家族过去有世仇，我却喜欢他，钦佩他。"

"您会说英语！"上校惊呼起来。

"说得很差，您可以听得出来。"

莉狄娅小姐虽然对这青年随随便便的口吻颇有不快，但一想到小小一个班长居然跟一位皇帝有世仇，便不禁一笑。科西嘉此地之古怪由此可见一斑。她打算把这一点写进她的日记。

"也许您在英国当过俘虏吧？"上校问道。

"没有，上校。我的英语是在法国学的，是跟贵国的一个俘虏学的。"接着，年轻人转向莉狄娅小姐说：

"马泰告诉我，您刚从意大利回来。小姐，那您一定会说一口地道的托斯卡纳语①，我担心您听不大懂我们科西嘉的方言。"

"小姐能听懂意大利任何方言，她对语言很有天赋，比我强多了。"上校说。

"我们科西嘉民歌里，有这么两句歌词，是牧童对牧女唱的，不知小姐是否能听懂？"

> 即使我进入了神圣的神圣天堂，
>
> 如果你不在，我也会退出那个地方。

莉狄娅小姐听懂了，觉得对方引用这歌词颇有大胆之嫌，特别是他念词时的那种目光，不禁脸一红，用意大利语答道："我懂。"

"这次您回乡是否有六个月的长假？"上校问。

"不，上校，我是半饷遣返②，大概是因为我参加过滑铁卢战役，而且，我又是拿破仑的同乡。我这次回乡，正像歌谣中所唱的，希望渺茫，钱囊空荡。"

说罢，他仰望天空，叹了一口气。

上校将手伸进口袋，用手掂量着一块金币，想找出一句恰当的话来，以便把金币塞进这个倒运的宿敌手里。

"我也如此，"他以豁达轻松的口气说，"我也是半薪退役。不过，您的半饷也许不够抽烟。拿着，班长。"

他试图把金币塞进年轻人的手里，那手扶在船舷上，一直没有张开。

科西嘉青年脸一红，挺直了身子，咬了咬嘴唇，正待发作，脸部

---

① 托斯卡纳乃意大利的心脏地区，此地区的语言被认为是意大利的标准语。
② 拿破仑滑铁卢之战惨败退位后，波旁王朝复辟，原拿破仑帝国军队中的军官全部领半饷被解职遣返。

表情却突然一变，反倒哈哈大笑起来。上校手里握着那枚金币，惊愕得不知所措。

"上校先生，"年轻人恢复了严肃的表情说，"请允许我奉劝阁下两点，第一，千万不要送钱给科西嘉人，我那些老乡会很不客气地把钱朝您脸上扔回来。第二，不要用别人不稀罕的头衔去称呼对方。您称呼我为班长，可我是中尉。当然，这两个称呼差别不大，但是……"

"中尉，"托马斯爵士不禁叫了起来，"中尉！可是船主告诉我说您是班长，令尊大人以及您历代家族里的人都是班长呀。"

听了此话，年轻人身子往后一仰，哈哈大笑起来，笑得那么爽朗开怀，把船主和两个水手都逗乐了。

"对不起，上校，"末了，年轻人说，"这纯属误会，我终于弄明白了。的确，我的家族有幸，历史上曾经出过几个班长，但我们科西嘉的班长，从来没有正式的军衔。大约是在公元一千一百年，有一些村镇起来造反，反抗山区贵族专制残暴的统治，推选出了几位首领，称之为'班长'。在我们科西嘉岛上，凡是祖先曾经为民请命、伸张正义的家族，都享有无上光荣。"

"对不起，先生！"上校大声说，"真是抱歉之至。既然您明白我的误会事出有因，希望您多多包涵原谅。"

说罢，他向年轻人伸出了手。

"上校，我年少气盛，咎由自取，"科西嘉青年一边笑，一边热烈地紧握着英国佬的手说，"我一点也不怨您，既然我的朋友马泰没有把我的情况介绍得清清楚楚，那就允许我来自我介绍，我名叫奥索·德拉·雷比亚，是退伍的中尉。看您带了两条漂亮的猎狗，如果我没有猜错的话，两位是到科西嘉来打猎。我非常乐于陪两位去看看我们的林莽与群山……如果我还没有把它们忘了的话。"说着，他叹了一口气。

这时，舢板已靠近双桅船的一侧。中尉扶着莉狄娅小姐上了船，又帮助上校登上甲板。到了船上，上校还一直对自己闹出的那场误会心存歉意，不知如何才能使一个有悠久家世的人士原谅自己，便急不可待地未征求自家千金小姐的同意，径自邀请中尉共进晚餐，同时又一再表示歉意，一再握手言欢。莉狄娅小姐对此当然有所不悦，柳眉微微一皱，但她弄明白了班长是怎么一种人，终究也不是一件坏事。何况，这位客人并不叫她讨厌，她甚至觉得此人还有点贵族味，只不过太坦直、太嘻嘻哈哈，不像小说戏文里的男性主人公。

"德拉·雷比亚中尉，"上校端起一杯马德拉①葡萄酒，以英国的方式向客人敬酒说，"我在西班牙见过许多您的同乡，都是属于声名赫赫的狙击步兵团的。"

"不错，他们之中很多人都战死在西班牙了。"年轻的中尉神情肃穆地说。

"我永远也忘不了维多利亚②战役中一个科西嘉营的作为，"上校接着说，"我实在是忘不了，"他揉了揉自己的胸脯又继续下去，"整整一天，他们都躲在园子里、篱笆后进行狙击，打死了我们很多弟兄与马匹。他们决定撤退时，便集合在一起，飞快就跑掉了。我们本想到了平原地带好好回敬他们一下，可是，那些家伙……对不起，中尉，我是说，那些好汉，却列成了方阵，我们怎么也攻不破。那方阵的中央，我至今还历历在目，有一位军官骑着一匹小马，待在鹰旗旁边抽雪茄，悠悠闲闲的，就像在咖啡馆。他们的军乐队还不时奏起曲子，根本就不把我们放在眼里……我派出两支骑兵直冲过去……怎么也没有想到！不仅冲不进方阵，反倒被反弹出来朝斜向偏折，结果是一片溃散，好些马匹只剩下了空鞍……而对方那可恶的军乐队仍在奏

① 马德拉乃大西洋上葡属小岛，以产葡萄美酒著称。
② 西班牙斯巴克地区一座城市，1813年6月21日，英、西、葡联军在英国大将惠灵顿的指挥下，在此地击败法军。

167

个不停! 当笼罩着敌军的硝烟散开时, 我又看见那个军官仍站在鹰旗旁抽着雪茄。盛怒之下, 我便亲自率领队伍做最后一次冲锋。敌军的枪管因过热而不能再射击了, 他们便排成六行, 上了刺刀直指我军马队, 宛如一道铜墙铁壁。我振臂高呼, 激励部下, 自己也策马向前逼近, 但见我说的那位军官总算拿下了嘴上的雪茄, 向他的一个部下指了指我, 好像说了一声: '瞄准那个白毛打! '我当时正戴着有白色翎毛的军帽。然后我就不省人事了, 因为一颗子弹正射中了我的胸脯。哎呀, 德拉·雷比亚中尉, 那一营兵真是了不起, 称得上是第十八轻步兵团中的精锐, 后来有人告诉我, 他们全营都是科西嘉人。"

"是的, "奥索说, 他听上校叙述这段故事, 听得眼睛都发亮了, "他们掩护大队人马撤退, 也没有仓皇丢掉自己的鹰旗, 但全营三分之二的弟兄都在维多利亚平原上献出了自己的生命。"

"也许您知道统率这个营的那个军官的名字吧? "

"就是家父。他当时是第十八轻步兵营的少校, 因为在那次壮烈一仗中指挥有功, 后来晋升为上校。"

"原来就是令尊! 我的天啦, 他真是个了不起的汉子! 我很想再见见他, 我保证一定还能认出他。他还健在吧? "

"不在了, 上校。"年轻人回答时, 脸色略显苍白。

"他参加了滑铁卢战役吗? "

"参加了, 上校, 可惜他没有战死在沙场的福气……而是两年前在科西嘉去世了……天啦! 瞧这海景有多美, 我没有看见地中海足有十年了。"

接着, 他转向莉狄娅说: "小姐, 您不觉得地中海要比大西洋更美吗? "

"我觉得地中海太蓝了……波涛也不那么雄伟。"

"小姐, 您是喜欢粗犷雄浑的美? 由此, 我相信您一定会喜欢科西嘉。"

"小女只喜欢一切与众不同的东西，"上校说，"所以她并不那么喜欢意大利。"

"在意大利之中，我只熟知比萨①这个地方，我在那儿念过中学，"奥索说，"我一回想起当地的墓园、圆顶大教堂、斜塔，便不禁悠然神往，尤其是那墓园②，您记得奥加涅画的那幅《死神图》吗？……那幅画使我过目不忘，印象极为深刻，至今也许还能凭记忆把它摹画出来。"

莉狄娅小姐唯恐中尉又来一大篇赞美之词，她打了一个哈欠说道：

"那幅画的确很美。父亲，很抱歉，我有点头疼，想回房休息。"

她亲了亲父亲的额头，端庄大方地向奥索点了点头，就回舱去了。两位男士便大谈起滑铁卢之战与狩猎之乐。

两人发现，过去互相对垒，甚至还互相射击过，反倒使他们有了不打不相识的投缘感。他们对拿破仑、惠灵顿与布律赫③逐一加以评点之后，又大谈打猎，谈打麋鹿、打野猪、打岩羊等等。终于，夜深了，最后一瓶波尔多葡萄酒也喝得精光，上校才握手告别了中尉，祝他晚安，还说他们的友谊虽开始得如此可笑，但希望能继续发展下去。说罢二人分手，各自回舱就寝。

第三章

夜景迷人，月色抚波，轮船在微风中缓缓前行。莉狄娅小姐全无

---

① 比萨，意大利中部的城市，古迹甚多，尤以斜塔最著。

② 比萨墓园在美术史上颇负盛名，它周围有哥特式的回廊，上有壁画甚多，其中之一即为十四世纪画家安特莱·奥加涅根据但丁《神曲》的题材所作的著名《死神图》。

③ 布律赫，十九世纪的普鲁士将军，参加了著名的滑铁卢会战，当惠灵顿部与拿破仑部在正面厮杀时，布律赫率援军赶到，成为联军击溃拿破仑的关键。

睡意，海上明月，当此胜境，稍有诗情画意，亦不免怦然心动，只因同船的有一俗客，英国少女才难以滋生少许雅兴。等到她断定那年轻的中尉已经像毫无情怀的粗人呼呼大睡之后，便起身披衣，唤醒女仆，走上甲板。甲板上空无别人，只有一个把舵的水手在用科西嘉方言吟唱一种哀歌，那歌子曲调粗犷，很少变化。在此宁静的夜里，这怪怪的音乐倒也自有其魅力。可惜的是，水手的唱词莉狄娅小姐不能全都听懂。在那些普普通通的唱段中，有一首激昂慷慨的诗引起了她强烈的兴趣，只可惜唱到最为壮烈之处，忽然夹杂了几句她听不懂的土语。不过，她听懂了那首诗是讲一个凶杀复仇故事。对凶手的诅咒，对死者的赞颂，对复仇的决心，全都混杂在诗里，有一些歌词她记下来了，这里，我且试着译述如下：

> 大炮当前，刺刀直面，
> 他仍然面不改颜，
> 在沙场上镇定自若
> 像夏日的天空宁静而炽烈。
> 他是凌空的飞隼，与猛禽鹭鹰共属同类。
> 待友他甘甜如蜜，
> 对敌他狂如怒涛。
> 他比太阳更雄伟崇高，
> 他比月亮更温柔亲切。
> 法兰西的敌人从来都伤不了他分毫，
> 他家乡的恶棍却背后将他击倒，
> 就像维托罗杀害了桑皮埃洛①。

---

① 桑皮埃洛是科西嘉十六世纪的民族英雄，起义失败后，其妻为营救丈夫，私自与敌人谈判，桑皮埃洛怒而杀之，其妻弟维托罗为姐报仇，又设埋兵杀桑皮埃洛，在科西嘉，维托罗乃叛徒之同义词。

恶棍们从来不正面看他，完全无视他精神的崇高。

…………

请把我征战沙场所获的军功章

挂在我床前的墙上，

绶带的颜色红殷殷，

我的衬衣更是一片血染的风采。

我的儿子哟，我儿在远方，

留给他，我的军服与勋章。

军衣上有两个被枪击的弹孔，

对敌人要一弹还一弹，一孔还一孔，

复仇还不能仅此罢手。

要挖出那只瞄准我的眼，

要剁下那只开枪的手，

还要挖出仇人的心脏，那滋生出恶念的源头……

唱到这里，水手突然停住了。

"你为什么不唱下去，朋友？"莉狄娅小姐问。

水手摆了摆头，向她示意有人从船舱里出来，那是奥索走上甲板来赏月。

"请你把哀歌唱完好吗？"莉狄娅小姐说，"我很喜欢听。"

水手向她俯身低低地说："我不愿意给人一个'兰贝科'①。"最后这个词，他用的科西嘉土语。

"什么？你说什么？……"

————————

① "兰贝科"（Rimbeccare），意大利文，其意为：摈拒、反驳、挡回。在科西嘉方言中，其意则为：当众斥责，比如对被暗害者的儿子说不报杀父大仇，就是给他一个"兰贝科"。实际上，"兰贝科"就是催促人去报仇雪恨，故在意大利统治期间，凡给人"兰贝科"者，法律皆要严惩。——作者原注。

水手没有回答，开始吹起口哨来。

"内维尔小姐，幸会，碰上您在观赏我们的地中海景色。"奥索说着走到她身边，"这么美的月景在别处是见不到的，您一定同意吧。"

"我并不是在赏月，我在专心考察科西嘉语。这位水手正唱着一支苍凉的悲歌，不料唱到重要关头停住了。"

水手低下头，假装在仔细观察罗盘，却故意使劲扯了一下莉狄娅小姐的大氅。显而易见，他那支悲歌是不能在奥索中尉的面前露头的。

"你刚才唱的是什么歌，保罗·法兰瑟？"奥索问道，"是巴拉塔？还是沃采罗[①]？小姐听得懂，她很想听你唱完。"

"以下的歌词，我全忘了，奥斯·安东。"水手答道。

接着，他放开嗓子唱起一首圣母颂歌。

莉狄娅小姐漫不经心地听着，也不再追着要那水手仍唱原来的那一首，却打定主意稍后非把这谜底弄清楚不可。她的贴身女仆虽然是佛罗伦萨人，对科西嘉方言懂得并不比自己的主子更多，但她好奇心重，也想弄个明白。女主人还没有来得及用臂肘碰碰她示意，她就心直嘴快脱口而出，问道：

"中尉先生，给人一个'兰贝科'，是什么意思？"

"'兰贝科'嘛！"奥索答道，"那是对科西嘉人最大的侮辱，谴责一个人有仇不报。谁跟您讲起'兰贝科'的？"

"昨天，在马赛，"莉狄娅小姐连忙打岔说，"船主先生提到过

---

① 按照科西嘉的风俗，一个男子死后，特别是被人暗杀之后，遗体停放在桌子上，本家族的妇女聚在周围，当着众多亲友用科西嘉方言，即席编唱悼念的挽歌，如果没有本族妇女，死者的女友甚至与死者毫无关系的女子亦可，只要有编词唱曲的才能就行。有时，妇女们轮流编唱，更常见的是由死者的妻子或女儿单独编唱，均被统称为"挽歌女"。她们所编唱的挽歌，在科西嘉东岸被称为"沃采罗"，在西岸则为"巴拉塔"。——作者原注。

这个词。"

"当时他说的是谁？"奥索急促地追问。

"噢！他给我们讲了一个从前的故事……是什么年代的？……对啦，是瓦尼娜·德·奥纳诺①那个时代。"

"我想，小姐，瓦尼娜之死，一定使您不怎么喜欢我们的那位民族英雄，了不起的硬汉桑皮埃洛吧？"

"您觉得他那种杀妻行为很英雄吗？"

"当时的风俗很野蛮，他那种行为情有可原，再说，桑皮埃洛正在跟热那亚人拼杀得你死我活，如果他不严惩那个企图与敌人打交道的老婆，他的同胞又怎么能信任他呢？"

"瓦尼娜没有得到丈夫的允许就私自去谈判，桑皮埃洛扭断她的脖子是应该的。"水手也帮腔说。

"但是，"莉狄娅小姐辩护说，"她是为了去救丈夫呀，正是出于对自己丈夫的爱，她才去向热那亚人求情的。"

"替自己的丈夫去求情，便是对丈夫的侮辱！"奥索中尉厉声嚷道。

"丈夫便亲手杀了自己的妻子！"内维尔小姐便紧逼一句，"简直就是一个恶魔！"

"您要知道，是妻子自己要求恩典一样死在丈夫的手里。小姐，您是不是把奥赛罗②也视为一个恶魔？"

"那完全是两码事！奥赛罗是出于嫉妒；而桑皮埃洛只不过是因为虚荣心。"

"嫉妒不就是一种虚荣心吗？是爱情上的虚荣心，您大概是因为这种特定的动机而原谅这种虚荣心吧？"

---

① 瓦尼娜·德·奥纳诺，即前文所提说的十六世纪科西嘉民族英雄桑皮埃洛的妻子，她因欲营救其夫而与敌方打交道，被其夫所杀。

② 莎士比亚悲剧《奥赛罗》中的男主人公，因猜疑与嫉妒杀死了自己的妻子。

莉狄娅小姐以尊严的神情瞄了中尉一眼，转身去问水手船何时可以到岸。

"如果风向不变，后天可以到。"水手答道。

"我真想马上就看到阿雅克修，这条船坐得叫人烦死了。"

她站起身来，挽着女仆的胳膊，在甲板上走了几步。奥索呆立在舵旁，不知如何是好，是陪她去散步？还是知趣识相，就此结束这场令英国小姐大为不悦的谈话？

"我的圣母啊，这姑娘多美呀！"水手叹道，"如果我床上的臭虫都像她一样，即使我被咬死，我也不会抱怨！"

莉狄娅小姐也许听见了水手这番对她五体投地的傻话，看来颇感不悦，因为她几乎立即就回舱去了。不一会儿，奥索也去睡了。他刚一离开，莉狄娅小姐的女仆便返回甲板上，把水手彻底盘问了一通，然后就回舱对女主人作了以下这番汇报：

两年前，奥索的父亲德拉·雷比亚上校被人谋杀。刚才水手因为奥索的来到而停唱的那支挽歌便是暗杀事件之后流行起来的。水手认为此次奥索回乡是要"报杀父之仇"——他原话就是这么说的——他断言，过不了多久，彼埃特拉纳拉村便会有"鲜肉"上市，把当地的这个词翻译出来，就是说，奥索大爷将会把谋杀他父亲的那两三个嫌犯统统杀掉。事实上，这几个人也罪有应得，他们曾一度被司法当局通缉，仅仅因为他们买通了法官、律师、省长与警察，才得以逍遥法外。"科西嘉是个无法无天的地方，"水手接着说，"我不相信王家法院的官员能顶什么用，我只相信有支好枪就能摆平一切。如果一个人有了仇家，他就只能在三S①之中做出选择。"

这些甚有意思的讯息，大大改变了莉狄娅小姐对德拉·雷比亚

---

① 在科西嘉的方言中，三"S"是指步枪（schiopetto）、匕首（stiletto）与逃亡（strada）。——作者原注。

中尉的看法与心态。从这时开始，他成为那位充满浪漫遐想的英国姑娘心目里的英雄偶像。他那种对一切满不在乎的神气、口无遮拦、嘻嘻哈哈的语调，本来使她有点不以为然，现在倒成为他难能可贵的优点，因为这表明此人内心坚毅刚强，外表不露声色，他人是难以看出其内心感情的。她觉得，奥索颇有菲埃斯克①族人之风，放浪形骸而胸怀大志。虽然杀几个坏蛋与解救国家无法相比，但报仇雪耻干得漂亮亦不失为一桩美事。况且，女人爱的是英雄而不是政治人物。经过了这样的心路历程后，内维尔小姐才发现年轻的中尉原来眼睛大大的，牙齿整齐洁白，身材挺拔，举止甚有教养，且不失上流社会的风度。在第二天，她便好几次去主动和他聊天，并觉得他讲的很有意思。她还询问了很多有关他家乡的事，中尉有问必答。他从小就离开了科西嘉，起先是去念中学，后来入了军校，但故乡在他心目里始终是个充满诗意的地方。一谈起故乡的群山与林莽以及居民的奇风异俗，他便兴高采烈。可以理解，他在叙述中不止一次提到了复仇这个字眼，因为只要谈到科西嘉人，便不可能不对他们这种尽人皆知的习俗不加评论，不置可否。大体上说来，奥索对自己同胞这种冤冤相报、恶性循环的仇杀，是持谴责态度的，这使莉狄娅小姐颇感奇怪。在奥索看来，农民之间这种打打杀杀倒是可以谅解的，说家族仇杀其实就是穷人之间的一种决斗。

他是这样说的："的的确确，互相暗杀之前必须先按规矩向对方提出挑战，'当心你的小命，我盯上啦'，设套暗算之前，双方必须如此郑重其事地警告对手。"接着奥索又说，"在我们家乡，仇杀暗算的凶案层出不穷，比哪儿都多，但没有一件是出自卑鄙的动机。的确，我们这里有许许多多杀人犯，但他们绝没有一个是贼。"

---

① 菲埃斯克，十三世纪至十六世纪意大利著名的名门望族，曾产生过众多的权势强人，长期称霸于热那亚，其中的一位曾胸怀大志，密谋推翻暴君，解放国家。

当他提到复仇与谋杀之类的字眼时，莉狄娅小姐总是关注地盯着他，但并没有发现他脸上流露出任何激动的痕迹。既然她已经认准中尉有不动声色之定力，他人自是看不透他的内心状态的，当然，只有她的这双慧眼除外，因此，她深信不疑，等不了多久，他父亲雷比亚上校的在天之灵，就可以得到大仇已报的慰藉。

船行快速，科西嘉海岸已然在望。虽然莉狄娅小姐对岸上的地点完全陌生，船主仍然向她一一指点介绍，使她觉得知其名亦不失为一种乐趣。观风景而不知其名是最败兴不过的事了。有时，英国上校望远镜里出现了一个岛民，身穿棕色长袍，背着长枪，骑着一匹小马，在陡峭的山坡上奔驰。在莉狄娅小姐看来，这种山民不是强盗便是去为父报仇的儿子。但奥索却断言，那只是附近村镇的良民百姓在出门办事而已，身上背着枪并非要大开杀戒，而只是抖抖威风，追求时髦，如同一个花花公子出门必带一根漂亮的手杖。以武器而论，虽然长枪不及匕首那么雅致而富有诗意，但在莉狄娅小姐看来，对男人而言，枪要比手杖更为高雅。她还记得拜伦爵士笔下的英雄都死于子弹，而非古色古香的匕首。

海上共行三日，船终于到达了桑吉奈尔群岛①，眼前，阿雅克修湾壮丽的全景历历在目。有人将它与那不勒斯湾相比，实为有理。当双桅船缓缓驶入港口时，正有一处丛林着火，烟雾笼罩了季拉托锋②，令人不禁联想起维苏威火山，更增阿雅克修湾酷似那不勒斯湾之感。但如果要两者完全相像，就还要有一支阿提拉③的大军到那不勒斯郊区扫荡一圈就行了，因为阿雅克修的周围一片荒凉，渺无人迹。在那不勒斯，从卡斯特拉玛尔直到米塞纳角，到处是工厂林立，好不壮观，而阿雅克修湾的周围，只见黑压压的丛林，其背后则是一

---

① 科西嘉西部阿雅克修湾入口处的五个小岛。

② 阿雅克修南二十公里的一座山峰。

③ 阿提拉，公元五世纪的匈奴王，曾率大军横扫欧洲大陆。

片光山秃岭。既无一座别墅，也无一所民房。城市周围的高岗上，有若干稀疏的白色建筑点缀于绿丛之中，那都是亡人的灵堂与家族墓地，景色虽美，但呈现出来一股肃杀凄凉之气。

城市的外观，尤其是在当时那个季节，更增添了郊区的荒凉感。大街小巷，冷冷清清，空旷寂寥，只见几个无所事事的闲人，而且老是那几个。除了寥寥几个进城购物的农妇外，不见任何其他妇女。这里，可不像意大利其他城市那样欢声笑语处处可闻。偶尔，在街道的树荫底下，有十几个武装的乡民在赌纸牌或围观。他们既不叫喊，也不争吵。赌得紧张的时候，便响起手枪声，那通常是威吓的前奏。科西嘉人天生沉默寡言，沉稳肃穆。傍晚，有几个人出来乘凉，但在林荫大道上散步的几乎全是外地人。岛上的居民则总是站在自己的家门口，像老鹰蹲在自己的巢边一样，时刻防备着敌人。

第四章

父女一行在科西嘉登岸两天之后，去拿破仑出生的旧居参观了一趟，莉狄娅小姐用半正派半不正派的手段，从旧居墙上的壁纸上弄了一点样品，过程一完，莉狄娅小姐的新鲜感顿失，而感到郁闷起来，但凡外人来到一个国家，如果因与当地居民习俗不同格格不入，而陷入隔离状态的话，大抵都会有此种感受。这位英国小姐后悔当初不该一时冲动要来此地，但现在刚一到达就告别离开，势必有损她不畏险阻的旅行家之名声，只好耐下性子，但求消磨时光，打发日子。她下定决心之后，便端出画笔与颜料，勾画了一幅海湾风景图与一个卖甜瓜老乡的肖像。这个农民皮肤黝黑，很像大陆上的菜农，但蓄着一把白胡须，神情活像凶神恶煞。这一切还不够她消遣过瘾，便决心去作弄作弄那位班长的后人。这事不难，因为奥索并不急于回自己的村落，看来颇为乐意在阿雅克修滞留几天，虽然他在此地并无需要拜访的亲戚朋友。此外，莉狄娅小姐给自己规定了一个崇高的任务，就是要感化这头狗熊般的汉子，使他放弃回乡复仇的计划。自从她特别关注他以后，便深感让这么个年轻人去铤而走险、白白送命，实在太可惜了，而对她来说，能够使得一个科西嘉汉子回心转意，则是一件很光荣的事。

在当地，这几位旅客是这么度过一天的：早上，上校与奥索同去打猎，莉狄娅小姐做了做画，给女友写了写信，仅为了在信上能署上"由阿雅克修寄出"的字样。六点钟左右，男士满载猎物而归；接着，大家聚在一起用晚餐；餐后，莉狄娅小姐唱歌，上校打瞌睡，一对青年男女倾谈到深夜。

不知道办护照有个什么手续，使得内维尔上校不得不去拜访省长大人。此位省长与其他大多数同僚一样，也闲得发慌，百无聊赖，一听有位英国上流社会的富人来访，还带着自己漂亮的女儿，不禁喜出望外，当即殷勤接待，一口答应了访者的要求；不仅如此，几天后他即回访上校。那天，上校刚吃完饭，正舒舒服服躺在沙发上蒙眬欲睡。他的千金小姐则在一架破钢琴前自弹自唱。傍坐的奥索一边翻看着她的琴谱，一边欣赏她的玉肩与金发。下人通报，省长先生来访，琴声戛然而止，上校赶紧坐了起来，揉揉眼睛，就向女儿介绍省长，又说：

"我不介绍德拉·雷比亚先生了，您大概认识他吧？"

"先生是雷比亚上校的公子吧？"省长略带窘态地问。

"是的，先生。"奥索答道。

"我曾有幸认识令尊。"

老一套的应酬话很快就讲完了。上校不由自主地频频直打哈欠；奥索是个自由主义分子，不愿意跟官方的走卒打交道；只有莉狄娅小姐独自与来客应对。而省长也不愿意使交谈冷寂下来，显然是想和一位认识全欧社会名流的女士谈论谈论巴黎与上流社会。他在交谈之中，不时以一种奇特的眼光打量着奥索。

"您是在大陆认识德拉·雷比亚先生的吗？"他探问莉狄娅小姐。

莉狄娅小姐略显尴尬地回答说，是在这条来科西嘉的船上认识的。

"这个年轻人很有教养，"省长低声说，接着把嗓音压得更低问，"他向您谈起过他这次回科西嘉有什么意图吗？"

莉狄娅小姐正色答道："我从没有向他打听过，您可以直接问他。"

省长沉默不语了。但稍过了一会儿，他听见奥索在用英语和上校交谈，便问：

"先生，您一定到过很多地方，大概已经把科西嘉忘掉了……也忘了当地的习俗。"

"您说得对，我离开科西嘉的时候，年纪还很小。"

"您一直在军队里服役？"

"我现在已经退伍了，先生。"

"您在法国军队里待了这么久，先生，我深信您一定变成了一个地道的法国人。"

说到最后几个字时，他故意加重了语气。

对科西嘉人而言，提醒他们乃从属于法国，这绝非恭维敬重之语。他们一心想要自立门户，独立成族。他们的特立独行的确表现出了这一点，由此，旁人也就视之为另类而予以默认了。当下，奥索气往上冲，颇为不快，顶了省长一句：

"阁下，您难道以为，一个科西嘉人非得在法国军队里吃过粮，才能成为体面人吗？"

"当然不是，"省长赶紧辩白，"我绝没有这种偏见。我只是说，科西嘉当地有某些习俗，是我等为官当差者所不乐于看见的。"

他故意着重习俗二字，脸上显出十分严肃的表情。不一会儿，他

179

起身告辞，并要莉狄娅小姐改日务必赏光来省长府会会他的夫人。

他走了后，莉狄娅小姐说：

"我真不虚此行，要知道省长为何等人物，非来科西嘉不可。我觉得这个省长倒是蛮和气的。"

"我嘛，"奥索说，"我可不敢这么说，此人装模作样，故弄玄虚，我觉得他很古怪。"

上校此时已快进入梦乡。莉狄娅小姐朝父亲那边瞅了一眼，低声对奥索说：

"我可不觉得如您所说他是在故弄玄虚，他言下之意我是听出来了。"

"内维尔小姐，您固然耳朵灵敏，不过，如果您在他刚才那番话里听出了什么弦外之音，那肯定是您自己加进去的。"

"德拉·雷比亚先生，您引用的这句话，我记得是马斯卡里侯爵①说的……可是，要不要我向您证实一下我颇能料事如神？我有那么一点法力，只要见过某个人两次，我就能洞悉他心里在想什么。"

"我的上帝呀！您可把我吓坏了。如果您能看透我的心事，我不知道应该高兴还是应该苦恼……"

"德拉·雷比亚先生，"莉狄娅小姐脸色羞红，继续说，"我们相识不过几天。但是，在海上，在蛮荒之地——希望您原谅我这么说——在蛮荒之地，大家比在交际场中容易互相熟悉……所以，如果我以朋友的身份提及您的私事，请您不要感到讶异，这种私事本来是外人不应该多嘴的。"

"啊，内维尔小姐，别说什么外人不外人，我更喜欢你把我当朋友。"

"那好！先生，我必须声明，我并非有意打听您的秘密，但我偶

---

① 马斯卡里侯爵是法国十七世纪喜剧作家莫里哀的《可笑的女才子》一剧中的人物。

然得知了一星半点，其中有的事情使我深感悲痛。先生，我知道您的家庭曾惨遭不幸。我也多次听说贵同乡有仇必报的习性以及他们的种种报复方式……省长刚才含沙影射的不就是这么回事吗？"

"莉狄娅小姐是否以为我……"奥索脸色煞白得像死人。

"我不会那么以为，"莉狄娅小姐打断他的话，"我知道您是一个谦谦君子。您曾经亲口对我说过，在您的家乡，现在只有粗野平民才搞'仇杀'……您把它戏称为一种决斗方式……"

"您认为我有朝一日会变成杀人犯吗？"

"奥索先生，既然我已经和您谈起了这件事，您就该明白我对您并没有什么不放心，不过，我之所以和您谈这件事，"她说着垂下了眼睛，然后又继续道："那是因为我很清楚，您一旦回到家乡，很可能就会被野蛮的成见所包围，到那时，我希望您知道有一个人是信赖您的，深信您一定有勇气顶住这些成见……好吧"，她边说边站了起来，"咱们别谈这些烦心事了，谈起来我就头疼，再说，天色也不早啦。您不会见怪吧？按我们英国人的习惯，道声晚安吧。"说着，她把手伸给奥索作别。

奥索严肃而感动地紧紧握了握她的手。

"小姐，"他说道，"您知道，有时候，我内心里又复燃起家乡的报仇心理，有时，当我想起我那悲惨的父亲……种种可怕的念头便又萌生了出来。现在全亏了您，我才得以解脱。谢谢，谢谢！"

他还想继续说下去，但莉狄娅小姐将一把茶匙弄掉在地上，响声把上校惊醒了。

"德拉·雷比亚，明早五点出发去打猎，可要准时啊！"

"一定准时，上校。"

第五章

第二天，在上校与伙伴打猎归来之前不久，莉狄娅小姐也从海边散步往回走，正与女仆回到旅馆时，忽见一全身黑素衣装的年轻女子，骑着一匹矮小精壮的马进了城来。那女子后面紧随着一个农民模样的跟班，也骑着马，身穿一件胳膊肘处已磨破的棕色上衣，背上斜挎着一个葫芦，腰间披着一把手枪，手里还握着一支长枪，木柄枪托则插在鞍架上的一个皮袋里，总之，此人的穿扮活像舞台剧中的强盗——正是科西嘉岛上老乡出门赶路常有的那种装束。那女子姿容艳丽，当即引起了内维尔小姐的注意。她约莫二十岁上下，身材高大，肌肤白皙，双眸澄蓝，红唇艳如玫瑰，皓齿像上了釉的细瓷。其面部表情既高傲、又不安，且忧伤外露。她头披黑色面纱，此品名为"美纱罗"①，由热那亚传入科西嘉岛，妇女披戴最为相宜。她一头栗色秀发，扎成长辫盘在头上，如一袭头巾。她衣着洁净，装束极其简朴。

内维尔小姐有充足的时间端详这位戴美纱罗的女子，因为她在街上停了下来向行人打听什么，而从其眼睛的表情来看，所打听的事情似乎关系甚为重大。得到回答后，她便扬鞭策马，飞奔而去，一直到托马斯·内维尔爵士与奥索下榻的旅舍前才停下。向店主询问了几句后，她翻身下马，往大门旁的石凳上一坐，她的跟班即把她的坐骑牵到马厩里去了。穿着巴黎时装的莉狄娅小姐打她面前走过时，她连眼皮也没有抬。一刻钟以后，莉狄娅在自己房间里推窗外望。见那戴美纱罗的女子仍然坐在原地未动，连姿势也没有变。过了不久，上校与奥索打猎归来。店主对那位身穿丧服的女子说了几句话，并用手指了指年轻的德拉·雷比亚，那女子脸一红，霍地站起来，迎前几步，又骤然停下，像发愣似的站着不动。奥索离她很近，好奇地打量着她。

---

① 意大利文。

"您是奥索·安东尼奥·德拉·雷比亚吗？"她问，声音因激动而颤抖，"我是高龙芭。"

"高龙芭！"奥索惊叫起来。

他立刻把她搂进怀里，温柔地吻着。上校与他的女儿不胜惊讶，因为，在英国，从没有人在街上当众拥抱。

"哥哥，"高龙芭说，"我没有得到您的允许就来了，请原谅。我是听朋友们说您已经到了，能见到您，对我真是莫大的安慰……"

奥索又吻了吻她，然后转身对上校说：

"这是我妹妹，如果她不自报姓名，我真认不出是她。高龙芭，这位是托马斯·内维尔爵士。上校，请原谅，我今天不能与您共进晚餐了……我妹妹……"

"哎，我亲爱的先生，您还想上哪儿另开一席呀？您知道，这该死的旅馆只备一桌饭，而且是专为我们做的。请这位小姐凑合跟我们一道吃，也让小女高兴高兴。"

高龙芭瞟了哥哥一眼，他没有多作推辞，于是，大家一道进了旅店最宽敞的一间房，那是给上校一人作客厅兼餐厅用的。德拉·雷比亚小姐被介绍给了内维尔小姐，她向英国小姐深深施了一礼，但一言未发。看得出来，她很是慌张失措，也许是因为她生平第一次与外国上流社会人士相处。但是，在举止上，她却并不土里土气。她与众不同的气质弥补了她的生硬不自然。而内维尔小姐反倒喜欢她这一点。自从上校一行人一入住，这家旅馆就没有空房间了。内维尔小姐居然愿意屈尊降格，或者是出于好奇，特邀请德拉·雷比亚小姐在自己房里另搭一张床，两人同住一室。

高龙芭结结巴巴道了几声谢，便急忙跟随内维尔小姐的女仆梳洗去了，她一路上驱骑顶晒，风尘仆仆，自当收拾清洗一番。

她回到客厅之时，见上校与奥索出猎归来放在角落里的猎枪，便停下脚步，说："真是好枪，哥哥，是您的吗？"

"不是，是上校的英国枪，不仅美观好看，而且打得很准。"

"我真希望哥哥也有这样一支好枪。"高龙芭说道。

"这三支枪中，当然有一支是属于德拉·雷比亚的，"上校大声嚷道，"他的枪法实在太好了，今天打了十四枪，全都命中！"

上校执意要赠予一支，奥索则辞谢坚拒，两人之间好一番互推互让，终于奥索难却上校的盛情，答应接受，这使得高龙芭大为高兴，喜形于色，旁人一眼就可以看得出来，哥哥拒收时，她板着脸，现在却满脸都充满了孩子般的欢乐。

"好朋友，挑一支吧。"上校说。

奥索仍然不好意思挑。

"那么，请令妹为你挑吧。"

高龙芭不用对方再敦请一遍，便挑了一支装饰得最小的，但是曼顿名牌的大口径精品。她说："这一支射程肯定很远。"

她的哥哥显得不好意思，连连道谢，恰好饭菜及时端上，才使他趁入座就餐而摆脱了窘态。高龙芭起先不肯入席，哥哥对她使了个眼色，她才做了让步，并且在吃饭以前，以虔诚天主教教徒的方式，先画了个十字，莉狄娅小姐看着她这一番作态很是入迷，心想："妙哉，这才叫古朴民俗呢。"

于是，她打算对这位代表着科西嘉古老民风的妙龄女郎，多做一番有趣的观察。奥索显然有点不大自在，唯恐自己妹妹的言谈举止有些土气。但妹妹老关注着哥哥，一举一动都学他的样。有时，则又定睛看着他，眼里流露出一种异样的哀伤表情，而当奥索的目光与妹妹的偶尔相遇时，他总是把目光转移到别处，似乎有意避开他妹妹无言地向他提出的某个问题，那个问题正是他们两兄妹都心知肚明的。席上，大家都用法语交谈，因为上校的意大利语实在不够用，高龙芭听得懂法语，而且不得不和主人应酬的那几句话，说起来也还算过得去。

晚饭后，上校发现两兄妹之间有那么一点拘谨，便以他一贯的坦率问奥索是否需要同高龙芭单独说说话，如若需要，他可以和女儿避到隔壁房间去，但奥索连忙谢绝了，说他们兄妹到了彼埃特拉纳拉会有充足的时间拉家常。彼埃特拉纳拉就是他将要定居的村子。

于是，上校就往沙发上他惯常的位置上落座，内维尔小姐为了想方设法让美丽的高龙芭开口说话，试着换了好几个话题，终未能如愿，只好请奥索朗诵一首但丁的诗，因为但丁是她最喜爱的诗人。奥索选了《地狱篇》中描写法朗塞斯卡·德·里米妮的爱情故事[1]。他朗诵起来，把那些三行一韵的优美诗句，那些描写两个青年男女共阅言情小说是如何堕入危险关系的诗句，朗诵得抑扬顿挫。他诵读的时候，高龙芭靠近桌子，把原来低垂的头抬了起来，一双秀眼睁得大大的，闪耀着异样的光芒，俊脸一会泛红，一会发白，身躯在椅子上不停地扭动。意大利人的气质真是了不起，根本用不着有老学究来指点诗歌之美，他们自然就会感受体味。

诗歌朗诵完毕，高龙芭叫嚷了起来：

"这诗真美！哥哥，是谁写的？"

奥索对此提问替她感到有点不好意思，莉狄娅小姐笑了笑，答道是好几个世纪前一个佛罗萨诗人写的。

"回到彼埃特拉纳拉，我要教你读读但丁的作品。"奥索说。

"我的天呀，这诗真美。"高龙芭连连称赞道，接着，她把记住了的三四节背诵了出来，起初声音很低，后来越来越激动，竟高声朗诵起来，比他哥哥刚才朗诵得更加有声有色。

莉狄娅小姐对此十分惊讶，说：

"您似乎非常喜爱诗歌，您将来自己第一次读但丁的作品时一定

----

[1] 但丁《地狱篇》第五章，讲述了一个爱情悲剧：少女法朗塞斯卡·德·里米妮婚姻不幸，与其小叔共阅爱情故事而相恋，被其夫所杀。

很陶醉，我真羡慕您！"

"内维尔小姐，"奥索说："您看，但丁的诗有多么了不起的魅力，居然把一个只会念念《天主经》的乡村姑娘也感动了……噢不，怎么我搞错了，高龙芭其实也要算是个内行。她从小就喜欢写诗，先父曾经在他的家信里告诉我，她在彼埃特拉纳拉村与方圆八公里的范围里，是最有才华的丧歌女。"

高龙芭带着央求的神情看她哥哥一眼。内维尔小姐早就听说过，科西嘉有些妇女能够即兴作歌，便很想当面饱饱耳福，因此，恳求高龙芭一展歌才。奥索十分懊悔自己刚才说起了妹妹写诗的本领，只好解释说，科西嘉的哭丧歌单调乏味，朗诵过但丁的作品以后再来吟科西嘉的诗，那简直就是丢他本地的脸。但是，不管他怎么说也无济于事，反倒激起了内维尔小姐的好奇心，终于，奥索只好对妹妹说：

"那么，你就即兴诌几句吧，但可要短一些。"

高龙芭叹了口气，对桌上的台布凝视了一分钟，又抬头看了看房梁，然后用手捂住眼睛，就像有些鸟儿看不见旁人就以为旁人也看不见自己一样，大大放心地用颤悠悠的声音唱了起来，其实就是一种朗诵，以下就是她诵唱的内容：

少女与班尾林鸽

群山背后有一个深谷，
太阳每天只在这里照耀一个小时；
深谷里有一所幽暗的房屋，
野草蔓延，窗户紧闭，
屋顶上也没有炊烟。
但太阳照临的时候，正当每天正午，

一扇窗户打开，坐在窗口纺纱是一个孤女，

她一边歌唱，一边纺织，

唱的是一首悲伤的歌；

歌声却无人回应。

春天来临的一天，

一只班尾林鸽飞来，停栖于附近的一棵树上，

它听见了少女的悲歌，

它说，姑娘啊，不要以为世上只有你在悲痛；

我的伴侣也被凶残的老鹰抓走遭难。

姑娘答道，鸽子啊，请你帮我认准那只抢你伴侣的凶鹰，

即使它飞入了云端，

我也能把它击落。

可是我呀，我可怜的姑娘，

我还有一个兄长在远方，谁能使他回到我身旁！

请告诉我，你的哥哥现在何方，

我展翅就能飞到他的身旁。

"好一只有教养的鸽子！"奥索一面高声嚷着，一边拥抱自己的妹妹，他真实的激动与他那假装出的开玩笑的声调颇为不相称。

"您唱的歌实在很有魅力。"莉狄娅小姐说，"希望您把它写在我的纪念册上，我要把它译成英文，还要叫人配上音乐。"

好心的上校虽然一点也没有听懂高龙芭歌唱的内容，也跟着附和自己女儿连声叫好，还问上一句：

"小姐，您说的那种鸽子，是否就是咱们今天吃的那种烤鸽？"

内维尔小姐拿出自己的纪念册，看着那位即兴女歌手书写诗歌的方式特别节省纸张篇幅，不禁大为诧异，她不是把诗句写成一句一行，而是前后连成一片，直抵纸张的尽头，完全不顾写诗的格式，即

所谓的"行短，长短不一，两边各留天地"。高龙芭小姐在单词拼写上的别出心裁，也颇不规范，对此，内维尔小姐好几次不禁失笑，奥索作为哥哥则倍感难堪，无地自容。

就寝的时间到了，两位姑娘告退回房。莉狄娅小姐卸下项链、耳环与手镯的当儿，发现高龙芭从衣裙下取出一件东西，长长的像鲸鱼骨做的裙撑，但形状却又不同。她小心翼翼、几乎是悄悄地把它往桌子上她那块美纱罗下面一塞，然后跪下来虔诚地祈祷，两分钟后，才上床躺下。莉狄娅小姐生性好奇，而且像所有英国妇女一样，卸装脱衣的动作慢慢吞吞的。她走近桌子，假装在找一只别针，掀起了那块美纱罗，但见一把相当长的匕首赫然在目，它镶着螺钿与白银，做工精巧，即使对武器收藏家而言，也堪称一件价值连城的古兵器。

"姑娘家在紧身衣下面携带这么个小玩意儿，这是本地的习俗吗？"内维尔小姐笑着问道。

"不得已呀，"高龙芭叹口气说，"坏人实在太多了。"

"您真敢给人来这么一刀？"

说着，内维尔小姐手持匕首，像在舞台上演戏一样，从上往下用力一戳。

"当然有，在危急的情况下，"高龙芭用温柔像音乐般的声音说，"为了自卫或者为了保护朋友……但是您不能用这个姿势持匕首，否则对方一退，您反倒会伤着自己，"她坐了起来，"您瞧，要这样持刀，从下往上一刺，据说这么做才能致对方死命，唉，不需要用这种武器的人才叫有福气哩！"

她叹了口气，倒在枕头上，闭上双眼。她那张脸，显得那么漂亮、高贵而纯洁，真是人间少有，天下无双，想当年，菲狄亚斯①

---

① 菲狄亚斯（公元前490年—前430年），希腊著名的雕刻家。

雕塑智慧女神弥涅耳瓦①的时候，如果看见这张脸，就绝不会另找模特儿了。

第六章

我遵从贺拉斯的教导，且将本故事"从半中间讲起②"。现在，美丽的高龙芭与上校父女都已入睡，我趁此空档，将读者所不应不知的某些情况做个交代。如果看官想更加深入了解这个真实的故事，那是非知悉这些脉络不可的。看官已经知道，奥索的父亲，德拉·雷比亚上校，是被人暗杀的。不过在科西嘉，不像在法国那样，凶手往往是一个越狱的苦役犯，他要偷你的银器，找不到有效的办法，就把你杀掉了，在这里，暗杀则往往出自仇家之手。至于血仇是怎么结下来的，却往往难以说清楚。许多家族都有世仇，而世仇的缘起却早已尘封泯灭。

德拉·雷比亚上校的家族，同好几个家族都有仇，尤其与巴里契尼家族结仇最深。据说，远在十六世纪，德拉·雷比亚家的一个青年勾引了巴里契尼家的一个少女，后来被女子的亲人刺死了，另一种说法则完全相反，说是被勾引的女子是德拉·雷比亚家的。而被刺死的是巴里契尼家的男子。不管真相如何，两个家族之间有血债，皆为世人所确认。不过，与通常习惯不同，这起血案并未立即引发出其他的仇杀，这是因为，雷比亚家族与巴里契尼家族，同样都被热那亚政府所迫害，年轻的男子都流亡在外，两个家族有好几代都没有强势的代表人物。到了上个世纪末年，有一个在那不勒斯军队里当差的德拉·雷比亚家族男子，在赌场里与几个军人吵了起来，对方朝

---

① 弥涅耳瓦，罗马神话中的智慧女神，百姓的庇护者。
② 贺拉斯：古罗马著名诗人，其《诗的艺术》乃诗歌创作论的经典之作，"从半中间讲起"原文为拉丁文，出自《诗的艺术》。

他破口大骂，骂他是科西嘉的贱羊倌，他拔出剑来，但一对三，寡不敌众，幸亏当场另有一个赌客大喊了一声"我也是科西嘉人"，并拔刀相助。此人乃巴里契尼家族成员，但并不认得自己这位同乡。待互报姓氏后，双方以礼相待，甚为热诚，并发誓结为金兰。可见，如果是在大陆上，科西嘉人很容易友好结交，这和在他们本乡本土的岛上大不相同。只要是在意大利，这位德拉·雷比亚与那位巴里契尼，一直亲如知己，但一回到科西嘉，两人就很少见面了，虽然都住在同一个村子里。当他们去世时，据说已经有五六年互不说话了。他们的后人，按岛上人的说法，也"老死互不往来"。其中一方的后人，即奥索的父亲吉尔福契奥当了军官，另一方的后人吉乌狄契·巴里契尼则成了律师，两人都当上了各自家族的族长，由于职业不同，隔行如隔山，他们几乎没有任何机会碰碰面，哪怕是听到旁人谈到对方。

但是有一天，那是1809年的时候，吉乌狄契在巴斯蒂亚城一家报纸上，看到吉尔福契奥被授予勋章的消息，便当着众人的面说，他对此毫不感到意外，因为此人的后台是某某将军。这话传到了身在维也纳的吉尔福契奥的耳里，他便对一个同乡反讽说，等他回到科西嘉之日，吉乌狄契一定是个暴富了，因为他从败诉的官司里赚得的钱，比从胜诉的官司里所赚得的钱更多。他讽刺话的真意何所指，谁也猜不透，究竟是指这位律师出卖了自己的委托人呢，还是只不过道出了职业行当中最普通不过的真相，那就是输一场官司比赢一场官司，可以给律师带来更为丰厚的收入。不管怎样，巴里契尼耳闻了这番讽刺话，并一直怀恨在心。到了1812年，他谋求出任村长一职，正当他即将达到目的时，某某将军致函省长大人，推荐吉尔福契奥妻子的一个亲戚来担任。省长立即迎合了将军的授意。对此，巴里契尼毫不怀疑是吉尔福契奥捣的鬼。1814年，拿破仑皇帝倒台，将军推荐的那个村长被指控为拿破仑分子遭到撤职，取代的是巴里契尼。到了拿破仑的百日政变①时期，又轮到巴里契尼被撤职。最后，拿破仑彻底失败，一场政治风暴终于过去，巴里契尼又风风光光举行盛典，将村长的印章与户籍簿册重新接收了回去。

从此，他吉星高照，官运亨通，而德拉·雷比亚上校却被迫退伍，回到故里彼埃特拉纳拉村，还不得不去应付巴里契尼阴损的刁难排挤。有时，说他的马窜进了村长家的园子而传讯他要他赔偿损失；有时，村长又借口修补教堂前的路面，故意将德拉·雷比亚家族一成员坟墓上一块刻有族徽标志的石板扔掉。如果有羊群啃了上校家的青苗嫩叶，羊主人一定会得到村长的祖护。接着，有两个一直深受德拉·雷比亚家族保护的人，一个是在本村邮政局兼职的那个杂货店老板，一个是负责看守园林的那个残废老兵，都相继丢了差事，而被巴里契尼家族的人所取代。

上校的太太去世，临终希望把她葬在她生前经常散步的一个小树林里，村长闻讯立即宣布她必须葬于本村的公共墓地，理由是他未得到上级授权允许村民另单建墓地。对此，上校勃然大怒宣称，在等待上级授权批下来之前，他的太太必须葬在她本人生前指定的地点，还派人挖了墓穴。村长则针锋相对，也叫人在本村的公墓里挖了一个，而且还派来了警察，说是为了显示法律的权威。出殡的那天，两派人众悉数到场，摆开阵势，颇有为争夺德拉·雷比亚太太的遗体而不惜大打出手之势。死者的亲属招来四十多个全副武装的农民，强迫本堂神父走出教堂，取道朝小树林进发，另一派人，由村长亲率两个儿子，加上一群党羽与警察，则挺身阻拦。当他出现在阵前并喝令送葬行列后退时，对方发出了一阵嘘声与恐吓声，且人多势众，意

---

① 1814年，拿破仑帝国垮台，路易十八在联军刺刀保护下回到巴黎，波旁王朝在法国复辟，拿破仑被囚于厄尔巴岛。1815年3月，拿破仑发动政变，离开厄尔巴岛，重返巴黎，路易十八出逃，欧洲各国又组成反法联盟，1815年6月18日，与拿破仑会战于滑铁卢，拿破仑大败，被迫第二次退位，被流放到圣赫勒拿岛。此一历史过程，被称为"百日政变"。

志坚决，有些枪支还上了膛准备开火，据说，有个牧羊人就瞄准了村长，但上校将那支枪往上一抬，说道："没有我的命令，谁也不许开枪！"村长此人颇像巴汝奇①那样，"天生怕挨打"，见此阵势，不敢应战，便领着党羽退走了。于是，送葬行列开始上路进发，还故意绕最远的道而行，非得从村公所面前经过不可。在行进中，有一个冒失鬼加入了行列，竟斗胆高喊了一声："皇帝万岁！"②跟着喊的还有两三个人。这时，又碰巧有一头村长家的牛挡住了去路，这一帮人越来越得意放肆，竟想把这头牛宰掉，幸亏有上校出来阻止，才没有发生一个血腥事件。

不难想象，这场纠纷当即已被记录在案，村长用妙笔生花的文笔给省长打了一份报告，说天国的神规与人间的法律是如何被践踏，他村长的尊严还有神父的威信是如何受到藐视与侮辱，德拉·雷比亚上校是如何带头闹事，纠集拿破仑余党妄图颠覆正统王朝，挑起岛上民众的武装械斗，这一连串罪状实触犯了刑法第八十六条与第九十一条，当严惩不贷。

这份加油添醋、夸大其词的告状反而没有达到其目的，对手上校也没有闲着，他也致函省长与王家检察官。他太太还有一个亲戚与王家法院的一位表亲沾亲带故，此位表亲正好是本岛的议员，全靠这些关系维护打点，阴谋造反的罪名便大事化小，小事化了。德拉·雷比亚夫人得以安息在她的小树林里。只有那个喊口号的冒失鬼被判在监狱里关了半个月。

巴里契尼律师对此大逆不道案件竟被如此从轻发落深为不满，便再接再厉换了一个方向继续进攻。他不知从何处弄出一张陈年旧契，据此否认上校对一条设置了一座磨坊的水流拥有主权。官司打

---

① 十六世纪在法国小说家拉伯雷名著《巨人传》中，一个带喜剧色彩的人物。

② "皇帝"指已经被废的拿破仑，在复辟时期，这个口号是被视为叛逆性的。

了很久。快到一年时，法院行将判决，从所有的迹象看来，上校将要胜诉。此时，巴里契尼先生突然交给王家检察官一封信，此信的签名者是一个名声响亮的强盗，名叫阿戈斯契尼，他信中威胁村长，如果不撤诉停止官司，便要以血光之灾相加。众所周知，在科西嘉，强盗为了报答朋友，往往插手一些私人纠纷，拔刀相助，能得到强盗的庇护，是来之不易、弥足珍贵的事情。村长正要利用此信大做文章，不料又意外发生一事，使得事情变得更为扑朔迷离，真相难辨，那就是大盗阿戈斯契尼致函王家检察官，声言有人假冒他的笔迹，写了威胁村长的信件，使世人怀疑他的人格，以为他是一个以自己的威名做交易的小人，在这封信的末尾，他这样说："如果我查出了那个伪造信件者，必将严加惩处，以儆效尤。"

很明显，那封给村长的恐吓信并非出自强盗阿戈斯契尼之手。于是，德拉·雷比亚一方就控告村长巴里契尼一方假造了威胁信，而后者则反唇相讥。双方互相指责，法院一时无法弄清究竟是哪一方在作假。

就在此关键时刻，吉尔福契奥上校被人暗杀了。据法院档案记载，经过情形如下：一八××年八月二日，傍晚时分，一个名叫玛德莱娜·皮埃特里的妇女带着粮食去彼埃特拉纳拉村，猛听见两声连续的枪响，好像是从通往村子的一条低洼路上发出来的，距离她约有一百五十步远。几乎与此同时，她看见有个男子俯身沿着葡萄园里的小路往村里跑去。这人边跑边稍停一下，回头望望，可惜距离太远，她看不清他的面貌，何况，他嘴上还叼着一大片葡萄叶，几乎把整个脸都遮住了。那人向藏在一旁没有显形的同伙做了一个手势，便钻进葡萄园不见了。

妇人撂下粮食，奔向出事的那条小路，在那里发现德拉·雷比亚上校倒在血泊里，身上中了两枪，但尚未断气。他的身边撂着他上了膛的枪，看样子，他正要举枪迎敌，朝对面的来袭者开火，却被另一个敌人从背后击中。他大声喘气，垂死挣扎，但一句话也说不出来。据后来医生解释说，这是子弹打穿了肺部所致。鲜血使得他窒息，血流得很慢，像红色的泡沫。妇人想把他扶起来，问了他好几句话，都白费力气，毫无结果。她看出来他很想说出点什么，但已经说不清楚了。她又发现他试图把手伸进口袋，便赶紧帮他从他口袋里掏出一个活页夹，把它打开递给他，受伤者取出夹里的铅笔，想要写点什么。目击证人见他费了好大的劲写了几个字母，但她不识字，看不懂是什么意思。上校写得筋疲力尽，把活页夹交到皮埃特里妇女手里，使劲握着她的手，神情古怪地看着她，似乎想要告诉她，用女证人自己的话来说，就是这么一个意思："事关重大，这是杀我凶手的名字！"

皮埃特里妇女向村里跑去时，迎头碰见巴里契尼村长与他的儿子文桑德罗。那时，几乎已经完全天黑了。她把自己所见到的一切给他们讲了一遍。村长拿过活页夹，跑回村公所去系上执行公务时必须佩戴的肩带，又叫来文书与警察。他们走后，玛德莱娜·皮埃特里单独与文桑德罗留下时，她求年轻人去救助上校，说不定他还有一口气。但文桑德罗回答说，上校是他家不共戴天的仇人，如果他走近去，别人一定会说是被他杀死的。待了一小会儿，村长回来了，发现上校已经气绝，便叫人把尸体抬走，并做了笔录。

巴里契尼村长忙乱得不知所措，在当时的情况下这很自然，尽管如此，他还是赶紧把死者的文件夹封存起来，并在他的职权范围里，尽量做了一番检查探究，但始终没有任何重大的发现。

预审法官到场后，打开那个活页夹，只见一张血迹斑斑的纸上，有几个字母，写字的手已经软弱无力，但笔迹尚清楚可见，纸上写着：阿戈斯契尼……法官毫不怀疑上校是想指控阿戈斯契尼就是杀他的凶手。可是，上校的女儿高龙芭·德拉·雷比亚应法官的传讯到场后，要求仔细地察看察看那个活页夹。她翻阅了好久好久，猛然一伸手指着村长，大声喊道："他就是凶手！"虽然悲痛欲绝，但她仍然

194

令人惊讶地以准确而清晰的言辞陈述出她的理由，她说，其父不久前接到了儿子奥索一封信，看后便把信烧掉，但在烧掉之前，用铅笔在活页夹里抄下儿子的地址，因为奥索刚刚换了驻地，可如今活页夹里抄下了地址的那一页没有了，这说明是村长把它撕掉了，而正好这一页上她父亲写明了凶手名字。按高龙芭的推断，村长在另一页上补写下阿戈斯契尼的名字用来混淆视听。法官的确也发现写有名字的那个小纸本上缺了一页，但他马上又发现那纸本上还有其他一些缺页。有证人说，上校有撕活页夹里的纸来点雪茄的习惯，因此极有可能不留神把抄有地址的纸页撕下来烧掉了。此外，有人认为，村长从皮埃特里女人手里接过活页夹后，由于已经天黑，根本没有可能去翻看，还有人证实，村长在走进村公所之前，一刻也没有停，警察队长一直陪着他，眼见他点起了灯，把纸夹装进一个信封里，当着队长的面把它封存好。

警察队长陈述完毕，高龙芭悲愤欲绝，扑倒在他脚下，以世上最圣洁的名义恳求他说说当时是否离开过村长，哪怕只有一小会。警察队长犹疑片刻，显然是被这姑娘呼天抢地的激昂所感动，便承认自己确曾到隔壁房间取过一大张纸，但离开不足一分钟，当他摸黑在抽屉里找纸时，村长还在不停地跟他说着话。而且，他证实，当他回来的时候，那个染着血迹的活页夹仍放在原来那张桌子上，村长起初进屋时，就是把活页夹放在那里的。

轮到巴里契尼村长陈述时，他神情自若，从容镇定。他说，他原谅德拉·雷比亚小姐的偏激言行，并愿意放下尊严来证实自己清白。他有证据表明自己整个傍晚都在村子里，血案发生时，他儿子文桑德罗和他正站在村公所前面，他还说，他的另一个儿子奥兰杜契奥那天正发烧病卧在床。他还出示了自己家里所有的枪支，没有一杆是最近使用过的。至于那个活页夹，他补充说，他当时就深知其重要性，所以立即就把它封存起来，交给了他的助理，因为他已经预料到，由于他与上校不和，他很可能受到怀疑。最后，他还提醒大家，大盗阿戈斯契尼曾经发出恐吓说，要杀死假冒他的名字伪造了那封信的人，暗示这个土匪很可能是怀疑上了上校，因此制造出这桩凶杀案。众所周知，根据强盗行事的惯例，出于类似的原因而进行了同样报复的，并非没有先例。

德拉·雷比亚上校遇害后五天，阿戈斯契尼遭到一支巡逻队的袭击，他负隅顽抗，被当场打死。在他身上搜出一封信，是高龙芭写给他的，信上说，人人都认定他是杀害上校的凶手，请他站出来宣告一下究竟是或不是。对此，这个强盗未予理睬，于是，人们一般都认定他是没有勇气向一位姑娘承认自己杀了她的父亲。但是，那些自认为很了解阿戈斯契尼性格的人，私下都认为如果真是他枪杀了上校，他定会自我吹嘘一番，另一个名叫布兰多拉契奥的强盗，则交给高龙芭一份声明，说他以名誉担保他的老伙伴绝未干下这桩血案，但他只有唯一一条证据，那便是，阿戈斯契尼从未跟自己说起过他怀疑上校曾假冒了他的名义写威胁信。

结果是，巴里契尼一家脱尽干系，平安无事，预审法官将村长大大称颂了一番；而村长则进一步锦上添花，宣称撤回他跟上校关于那条水流的诉讼，以更彰显其高风亮节。

按照当地的风俗习惯，高龙芭当着众多亲友的面，在父亲的遗体前，即兴创作了一首哭悼歌，公开谴责巴里契尼父子是杀人凶手，尽情发泄了对凶手的仇恨，威胁说她的兄长必将为父报仇。这首哭悼歌流传甚广，莉狄娅小姐听那个水手唱的就是此歌。奥索当时正在法国北部，得知父亲的死讯后，便请假回家，但未获批准。起初，他接读妹妹的来信，以为巴里契尼父子就是凶手，但不久后，他又收到审讯过程中所有文件的副本以及法官本人的一封私人信，他就几乎完全确信强盗阿戈斯契尼才是不二的凶手了。高龙芭每三个月要写一封信给他，把她认定为证据的那些怀疑向他唠叨一遍。读了妹妹来信的指控，他身上科西嘉人的热血不禁沸腾而起，有的时候，几乎认同了妹妹的偏激之见。但每次给妹妹回信，他都一再指出她的猜测并无确凿的证据，因而令人难以置信，他甚至不许她再提这件事，但始终无效。这样又过去了两年，奥索奉命退伍。返乡之念，自然而生，其目的倒不是要去把无辜者当作罪人去加以报复，而是为了要去给妹妹找个婆家，把她嫁掉，同时也想把他那点小产业变卖掉，如果卖得出好价钱，那他就到大陆去定居。

第七章

也许是由于妹妹的来到使奥索产生了强烈的祖屋故园情，也许是由于高龙芭乡野的穿着与举止使他在文明朋友面前有点感到难堪，他刚到的第二天，便宣布要离开阿雅克修，尽快返回彼埃特拉纳拉去。但他要上校答应，去巴斯蒂亚时，顺道到他家寒舍小住，而作为回报，他则保证一定带上校去打麕鹿、山鸡、野猪以及其他飞禽走兽。

返乡的前一天，奥索提议不去打猎而去海湾附近散散步。他把手臂递给莉狄娅小姐让她挽着，以便尽情与她聊天。高龙芭则留在城里进行采购。而上校又不时离开这对青年人去打海鸥与鲣鸟，路人见上校如此行径大为诧异，不懂他为何浪费弹药去打此类小猎物。

两个青年人沿着通往希腊教堂的那条路走去，从教堂可以欣赏到海湾最美丽的风景，但他们都无心观赏。

"莉狄娅小姐……"奥索停顿了好久，久得令人有点难堪，之后继续说，"您不妨直言相告，您觉得舍妹怎么样？"

"我很喜欢她，"莉狄娅小姐回答说，"胜过喜欢您，"她微笑着加上一句，"因为她是地地道道的科西嘉人，而您这个蛮荒人，则已经太文明化了。"

"太文明化！……好呀，自从我一踏上这个蛮荒之岛，我就

197

不由自主在恢复野性。成千上百个可怕的念头纷至沓来，把我折磨得好苦……在我一头扎进我家乡那个沙漠之前，我需要好好地与您谈谈。"

"必须要有勇气，先生，您瞧瞧令妹对世事的隐忍态度，她给您树立了榜样。"

"啊，您可不要看错了她，以为她以隐忍为上，直到现在，她还什么都没有对我说，但从她每一个眼神里，我已看出了她期待我去做什么。"

"她要您去干什么呀？"

"唉，没有什么……只不过是要我试一试，令尊大人的那种枪，射击人是不是跟射击山鹑同样利落好使。"

"什么古怪的念头！亏您想得出来，您刚才告诉我，她还什么也没有对您说，您的猜疑太可怕了。"

"如果她从没有想到要报仇，她准会先跟我谈起我们的父亲，但她没有那样做。她准会道出被她视为凶手的那两个人的名字，当然，我认为她是误判了他们。但是，她却一句也不提。这是因为，您也看得出来，我们这些科西嘉人，是一个狡黠的族群。我妹妹明白她还没有完全把握住我，所以在我还有可能逃避的时候，先不来惊动我，一旦她把我引到了悬崖边上，我一开始感到晕头转向，她便会将我推进仇恨的深渊。"

说着，奥索便把父亲被杀的某些细节告诉了莉狄娅小姐，还提供了他认定凶手就是阿戈斯契尼的主要依据。

他接着说："我说什么也没法叫高龙芭信服，从她最近一封信便可以看出。她发誓要巴里契尼父子两人的命；内维尔小姐，我如此坦言相告，您瞧我多么信任您……而且，如果不是由于野蛮的教育使她养成了一种偏见，认为为父亲报仇本应是我这个一家之长分内的事，直接关系到我的名誉，那么她早就自己动手了，叫巴里契尼父子活不到今天。"

"德拉·雷比亚先生,您简直是在诽谤您妹妹了。"内维尔小姐说。

"不是的,您自己也说过……她是科西嘉人……她的想法和所有科西嘉人的想法完全一样。您知道我昨天为什么心里那么憋堵吗?"

"不知道,不过,您近来常常心情不好……咱们相识之初的那段时期里,您比较轻松快乐,也更令人愉快。"

"昨天的情况相反,我比平时更高兴,更快活,因为我看见您对舍妹那么友好,那么包容……我昨天和上校两人是坐船回来的,您知道其中有个船夫用他那讨厌的土话对我说了什么吗?他说,'您打的猎物可真不少,奥斯·安东。不过,您会发现奥兰杜契奥·巴里契尼打猎的本领比您更高。'"

"他这两句话有什么可怕呢?难道您真那么计较要当一个顶级猎手吗?"

"您难道没有听出来,那个混蛋是在嘲笑我没有勇气去杀奥兰杜契奥吗?"

"德拉·雷比亚先生,您知道吗?您真使我害怕。看来,你们这个岛上的空气不仅令人头脑发烧,而且还能使人发疯。幸亏我们很快就要离开了。"

"您在离开之前,无论如何要到彼埃特拉纳拉去一趟,这是您答应过舍妹的。"

"如果我们不履行这个诺言,就得受到某种报复,是吗?"

"您是否还记得,那天令尊大人给我们讲过的那些印度人的故事吗?他们向东印度公司的主管威胁说,如果不满足他们的要求,他们就绝食。"

"这就是说,您也要绝食?我相信您不会。只要您一天不进食,高龙芭小姐就会端来一盘美味的布鲁契奥①，您一见就会放弃您的绝食计划。"

"内维尔小姐，您的嘲笑真伤人。您应该帮帮我。我现在正孤立无援，只有您才能使我不至于如您所说的那样走向疯狂，您就是我的守护神，而现在……"

"现在，"莉狄娅小姐声调严正地说，"您的理智容易产生动摇，您就可以用您的男子汉荣誉感与军人荣誉感去支撑，还有……"她转身去摘了一朵花，接着说，"如果对您能起作用的话，您也可以想想您的守护神在关心您。"

"啊，内维尔小姐，如果我可以确认您对我真有一些关心，那该多好……"

"德拉·雷比亚先生，请听我一言，"内维尔小姐有点激动地说，"既然您还像个孩子，我就把您当作孩子对待。我小的时候，我母亲给了我一条美丽的项链，那是我渴望已久的，但她给我的时候这样说，'每当你戴上这条项链的时候，你要记住，你还没有学会法语。'一听这话，这项链的价值在我眼里就打了折扣，并使我心里产生某种欠债感。但我仍然把它戴上，结果也学会了法语。瞧，我手上这只戒指，上面是埃及的圣甲虫像，据说是从一座金字塔里发现的。这个奇怪的图像，您也许会把它看作一个瓶子，其实它意思是指'人生'。我们国家里有不少人觉得象形文字很有意思。戒指上的第二个图像是一块盾牌和一条手执长矛的胳膊，意思是'战斗拼搏'，这两个象形文学连在一起，就成为我认为相当有励志意义的一句格言：'人生就是战斗'。您不要以为我能轻易地把象形文字翻译出来，这几个字的意义其实是一位老学究告诉我的。您拿着，我把这圣甲虫像送给您。以后，每当您有什么科西嘉邪念时，您就看看我送您的这个

_____

① 此乃浇上热奶油的奶酪，为科西嘉本地一道传统的风味食品。——作者原注。

法宝，对您自己说，必须战胜这些邪念。说实在的，我这番说教真还不错。"

"我一定想着您，内维尔小姐，我一定对自己说……"

"您要对自己说，您有一位红颜知己，如果……如果她得知您犯事被处绞刑，她是会伤心的，而且，您的祖先，那些行伍出身的先人也会感到痛心的。"

说完这些话，她笑着放开奥索的胳膊，向她父亲跑去，说道：

"爸爸，放过那些可怜的鸟儿吧，来跟我们到拿破仑山洞去赋诗。"

第八章

即使是短暂的分手，告别时总不免有点肃穆庄重的气氛。奥索与妹妹一清早就要动身，所以前一天晚上便向莉狄娅小姐道了别，因为不想要莉狄娅小姐次晨为了他们而破例改变睡懒觉的习惯。双方道别时既冷淡又严肃。自从他们在海边倾谈过一次以后，莉狄娅唯恐自己对奥索表现得过分关心，而奥索则对她的讽嘲，特别是对她轻描淡写、满不在乎的口吻心存不爽。有一阵子，他以为自己在这英国姑娘的态度中，觉察出一种萌生的绵绵情愫，但面对她的揶揄玩笑顿时就破灭无遗，他心想，自己在她眼里只是一个普通朋友而已，很快就会被她忘记。因此，这天早晨，当他和上校坐在一起喝咖啡的时候，猛见莉狄娅小姐走了进来，后面跟着他的妹妹，心中不禁大为惊讶。莉狄娅小姐竟五点钟就起床了，这对一位英国女士，特别是对内维尔家的千金小姐来说，真是太不容易了，这足以使他感到沾沾自喜。

"这么早就惊动您，很抱歉！"奥索说，"一定是舍妹不顾我的嘱咐，把您弄醒了，您心里准会咒骂我们，或许会希望我这样的人还是早些'被绞死'为好吧？"

"绝无此意，"莉狄娅小姐低声用意大利语说，显然是为了不让她父亲听见，"我昨天跟您无心说了几句玩笑话，您便恼了，我可不愿意您带着对我的不良印象回老家去。你们这些科西嘉人真可怕！好啦，再见吧，希望不久以后再见到您。"说着，她向奥索伸出了手。

奥索又叹了口气，未作回答。高龙芭走了过来，把他领到窗前，给他看她藏在美纱罗下的一件东西，低声对他说了一会儿话。

"小姐，"奥索向内维尔小姐说，"舍妹想送您一件很特别的礼物。我们科西嘉人没有什么好东西可以送人……除了我们的一片情意……那是时光磨灭不掉的。舍妹告诉我，您见过这把匕首，觉得这一款很奇特。这是我们家传的一件古董。很可能是某一位当过伍长的祖先佩戴在腰间的东西。正是靠了那些伍长先人，我才有幸结识您。高龙芭觉得这把匕首很珍贵，事先征求我的同意把它送给您，而我却不知道该不该送，因为我害怕您会笑话我们。"

"这把匕首很漂亮，"莉狄娅小姐说，"可是，它是府上的家传兵器，我不能接受。"

"这并非家父的匕首，"高龙芭急忙解释说，"这是国王泰阿多尔赐给家母一位先人的。如果小姐您愿意收下，我们会感到很高兴。"

"瞧，莉狄娅小姐，"奥索说，"您就别看不起一位国王的匕首吧。"

对于一位鉴赏收藏家而言，国王泰阿多尔的遗物比任何一位英武强大君主的遗物更要珍贵得多。这份诱惑实在难以抗拒，莉狄娅小姐似乎已经看到了将这兵器摆在圣詹姆斯广场她家里一张漆桌上所产生的奇效。

"可是，"莉狄娅小姐拿着匕首，意欲收下又颇为踌躇，她向高龙芭展露出一个最甜美的微笑，说道，"亲爱的高龙芭小姐……我不能……也不敢让您这样不带防身武器就走呀。"

"我有哥哥跟我在一起呢。"高龙芭以自豪的声调说，"而且我们带着令尊大人赠送的那把好枪。奥索哥，你装上子弹没有？"

内维尔小姐终于收下了匕首。高龙芭为了祛除以凶器赠人的不祥忌讳，要了莉狄娅小姐一枚小钱，算是一笔买卖。

最后，动身的时候到了。奥索再一次同莉狄娅小姐握了手。高龙芭则拥抱了她，然后把红唇伸给上校。上校对此种科西嘉礼节又惊又喜。莉狄娅小姐站在客厅的窗口，眼看着兄妹二人跨上了坐骑。那高龙芭的眼睛里，闪耀着一种既快乐又狡黠的光芒，那是莉狄娅从未发现过的。这身材高大、体格健壮的女子狂热地信奉野蛮人的荣誉观念，额头上焕发出骄人的傲气，双唇弯曲，露出嘲讽的微笑，正引领着这个武装着的青年扬长而去，似乎正踏上凶险莫测、危机四伏的征途。莉狄娅小姐不由得想起了奥索原本的担心害怕，她仿佛眼见着他被自己的克星恶煞所牵引，正步向自己的死路。奥索这时已经骑在马上，抬头望见了莉狄娅，也许是猜到了她的心思，也许是为了最后一次表示道别，他取出系在一根细绳上的那个埃及指环，举向唇边吻了吻。见此，莉狄娅小姐满面绯红地离开了窗口，但她几乎立即又回到窗前，但见两个科西嘉兄妹，跨着他们矮小的骠骑，朝群山急驰而去。半小时以后，上校通过望远镜指给她看，那两兄妹正沿着海湾深处奔驰，她看见奥索不时回头向城里遥望，最后消失在当时的一片沼泽地中，而今那片沼泽已变成一片美丽的苗圃了。

莉狄娅照了照镜子，发现自己脸色苍白。她寻思着：

"这个年轻人心里对我有什么意思？而我对他又有什么想法呢？我为什么要想这个……他只不过是旅途中的一个相识者……我来科西嘉是干什么的？……噢，我一点也不爱他……不爱，不爱；何况，这也是不可能的……还有个高龙芭……她手执匕首……口唱挽歌……我怎么能去当她的嫂夫人！"想到这里，莉狄娅发觉泰阿多尔国王的那把匕首正握在她自己手里，便立即就把它扔在梳妆台上，她接着想道："试想，高龙芭到了伦敦，还跑到阿尔马克大厅①去跳舞，我的天呀，那会成为怎么一头'狮子'②……也许她还会红极一时呢……我相信，奥索是爱我的……他是个小说中的英雄，但他的冒险生涯却被我遏止了……不过，他果真想按科西嘉的方式去为父报仇吗？他原本是一个介于康拉德③与花花公子之间的人物……如今我却使他变成了一个地地道道的花花公子，一个穿着科西嘉服饰的花花公子了……"

她上床就寝，想入梦乡，但辗转折腾，实难入眠，她喃喃自语，不断重复说道，德拉·雷比亚先生过去、现在与将来都和她自己无任何关系，如此独语，多达百次，在下就不加赘述了。

第九章

此时，奥索兄妹正策马赶路，开初，马儿驰骋急奔，他们不便说话交谈，后来，地势陡险，坐骑不得不缓步前行，他们便谈起了刚才告别的几位朋友。高龙芭甚为兴奋，道着内维尔小姐的美貌，她的金发以及她优雅的举止，接着问她哥哥，上校是否真的像他外表上看来那么富有，莉狄娅小姐是否是他的独生女。

"这倒是一门好亲事，"她说，"她父亲似乎对您颇有好感……"见哥哥不作答她便继续说：

"咱们家从前也很富有，直至今天，仍是本岛最受尊敬的家族之一。所有那些'老爷'④都是杂种，只有出身行伍的家族才是货真价

---

① 伦敦著名的贵族娱乐场所。

② 在当时的英国社会，人们把那些以某种怪异特点引起公众注意的人物称为"狮子"。——作者原注。

③ 康拉德，英国诗人拜伦著名长诗《海盗》中的主人公，英俊勇敢，是希腊半岛上的海盗首领。

④ 在科西嘉，人称封建领主的后裔为"老爷"，老爷家族与伍长家族之间，一直存在着争夺贵族称号的矛盾。——作者原注。

实的贵族。奥索，您知道吗，您是岛上最早一批伍长的后裔。您要知道，咱们家族本是山那边①的人，是内战把咱们逼到这边来的。奥索，如果我处于您的位置，我一定毫无犹疑向上校要求娶他的女儿……（奥索耸了耸肩），我会用她的嫁妆，买下法尔瑟达的那片树林和咱们家山坡下的葡萄园；再用巨石建造起一幢漂亮的房屋，我还要把那座赫赫有名的古塔再加建一层，美男子亨利伯爵②时代，桑布库契奥③就曾在那里杀死了无数的摩尔人。"

"高龙芭，你真是个疯丫头。"奥索说着策马而奔。

"奥斯·安东，您是个男子汉，您一定比一个女人更知道您该有何作为。不过，我倒想知道，这个英国人有什么理由反对与咱们家联姻。他们英国有伍长吗？……"

兄妹俩这么边走边聊了很长一段路程，来到了离博科涅亚诺不远的一个小村落停歇下来，在一位世交朋友家里吃饭住宿。他们受到了科西嘉式的热忱款待，其殷勤周到是未曾亲历其境的人所体会不到的。那位接待的主人原来就是德拉·雷比亚夫人的教父，第二天，他一直把奥索兄妹送到四公里开外之远，分手时对奥索说：

"您瞧见这些树丛与林莽了吗？一个'犯了事'的人可以在这里面平安无事地过上十年，绝不会有警察与巡逻队来找。这些树林与维萨沃纳大森林相连，只要在博科涅亚诺或者在这附近有朋友，躲在森林里就什么都不缺。您有一支好枪，射程一定很远。天啦！口径这么大！用这支枪，可不止能打野猪哪。"

奥索冷淡回答说，他的枪是英国造的，射程的确很远。然后，主

---

① 此语指科西嘉的东部，盖因科西嘉有一条山脉贯穿南北，将其分为东西两部，居民常根据自己所处的地理位置指说另一方位。——作者原注。

② 美男子亨利伯爵死于公元1000年，传说他去世之时，天上有歌声曰："美男子亨利伯爵已亡，科西嘉将每况愈下。"——作者原注。

③ 桑布库契奥，争取科西嘉独立的民族英雄。

人与宾客拥抱告别，分道扬镳。

　　这时，我们的两位赶路人已经离彼埃特拉纳拉不远了，当他们进入一个必经之路的山口时，突然发现前方有七八个带枪的汉子，有的坐在岩石上，有的躺在草地上，有几个站立着，像是在放哨。他们的坐骑就在附近吃草。高龙芭从任何科西嘉人出门必带的皮口袋里拿出望远镜观望了一会儿，她兴高采烈地叫了起来：

　　"是咱们自己人！彼埃鲁契奥把他该办的事都办妥了。"

　　"什么人呀？"奥索问。

　　"咱们的羊倌，"她答道，"前天晚上，我叫彼埃鲁契奥去召集这帮弟兄来护送您回家，进入彼埃特拉纳拉，您没有护卫可不行，您要知道，巴里契尼父子什么缺德事都干得出来。"

　　"高龙芭，"奥索以严厉的语气说，"我对你说过多次，请你不要再跟我谈巴里契尼父子，也不要再提你那些捉风捕影的怀疑。我决不要这帮游手好闲之辈陪着我回家，以免遭人笑话。你没有预先跟我打招呼就把他们召集过来，我很不高兴。"

　　"我的老兄，你可忘掉了自己家乡的现实。您如此疏忽大意，会有危险的，我有责任来保护您，我不得不这样做。"

　　此时，羊倌们从远处看见了奥索兄妹，便奔向各自的坐骑，飞驰下山相迎。

　　"奥斯·安东万岁。"一个身板硬朗、胡子花白的老头这样大声喊道，虽然天气炎热，他仍然披着一件带风帽的外套，是科西嘉本地的呢料做的，足比他放牧的羊儿身上的皮毛还厚。

　　"简直跟他父亲长得一模一样，只不过更高大、更健壮，他这支枪真漂亮！乡亲们都会赞不绝口的，奥斯·安东。"

　　"奥斯·安东万岁！"羊倌们都跟着齐声高喊，"我们知道他最后一定会回来的。"

　　"唉，奥斯·安东，"一个皮肤像砖红色的彪形大汉说，"如果令尊大人现在还活着接你回家，他该多么高兴啊，他真是个好人。他要是当初听了我的话，把吉乌狄契交给我去办，您今天一定还能见到他……他真是个好人！可惜他当时不听我的，现在该知道我原来是对的了。"

"没关系，"老头儿又说，"吉乌狄契活到了今天，狗命照样难保。"

"奥斯·安东万岁！"随着这一声喊，羊倌们向天空连发十几枪。

这群骑着马的人七嘴八舌，争着挤过来跟奥索握手。奥索被围在中间颇为不悦，他一时无法叫他们听自己说话，最后就把脸一沉，像当年自己带兵时在行伍面前训话、宣布处罚决定那样，开腔说道：

"诸位朋友，谢谢你们对我和对家父的这番心意。但是，我不需要，也不愿别人替我出主意，我知道自己该怎么办。"

"他说得在理，说得在理，您放心，有事就交给我们办好了。"

"是的，我相信你们，但现在我不需要任何人，我家也还没有遇上危险，你们回去放你们的羊吧，我认识到彼埃特拉纳拉的路，不需要带路的。"

"您一点也不用害怕，奥斯·安东。"那老头说，"今天他们是不敢露面的。猫一回来，耗子就躲进了洞里。"

"你才是猫哩，白胡子老头！"奥索说，"你叫什么名字？"

"怎么，您不认得我了？奥斯·安东。从前，我常把你驮在我那匹爱咬人的骡子后面，我叫波洛·格里福，您不认得了吗？您瞧，我是条汉子，全心全意忠于德拉·雷比亚一家。只要您招呼一声，您那支大枪一响，我这把老得像我一样的火铳就不会闷着。相信我吧，奥斯·安东。"

"好的，好的，可是你们得让开，让我们赶我们的路。"

牧人们终于离开奥索兄妹，朝村子的方向飞奔而去，但每到一处地势较高的地方，就要停下来察看一番是否有埋伏，而且同奥索兄妹始终保持不远的距离，以便有危险时能赶过来相助。白胡子老头波洛·格里福对他那些伙伴们说：

"我了解他，我了解他，他要干的事他在嘴上不说，但他准会去干的，跟他爹一模一样，好呀，你就瞪眼说白话，说你不恨任何人好啦！你不是向女圣人尼加①发过誓吗？好得很呀！在我看来，村长的皮肉一钱不值，不出一个月，他的皮拿来做皮囊都没有用了。"

就这样，前有一队尖兵探路引导，德拉·雷比亚家族的后人，回到了其伍长祖先的老宅。久已群龙无首的族人集合起来迎接他，其他保持中立的村民也都站在门口目送他走过，巴里契尼族党则猫在家里，从百叶窗的缝隙往外窥视。

科西嘉境内所有的村落全都一样，建筑布局皆无章法可言，只有德·马尔伯夫②所兴建的加尔赛斯③市才有一条像样的街道。彼埃特拉纳拉自不例外：它的房屋零零乱乱散布在山坡上的一块平地上。村子中央有一株绿荫蔽日的大橡树拔地而起，旁边有一道花岗石砌成的水槽，由一根木管将附近的山泉引了过来。这个公用水槽是德拉·雷比亚与巴里契尼两家合资修建的，但如果你以为这是两个家族曾一度和好的标志，那就大错特错了，恰巧相反，它倒是两家钩心斗角的产物。当初，德拉·雷比亚上校捐了一小笔款子给村议会修建一个公共水池，巴里契尼律师不甘落后，同样也捐出了一笔数额相等的款项，正是由于两家争着慷慨解囊，彼埃特拉纳拉才有了用水。那棵绿油油大橡树与水池的周围，有一块空地被人们称为广场，晚上，闲着没事的人都聚集在这里，有时玩玩牌，而每年一度的狂欢节时，则在这里

---

① 女圣人尼加纯系子虚乌有，"向尼加发过誓"意即对既有的承诺概不认账。——作者原注。

② 德·马尔伯夫侯爵（1712—1786），1768年热亚那人把科西嘉出让给法国人之后，被任命为第一任科西嘉总督。

③ 加尔赛斯，科西嘉东岸的小城。

跳舞。广场的两端，耸立着两座花岗石与叶纹石造的建筑物，面积均不大，但都相当高。这就是德拉·雷比亚与巴里契尼两家对峙而立、分庭抗礼的"塔楼"，两者的建筑样式与高度都一样，足见两个家族长期以来一直势均力敌，难分高下，任何一方均未曾得到过命运之神的偏袒。

在这里，我们似乎应该解释一下何谓"塔楼"，那是一种方形的建筑，高约四十尺，若在其他国家，干脆就叫作鸽楼。狭窄的门离地约八尺来高，有一阶梯可及，阶梯甚为陡峭。窄门上方有一窗，窗前有一阳台之类的东西，其下方凿有一孔，如同炮眼，如有不速之客来犯，便可居高临下置于死地而自己安然无恙。在窗与门之间，有两个雕工粗糙的盾形纹章，其中一个原本雕着热那亚的十字徽章，如今已经剥落，只有古物鉴赏家方能辨认出来。另一个盾形纹章上则刻着塔楼主人的家族徽章。还得补充一句，那些盾形纹章上与窗框上都弹痕累累，更平添了一层装饰，这样，你就足以知道科西嘉中世纪的府邸是个什么样子了。我还忘了交代一句，住宅是与塔楼相连的，其间通常有甬道相通。

德拉·雷比亚家族的塔楼与住宅坐落在彼埃特拉纳拉广场的北面，巴里契尼家族的则在南面，从北塔楼到水槽为止，是德拉·雷比亚家族散步活动的区域，而对面的一片地方则是巴里契尼家族的散步区。此乃不成文的约定，自从上校夫人安葬以后，就从未见这两个家族的成员在对方的区域出现过。为了不绕路，奥索打算径直从村长家的门口经过，但他的妹妹立即拦住他，要他另走一条小路，不要径直穿过广场回家。

"为什么要绕路？广场不是公共的吗？"说着，他策马前进。

"好样的！"高龙芭见此低声赞了一声，"我的老爸，你的仇可以报得了啦。"

到了广场，高龙芭走在巴里契尼家的房子与她哥哥之间，眼睛盯着仇家的窗户，她发现那些窗户都增加了防护物，还凿了"箭眼"，所谓"箭眼"，就是先用粗木把窗户从里面封死，在粗木上留下缝隙。如果害怕有人进攻，就可以躲在封闭的窗户后，还可以通过箭眼去射击来犯之敌。

"胆小鬼！"高龙芭骂了一声，"您瞧，哥哥，他们已经开始防卫了，把窗户都关闭起来了，但他们总有一天要出来的！"

奥索在广场南边的露面，成了彼埃特拉纳拉村轰动一时的新闻，大家认为他此举胆大无畏得近乎冒失轻率。对于每天傍晚都聚集在那株绿色橡树下的中立派村民来说，这简直就是一个说不完的话题。

有人说："幸亏巴里契尼的两个儿子没有回来，他们可不会像律师老子那么忍气吞声，一定不会让自家的仇人大摇大摆走过他们的地界而且不让这家伙不为他的逞勇之举付出代价。"

"邻里乡亲们，你们记住我对你们说的话吧，"村里一个料事如神的老者插话道，"我今天观察过高龙芭的脸色，可以肯定她脑子里已经打定了主意，我嗅出空气中有火药味了，要不了多久，彼埃特拉纳拉的肉铺里就有便宜肉卖了。"

第十章

奥索很年轻时便离开了父亲，难得有时间对其父有所了解。年方十五岁，他就告别家乡去到比萨念书，后来进了军校，当时，他父亲吉尔福契奥正高举着帝国的鹰旗转战欧洲各地。在大陆上，奥索难得见上父亲一面，只是在1815年，他才调到他父亲指挥的团队。但是，上校治军法纪严明，对待自己的儿子如对其他青年军官，一视同仁，均严厉有加，绝不徇私。奥索所保存的对父亲的记忆有两种，一是在彼埃特拉纳拉老家每当父亲出外打猎归来的时候，总是把军刀交给他去收拾，还让他把猎枪里的子弹卸下来，或是在他仍是一个稚童的时候，让他第一次坐上餐桌与全家成年人一道用餐。另一种记忆则是，这位为父的德拉·雷比亚上校，常常因为他犯了点小错就关他禁闭，而且从来都称呼他为德拉·雷比亚中尉：

"德拉·雷比亚中尉，你没有站到位，禁闭你三天，""你的狙击兵离后备队超过了五米，禁闭你五天，""你中午十二点五分还戴着便帽，禁闭你八天。"

只有那么一次，在四臂村①，父亲对他说："你干得好极了，奥索。不过以后要小心些。"

但回到彼埃特拉纳拉老家，他想起的并非这些往事。眼见儿时熟悉的场所，亲爱的母亲所使用过的家具，他心头便泛起了一股股温馨而惆怅的情绪。接着，他想到自己的暗淡的未来，不免神伤，想到自己的妹妹，则隐隐不安，特别是想到内维尔小姐即将光临自己的寒舍，更倍感这个家如此窄小，如此寒酸，实在难以接待一位过惯了锦衣玉食生活的大小姐，也许她会因此而瞧不起他。凡此种种烦恼，在他脑子里纠缠在一起，使他深陷于沮丧之中。

吃晚饭的时候，他坐在一张已经发黑的橡木大靠椅上，这是从前全家就餐时父亲坐的主位，眼见自己的妹子高龙芭怯生生地来陪他同桌用餐，他便微微一笑。高龙芭吃饭时一言不发，吃完就立即告退。这使他顿感如释重负，因为他觉得自己心情本来就不平静，而高龙芭有要说服他的预定计划，要是她现在就对他展开说服攻势，他肯定是招架不住的。但这时高龙芭却放了他一马，看来是想给他留一点时间好好考虑。他双手托着头，久久地一动也不动坐着，心里回想起最近半个月来所经历的一切，不无惊恐地发现，似乎每个人都在等待着他来收拾巴里契尼一家，他看出来彼埃特拉纳拉的舆论对他而言已经

---

① 四臂村，位于比利时境内，1815年7月16日，法军与英军激战于此。

成为举世共识的公论了。他必须报仇，否则便会被认为是个懦夫。可是，这仇要找谁去报呢？他实在不能相信巴里契尼就是杀人凶手。的确，这两个人是他家族的死对头，但除非他也像自己的同乡们那样持有狭隘而无稽的偏见，才能把谋杀的罪名硬扣在他们头上。他不时定睛注视内维尔小姐交给他的那枚护身符戒指，低声念着上面的那句格言"人生就是战斗"，最后他以坚定的口吻对自己说："我一定会胜利而归！"有了这个积极的想法，他便站了起来，拿起灯准备上楼回自己的房间去。这时，忽听见有人敲门的声音，时间已晚，不是接待客人的时候了。高龙芭却立即走出来，身后跟着一个女仆。

"没有什么事。"她边说边跑去开门。

可是，在开门之前，她先问了一声敲门者是谁。一个柔弱的声音回答：

"是我。"

插在门上的横栓取下，很快高龙芭就领着一个十岁左右的小女孩回到饭厅。那女孩赤着脚，衣衫褴褛，头上包着一块破烂的布巾，下面露出几绺像乌鸦翅膀一样突兀着的黑发。她身材瘦小，脸色苍白，皮肤被晒成了褐色，两眼闪烁，露出机灵的光芒，她一见奥索，便怯生生停下脚步，用乡下人的方式施了一礼，然后低声跟高龙芭说话，交给她一只新猎杀的山鸡。

"谢谢！希丽！"高龙芭说，"多谢你叔叔，他身体好吗？"

"他很好，小姐，他向您问候，我没能早点来您这儿，是因为他回来迟了，我在丛林里等了他三个钟头。"

"你还没有吃饭吧？"

"没有，小姐，我没有时间。"

"就在我们这儿吃吧。你叔叔还有面包吗？"

"不多了，小姐，但最缺的是火药，现在，树上的栗子熟了可以吃，他只需要火药。"

"我马上给你拿一些面包和火药来，你带给他，对他说，火药很贵，要省着用。"

"高龙芭，"奥索用法语问妹妹，"你把这些东西救济谁呀？"

"本村一个可怜的绿林好汉，"高龙芭也用法语回答，"这姑娘是他的侄女。"

"我觉得你这种施舍可以选更好的对象，为什么要把火药送给一个坏蛋亡命之徒，让他去为非作歹呢？如果大家对那些不法强盗都不那么面慈心软，他们早就在科西嘉销声绝迹了。"

"咱们家乡最坏的人，并不是那些上山落草为寇的。"

"如果你愿意，你尽可以把面包施舍给他们，那是谁也不会反对的，但我不同意你向他们提供弹药。"

"我的好哥哥，"高龙芭一本正经地回答说，"你是这里的主人，这家里的一切都属于你。但我要告诉你，我宁可把我自己的美纱罗交给这小姑娘去变卖，也不愿拒绝把弹药提供给一个绿林好汉。拒绝给他弹药！那就等于把他交给警察。除了子弹，他还能用什么来自卫呢？"

这时，那小姑娘一边贪婪地啃着面包，一边聚精会神地轮流盯着高龙芭两兄妹，竭力想从他们的眼色中了解谈话的内容。

"那么，你的那位绿林好汉究竟干了些什么，犯有什么罪行才落草为寇的？"

"布兰多拉契奥根本就没有犯罪，"高龙芭大声嚷道，"他在当兵的时候，他爹被吉奥文·奥彼索暗杀了，后来他便为父报仇杀掉了凶手。"

奥索转过头去，端起灯盏，一言不发上楼回房间去了。高龙芭于是把火药与食物给了那小姑娘，一直把她送到门口，再三叮嘱说："特别请你叔叔照应好奥索。"

第十一章

奥索上床后很久才进入梦乡，所以次晨醒得很晚，至少对科西嘉人来说是醒得晚了些。一起身，首先映入他眼帘的是仇家的大房宅与上面新近凿开的"枪眼"。他下楼去找妹妹。

"她在伙房铸造子弹。"女仆萨瓦莉亚答道。

如此看来，恶斗仇杀的阴影无处不在，一直伴随着他。

进入伙房，他看见高龙芭坐在一张板凳上，周围全是刚铸好的子弹，她正在修子弹的毛边。

"你在这里搞什么鬼名堂？"当哥哥的问妹妹。

"上校给您的那支长枪还没有适用的子弹，"高龙芭柔声答道，"我找到了一个尺寸正好的模子，今天就可以给您造出二十四颗子弹，我的兄长。"

"谢天谢地啦，我用不着。"

"您可别临时措手不及，您本乡本土的风习，您周围人的行事方式，您可不能忘得一干二净。"

"即使我忘了，你不是很快就来提醒我吗，我问你，前几天是不是有一口大箱子运到了？"

"的确运到了，哥哥，要不要我把它扛到您房间里去？"

"你、你能扛上去？你恐怕连移动它的力气也没有……这里难道找不到男人可以把它搬上去？"

"我可不像您所想的那样娇弱无力，"高龙芭答道，说着将起自己的衣袖，露出两条浑圆而白皙的玉臂，匀称天成，却显得很有力度，她对女用人说："来，萨瓦莉亚，帮我一把。"

奥索正要去助她一臂之力，她自个儿就已经把那口沉重的箱子搬起来了。

哥哥对妹妹说："在这口箱子里，亲爱的高龙芭，有一些东西是要送给你的，是些微薄的礼物，你别见怪，要知道，一个退伍中尉是囊中羞涩的。"说着，他打开箱子，取出几件连衣裙，一块披肩，还有其他一些少女用品。

"这么多漂亮的东西！"高龙芭不禁欢叫起来，"我赶紧把它们收好，以免弄脏了，我只能留着等我结婚的时候用，"她凄然一笑说，"因为我现在还在戴孝呢。"同时，吻了吻她哥哥的手。

"妹子，戴孝戴这么久，未免有点做作吧。"

"我发过誓，"高龙芭用坚决的语气回答说，"我决不脱孝服，除非……"说到这里，她双眼盯着窗外巴里契尼家的大宅。

"除非等到你结婚的那天？"奥索赶紧截住高龙芭的话，不让她把她要说的下半句说出来。

"一个男人必须做到三件事，我才嫁给他。"高龙芭说着，两眼仍然紧盯着仇家的大宅，面带阴森的表情。

"高龙芭，像你这么漂亮的姑娘至今未嫁，我真感到奇怪。喂，告诉愚兄，现在有谁在追求你？我倒真想听听你的追求者唱的情歌。要取悦你这么一位大名鼎鼎的挽歌女，情歌必须写得好听才行。"

"谁愿意娶一个可怜的没有父亲的孤女呢？而且，让我脱下丧服的人，还必须让那边的女人穿上丧服。"

"她简直是疯了。"奥索心想，但他一言未发，以免和妹妹发生争论。

高龙芭却温存地对奥索说："哥哥，我也有点礼物要送给您，您现在身上穿的这件正装太漂亮了，在乡下穿不合适，如果穿这身衣服进丛林，不出两天，就会被刮损成碎片，您应该把它保留好，等到内维尔小姐来这里后再穿。"说着，她打开衣柜，取出一套猎装，"我给您做了一件天鹅绒上衣，还有一顶便帽，是本地时髦男性常戴的那种款式，我很久以前就给您绣上了花，您试一试好吗？"

于是，她给他穿上一件宽松的绿色天鹅绒上衣，挎上一个大大的口袋，戴上一顶黑天鹅绒便帽，那帽子是尖顶的，上缀有黑色玉片，绣着黑花，顶上还有一小簇缨子。

"这是父亲的子弹带①，"她说，"他的匕首就在上衣口袋里，我再把手枪给您拿来。"

"我这副样子可真像滑稽戏剧里的江湖大盗。"奥索用萨瓦莉亚递给他的镜子，照了照自己说。

"您这样的形象好极了，奥斯·安东。"老女仆赞赏道，"即使是博科涅亚诺或者是巴斯特里加最漂亮的尖顶帽帅哥②，也不会比您更漂亮。"

奥索穿着这身新装用早餐。用餐时，他告诉妹妹，他那口箱子里有一些书，都是他特意从法国与意大利带回来的，准备让她好生学习学习。"因为，高龙芭，"他继续说道，"像你这样的大姑娘，连大陆上刚离开奶妈的小孩都已经学会的东西，也一无所知，那是很丢脸的事。"

"哥哥，您说得对，我知道我缺些什么，学习正是我求之不得的，如果您愿意教我，那就太好了。"

一连几天过去，高龙芭绝口未提巴里契尼的名字。她一直小心翼翼地照应着哥哥，经常跟他谈起内维尔小姐。奥索则辅导她阅读法国与意大利的作品。她常使得奥索大感惊讶，有时是因为她发表的见解既准确又通情达理，有时则因为她对最普通的东西也一无所知。

有一天，吃过早餐后，高龙芭出去了一会儿，回来时并没有带上学习要用的书和纸，而是头上披着美纱罗，神情比往常更严肃。

"哥哥，"她说，"请您陪我出去一趟。"

"陪你上哪儿？"奥索边说边伸出胳膊让她来挽。

---

① 装弹药的布袋，左边插着一支手枪。——作者原注。

② 巴斯特里加是博科涅亚诺村南十多公里外的村庄，尖顶帽帅哥，是指那些戴尖顶帽的时髦男子。——作者原注。

"哥哥，我不需要您的胳膊，但请您带上枪和子弹盒，一个男人出门不带武器是不行的。"

"那好吧！入乡随俗嘛，我们上哪儿去？"

高龙芭并未作答，只把头上的美纱罗系紧，叫来看门的那条狗，便领着哥哥出了家门。她大步走出村子，踏上葡萄园中一条蜿蜒曲折的低洼小路。她对狗做了个手势，叫它跑在前面，那狗似乎明白了她的示意，便钻进了葡萄丛里，忽左忽右，成曲线奔跑，始终和女主人保持五十步的距离，有时它在路中央停下，看着女主人摇摇尾巴，看来，完全尽到了侦察兵的职守。

"如果莫斯切托吠叫起来，"高龙芭说，"哥哥，您就马上装上子弹，站着别动。"

出了村子约一里地，又拐了几个弯后，高龙芭突然在一个拐弯处停了下来。那儿堆了一些树枝，堆成金字塔形，有的树枝还是青绿色的，有的则已经干枯了，约有三尺来高。树枝堆的顶上露出一个涂成黑色的十字架的尖端。在科西嘉好几个地区，尤其是在山区，有一种极为古老的习俗，它也许和异教的迷信有关，那就是凡在有人死于非命的地方，过往行人必须在这扔下一块石头或者丢下一根树枝。只要人们没有忘记此人的惨死，这种特殊的祭奠便要继续下去，日复一日，年复一年，石块与树枝积累成堆，人们便把它称之为某某人的坟堆。

高龙芭在这个树枝堆前停下，从野草莓树上折了一根树枝，放在上面，她说："奥索，爸爸就死在这里。哥哥，为他的灵魂祈祷吧！"

她跪了下来，奥索立即也跟着她跪下。这时，村子里教堂的钟声正悠悠地响起，因为昨夜刚有一个人去世了。奥索不禁泪如雨下。

几分钟后，高龙芭站了起来，她并没有哭，但神情很激奋，她迅速地用大拇指在胸前画了个十字，这是她家乡人惯有的动作，通常还同时发几个庄严的誓言。接着，她便拉着哥哥回村去了。一路上两人都沉默不语，回到家里，奥索进了自己的房间。不一会儿，高龙芭也进来了，捧来一个小盒子，把它放在桌上。她把盒子打开，取出一件染有大片血迹的衬衫：

"这是爸爸遇难时穿的衬衫。"她说着，把衬衫搁在奥索的膝上。

"这是打死他的子弹。"她又将两颗生锈的子弹放在衬衫上。

"奥索，我的哥哥，"她大喊一声，扑到他的怀里，使劲抱住他，"您一定要替爸爸报仇！"

她疯狂地抱着她哥哥，还去吻了那件衬衫和那两颗子弹。然后，她走出房间，留下她哥哥坐在椅子上呆若木鸡，不知所措。

奥索待在原处一动不动好一会儿，不敢挪开那些可怕的遗物，最后，他打起精神把那些东西放回盒子里去，跑到房间另一端，躺倒在床上，脸朝墙壁，用枕头蒙着头，似乎要避免看见某一个幽灵。他妹妹刚才的几句话不断在他耳边回响，他仿佛听见了一道命定、无可规避的神谕，要他去索命，索取无辜者的性命。此刻，可怜的奥索头脑里一片混乱，如像一个精神错乱的疯子，对此，请看官恕我不一一赘述。他如此这般躺了许久，连头也不敢转动。最后他终于站了起来，把那个盒子盖上，急急忙忙走出家门，奔向田野，径直往前，自己也不知道要奔向哪里。

野外清风拂面，使他渐感舒适自在，心境平和，他开始冷静考虑自己的处境与解脱之道。看官已经知悉，他至今仍不相信巴里契尼父子就是杀父的仇人，但他责怪他们伪造了那封强盗阿戈斯契尼的信件，而这封信，他认为至少是导致了自己父亲的死亡。控告巴里契尼父子伪造文书罪吗？他感到根本行不通。这时，科西嘉本乡本土的定见与本能的行事方式也频频来袭、诉之于他，指点他只要躲在某条小路的拐弯处，便能很容易实施复仇。但他只要想起军队里的同僚，巴黎的客厅，特别是想起内维尔小姐，便立即厌恶地把这类复仇设想抛开。接着，他又想到了妹妹的责备，他身上残存的科西嘉性格倒确实使得他不得不承认妹妹说得有理，因而，在他心里，这种责备的分量也就显得更重，使他颇有撕心裂肺之感。经过良知与俗见如此反复的斗争，到头来，他唯一愿意采取的解决办法就是，找一个借口与巴里契尼的一个儿子吵一架，然后与之决斗，用子弹或用剑结果对方的性命，在他看来，只有这个办法才能调和他身上的科西嘉观念与法兰西规范的矛盾，如此打定主意之后，他又考虑考虑了如何实施的步骤，这才觉得如释重负，心境豁然开朗，再加上其他一些令人愉悦的念想，更使得他狂热躁动的心绪完全平复了。正像历史上的西塞罗，他因爱女杜莉亚之死而悲痛欲绝，但当他一心一意考虑如何用美妙感人的文笔去进行悼念时，反而忘掉了自己的悲痛。再如痛失亲子的项狄先生[①]，他也是通过大谈生与死的方式而得到自我安慰的。奥索心想，他也不妨对内维尔小姐描述描述自己眼下的心情，以引起这位美人的强烈兴趣，如此一想，他的头脑也彻底冷静下来了。

在不知不觉中，他走离村子已经很远，便回头往村里走回去，忽然听见丛林边一条小路上传来一个小女孩的歌声，那小女孩大概以为四下无人，便在那里随意吟唱，那是一首办丧事时唱的挽歌，舒缓而单调，她这样唱道："把我的十字架，把我血染的衣裳，留给我的儿子，我远方的儿子……"

"小姑娘，您在唱什么？"奥索在她面前突然现身，怒气冲冲地问她。

"原来是您呀，奥斯·安东！"小姑娘有点惊慌失措地叫了起来，"我唱的是高龙芭小姐写的歌。"

"我不许你唱这支歌！"奥索声色俱厉地命令道。

小姑娘扭头左顾右盼，似乎在找一个避难所，如果不是舍不得丢下她脚旁草地上的那个大包裹，她早就溜之大吉了。

---

① 项狄乃英国作家斯泰恩的小说《项狄传》中的主人公。

奥索意识到了自己的粗暴而感到惭愧。

"小姑娘，你拿的是什么东西呀。"他尽量用柔和的语调问道。

小姑娘迟疑了一会儿，没有回答。奥索便撩开那块盖在包裹上的布，里面有一个面包，还有一些别的食物。

"我的小乖乖，你要把面包带给谁呀？"他问小女孩。

"先生，您知道得很清楚，是带给我叔叔的！"

"你叔叔不是强盗吗？"

"他全听您的使唤，奥斯·安东先生。"

"如果警察碰见你，问你要到哪儿去……"

"我会对他们说，去给在森林里伐木的意大利工人送饭。"小姑娘毫不迟疑地答道。

"如果你碰见了一个饥饿的猎人想分享你的饭食，要拿走你带的食物，那怎么办？"

"他不敢，我会告诉他这些食物是要送给我叔叔吃的。"

"这倒也是，他这个人决不会允许自己的饭食被别人抢走……你叔叔爱你吗？"

"噢，他很爱我，奥斯·安东。自从我爸爸去世后，我们全家都由他来照顾，我妈，我，还有我妹妹，我妈没生病以前，他常推荐我妈到有钱人家里去做事，只要我叔叔给村长与神父打过招呼。村长每年都给我一件衣服，神父也教我识字，给我讲解《教理问答》。可待我们最好的还是您的妹妹。"

这时，小路上出现了一条狗。小姑娘把两个手指放在嘴唇里，打了一声尖锐的呼哨。那条狗立即跑了过来，在她身上蹭了几下，然后，突然又钻进丛林中去了。过了一小会儿，离奥索没几步远，从树丛后站起两个衣衫褴褛但全副武装的汉子，简直是像蛇一样从满地长着岩石蔷薇与香桃木的矮树丛中爬出。

"噢，奥斯·安东，欢迎欢迎，"两人中年岁稍大的那个说，"怎么，您不认得我了？"

"不认得了。"奥索定睛瞧着他说。

"真怪，留了胡子，戴上一顶尖顶帽，就叫您认不出来了！喂，我的中尉，您再好好瞧瞧，难道您忘了滑铁卢的老兵了？您不记得布兰多·萨维里了吗？就是在倒霉的那天，他在您身边放了多少发枪呀！"

"怎么！是你呀，"奥索说，"你不是在1816年开小差了吗？"

"您说得不错，我的中尉。他妈的，当兵真没劲，何况，我在本地有一笔账要清算。哈！哈！戚丽娜，你真是个好姑娘，又带这些东西来给我们吃，我们正饿了哩。我的中尉，您可想象不到，人在大森林里，饭量就特别大。这是谁送给我们的，是高龙芭小姐还是村长？"

"都不是，叔叔，是磨坊老板娘叫我给您的，她还给了我妈一床被子。"

"她有什么事要我帮忙。"

"她说她雇来开垦的那些卢卡人，现在要求她每天付三十五个苏，还要加上栗子，理由是彼埃特拉纳拉南面那一带有疟疾病流行。"

"全是些懒蛋！我会看着办的——我的中尉，您别客气，来和我们一起吃，怎么样？想当初，在咱们那个老乡①还没有被人罢黜皇位的时期，咱们的伙食可比现在更差。"

"谢谢。我自己也被罢黜了军职。"

"是呀，我也听说了。不过，我敢打赌，您决不会为此而生气，因为，您也有一笔账要您回来清算。——喂，神父先生，"他转过来对他那个伙伴招呼了一声，"吃吧！"而后又继续对奥索说："我给

----

① 指拿破仑，他诞生于科西嘉。

您介绍一下，这位是神父先生，确切地说，我不知道他是否真的是一个神父，但他确实有神父的学问。"

"先生，我是一个读神学的穷学生，"那第二个强盗说，"被逼迫改了行。谁知道呢，如果不改行，也许我也能当上教皇哩，布兰多拉契奥。"

"是什么原因使得教会竟失去您这样一位光明使者？"奥索问道。

"为了一件小事，用我的朋友布兰多拉契奥的话来说，是为了清算一笔账。我在比萨大学埋头读书的时候，我妹妹在家乡却闹出了桃色新闻。我必须回老家把妹妹嫁出去，但那位未婚夫却急不可待，在我回到老家的前三天，就得了疟疾病而一命呜呼。于是，我便去找死者的哥哥，如果您处在我的地位，也一定会这样做的。可是人家告诉我，他已经结过婚了。对此，怎么办呢？"

"的确，这事很难办，您是怎么办的？"

"在这种情况下，只好请枪支火石①来解决问题。"

"也就是说……"

"就是说，我对他脑袋开了一枪。"那个强盗冷冷地说。

奥索对此做了一个厌恶的动作。但他仍然留在原地，继续和这两个各有一条命案在身的强人聊天，也许是因为对他们有些好奇，也许是因为不想过早地回家去。

当自己的伙伴在讲述时，布兰多拉契奥把面包与肉食摆在自己跟前，享用了起来，接着又分一部分喂狗。他向奥索介绍说，他的那只狗名叫布鲁斯科，有特异功能，不论巡逻兵伪装成什么，它都能分辨得出来。说到最后，他又切了一块面包与一片生火腿给他的侄女。

"强盗生活真逍遥自在！"那个攻读过神学的大学生吃了几口之

---

① 指枪，当时非常流行的说法。——作者原注。

后高声发起议论来，"德拉·雷比亚先生，也许将来某一天，您会来亲身体验体验，那时，您会发现，这种生活无拘无束，随心所欲，真是妙不可言。"说到这里，这位强盗一直讲意大利语，以下他又改用法语继续讲下去：

"对青年人来说，科西嘉并不是个好玩的地方，但对强盗来说却别有一番情趣，这地方的女人都爱我们爱得发狂，您瞧我这样一个人，却在三个不同的县有三个情妇，不论到什么地方，我都像回自己的家一样，其中一个情妇还是警察的老婆哩。"

"先生，您通晓好几国语言。"奥索认真地说。

"刚才我之所以讲法语，您知道吗，是因为对孩子应该有无微不至的爱护①，我要避免小姑娘听懂我的话，布兰多拉契奥和我，都希望小姑娘将来行为端庄，规规矩矩做人。"

布兰多拉契奥指向自己的侄女戚丽娜说："等她长到十五岁，我一定给她找个好人家把她体体面面嫁出去，目前，我已经相中了一家。"

"将来由你自己去提亲吗？"

"当然，您想，如果我对本地某个有钱人说，敝人乃布兰多拉契奥，如果令郎娶我侄女戚丽娜·萨维里为妻，敝人深感荣幸之至，他敢等我说第二遍才答应吗？"

"我会劝他别这样，"另外那个强盗说，"我这个兄弟下起手来，总是没轻没重。"

"如果我是一个无赖，"布兰多拉契奥继续说下去，"如果是流氓，是混蛋，那我只要打开我身上的褡裢，五法郎的硬币就会像雨点一样落进来。"

"你的褡裢里什么东西有这么大的招财力？"奥索问道。

---

① 此句话原文为拉丁文，引自拉丁诗人儒维纳的诗句。

"什么也没有，但如果我像有些人干过的那样，给财主写封恐吓信说，'我需要一百法郎'，老财便会赶紧给我送来。但是，我的中尉，这种事我不干，我有荣誉感。"

"您知道吗？德拉·雷比亚先生，"那个被自己同伴称为神父的强盗说，"在这个民风古朴的地方，我们靠我们这份护照（说着他指了指自己的枪）赢得了世人的敬畏，但是也有一些混蛋，利用这一点，伪造我们的签名去敲诈勒索钱财。"

"这个我知道，"奥索以粗暴的口气说，"但怎么个敲诈勒索法？"

"六个月前，"强盗往下说，"我在奥雷萨村附近散步，忽然看见一个老百姓老远就向我脱帽致敬，他走过来对我说：'啊，神父先生（老乡们都这么称呼我），请原谅，请您给我宽限点时间吧，我现在还只弄到了五十五法郎，千真万确只凑到了这个数。'我感到很奇怪，便问他：'你这家伙，你说些什么呀？什么五十五法郎？'他答道：'我是要说只凑齐了五十五法郎，而您指定是要一百法郎，我现在实在凑不齐。''什么！混账东西！我问你要一百法郎？可我压根就不认识你。'他一听我这话，才交出一封信给我看，与其说那是一封信，不如说是一张脏兮兮的破纸，上面说的是，要收信者把一百法郎放到一个指定地点，否则就要烧他家的房子，杀死他的牛，下面签上了我的大名吉奥根托·加斯特里科尼，那当然是伪造的签名，简直是卑鄙之至！最气人的是，敲诈信是用土话写的，而且错字连篇……而我，我在大学里从来都是有奖必拿，我怎么会写错字！一气之下，我出手就扇了那个乡巴佬傻瓜一个大耳光，直扇得他晕头转向在原地跟跟跄跄转了两圈，好哇，你把我当窃贼，你这蠢货，我对他骂了一声，又朝他身上某个部位狠踹了一脚。怒气稍消后，我问他：'要你什么时候把钱送到指定地点去？''就是今天。''好呀！你现在就给他送去。'敲诈信把地点写得很清楚，就在一棵松树下。他便把钱拿去，把它埋在树下，然后回来向我禀告。我便去埋伏在附近。我和那乡巴佬在那里足足等了六个小时。德拉·雷比亚先生，如果必要的话，我情愿等上三天都可以。六个小时之后，来了一个巴斯蒂亚佬①，是个不要脸的放高利贷的家伙。他弯身正要取钱，我一枪打了过去，瞄得特准，正中脑袋，他立即倒毙在刚挖出来的钱上。我对那个乡巴佬说：'蠢货，去拿回你的钱吧，以后别再怀疑吉奥根托·加斯特里科尼会干这种无耻敲诈的勾当。'那个可怜虫浑身发抖，忙捡起他那六十五法郎，揩也不揩一下，连连向我道谢，我又踹了他一脚算是送行，他便一溜烟跑了。"

"噢，神父，"布兰多拉契奥说，"你这一枪打这么准，真叫人佩服，你自己一定很开心吧？"

"我一枪正中那巴斯蒂亚佬的太阳穴，"那位强盗继续说，"这使我想起了维吉尔的这两句诗：

熔化的铅弹洞穿了他的太阳穴，

他直挺挺倒地身亡，横尸尘埃。

"关于熔化一词，奥索先生，您相信一颗铅弹在空气中飞驰而过，会因其高速而熔化吗？您研究过弹道学，应该能告诉我，这词用得对还是不对。"

奥索宁愿讨论这个物理学问题，而不愿意去触碰那位比萨大学学士的行为是否合乎道德而与他发生争论。布兰多拉契奥则对这种科学讨论也很不感兴趣，便打断他们两人的谈话，提醒他们说，太阳快下山了，时间不早了。他对奥索说：

①　科西嘉山民瞧不起巴斯蒂亚人，不把他们视为同胞，从不称之为巴斯蒂亚人，而蔑称为"巴斯蒂亚佬"，带有轻蔑之意。——作者原注。

"既然您不肯和我们一道就餐，奥斯·安东，那我就劝您别让高龙芭小姐在家久等了，再说，太阳下山之后，行路也不方便，您出门怎么不带枪呢？附近有坏人，您得当心。今天，您倒不必害怕，巴里契尼父子正好在路上碰见了省长，就把他请到他们家去了。省长要在彼埃特拉纳拉停留一天，然后再到科尔特去主持一个奠基仪式……真他妈的混蛋！他今晚要留宿在巴里契尼的家里。到了明天，这一家子恶人就有空了。他家那个儿子文桑德罗是个坏蛋，另一个儿子奥兰杜契奥也好不到哪里去……您应当分头收拾他们，各个击破。今天一个，明天一个。总而言之，您得特别谨慎小心为是，我只能对您说到这里了。"

"多谢指教，"奥索说，"但我与他们之间并无任何纠葛要解决，除非他们主动来找我的麻烦，我没有事要去找他们。"

那强盗把舌头向嘴边一伸，带着嘲讽的表情，以舌碰腮帮发出响声，但一言不发。奥索正站起来要走，布兰多拉契奥对他说：

"对啦，我还得谢谢您送的火药，它来得正是时候。现在，我什么都不缺了，仅仅少一双鞋……不过，几天内我自己就可以用岩羊皮做一双……"

奥索把两个五法郎的硬币塞进他手里，说：

"送给你火药的人是高龙芭，这是我给你买鞋的。"

"别胡来，我的中尉，"布兰多拉契奥叫嚷了起来，硬把两枚钱币还给奥索，"您难道要把我当作乞丐叫花子？要知道，我只收面包和火药，其他的一概不收。"

"我们都是老兵，我想应该互相帮助。好啦，再见。"

但离开之前，奥索不让强盗发觉，又偷偷把钱币塞进他的褡裢之中。

"再见，奥斯·安东，"神学家强盗说，"过几天也许咱们还能在森林里碰面，到时候再继续讨论讨论维吉尔的那两句诗。"

奥索告别了这两位实诚的伙伴，走了约一刻钟，忽听见背后有人拼命追了过来，原来是布兰多拉契奥。

"您太过分啦，我的中尉，"他气喘吁吁地嚷道，"太过分了！这是您的十法郎。如果是别人这么恶作剧，我绝不会放过他。高龙芭小姐跟前，请代我向她多多致意。您使我跑得气都喘不过来了！再见，晚安。"

第十二章

奥索回到家里，发现高龙芭因他外出未归已多时而忧心忡忡，一见到他，才恢复她平时那种精神状态，沉静之中透着一丝哀愁。晚餐时，兄妹只闲聊一些无关紧要的话题。奥索见妹妹神情淡定平和，便放胆向她叙述了自己与两个强盗相遇的经过，甚至还不失开开玩笑地谈及，小姑娘戚丽娜在宗教情感与人品道德上，是如何从她叔叔及其可敬的同行加斯特里科尼先生那里，得到了无微不至的关怀与教导。

"布兰多拉契奥是一个靠谱的人，"高龙芭说，"可是那位加斯特里科尼，我听说，此人很不靠谱。"

"我倒认为这两个人是半斤八两，相差无几，"奥索发表评论说，"两个人都公开与社会对抗。犯了第一次案后，自然而然就接着犯下其他的案子，不过，他们也许并不比那些并未落草为寇的人更为有罪。"

他妹妹听了此话，脸上闪现出一道喜悦的之色。

"是的，"奥索继续说道，"这些苦命人也有自己的荣誉感，他们走上这条亡命之路，是出于可怕的偏激思想，而不是出于卑鄙无耻的贪欲。"

到这里，两人都沉默了好一会儿。

"哥哥，"高龙芭一边给他倒咖啡，一边说，"您大概知道夏尔·巴蒂斯特·彼埃特里昨夜去世了吧？他是患疟疾病死的。”

“此人是谁？”

“本村人，是玛德莱娜的丈夫，咱们父亲临死前就是把自己的活页夹交托给玛德莱娜的。现在，未亡人来找我，请我去守灵，还求我唱唱挽歌。最好您也跟我一道去，因为大家都是街坊邻居，在咱们这种小地方，这种礼节是不能免的。”

“跟你去守灵？去他的吧，高龙芭！我可不愿意自己的妹妹在大庭广众之下这样抛头露面。”

“奥索，”高龙芭劝说道，“每个人都有自己哀悼死者的方式。唱挽歌是咱们祖先传下来的方式。我们应该把它当作古老的风俗习惯来遵守。玛德莱娜没有唱挽歌的能力，本地倒有一个唱挽歌的高手菲斯彼娜老婆子，可惜她病了。总得有人去唱啊。”

“不要以为如果没有人在守灵中唱几支破挽歌，死者在阴间就会走投无路。高龙芭，你一定要去守灵，那你就去吧，如果你执意认为我应该跟你一道去，我也可以奉陪，但请你别即席唱挽歌，因为在你这样的年龄去做这件事，实在有失体面……妹妹，就算我求你啦。”

“哥哥，我已经答应人家了，您知道，这是本乡本土的风俗。而且，我再说一遍，只有我才能即席作歌。”

“愚昧透顶的风俗！”

“去唱这种挽歌，其实我自己会感到很不好受。这会勾起我的回忆，想起我们自家的不幸，到第二天，我还很可能因此而病倒，即使如此，我也必须去。哥哥，让我去吧。您不记得吗？在阿雅克修的时候，那位英国小姐经常对咱们的古老风俗冷嘲热讽，而您还要求我专为她即席吟歌以博她一乐。难道我现在不能为这些可怜的老乡即席唱唱歌吗？他们会因此而感谢我的，听了我的歌，他们也会减少一些痛苦。”

“好吧，随你的便。我敢打赌，你的挽歌早就写好了，你不愿意不唱而白白浪费。”

“没有，哥哥，挽歌不能预先写好，我要站在死者的面前，心里想着还活着的人，待自己也热泪盈眶，才把涌上心头的东西唱出来。”

这几句话讲得朴实真切，足见高龙芭小姐毫无半点想要炫耀自己诗才的虚荣心理。奥索终于被说服了，便随着妹妹来到办丧事的人家。在全家最大的房间里，死者停放在一张桌子上，脸露在外面。房间的门窗都大大敞开，桌子周边点着一些蜡烛。死者的妻子坐在靠近死者头部的方位，在她后面，是一大群妇女，她们几乎占满了整个房间的一边。房间另一边则站着一排排男子，他们都脱了帽；眼睛都注视着遗体，不出声响地默哀。每个来吊唁的人都走到桌旁，吻抱一下死者[①]，向遗孀与儿子点头致意，然后一言不发退到人群之中，但不时也有某位吊唁者打破静默肃穆的氛围，对死者倾诉几句，一位老大娘这样说：“你为什么要撇下你贤惠的妻子呢？难道她没有好好地伺候你？你还缺什么呢？你的儿媳很快就会给你添一个孙子啦，你为什么不等一个月再走？”

死者的儿子是一个身材魁梧的青年，他紧紧握住亡父冰冷的手，这样哭喊道：“您为什么不死于非命[②]呢？那样我们还可以给您报仇泄愤啊！”

奥索进到这个房间时，正好听到了以上几句倾诉。人群一见他来到，便让出一条路来，并发出一片好奇的低语声，看得出来大家在期待挽歌女出场，因为她的来到而大感兴奋。高龙芭上前拥抱了一下死者的遗孀，握着她的手，垂下眼睛，深思了几分钟。接着，她把美纱

---

①　这种习俗至今（1840年）仍流行于博科涅亚诺地区。——作者原注。

②　原文为La mala morte，意即“死于非命。”——作者原注。

罗往后一撩，定睛注视着死者，然后，俯身向着遗体，脸色煞白，与死者无异，于是，她便开唱起来：

> 夏尔·巴蒂斯特！愿基督收容你的灵魂！
> 人生在世，就是受苦受难。
> 而今你来到新的地方，
> 既不寒冷，也无阳光。
> 你无须再用镰刀去砍柴，
> 也无须用重镐去锄地。
> 再也没有苦活累活要你去干。
> 从今往后，你每一天都是星期日。
> 夏尔·巴蒂斯特，愿基督收容你的灵魂！
> 你儿子会代替你当家做主。
> 我见过大橡树轰然倒地，
> 被西风刮干了枝叶。
> 我以为大树已死。
> 后来我又经过树前。
> 见它根部又长出了新芽嫩枝。
> 新芽嫩枝又长成为橡树，
> 枝叶繁茂，浓荫蔽地。
> 玛德莱娜啊，你在新树粗壮的枝丫下休息吧，
> 常常惦记着以前的那棵老橡树哟。

　　高龙芭唱到这里，玛德莱娜不禁失声痛哭。有两三个粗汉，平日都是杀人不眨眼的主，开枪打人就像打山鸡那样若无其事，这时也被挽歌感动，偷偷在擦拭自己古铜色脸上的大滴大滴眼泪。

　　高龙芭就这么继续唱了一些时候，有时是对死者唱诉，有时是对

家属唱诉，有时又用挽歌中常见的拟人方式，让死者现身说法，出来安慰自己的家人，或劝导自己的朋友。她越唱脸上越焕发出庄严崇高的神采，面肤也泛出了透亮的玫瑰色，更衬托出她牙齿的洁白和两眼炯炯有神的明亮。她简直就像一个站在三脚架上的希腊女祭司。她周围簇拥而立的人鸦雀无声，偶尔只有几声叹息，几声呜咽。奥索对这种蛮荒之野的原始吟唱，不像周围人那样听得进去，但他却很快被人群的情绪所感染。因此，他躲到屋里一个避光的角落，像死者的儿子一样哭泣起来。

突然，人群中发生一阵轻微的骚动。人们让出一条路来，几个陌生人便走了进来。从大家毕恭毕敬的态度与连忙让路的反应来看，来者显然都是重要人物。他们的光临使这一家子人颇有蓬荜生辉之感。但出于对挽歌的尊重，没有一个人去跟来者说话。进来的人中，为首者四十来岁，身着黑色礼服，系着红色的带有玫瑰花结的勋带，脸上有一种威严而自信的神情，使人一看便猜出是省长。跟在他身后的是一个身躯微驼的老头子，脸色蜡黄，戴着一副绿色的遮光的眼镜，但并没有遮掩住他那胆怯而不安的眼神。他穿的礼服颇不合身，稍嫌宽大，虽则崭新，但显而易见是早年缝制的。他紧靠着省长，寸步不离，似乎想永远躲在省长的浓荫庇护之下。他身后则有两个身材高壮的青年，皮肤被晒得黝黑，满脸都是络腮胡子，目光狂傲，左顾右盼，旁若无人，十分放肆。奥索因多年离家外出，早已忘却村里人的形貌，但戴绿色遮光眼镜的老头一出现，立刻便唤醒了他脑海中往日的记忆。老头紧跟着省长，单凭这一点即可明白他的身份。此人即乃彼埃特拉纳拉村的村长、律师巴里契尼是也。他带两个儿子随行，是为了陪同省长前来观看挽歌仪式。此时，奥索的心情五味俱全，实难形容，但父亲的仇人一出现，便使他产生了一种厌恶之感，长期以来他一直摒拒否认的那些怀疑，立即在他心头复活，并使他感到确切可信。

高龙芭一见不共戴天的仇家，她原来那张表情丰富的脸立即变得阴森可怕，脸色刷白，声音嘶哑，已开始唱出的歌词戛然而止……但她很快又把她的挽歌唱下去，不过唱出来的是另一种新的慷慨激昂之情：

　　　　苍鹰在空巢前，
　　　　婉转哀鸣，
　　　　鸟雀环飞，
　　　　嘲笑其悲痛。

　　高龙芭唱到这里，人们听见有人偷偷在下面取笑，原来是村长带来的那两个年轻人弄出来的动静，他们一定是认为这个比喻太夸张了。

　　　　那只苍鹰必将醒来，展开双翅，
　　　　用利嘴把敌人啄得鲜血淋漓！
　　　　你啊，夏尔·巴蒂斯特，
　　　　且让你的朋友向你道别吧。
　　　　他们的眼泪已经流够啦。
　　　　只有可怜的小孤女还没有为你痛哭。
　　　　她为什么要哭你呢？
　　　　你在全家的照料下，
　　　　已经寿终正寝，永远安息，
　　　　正准去觐见
　　　　万能的造物主。
　　　　而小孤女正要哭自己的父亲了，
　　　　她父亲被卑鄙的凶手暗算，

从背后中枪倒下，

父亲的鲜血殷红殷红，

流淌在绿叶丛中。

小孤女手捧父亲的鲜血，

那高贵而无辜的血，

她把血洒在彼埃特拉纳拉的土地上，

让它成为一种致命的毒物。

彼埃特拉纳拉将血迹斑斑，

直到凶手偿命，

以罪人之血把无辜者的血迹洗净。

　　唱完这几句，高龙芭便倒在一张椅子上，以美纱罗掩面，哭了起来，哭泣声清晰可闻，泪流满面的妇女立即簇拥在她周围，许多男人则把愤怒的目光射向村长与他的儿子。有几个老人也在埋怨这父子三人不该来到这里惹起轩然大波。办丧事人家的儿子分开人群，正打算敦促村长立即离场，但村长已经急不可耐地走了出去。他的两个儿子更是早就到了路上。省长向死者的儿子讲了几句吊唁慰问的话后，也迅速离场而去。这时，奥索走到妹妹的身旁，挽起她的胳膊，把她扶出了屋子。

　　"送他们回家，"彼埃特里的儿子吩咐他的几个朋友说，"当心些！别让他们出什么事！"

　　立即，有两三个年轻人迅速将自己的匕首藏进了左面的衣袖，护送着奥索兄妹一直回到他们的家门口。

第十三章

　　高龙芭气喘吁吁，筋疲力尽，浑身无力，一句话也说不出来。

她把头倚靠在哥哥的肩膀上，紧握着他的一只手。奥索虽则对她最后那段挽歌颇不以为然，但由于担心她的健康，并没有对她有哪怕是最轻微的责备，他一言不发静候着她的激奋情绪平伏下去。这时，有人敲门，萨瓦莉亚神色张皇跑进来通报："省长大人来了！"一听这个名字，高龙芭似乎对自己刚才的软弱感到惭愧，霍地一下站了起来，手扶椅子，腰板直挺，但看得出来，她的手在颤动，使得那张椅子也在颤。

省长首先讲了几句客套话，说此时此刻到访实感冒昧，特致歉意，接着对高龙芭小姐表示表示慰问，并婉言称情绪过于激动实有害于健康，唱挽歌哭灵的风俗则是一种陋习，挽歌女愈是有才，愈是把参加丧礼的人唱得更加痛苦。说到这里，他口锋一转，对刚才挽歌最后一段的影射，表示了微愠的责备。接着，他的话题又一变，说：

"德拉·雷比亚先生，您的两位英国朋友托我代他们向您表示问候。内维尔小姐还特别向令妹致意。我这里有她一封信是托我交给您的。"

"有内维尔小姐的一封信？"奥索不禁叫了起来。

"可惜我没有把信随身带来，但五分钟后就可以给您送来。她父亲生了一场病。当时我们很怕他得了当地那种可怕的疟疾。幸好他现在已痊愈，不久您自己就可以亲眼见证这一点，因为我想您很快就会见到他们的。"

"内维尔小姐当时着实担惊受怕过好一阵吧？"

"幸亏她事后才知道这病的危险性。德拉·雷比亚先生，内维尔小姐跟我谈了很多关于您和令妹的事。"

对此，奥索欠了欠身，礼貌性地作答。省长继续说下去："她对您兄妹二人很友好很关心。她风姿绰约，但在风雅潇洒的外表下，她内在的精神却是很理性的。"

"她是个很可爱的人。"奥索回答说。

"先生，我几乎完全是应她的请求才来找您的。我实在不愿意和您重提过去那件悲惨的事情，但又不得不提，因为此事谁都没有像我这样了解全部底细。既然巴里契尼是彼埃特拉纳拉的村长，而我则是本省的省长，用不着说，您也会明白，我对那些怀疑是认真面对的，但据我所知，那些怀疑全是一些不负责的人在您面前挑唆起来的。不过我知道，您对此深感愤怒并已拒不认同，这正是人们按您的地位与品德期待于您的。"

"高龙芭，"坐在椅子上的奥索烦躁不安，想把妹妹支开，"你很累了，你该去睡觉啦！"

高龙芭摇摇头，她已恢复了她平时的那种镇定，用炯炯的目光逼视着省长。

"巴里契尼先生很希望消除两家之间的敌意……"省长继续说，"也就是说，消除彼此戒备、凶险难料的状态。我个人认为，人与人之间本应互相尊重，我非常愿意看到您与巴里契尼先生能共同建立起这种关系……"

"先生，"奥索情绪激动地打断省长的话，"我从没有冤枉巴里契尼先生，说他杀害了我的父亲，但他干了一件事，使我不得不断绝和他往来。他曾经冒用某个强盗的名义，伪造了一封恐吓信……而又把这件事栽到家父的头上。先生，这封信很可能就是间接导致了家父死于非命的原因。"

省长思索了片刻，说：

"当初你们两家打官司时，令尊大人因脾气急躁而对此信以为真，倒还情有可原，但是，如果您现今也这么盲目信从，那就不应该了。您要想一想，巴里契尼先生伪造那样一封信，对他自己是毫无半点好处的……我暂且不跟您谈他的人品……您对他知之甚少，您却先入为主，对他抱有成见……但是，您总不该认定一个精通法律的人，竟会去做一件对自己不利的蠢事吧……"

"可是，先生，"奥索站起身来说，"请您考虑考虑，对我讲那封信不是巴里契尼先生伪造的，那不就等于说是家父伪造的？先生，家父的名誉，就是我的名誉。"

"先生，"省长继续他的说词，"德拉·雷比亚上校的名誉，人人敬仰，不在话下，尤其是敌人敬仰为最。事实的真相是这样的，伪造那封信的罪魁祸首现在已经查出来了。"

"谁？"高龙芭走向省长跟前，厉声问道。

"一个坏人，一个犯过好几桩案子的罪犯……他犯过的罪行都是你们科西嘉人决不能饶恕的，他就是个匪，名叫托马索·比安契，现正关在巴斯蒂亚监狱里，他已承认那封要命的信是他写的。"

"我不认识这个人，"奥索说，"他写这封信的目的是什么呢？"

"他就是本地人，"高龙芭说，"是咱们家从前一个磨坊师傅的兄弟，是一个满嘴谎话的混蛋，他的话不能信。"

"请你们听下去，马上就会知道他这样做是为了得到什么好处，"省长继续说，"令妹所说的那个磨坊师傅，我想是名叫泰奥多尔吧，他向令尊大人租用了一座磨坊，磨坊坐落在一条水流上，而巴里契尼先生正是对那条水流的归属权持有异议，认为它并非属令尊所有。令尊大人素来慷慨大度，从来不靠磨坊赚钱。但在托马索看来，如果巴里契尼先生获得了那条水流的所有权，他的兄弟就必须向新主交纳巨额租金，因为大家都知道巴里契尼先生是相当爱钱的，总而言之一句话，为了帮自己兄弟一把，托马索便伪造了那封冒强盗之名的信件。这便是全部事情的真相。您知道，科西嘉人的家庭观念很强，有时甚至会导致犯罪……请您看看总检察官写给我的这封信，它能证实我刚才对您所讲的一切。"

奥索很快地把信看了一遍，该信的确详述了托马索的供词。高龙芭站在哥哥的身后，视线从他肩上而过，也通读了此信。

她一读完，便大声嚷了起来：

"一个月前，奥兰杜契奥·巴里契尼得知我哥哥要回来了，特意去了巴斯蒂亚一趟，他一定见到了托马索，买通他编出了这么一篇谎话。"

"小姐，"省长很不耐烦地说，"您对一切都妄加猜测，荒唐离谱，令人厌烦，难道这是探讨事情真相的办法吗？您呢，先生，您头脑冷静、心平气和，请问您现在有何高见？您不会也像令妹那样，认为一个只犯有轻罪、决不会被重判的犯人，竟然会为一个陌生人卖命而去犯伪造物证的重罪吧？"

奥索又仔细将总检察官的信看了一遍，全神贯注，字字推敲，因为自从他见过巴里契尼律师以后，他就觉得自己不像过去那样容易被人说服了。最后，他不得不承认信中的说明合情合理，令人信服，但是，高龙芭使劲高喊道：

"托马索·比安契是个大骗子，我敢断定，他最后不是被判无罪，就是越狱逃走。"

省长听了耸耸肩膀。

"先生，"他对奥索说，"我已经把我所得到的消息全部告诉了您。我现在要告辞了，请您好好考虑考虑吧！我期待您的理智使您保持清醒，但愿您的理性能克服……令妹的猜疑臆想。"

奥索讲了几句对高龙芭可予谅解的话后，再一次重申，他现在相信托马索就是唯一的罪魁祸首。

省长起身告辞。

"如果不嫌太晚，我倒建议您跟我去巴里契尼家一趟，取走内维尔小姐给您的信……趁这个机会，您可以把您刚才说过的话，对巴里契尼先生说一遍，那么你们两家的纠纷到此就全部结束啦。"

对此，高龙芭激烈加以反对，她厉声嚷道："奥索·德拉·雷比亚今生今世决不踏进巴里契尼家的大门。"

"小姐似乎是这里的当家之主嘛。"省长语带讥讽地说。

"先生，"高龙芭以斩钉截铁的口气对省长说，"您受骗上当了，您不了解律师，他是世界上最狡猾、最刁钻的人。我求求您，别要奥索去做一件大丢脸面的事。"

"高龙芭，"奥索大声喝道，"你情绪冲动，丧失了理智。"

"奥索呀，奥索！看我交给您的那个盒子的分上，我求求您，听我一句劝，您与巴里契尼父子之间有杀父之仇，您不能到他们家去！"

"妹妹！"

"不，哥哥，您决不能去！您要去我就离开这个家，您再也休想见到我……奥索，可怜可怜我吧！"说着，她朝奥索跪了下来。

"看见德拉·雷比亚小姐如此不通情达理，我深感难过，"省长说，"我相信您一定能够开导她，"他把门打开一半，停下来，似乎在等奥索跟他走。

"现在我不能离开她，"奥索说，"等明天再说，如果……"

"明天一清早，我就要动身。"省长说。

"哥哥，请您至少等到明天早上，"高龙芭双手合十作诉求状，大声说道，"让我再去好好看看父亲的文件……我这个要求您总不能拒绝吧。"

"好吧，你今晚就去看吧，可是看过后，至少不要再用你那种莫名其妙的仇恨折磨我……非常抱歉，省长先生……我自己也感到不好意思……还是等明天再说为好。"

"一夜静思，定出好主意，"省长边往外走边说，"但愿到了明天，您的犹疑不决尽都烟消云散。"

高龙芭马上高喊："萨瓦莉亚，快掌灯送客，省长先生会把一封信给你带回来给我哥哥。"

她又低声给萨瓦莉亚叮嘱了几句，只让这个女仆一人听到。

"高龙芭，"省长走后奥索说，"你使我很难受，这么说来，你永远拒不承认明摆着的事实了？"

"您给我的期限是明天，"她回答说，"我的时间很有限，但我仍然抱有希望。"

说完，她拿了一大串钥匙，跑进楼上一个房间。但听见她急急忙忙打开一个个抽屉，在一张书桌中寻找，这张桌子本是德拉·雷比亚上校生前存放重要文件的。

第十四章

萨瓦莉亚随省长去后，迟迟未归，奥索正等得极不耐烦之时，她终于回来了，带来了一封信，后面跟着戚丽娜。小姑娘仍在用手揉着眼睛，因为她刚入睡就被唤醒前来当差。

"孩子，"奥索问道，"这么晚了，你来干什么？"

"小姐有要我来。"戚丽娜回答说。

"见鬼，她找孩子来干什么。"奥索心想。但他急于拆阅莉狄娅小姐的信，在他阅信的时候，戚丽娜便上楼去找他妹妹去了。

莉狄娅小姐在信中写到：

先生，家父略有不适，且素疏懒于书信，故我不得不受命代笔。正如先生所知，盖因他当日未与您我同往观赏风景，而去海边涉水，湿了足受了寒，在您这个迷人的小岛上，仅此即足以使人生病发烧矣！书写至此，不难想见君不悦之色，但愿打趣之言莫引君以匕首相对。仍且说家父的发烧，我确曾为此而惊慌恐惧，所幸省长为人亲善热诚，特意找来一位尽心尽力的好大夫，不出两日，即妙手回春，药到病除。恶疾至今并未复犯，家父不禁又猎瘾大发，我决不能容其任性而为。君已返山间古堡祖屋，不知有何感受？故居北边之塔楼是否仍在？期间是否常有精灵亡魂出入？有劳阁下作答，实因家父仍念念不忘阁下曾保证在您家乡可猎取到麋鹿、野猪、羚羊……（这些奇特走兽之名称是否书写有误？）故准备从巴斯蒂亚坐船到您府上叨扰数日。但愿您所言又旧又破的德拉·雷比亚古堡不至于在我们一行人头上坍塌而下。至于省长先生，他的确甚是和蔼可亲，与他交谈，不愁缺少话题，by the bye^①，小女子已经使得他晕头转向矣，对此，我颇感沾沾自喜——与他也谈及了阁下。巴斯蒂亚司法界人士已向他提供一份真正罪魁祸首之口供，此人乃一正在监狱中服刑的坏蛋，此供词足以消除阁下心存的最后疑团。过去，您对宿敌之仇恨心理常使我深感不安，而今，此种心理当可烟消云散矣。您想象不到，我对此是感到多么欣喜。您那天上路时，手执长枪，目光阴沉，与那位美丽挽歌女妹妹结伴而行，我觉得完全是一副科西嘉派头……甚至比科西嘉人更科西嘉。够了，此信写得太长矣，因为小女子闲来无事，百无聊赖。真可惜，省长先生也要离开了。等我们过两天上路来您的山居时，我将先来信通知，亦将冒昧致信高龙芭小姐，劳驾她为我做一张"十分出色"^②的奶酪饼。现先请代我向她多多致意。她的那把匕首，我正派了大用场，用它来裁开我所带来的一本小说。但此利刃自命不凡，不甘大材小用，不满之下，竟将我的小说裁得支离破碎。该说再见了，先生，家父向您致以最亲切的问候^③。望阁下听从省长先生的劝导，他是一个能出好主意的人，他特地绕道而来贵乡，我想大概全是为了您的缘故；他还要去科尔特主持一个奠基典礼，这想必是个非常隆重的仪式，我不能随同参加，实为憾事。请想想，一位先生身着绣花大礼服、长筒丝袜、白色绶带，手执瓦刀！……还要当众发表演说；仪式结束时，人群则不断高呼：国

---

① 英文，意为"顺便说一句"。
② 原文乃科西嘉语。
③ 此语原文乃英文。

王万岁！——写到这里，此信已长达四页，君得此优待，定自鸣得意、沾沾自喜矣！但先生，我再重复一遍，实因我闲极无聊，方写出如此长的书信也。如果君亦闲极无聊，也欢迎您写封冗长的信给我。哦，对了，您安抵彼埃特拉纳拉古堡之后，尚未致信于我，对此，我颇感纳闷。

莉狄娅

奥索一口气把来信读了三遍，每读一遍心里都感受良多，心绪萌动，之后，他立即命笔复信，尽情倾诉，词情并茂，篇幅长长，写好后即命萨瓦莉亚速交当晚即将动身去阿雅克修的一个村民。现在，他已经毫无兴味去和自己妹妹讨论对巴里契尼家的仇怨是否确有根据，莉狄娅小姐的来信使得他心境豁然开朗，疑云尽散，仇怨消解。稍等了片刻，见妹妹没有下楼，他便自个睡觉去了，深感心情从未像现在这样轻松自在。至于高龙芭，她把戚丽娜打发去执行秘密任务之后，整个大半夜都在查阅过去的那些旧文件。天快亮时，有人往她窗户上扔了几粒小石头。她一听到这个信号，便下楼走进花园，打开一道偏门，迎进来两个面色难看的男子。她立即把他们带进厨房，弄些东西给他们吃。此二位来者乃何许人也，且看下文分晓。

第十五章

一清早，将近六点钟，省长的一个仆人来敲奥索家的大门。高龙芭出来接待，仆人对她说，省长立刻就要动身出发了，正等着她哥哥去。高龙芭毫不迟疑地回答说，她哥哥刚在楼梯上摔下来，扭伤了脚，寸步难行，请省长多多谅解，如果省长肯屈尊劳驾来寒舍一趟，他将不胜感激之至。这口信捎过去后不一会儿，奥索下楼来了，他问妹妹省长是否派了人来请他。

"他要您在家等他。"高龙芭若无其事，神情镇定地说。

半个小时过去了，巴里契尼家那边毫无动静，这时，奥索来问高龙芭查阅文件是否有何发现，高龙芭回答说，她自会向省长面陈。她这时故作镇静，但她的脸色与双眼却都泄露出内心里非常激动。

巴里契尼家的大门终于打开了，省长身穿旅行服，第一个走了出来，后面跟随着村长和他的两个儿子。彼埃特拉纳拉的村民从太阳初升之时起，就一直在等待着给省里的第一高官送行，现在见他在巴里契尼父子佀陪同下，径直穿过广场，走进了德拉·雷比亚家的大门，都目瞪口呆，不胜惊讶。"他们两家讲和了！"村里那些有政治头脑的人不禁叫嚷起来。

"我早就跟你们说过，"一个老头子紧接着说，"奥索·安东尼奥在大陆生活得太久了，干起事来没有血性，没有魄力。"

"可是，"一个拥护雷比亚家族的人反驳道，"您得注意，是巴里契尼父子先去找奥索的，他们是服输讨饶了。"

"是省长把他们两家促和的，"那老头表示异议说，"现在的人都没有血性勇气。年轻人从不把父亲的血仇放在心上，似乎他们都是一群私生子。"

省长进了奥索家的大门，见他好端端地站着，走路也没有任何困难，不免好生惊异，高龙芭赶紧解释了两句，承认自己撒了谎，请省长原谅。她说："省长先生，如果您是住在别处，而不是巴里契尼家，我哥哥昨天早就登门请安了。"

奥索则连声道歉，声明妹妹这种耍滑头的小伎俩与他毫不相干，而且他对此也深为反感。省长与巴里契尼老头见奥索的羞愧之态与对其妹的连声责备，似乎都相信了他道歉的诚意，但村长的两个儿子却不依不饶，大有不肯善罢甘休之势，奥兰杜契奥高声说道："这简直就是故意要弄我们。"声音之大，唯恐有人没有听见。

"如果我的妹子给我搞这种恶作剧，"另一个儿子文桑德罗说，"我要立即给她颜色，叫她永远再也不敢。"

这两个人的这些话以及说话的语气，都使奥索甚为反感，他原有的善意也因此而有所锐减，不由得与这两人互相恶狠狠地盯了几眼。

大家均已落座，只有高龙芭一人站在厨房门口附近。省长开始讲话，他先泛泛谈了谈本地的陋习偏见，指出大部分由来已久、根深蒂固的深仇宿怨，皆由误解所酿成。接着他转向村长对他说，德拉·雷比亚先生从未认为巴里契尼家族直接或间接地参与了导致其父死亡的那个可悲事件，事实上他只对两家之间诉讼案中某个情况的确有过怀疑，由于他久客他乡，得到的消息不甚可靠，这点怀疑也是情有可原的；最近新发现的情况已经使他把真相搞清楚了，他已冰释前嫌，愿意与巴里契尼先生及他两位公子建立友好睦邻的关系。

听到这里，奥索带着勉强的神情欠了欠身，巴里契尼含含糊糊说了几句，但谁也没有听清楚他说了什么，他的两个儿子则仰望屋顶上的梁木。省长继续夸夸其谈，正准备转向奥索，讲一番为巴里契尼先生圆场的偏袒话，这时，高龙芭突然从她头巾下抽出几张文件，庄重严肃走到正在议和的双方之间。

"如果能看到我们两家消除敌对状态，我当然会非常高兴，但是，要使和解完全出于诚心诚意，就必须把事实彻底说清楚，不要遗留任何疑点。省长先生，托马索·比安契此人声名狼藉，对他的供词，我有理由表示怀疑……我曾经指出，村长的两位公子很可能在巴斯蒂亚监狱会见过此人。"

"这是胡说，"奥兰杜契奥打断高龙芭的话说，"我从没有见过此人。"

高龙芭轻蔑地瞧了他一眼，仍然镇定自若地继续往下说：

"您曾经解释说，托马索之所以冒用一个恶名昭著的大盗之名，写恐吓信给巴里契尼先生，不过是想使他兄弟泰奥多尔能保留住家父廉价租给他的磨坊,是吗?"

"这是显而易见的。"省长说。

"像比安契这么一个无赖,有他掺和,什么事都可能发生。"奥索以为高龙芭缓和了自己的态度在陈述事实,也附和着说。

这时,高龙芭却两眼开始射出锐利的光芒,继续这样说下去:"冒名信写于七月十一日,这个时候,托马索正是在他兄弟那里,也就是在磨坊里。"

"不错。"村长有点不安地表示。

"那么,比安契写这封信有什么好处呢?"高龙芭得意扬扬地说,"他兄弟的租约早已期满,家父早在七月一日就已经请他走人。这是家父的登记册和通知他不再续约的原稿以及阿雅克修一位商人向我们推荐另一个新租户的信件。"

说着,她把手里的文件交给了省长。

高龙芭这一番揭示语惊四座,众人无不愕然。巴里契尼的脸色陡然变成苍白。奥索皱着眉头,走过去想看看省长正在逐字逐句细读的那几份文件。

"简直是在捉弄咱们,"奥兰杜契奥气冲冲地站了起来,大声嚷道,"父亲,走吧,咱们压根就不该来!"

巴里契尼很快就恢复了镇静,他要求仔细看看那几份文件。省长一声不吭把文件交给他。他将绿色遮光眼镜往脑门上一推,若无其事地把文件浏览了一遍,高龙芭双眼盯着他,神情活像一只雌老虎盯着一头斑鹿走近其幼虎成堆的洞穴。

巴里契尼将眼镜放下来,把文件交还给省长,说道:"也许,托马索知道已故上校心肠好……他以为……他肯定会以为……上校先生会撤销打发他哥哥走人的决定……事实上,他哥哥后来仍然一直在使用那个磨坊,因此……"

"把他留在磨坊的就是我,"高龙芭以一种不屑的口气反驳说,

"我父亲已经死去，以我的地位来说，我必须安置好我家所雇用的那些人。"

"不论怎样，"省长说，"这个托马索已经承认了那封信就是他写的，这一点再清楚不过。"

"我倒觉得，再清楚不过的是，"奥索打断他的话说，"在整个事件里，的确隐藏着一些很卑鄙的勾当。"

"我还要对这几位先生的说法提供一点反证，"高龙芭便把厨房门打开，立即走进来的，竟是布兰多拉契奥、神父和那条名叫布鲁斯科的狗，两个强盗都没有带武器，至少表面上没有带。但两人腰间却系有子弹带，只是没有佩备那随身不离的手枪。他们走进大厅时，都很有礼貌地脱下了自己的帽子。

可想而知，他们的出现立即引起了强烈的反应。村长险些仰天摔倒在地，他两个儿子见状忙上前保护，同时伸手往衣袋里摸匕首。省长迅速走向门口，而奥索则一把抓住布兰多拉契奥的衣领，怒喝一声：

"混蛋，你来这里干什么？"

"这是圈套。"村长边喊边去开门，但萨瓦莉亚已经把门从外面反扣上了。后来才知道，她是按强盗的吩咐这么干的。

"诸位乡邻，"布兰多拉契奥开始说，"不必害怕，我的皮肤虽黑，但我为人并不黑。我们哥俩前来，绝没有半点恶意。省长先生，在下向您致敬。我的中尉，请您把手松开点，您快把我掐死了。我们哥俩是以证人的身份来这里的。喂，神父，你说说吧，你不是口若悬河，滔滔不绝吗？"

"省长先生，"神学学士开讲了，"您不认识我，我的名字叫吉奥根托·加斯特里科尼，人们通常称我为神父……噢，您记起来了！其实，今天的这位小姐，我从来都不认识她，她派人找我，要求我提供一些关于一个名叫托马索·比安契的人的情况，三个星期以前，我曾经在巴斯蒂亚监狱和这个人关在一起。下面就是我要告诉你们的情况……"

"不必了，"省长不让他讲下去，"像你这样的人讲的话我一句也不想听……德拉·雷比亚先生，我愿意相信您没有参与眼前的这场可耻的阴谋，但是，您究竟是不是这里的一家之主？请您叫人把门打开。令妹如此串联强盗，将来应该做出交代。"

"省长先生，"高龙芭大声说道，"请您听听这人要说的话吧。您来这里是为了主持公道，您的职责就是要发现事情的真相。吉奥根托·加斯特里科尼，你说吧！"

"别听他说！"巴里契尼三父子齐声喊道。

"大家一起哇啦哇啦说，谁的话也听不清楚，这不是个办法，"那位强盗微笑着说，"要说那时在监狱里呀，我与现在谈的那位托马索仅仅是同监根本算不上朋友，倒是奥兰杜契奥先生经常去探望他……"

"胡说！"巴里契尼兄弟齐声大喊道。

"两个否定加在一起就等于一个肯定，"加斯特里科尼冷冷地从旁加以点评说，"托马索有钱，吃喝都是挑最好的，我这个人也爱美食，这是我的小毛病，所以尽管我讨厌与这家伙来往，但也多次吃过他的请。为了做点回报，我建议他与我一道越狱……有个小姑娘……我曾经对她有恩……她给我提供了越狱的办法，在这里，我不想连累她以及任何其他人……但托马索拒绝了我的建议，他对我说，他的事他自有办法解决，巴里契尼律师已经替他疏通了所有的法官，他一定可以清清白白无罪获得释放，而且还可以得到一大笔钱。至于我，我还是认为自谋解脱、海阔天空为妙。我的话完了[①]。"

"这人说的全是谎话，"奥兰杜契奥态度武断地说，"如果我们

---

① 强盗的这句话原文为拉丁文。

是在旷野里，各人都带着枪，他就绝不敢这么胡说八道。"

"你又大错特错了！"布兰多拉契奥大喝一声，"你别跟神父闹翻了，我警告你，奥兰杜契奥。"

"德拉·雷比亚先生，您到底让不让我出去？"省长不耐烦地直跺脚。

"萨瓦莉亚！萨瓦莉亚，"奥索大声喊道，"真见鬼，赶快开门！"

"请稍等，"布兰多拉契奥说，"我们得先走，得让我们走我们的。省长先生，咱们在朋友家碰面，按老习惯，分道扬镳时，应该有半个小时不动武。"

省长轻蔑地瞄了他一眼。

"恕不奉陪啦，"布兰多拉契奥道了一声，又把手臂伸直，把他那条狗招过来，对它说，"布鲁斯科，给省长先生跳一个。"

那狗应声就跳了一下，两个强盗极其迅速地到厨房取回了他们的枪，就从花园逃之夭夭。然后，是一声呼哨，客厅的大门像中了魔术似的应声而开了。

"巴里契尼先生，"奥索满腔怒火指责说，"我认为您就是伪造信件的人，我今天就要向皇家检察官上诉，控告您伪造文书，控告您买通比安契，说不定还有更可怕的罪名要控告您。"

"我嘛，德拉·雷比亚先生，"村长针锋相对道："我要告您设置圈套，勾结盗匪。从现在起，省长先生即将把您交给警察看管。"

"省长自行定夺，自有安排，"省长语气严正地说，"他要保证彼埃特拉纳拉的正常秩序不被扰乱，他要使正义得到伸张，先生们，这话就是我的公告。"

村长与文桑德罗已经走出大厅，奥兰杜契奥跟着他们，倒着一步一步退出去，奥索压低声音对他说：

"您父亲是个老朽，我一巴掌就能把他打趴在地。我要对付的是你们两兄弟。"

奥兰杜契奥被刺激得发狂，他一言不发，拔出匕首，像疯子一样扑向奥索，但还没有来得及出手，就被高龙芭飞速一把抓住他的胳膊使劲一扭，而奥索则及时一拳正打在他脸上，打得他往后跟跄了好几步，最后，猛撞在门框上，匕首也脱手而出。但文桑德罗已经拔出了匕首，返回大厅。高龙芭极其迅速地抓过来一支长枪，让对方明白双方力量悬殊，自个不是对手。省长见状，便赶快上前把对立的双方隔开。

"奥斯·安东，好小子，后会有期！"奥兰杜契奥大声叫道，随手猛地把大门砰的一声带上，又从外面加扣，好让自己从容撤退。

奥索与省长各待在大厅的一端，好一会儿两人都一言不发。高龙芭则倚着那支刚才决定胜负的长枪，脸上洋溢着骄纵之色，轮流打量着这两个人。

"什么鬼地方！什么鬼地方！"最后，省长大声这么说着焦躁地站了起来，"德拉·雷比亚先生，您今天犯了一个错误，我希望您做出庄严承诺，保证不再使用任何暴力，好好地等法律来处理这个该死的案件。"

"是的，省长先生，我出手打了那个混蛋是我的不对，但毕竟已经打了，如果他因此要求和我决斗，我可不能拒绝。"

"不，不会的，他并不想和您决斗！……可是，如果他暗杀您……那可是您咎由自取的。"

"我们会提防着的。"高龙芭说。

"我倒觉得奥兰杜契奥是个骁勇的小子，我估计他将来会有出息，省长先生。他拔匕首的动作很快，不过，如果我处于他的地位，我也会这样做，幸亏舍妹不是弱不禁风的娇小姐，她的腕力着实不错。"

"你们不许决斗！"省长大声说道，"我禁止你们这样做！"

"先生，请允许我告诉您，在名誉问题上，我只听从我良心的吩咐。"

"我告诉您,不能决斗!"

"您可以拘捕我,先生……也就是说,如果我愿意束手就擒的话。不过,即使如此,您也只能把事情往后推迟一点罢了,因为此事已经是势在必行,不可避免。省长先生,您是一个重荣誉感的人,您也知道,这种事情是没有其他办法可以解决的。"

"如果您派人拘捕我哥哥,"高龙芭补充说,"村里半数人都站到他一边,那时肯定会有一场热闹的枪战。"

"先生,我有言在先,"奥索说,"而且决非虚张声势,如果巴里契尼村长滥用权力,叫人来逮捕我,我是要抵抗的。"

"从今天起,"省长宣布道,"巴里契尼先生暂时停职……我希望他好自为之……先生,我很关心您,我对您的要求很简单,就是安安静静待在家里,一直等到我从科尔特回来。我只离开此地三天,将和皇家检察官一道回来,到那时,我们就可以把这桩不幸的案子彻底了结,您能答应我,从现在起到那时为止,不采取任何加剧你们双方对立的行动,行吗?"

"先生,我不能答应,如果不出我之所料,奥兰杜契奥会来找我决斗的。"

"怎么!德拉·雷比亚先生,您是一个法国军人,您怎么会愿意去跟一个您认为犯了伪造文书罪的人进行决斗?"

"因为我打了他,先生。"

"可是,如果您打了一个苦役犯,他来跟您理论是非,那您也去和他决斗吗?得啦,奥索先生!好吧,我再让一步,只要求您不要主动去找奥兰杜契奥……如果是他主动来约您决斗的,那我批准您去。"

"我决不怀疑,他一定会来约我决斗。但我向您保证,我决不会再去打他耳光挑动他来决斗。"

"什么鬼地方！"省长一边嘴里不断嘟囔，一边大步踱来踱去，"我什么时候才能回法国去啊。"

"省长先生，"高龙芭用她最温柔的声音说，"时候不早了，您能否赏光在寒舍吃一顿饭？"

省长不禁笑了起来。"我在这里已经停留得太久了，这似乎显得有点偏心。我还要去参加该死的奠基典礼。该走了，德拉·雷比亚小姐。您今天的所作所为，可给您以后埋下了好多祸根。"

"省长先生，您至少该还舍妹一个公道，相信她原来的怀疑是很有根据的。"

"再见吧，先生，"省长对奥索摆摆手说，"我提前告诉你，我即将下令警察队长监视你们的一切行动。"

省长走后，高龙芭说："奥索，此地不是大陆，奥兰杜契奥对您所说的决斗一无所知，况且，他这么一个混蛋，也不配像正人君子一样死于决斗。"

"高龙芭，我的好妹妹，你真是女中豪杰，真感谢你使得我免挨奥兰杜契奥那混蛋一刀，把你的小手伸过来，让我亲一下。不过，你得让我自行其是，一切都由我自己来处理，有些事情你是不懂的。快给我开饭，等省长一动身走人，你就赶快把小姑娘戚丽娜叫来，她办事挺能干利落，我要打发她送一封信。"

在高龙芭忙于张罗开饭的时候，奥索上楼到自己的房间里，写了这样一张便条：

　　　　您一定急于与我相见论个是非，我亦复如此。明日早晨六时，我们可在阿瓜维瓦山峡谷相见。我擅长于用手枪，故不建议采用此种武器。听说您善于用长枪，我们就各带一支双筒长枪吧。我要带本村一个人来做我方的证人。如果令兄要陪同您前来，那就另带一位证人并事先通知我，仅仅在此种情况下，我才带两位证人前来。

奥索·安东尼奥·德拉·雷比亚

再说省长，他出了奥索的家，先在副村长家里待了一个小时，然后又到巴里契尼家停留几分钟，就动身到科尔特去了，随行只带了一名警察。一刻钟后，戚丽娜带来上述那封信，把它直接交给了奥兰杜契奥本人。

奥索迟迟未收到回信，直到晚上才收到巴里契尼先生签署的信件，他向奥索宣称，他已经把写给他儿子的恐吓信呈交给皇家检察官。在信的末尾，他还补充说："本人问心无愧，静候法院对您的诽谤罪做出判决。"

这时，高龙芭召集了五六个牧人前来保护德拉·雷比亚家的塔楼。不顾奥索如何反对，大家在面临广场的窗户上都开凿了箭眼，整个下午，还有村里各种各样的人都前来自愿帮忙。那位神学士绿林大盗还写来一封信，以他本人与布兰多拉契奥的名义保证，如果村长招来警察助纣为虐，他们绝不会袖手旁观。信末还有一段附言说："我冒昧问一句，省长先生对我那位同伙把那只狗布鲁斯科训练得那样好做何感想？除了戚丽娜，我就没有见过有比它更驯服听话、更聪明伶俐的学生了。"

第十六章

第二天，双方平静对峙，彼此都采取守势。奥索足不出户，巴里契尼家的大门也整日紧闭。在广场上与村子周围，但见有留守本地的五个警察不断巡逻，协助他们的还有一名乡警，他算是唯一的民兵代表。村长助理则始终佩戴着执法的肩带，除了对立两家门窗上的箭眼以外，丝毫看不出战争一触即发的迹象。只有科西嘉本地人才会注意到，在广场上那棵浓荫蔽地的大橡树周围人迹罕见，偶尔只有几个妇女来往。

晚饭时，高龙芭兴高采烈地把刚收到的一封内维尔小姐的信给哥哥看，信上这样写到：

> 亲爱的高龙芭小姐，我很高兴从令兄来信中得知，你们两家的敌对状态已经结束。请接受我对此的祝贺。自从令兄走后，家父因无人跟他谈论战争，也无人陪他打猎，在阿雅克修住着实在感到百般无聊。故我们今天就要离开这里动身到府上来，第一站将在令亲戚家歇脚过夜，为此，我们已准备好了一封介绍信。大约后天上午十点钟，我就能见到您当面要求品尝你们山区的烤奶酪，听您说过，那比城里的要好吃得多。

您的朋友

莉狄娅·内维尔

"难道她没有收到我的第二封信？"奥索大声喊道。

"您瞧，从她写信的日期来看，您的信到阿雅克修的时候，莉狄娅小姐已经动身上路了。您的信是叫她不要来吗？"

"我在信里告诉她，我们这里正在戒严，我觉得在这种形势下，实在不便于接待客人"。

"得了吧，这些英国人都有些古怪。上次我住在她房间里的那一夜，她就亲口对我说，如果这次来科西嘉看不到一场轰轰烈烈的家族复仇，她会感到极其遗憾的。奥索，只要您愿意，咱们可以让她看一次咱们进攻仇家宅院的场面好吗？"

"高龙芭，"奥索回答说，"你知道吗？老天爷将你降生为女儿身，真是一个错误，你本来是可以成为一个出色的军人的。"

"也许是吧。不管怎么说，我得去制作烤奶酪了。"

"没有这个必要了。应该打发一个人去通知他们，趁他们还没有上路，要他们不要奔这里来。"

"是吗？现在这样的天气，您要派谁去送信，岂不是要让山洪将他连人带信一道冲走？暴风雨如此凶猛，我真可怜那些可怜的绿林好汉！幸亏他们都有厚厚实实的'皮洛尼'①……奥索，您知道该怎么办吗？待暴风雨停了，明天一大清早您就提前出发，在英国朋友尚未动身之前赶到咱们那个亲戚家。这么办对您来说很容易，因为莉狄娅小姐早上总是很晚才起床。那时您把这里发生的情况告诉她。如果他们还一定要来，那么我们也非常欢迎。"

奥索立即同意了这一安排。高龙芭稍沉默一会儿，又继续说下去：

"奥索，我刚才谈到进攻巴里契尼家的事，您可能以为我是在开玩笑吧？您知道吗，现在我们在实力上占优势，至少是二比一。自从省长把村长停职以后，本地人全都站到我们这一边。我们可以把巴里契尼家压得粉碎。要挑起事端，易如反掌。只要您同意，我就可能走到水泉边去，嘲笑他家的妇女，他们也许就会出来……我只是说'也许'，是因为他们胆小如鼠！也许他们还会从箭眼里向我开枪，但他们是打不中我的。这事就成了！先动手开枪的是他们。打将起来以后，战败的一方还要承当挑衅的罪名，因为在一场混战中，哪里去找打第一枪的挑衅者呢？奥索，相信您妹妹的话吧，那些穿黑袍的法官如果来查案，只会舞文弄墨，糟蹋纸张，说一大堆废话，结果不了了之。巴里契尼那只老狐狸倒有办法颠倒黑白，无中生有！唉，要是上次省长不上来排解，挡在文桑德罗前

---

① "皮洛尼"，意为带风帽的厚呢子大衣。——作者原注。

面，我们就除掉一个敌手了。"

高龙芭说这一番话时，语气平和冷静，就像刚才她讲如何准备做烤奶酪那样。

奥索听了不胜惊愕，他直瞪着自己的妹妹，既害怕又折服。

"亲爱的高龙芭，"他边说边从桌边站起来，"我真怕你简直就是魔鬼化身，不过请你少安毋躁，即便我不能使巴里契尼父子被判绞刑，我也一定能找到别的办法置他们于死地，不是用滚烫的子弹，便是用冰冷的剑锋！你瞧，我并没有忘记科西嘉的说法吧。"

"那就越早完成越好。"高龙芭说此话时叹了口气。

"奥斯·安东，您明早骑哪匹马动身？"

"那匹黑马。你为什么问这个？"

"为了叫人给它喂上大麦。"

奥索回自己房间后，高龙芭便要萨瓦莉亚与牧人们都去安歇，自己来到厨房动手制作烤奶酪，不时侧耳细听，似乎在焦急地等她哥哥就寝。当她有把握哥哥已经入睡之后，便拿起一把刀来，先试试它是否锋利，然后往自己纤纤玉足上套上一双大鞋，悄无声息地走进花园。

园子周围有墙，与一大片围着篱笆的空地相遇，那是放置马匹的地方，因为在科西嘉根本就没有什么马厩，马匹一般都放在空地里，任其自由觅食，任其自行设法躲风雨、避寒冷。

高龙芭小心翼翼地打开园子的门，走进那片空地，轻轻吹了一声口哨，把马匹召拢过来，她常用这种方式给马匹喂面包和盐。待那匹黑马来到她伸手可及的地方，她便紧紧一把抓住它的鬃毛，快速用刀割破了它的一只耳朵。那马猛然一跳，发出一声凄厉的叫声，拼命就逃，也像同类的牲口受到剧烈的伤痛时的那样。高龙芭对此效果甚是满意，便回到园子里，这时听见奥索打开窗户大声喝问："谁在那儿？"同时，还听见他把子弹上膛的声音，幸好，花园的门完全笼罩在黑影之中，还有一株高大的无花果树将其遮掩了一部分。不一会儿，她看见哥哥的房里有亮光明明灭灭，可想而知他是在设法点灯。她赶紧关上园门，沿着墙根往回溜，凭借一身黑衣与沿墙而植的果树深色的叶丛打成一片，她得以在奥索尚未下来之前，就顺利地溜进了厨房。

"发生了什么事？"反倒是她问奥索。

"我觉得好像有人开了花园的门。"奥索说。

"不可能，那样的话狗就会叫的。我们不妨去看看吧。"

奥索在花园里巡视了一大圈，见外边那道门关得好好的，不禁对自己大惊小怪、虚惊一场颇有点惭愧，他正准备回房休息，高龙芭对他说：

"哥哥，看见您变得谨慎了，我感到很高兴。按您的境况来说，就应该如此。"

"是你把我培养出来的，晚安。"奥索说。

第二天破晓时分，奥索早早便起了床，准备动身。他的装束既显示出一个男人对优雅风度的追求，表明他是要去见自己所心仪爱慕的女子，又显示出一个有家仇要报的科西嘉人的谨慎。他穿着一件紧俏的蓝外衣，用绿色绸带系着斜挎在身上一个白色小铁盒，盒内装有子弹。腰边的衣袋里放着一把匕首，手上提着一支上了膛的曼顿长枪。高龙芭给他倒了一杯咖啡，他匆匆喝了几口，一个牧人跑出去为他备马。奥索与高龙芭紧跟着也走进马场。牧人一把抓住那匹黑马，但鞍却随手跌落在地，他颇有大惊失色之态。那匹黑马对昨夜受伤记忆犹新，怕另一只耳朵也被割破，便猛然直立，大声嘶鸣，后腿不断狂踢，闹腾得不可开交。

"喂，快点！"奥索对牧人喊道。

"啊呀，奥斯·安东！啊呀，奥斯·安东！圣母玛丽亚！"牧人连声惊喊，接着是不断的诅咒声，但都是些土话，多半皆无法翻译。

"出了什么事？"高龙芭问。

众人都跑了过来，看见马在流血，耳朵被割破了，不禁发出惊诧而愤怒的叫喊。须知，在科西嘉，伤害对方的坐骑，就意味着要报仇、要挑战、要置对方于死地。"只有用子弹来才能惩罚这种卑劣的罪行。"奥索这样说。虽然他久居大陆，对这种侮辱挑战感受得不如科西嘉本地人那么强烈，但如果此时有一个巴里契尼派的人出现在他面前，他也准会立即拿他来替罪，因为他认定此次对他进行羞辱的勾当就是仇家所为，他大声喊道："一群胆小鬼无赖，不敢正面来跟我较量，却拿一头可怜牲口撒气！"

"我们还等什么？"高龙芭激昂慷慨地大喊，"他们向我们挑衅，残害我们的马匹，我们还不反击！你们还是男子汉吗？"

"报仇去！"牧人们齐声回答，"把受伤的马拉到村里走一圈，然后就向他们的房子进攻。"

"紧靠着他们的塔楼，有一个茅草屋顶的谷仓，"波洛·格里福老头出主意说，"我只要一招手，就能把它点燃。"另一个牧人提议去把教堂钟楼的梯子搬来充当攀登进攻的工具。还有第三个则建议用那根放在广场上准备用来建房的大梁木，去撞开巴里契尼家的大门。在众人一片怒吼声中，可听见高龙芭仍在为身边的人加油打气说，在发起进攻之前，她要请每个人喝一大杯茴香酒。

但是，她对那匹黑马所采取的残忍手段，在奥索身上却并没有引起她预期的效果，这对她也许是个不幸，也许幸亏如此。奥索毫不怀疑，这种野蛮伤害的勾当确系仇家所为。尤其可能出自奥兰杜契奥之手，但他并不认为这个遭受过他挑衅、挨过他打的年轻人，只会以割马耳朵的方式来泄恨报复。相反，这种卑鄙可笑的报复行径，更增加了他对敌人的鄙视。现在，他和省长有同样的想法了，那就是这样的卑劣之徒根本就不配和他来决斗。故此，待众人的嘈杂声稍为平息、别人能听清他讲话的时候，他便向乱哄哄一团的弟兄们宣告说，他们必须放弃厮杀的念头，并且声言，法官即将来到，一定会为马耳朵事件伸张正义。他还以严厉的语气强调指出：

"我是这里的主人，大家必须服从我的命令，谁是再敢说杀人放火之类的话，我就先来杀谁，快，快为我给那匹灰马备鞍。"

"怎么啦，奥索，"高龙芭把哥哥拉到一旁说，"仇家侮辱我们，您就忍气吞声？我们老父亲在世的时候，巴里契尼家的人从来不敢伤我们家任何一头牲口。"

"我向你保证，他们会为这件事而后悔莫及的，这种只敢向牲口下手的无赖，应该由警察与狱卒去惩罚。我对你说过，法律会替我们报仇泄愤的……否则，也用不着你再来提醒我是谁的儿子……"

"多难得的耐心呀！"高龙芭叹了口气说。

"妹妹，你要好好记着，"奥索接着自己以上的话继续说："我回来的时候，如果我发现有人对巴里契尼父子采取了敌对行动，我可绝不饶你，"然后又用比较温和的语气说，"我很可能会同上校与他女儿一道回来，可能性甚至是十之八九。得把给他们住的房间整理得好些，把午餐准备得丰盛些，不要让我们的客人有半点不舒服。高龙芭有勇气是好事，可是对一个女人来说，还得要善于料理家务。好啦，抱抱哥哥，要听哥哥的话，喏，灰马已经套好了。"

"奥索，"高龙芭说，"您不能单独一个人上路。"

"我不需要任何人随同护送，"奥索回答说，"我向你保证，我绝不会让人把耳朵割掉。"

"咳！现在是两家开战时期，我绝不能让您一个人动身。喂，波洛·格里福！吉恩·法朗塞！梅莫！你们拿起枪，护送我哥哥。"

双方经过了一番相当激烈的争论之后，奥索只好答应让人护送他动身。他从最机灵活跃的牧人中带走几个喊打喊杀、主张立即动武的好战分子，而后又对妹妹与留下来的那些牧人再三叮嘱了一番，便动身上路了，这次他没有径直从巴里契尼家门前经过，而是刻意绕道而行。

这一行人远离了彼埃特拉纳拉，匆匆往前赶路，经过一条流向沼泽地的小溪时，波洛·格里福老头看见有好几头猪安安逸逸躺在泥潭中，一边晒太阳，一边在水里享受清凉。他立即瞄准其中最肥的一只，一枪击中它的头部，当场将其打死。其他几只急忙爬起来，四处逃命，动作之敏捷快速，实令人惊奇。虽然还有另一个牧人也开枪射击，但它们都已平平安安躲进了一片树丛里。

"笨蛋！"奥索大喝一声，"你们把家猪当野猪了。"

"没有弄错，奥斯·安东，"波洛·格里福答道，"这群猪是律师家养的，他伤害我们的马，我们得教训教训他。"

"怎么啦，混蛋！"奥索勃然大怒，"敌人卑鄙无耻的勾当你们也要学？！你们滚吧，混蛋，我不需要你们。你们只配跟猪去斗气打架，我向上帝发誓，如果你们再敢跟着我，我就要打碎你们的脑袋。"

两个牧人吓得面面相觑，奥索把马一夹，飞驰而去。

"好呀！"老波洛·格里福说，"真是好心没好报！你去爱护人家吧，人家却偏偏这么对你，他的父亲，那位上校，就因为你有一次拿枪瞄准了律师而大发雷霆。那一次你没有开枪，可真是个大傻瓜，而上校的这个儿子，我为他效劳你是亲眼看见……他反倒说要打碎我的脑袋，就像击碎一个空酒杯那样。这就是他从法国大陆学来的，梅莫！"

"你说的不错，而且，如果有人知道这猪是你打死的，一定会要控告你，到时候，奥斯·安东是绝不会为你去向法官说情的，也不会替你花钱请律师。幸亏没人看见，而且，圣女内嘉也会救你的。"

两个牧人商量了一会儿，认为最稳妥的办法就是将猪扔进一个土坑里。一待拿定主意，他们便立即动手，当然，没有忘记每人先把这头猪作为德拉·雷比亚与巴里契尼两家仇恨的无辜牺牲品,从其身上割下几大块肉,拿回家去做烧烤吃。

第十七章

奥索摆脱了两名不守纪律的护卫以后,独自继续赶路,完全沉醉在即将见到内维尔小姐的愉悦中,并不担心路上会遇见敌人。他边走边想:"我很快就要跟混账的巴里契尼父子打官司了,到时候我必须到巴斯蒂亚去。为什么不陪同内维尔小姐一道去呢?为什么不和她一起从巴斯蒂亚再到奥雷萨温泉呢?"想到这里,忽然,儿时的记忆涌上脑海,使他清晰地想起了这个风景如画的胜地。他仿佛又回到了排列着一株株百年老栗树下的绿茵地上,绿油油的芳草之间点缀着朵朵蓝花,像一双双向他含情微笑的眼睛。莉狄娅小姐就坐在他身旁。她脱了帽子,一头金发比真丝更纤细更柔软,在透过树丛的阳光照射下,如像金子一样闪烁发亮。她那双清澈的蓝眼睛,在他看来比天空更蓝,她手托香腮,悠然神往在倾听奥索声音颤抖的绵绵情话。她身上穿的仍然是奥索上次在阿雅克修见她时的那件细料连衣裙。裙下若隐若现地微露出一双穿着黑色缎鞋的纤足。奥索心想,要是能吻一吻这双纤足,人生何其幸福。莉狄娅小姐一只手未戴手套,拿着一朵雏菊。奥索接过那朵雏菊,莉狄娅小姐的手便紧握着他的手。他吻了那朵雏菊,顺势就吻了莉狄娅小姐的手,被吻者并未生气……奥索只顾沉湎于甜美的想象中,完全没有注意到自己已经走偏了路线,而仍然任其坐骑奔驰直前。他在想象中第二次亲吻莉狄娅小姐洁白的玉手时,发现自己实际上是吻着了那匹马的脑袋,这时马突然停下了,原来是小姑娘戚丽娜挡住去路,抓住了他的马缰。

"奥斯·安东,您上哪儿去?"她问道,"您难道不知道,您的敌人就在这附近吗?"

"我的敌人，"奥索正畅想到甜蜜处而被打断，不禁恼怒起来，大喝一声，"在哪儿？"

"奥兰杜契奥就在附近，正等着您哩。回去吧，快回去吧。"

"哦，他在等我！你看见了他？"

"是的，奥斯·安东，他走过去的时候，我正躺在草丛里。他当时用望远镜朝四处看。"

"他朝哪个方向去了？"

"他朝那边去了，就是您要去的方向。"

"谢谢。"

"奥斯·安东，您等等我叔叔不好吗？他很快就到了，和他一道走，您就安全了。"

"戚丽娜，别担心，我不需要你叔叔。"

"只要您愿意，我可以在您前头开路。"

"谢谢你，不用啦。"

说着，他策马直前，迅速往小姑娘指出的方向奔去。

他闻讯敌情之后，最初的反应是怒火中烧，情绪激奋，他心想，他可以惩处一下巴里契尼家的懦夫了，这混蛋挨了一耳光，却以割马耳朵的卑劣方式进行报复。但在继续前行之际，他猛然想起了自己对省长的承诺，特别是担心会错过内维尔小姐的来访，于是，便改变了主意，几乎希望自己不要碰见奥兰杜契奥。但立刻他又想起了父仇，想起了马耳朵事件的羞辱以及巴里契尼父子的恐吓，不禁又重新燃起了怒火，催促自己去搜索敌人，向其挑战，迫使对方进行决斗。就这样，种种矛盾对立的意念在他心里反反复复，冲突折腾。他虽然仍在继续前行，但却小心翼翼，特别对灌木丛与篱笆注意观察，有时甚至停下了仔细聆听原野上常有的各种各样含糊不清的声响。离开小姑娘戚丽娜十分钟以后，大约是早上九点钟光景，他来到一座极其险峻的山岗前。可走的道路，其实只是一条隐约可见的小径，它穿过一个最近被火焚烧过的树林。地上满是白色的灰烬，到处散落着被烧黑的荆榛与大树，树上的枝叶已荡然无存，但树干仍然挺立。眼见树林被火烧劫后的景象，真有置身于北国寒冬肃杀境地之感。周围倒是郁郁葱葱，绿意盎然，两相对照，更显得火后光秃秃土地上一片荒凉。但奥索此时此刻所特别看重的却是：地面空旷，敌人不可能设有埋伏，他本来担心时时刻刻都有可能突然从树丛下伸出一支枪顶住自己的胸口，现在面临着一望无遗的地势空旷之境，真有如同在沙漠中看见了绿洲之感。过了这片被烧的丛林，是好几大块庄稼地，每块地都按本地的习惯，用半人高石块垒起的矮墙拢围着。小径便在这些石墙之间蜿蜒穿行，庄稼地上则杂乱地种着一些高大的栗子树，从远处看去，俨然是一大片茂盛的树林。

山坡很陡，奥索只得下马步行，他将缰绳摆在马脖子上，踩着灰烬沿坡往下快速滑行，刚到离路右方一道围墙不到二十五步远的地方，突然发现正前方有一个枪口对着他，然后围墙上露出一个人的脑袋，那枪口往下一低，他认出了是奥兰杜契奥正准备开火。他立即快速迎战，双方互相瞄准，彼此盯视了几秒钟，其紧张刺激、惊心动魄，只有最勇敢无畏的人在决战生死之际才能感受得到。

"卑鄙的胆小鬼！"奥索大骂了一声，骂声刚出口，奥兰杜契奥的长枪就火光一闪，几乎与此同时，从他左方的小径处也打过来一枪，那是他没有发现的一个敌人打的，此人躲在另一道围墙后向他瞄准。两枪都击中了他，奥兰杜契奥的一枪击中了他的左臂，因为他在迎战时，这条胳膊托枪在前，另一枪则击中了他胸部，穿透了衣服，幸亏正撞着他匕首的刀锋，子弹一偏，只擦伤了他表皮。奥索的左臂垂落下来，贴在自己的大腿一侧，他的枪口也就往下一沉。可是他立即又举枪瞄准，用右手向奥兰杜契奥开了一枪，敌人那露出围墙的半个脑袋应声就消失了。奥索又飞速朝向左边那个笼罩在烟雾中只隐约可见的敌人开了一枪，那人也立即消失。四声枪响，密集连串，频率之快，难以想象，即使是久经训练的战士也不可能打出如此成串的连响。奥索打完他的第二枪后，一切即归于沉寂。从他的枪口冒出来的硝烟，冉冉上升，围墙后则毫无动静。要不是他的左臂受伤感到疼痛，他还以为他刚才射杀的两个人是他幻觉中的白日见鬼。

奥索预料会有第二轮枪战，便往前挪了几步，隐蔽在林中一棵烧焦了的树后面。他凭借这一掩护，把枪夹在两膝之间，急忙又给它装上弹药。这时，他感到左臂疼痛难忍，仿佛承受着重压。他的两个对手怎么样了？他一无所知。如果他们逃跑了或者受了伤，他一定会听到某种声响，察觉出林木叶丛的某种动静。难道他们都已经死了？要不然就是正躲在石墙后面等机会再向他射击？他实在无法判断，与此同时，他愈来愈感到全身乏力，便靠右膝支撑在地，受伤的胳膊放在左膝上，把自己的长枪支在一个树干横生出来的枝丫上，右手则紧扣扳机，双眼盯着石墙后面，竖着耳朵，不放过任何一点细微的声响，就这样一动不动地埋伏了好几分钟，犹如苦熬了整整一个世纪。终于，从他后方很远的地方传来了一声叫喊。片刻后，一条狗像一支离弦的箭一样，从山上飞驶而来，直到他身边停下，向他摇着尾巴。原来是布鲁斯科，那两个绿林好汉的弟子与伙伴，它的出现显然预告着它的主人即将来到。奥索等待这位来救命的仁人君子可等得心急如焚。那只狗昂着头，转向最近的那道石墙，神色不安地闻个不停，突然，它低吼一声，跃过了石墙，几乎同时又跳回石墙的墙头，站在那里，目不转睛地瞧着奥索，目光中流露出一条狗所能表现出来那种强烈的惊愕之情，然后，它又夹着尾巴进了树林，一步一步斜着走，眼睛仍瞧着奥索，直到离开奥索相当一段距离之后，才撒腿如飞，奔上山坡，迎接一个人的来到，尽管山坡陡峻，那人却也飞奔而下。

"布兰多，快来救我！"奥索估计来人能听得到的时候大声喊道。

"奥斯·安东，您受了伤吗？"布兰多拉契奥跑得气喘吁吁地问道，"伤在哪里，身上还是手脚上？……"

"胳膊上。"

"我想我大概打中了他。"

布兰多拉契奥跟着他的狗走到最近一道围墙的那一边，弯下身去察看了一番，接着，便脱下帽子说：

"向奥兰杜契奥少爷致意。"然后转向奥索，一本正经地向他行了一礼，说，"这就是我所谓的各得其所。"

"他还活着吗？"奥索呼吸颇为困难地问道。

"噢，他倒是不想死，您一枪打进他的眼眶，他就愁也愁不过来了。圣母玛丽亚，那窟窿真大！天啊，真是好枪！口径够大的！整个脑袋都给您打碎了，我想告诉您，奥斯·安东，当我听见头两声枪响，噗！噗！我心想：糟糕，他们在暗算我的中尉。接着又听见嘣！嘣两声，我说，好啦，中尉的英国枪说话了。他还手了……喂，布鲁斯科，像有什么事要告诉我？"

那狗把他领进另一道围墙。

"好家伙，"布兰多拉契奥惊愕地叫了起来，"两枪连射，弹无虚发！真神啦！妈的，看来火药的价格一定很贵，您才用得这么节省。"

"你看见什么啦？看在上帝的分上快说吧！"

"得啦，我的中尉，别开玩笑啦，您把猎物撂倒在地，却要别人来替您收拾……今天，有一个人的饭后甜点实在太美了！他就是大律师巴里契尼！新鲜肉，你要吗？这儿多的是！现在还有哪个家伙来续他家的香火呢？"

"怎么？文桑德罗也死了？"

"千真万确死了。上帝保佑我们，您好就好在让他们死得很痛快，没有使他们受罪，来看看文桑德罗吧，他跪在地上，脑袋靠着石墙，样子像在睡大觉，真可说是沉得像铅一样的熟睡，可怜的家伙。"

奥索嫌恶地把头掉过去，说："你肯定他已经死了吗？"

"您简直就像那个永远一枪了事的萨姆彼埃罗·科尔索，您瞧，那儿……在左胸上，就像维契莱昂纳在滑铁卢中的那枪一样，我敢说离心脏很近。两枪两个！……唉，从今往后，我就无脸再提打枪一事了。连发连中，哥俩同时毙命……要是开第三枪，连那个老子也会一命呜呼……如果有下一轮枪战，一定更精彩……神枪手，奥斯·安东……像我这么一条好汉，从来也没有连发连中过！"

这位绿林好汉边说边仔细察看奥索胳膊上的枪伤，用匕首割开他的衣袖。

"不要紧，"他说，"不过，您这件外衣可得要高龙芭小姐费功夫啦……咦，这是什么？胸前怎么有个破洞？……没有什么东西打了进去吧？不会的，否则您不可能还这么有精神。来，把您的手指活动活动试试看……我咬您的小指时您有感觉吗？感觉不太明显？这也没事。让我替你把手绢与领带解下来……您瞧，您这件外套可真毁掉了……您为什么要穿得如此漂亮呢？去参加婚礼吗？……给，喝一口葡萄酒吧……您为什么不随身带酒葫芦？哪有科西嘉人出门不带酒葫芦的？"

过了一会儿，他在为奥索包扎的时候，情不自禁又停了下来大声赞叹："连发连中！两兄弟都死得挺干脆利落，神父知道了，一定会高兴得大笑……连发连中！喏，小丫头戚丽娜终于来了。"

奥索一声不吭，脸色苍白得像死人，全身直颤抖。

"戚丽娜，"布兰多拉契奥大声招呼道，"到石墙后面去看看吧，怎么样？"那小女孩立即手脚并用，爬上墙头，一看见奥兰杜契奥的尸体，便画了一个十字。

"是您干的吗？叔叔？"她怯生生地问。

"我！我不是已经成为一个老废物了吗？戚丽娜，那可是奥索先生的杰作，快向他祝贺吧！"

"小姐知道了一定非常高兴，"戚丽娜说，"不过她知道您受了伤，一定会很难过，奥斯·安东。"

"喂，奥斯·安东，"绿林好汉替奥索包扎好伤口之后说，"戚丽娜把您的马牵回来了。请上马吧，跟我到斯塔佐纳大森林去吧，在那儿，即便是最聪明的探子也不一定找得到您。我们会好好让你疗伤休养。待会儿走到圣克里斯蒂娜十字架那个地方时，您得下马步行，把马交给戚丽娜，她会回去通知小姐，现在，您可以把要办的事都托付给她。放心吧，对她可以充分信任，无话不谈，她即使粉身碎骨，也不会出卖朋友。"

接着，他用一种慈爱的语气对女孩说："走吧，小坏蛋，愿你被逐出教门，愿你被人诅咒，小淘气鬼。"

像许多绿林好汉一样，这位布兰多拉契奥也有些迷信，唯恐对孩子的祝福与称赞，反而会给她带来灾祸，因为他们认定，冥冥之中自有神灵主宰着祸福正邪，而神灵偏偏有个坏习惯，往往故意要违反人们的愿望而为。

"布兰多，你要我上哪儿去？"奥索声音很衰弱地问道。

"当然，您必须选择，或是进监狱，或是投奔绿林，而德拉·雷比亚家的人从来是不进监狱的，那就到绿林中来吧，奥斯·安东！"

"那我所有的希望就全完了！"伤者极其痛苦地号叫道。

"您所有的希望？得了吧！您一支枪两发两中，还希望有什么更好的结果？……咦！他们是怎么打伤你的？这两个小子的命比猫更硬嘛。"

"是他们先开枪打我的。"

"这话不假，我忘记了……当时，先是两声噗噗！然后才是两声嘣！嘣！……您是单手连发两枪！如果世界上有谁打得比这两枪更准，那我就情愿去上吊！好啦！现在您已经上马了……在走以前，去瞧瞧您的杰作吧。不辞而别是不礼貌的。"

奥索催马便走，无论如何也不愿意再看一眼那两个被他射杀的倒霉蛋。

"喂，奥斯·安东，"那强盗拉住缰绳说，"您是否愿意听我讲几句坦诚的心里话？我就说吧，您可别生气，这两个小伙子真还叫我有点心疼……请您原谅，他们都那么漂亮……那么壮实……那么年轻！……我与奥兰杜契奥一起打过那么多次猎！四天前，他还给了我一盒雪茄烟……文桑德罗总是那么快快活活，高高兴兴……的的确确，您干的事是您应该干的，再说，枪法实在太准，叫人没法惋惜……可是，我呢？我与您的复仇毫无关系……我知道您复仇有理，有了仇人，就必须清除。不过，巴里契尼是一个古老的家族……这一下可就断子绝孙了！……而且两枪连发，两人丧命！真有点惨！"

布兰多拉契奥一边向巴里契尼家族致悼词，一边匆匆往前赶路，带领着奥索、戚丽娜和他的那条狗，一齐奔向斯塔佐纳大丛林。

第十八章

且说高龙芭，自从奥索动身之后，她通过探子得知，巴里契尼兄弟已去野外埋伏守候。从这时起，她便忧心忡忡，惴惴不安，但见她，在屋子里走来走去，从厨房到为贵宾准备好的客房，忙忙碌碌的，但什么事都没有干，还不时停了下来朝外张望观察，看村子里有什么异常的动静。上午十一点钟左右，一行人数不少的队伍进入了彼埃特拉纳拉村。原来是上校、他女儿与他们的仆人以及向导。高龙芭出来迎接他们时的第一句话是："你们遇见了我哥哥吗？"接着就问向导他们来时走的是哪条路，是什么时候出发的。听了向导的回答，她实在不明白他哥哥为什么没有与这一行人马在途中相遇。

"您哥哥可能走的是山上那条路，而我们走的是山下这条路。"向导解释说。

但高龙芭摇摇头表示不以为然，她又询问了一遍。虽然她性格刚强，而且心气高傲，不愿在陌生人面前流露自己的软弱，却仍无法掩饰自己内心中的不安。她告诉英国来宾，己方本欲与对方和解，但结局完全失败，这时，她的不安很快就感染了上校，特别是莉狄娅小姐。这位英国小姐坐不住了，要立即派人四处打探寻找奥索，上校也自告奋勇，要重新上马，与向导一道去寻找。贵宾的关切提醒了高龙芭作为东道主的责任。她强颜欢笑，催促客人就席用餐，同时，找出多达二十种各种各样的理由来解释哥哥的迟归，可是旋即又加以推翻。上校认为自己是男子汉大丈夫，有责任安慰妇女，便提出了自己的高见：

"我敢保证，"他言之凿凿道，"德拉·雷比亚一定是碰见了好猎物，心痒难熬，于是就打猎去了，我们很快就可以看到他满载而归的。"接着，他又说道："啊，对了！我们在路上听见了四声枪响。其中两声比另外两声要响亮得多，当时我就对小女说：我敢打赌，一定是德拉·雷比亚在打猎，只有我送他的那支枪，才能有这么大的响声。"

高龙芭的脸色陡然变得苍白。莉狄娅小姐一直在注意观察她，见此便立即猜出上校的推测已经使她产生了疑虑。但见高龙芭沉默片刻之后，突然发问那两声响亮的枪声究竟是在另外两声之前还是之后，然而，上校、他女儿以及向导，当时对此一关键性的情节，都没有太注意。

将近下午一点，高龙芭派去打探的人都没有回来。她只好打起精神来，催促客人就席用餐。但是除了上校外，谁都吃不下。广场上只要有一点轻微的声响，高龙芭便要跑到窗前去观望，然后又忧心忡忡回到桌边坐下，更为加重她这种沉重心情的是，她还要勉强撑起精神和客人周旋，去谈一些毫无意义的话题，其实，没有人对这些话题感兴趣，谈起来经常出现冷场。

突然，大家听见一阵马蹄飞奔声。高龙芭霍地站起来说："啊，这一回准是我哥哥。"但一看见原来是戚丽娜骑着奥索的马奔驶而来，她撕心裂肺地发出一声惨叫："我哥哥死啦！"

上校手中的杯子应声落地，内维尔小姐也惊叫了一声，众人都向屋门口奔去。戚丽娜还没有来得及跳下马来，高龙芭便轻如鸿毛地将她抓提了起来，她抓得如此之紧，简直使得小姑娘透不过气了，她一见高龙芭情急可怕的目光，立即明白了其中的含义，因此，她首先脱口而出报平安的话，就是《奥赛罗》①中合唱的第一句："他活着！"高龙芭立即手一松，戚丽娜就像一只猫轻捷地落在地上。

"别的人呢？"高龙芭声音沙哑问道。

戚丽娜用食指与中指画了一个十字。高龙芭惨白的脸上立即泛出了喜悦的红晕。她向巴里契尼家投射了灼灼如火的一瞥，微笑着对客人们说："我们回去喝咖啡吧。"

绿林好汉们打发来的这个小信使要讲述的内容真是说来话长。她讲的是科西嘉土话，先由高龙芭原原本本译成意大利语，然后由内维尔小姐从意大利语译成英语，上校听得不时骂骂咧咧的，莉狄娅小姐则边听边叹息。但高龙芭听来却并不动容，只是使劲拧着手里的斜纹餐巾，几乎将其拧破。她打断小女孩的讲述有五六次之多，只是为了要她再次复述布兰多拉契奥所说的，奥索的伤势并不致命，这样的伤他司空见惯。戚丽娜讲到最后，特别报告说，奥索很需要写东西的纸张，并一定要他妹妹恳求那位可能已经到家做客的小姐在未收到他的信以前切勿离去。戚丽娜说：

"这是他最放心不下的事，"她又补充说，"我已经上路了，他还把我叫回去，又叮嘱了一次，其实，这已经是第三次嘱咐了。"

---

① 《奥赛罗》，原为莎士比亚的名剧，十九世纪意大利作曲家罗西尼曾改编为同名歌剧，1821年在巴黎首演，此处是指歌剧而言。

高龙芭听了哥哥这番嘱托，微微一笑，紧紧握住那位英国小姐的手。莉狄娅小姐则泪如雨下，她认为此一部分内容就不必翻译给她父亲听了。

　　"是呀，亲爱的朋友，您一定要留下来陪我。"高龙芭拥抱着内维尔小姐大声说，"您对我们一定会有帮助。"

　　然后，她打开衣柜，找出一大堆旧被单，裁成绷带与布团。她双眼闪闪发光，脸上神情兴奋，时而忧虑，时而镇定，看她这样子，很难说她是更为哥哥的伤势而发愁，还是更为仇人的毙命而高兴。她时而为上校倒咖啡，夸耀自己煮咖啡的手艺，时而给内维尔小姐与戚丽娜派活计，催促她们制作绷带，并把绷带卷好。她向戚丽娜询问奥索的伤口疼不疼足有二十次之多。她还不时放下手里的活对上校说：

　　"两个对手都很矫健，都很难对付……而我哥单个一人，还受了伤，只能用一只胳膊……他硬是把两个敌人全部撂倒了。多么勇敢啊！上校，他难道不是个英雄吗？噢，内维尔小姐，生活在你们那样太平清静的国家，该多么幸福啊！……我敢说，您对我哥哥认识得还不足！……我过去说过，苍鹰将要展开它的翅膀！您被他温良恭谦的外表欺骗了……其实，只有在您身边的时候，他才那个样子，内维尔小姐……唉，要是他看见您在为他制作绷带的话，他该……可怜的奥索！"

　　然而，莉狄娅小姐已经无心干活了，也不知说什么是好。至于她父亲英国上校，则询问为什么还不赶紧提出申诉。他还认为要叫验尸官①前来检验，还要办理各种各样的手续，这些手续在科西嘉其实都是闻所未闻，不为人知的。最后，他想知道那位好心救护了伤者的布兰多拉契奥先生的乡间别墅是否离彼埃特拉纳拉很远，他能不能亲自去探望他的朋友奥索。

---

　　① 此词为英文：Coroner。

高龙芭以她通常那种平静的口吻回答说，奥索目前是在丛林中，有一位绿林好汉照顾，如果没有搞清楚省长与法官对这次枪战的态度，就贸然露面，那会冒很大的风险。最后她说，她会请一位高明的外科医生去给他疗伤的：

"上校先生，最重要的是，您必须要记住，您当时听见了四声枪响，而且您对我说过，奥索是后开枪的。"

上校对这个案子是一头雾水，不明原委，而他的女儿则只会叹气和抹眼泪。

天色很晚的时候，凄凄惨惨的一径人走进村来，他们为巴里契尼律师把他两个儿子的尸体运回来了。一个农民牵着两匹骡子，每匹骡各驮着一具尸体，其后跟随着一大群巴里契尼家的佃户与闲人。警察也出现了，他们总是姗姗来迟。副村长举手朝天，不断地嚷嚷道："省长会怎么说呢？"有几个妇女，其中一个是奥兰杜契奥的奶妈，她们揪扯着自己的头发，声嘶力竭地号叫。但她们呼天抢地的悲痛反倒不像有个人无言的绝望那样吸引众人的注意，他就是两个死者的父亲，他从这具尸体走向那具尸体，捧起他们沾着泥土的脑袋，亲吻他们发紫的嘴唇，托着他们已经僵硬的肢体，似乎想为他们减轻路上的颠簸。有时，他张口想说话，但一声也发不出来，一句话也说不出来。他两眼直挺挺盯着尸体，走起路来，跌跌撞撞，有时绊着石头，有时撞着树，有时撞上任何一个障碍物。

到了看得见奥索家的地方，妇女的号哭声与男人的咒骂声都更变本加厉。有几个雷比亚家族的牧人却针锋相对，故意发出胜利的欢呼声，于是，仇家的队伍愈加怒不可遏，有些人高喊"报仇！报仇！"有的人扔石头，还有的人打了两枪，子弹射向高龙芭与英国客人所在客厅的窗户，击穿了护窗板，碎木片一直飞溅到两个姑娘旁边的桌子上。莉狄娅小姐吓得尖声连叫，上校迅速抓起一支枪。高龙芭则在上校未及拦住她之前，就冲向门口，猛地把门打开，站在高高的门槛上，张开两臂，朝着敌人破口大骂：

"懦夫孬种！你们朝女人开枪！朝外国客人开枪！你们算得上是科西嘉人吗？你们算得上是男子汉吗？卑鄙小人，你们只会从背后下黑手，来吧！我藐视你们！我哥哥出远门去了，这里只有我一个人，你们来杀我呀！来杀我家的客人呀！你们只会干这种卑鄙勾当……你们这帮孬种，谅你们也不敢，你们知道，我们有仇必报。去吧，去哭吧，像女人一样去哭吧，你们得感激我们手下留情，没有让你们流更多的血。"

高龙芭喊话的声音与架势真可谓是气势逼人、令人生畏。敌对的人群一见就吓得纷纷后退，仿佛见着了科西嘉冬夜人们讲述的恐怖故事中的恶鬼。副村长、警察与一些妇女趁势跑过来，将对峙的双方隔了开来，因为此时雷比亚家的牧人也已经操枪持械，准备迎战，眼见一场惨烈的枪战械斗在广场上一触即发。不过，双方都没有领头人在场，而科西嘉人即使在狂怒之中也很守纪律，如果械斗双方的主角没有到场，恶战是很少能打起来的。而且，高龙芭自知已占了上风，这时反倒变得谨慎小心了，她对自己那一小队人马加以约束，说：

"让那些可怜虫去哭吧！给那个老东西留一条活命吧。老狐狸要咬人却没有牙齿啦，何必杀掉他？——吉乌狄契·巴里契尼！你要记住八月二号这个日子！要记住那个沾满血迹的活页夹！你亲手用夹里的活页纸写下了假证明，我父亲在那夹子里记下了你欠的血债：现在你的两个儿子还清了这笔债，我把你还债收据给你了，老巴里契尼！"

高龙芭两臂交叉在胸前，嘴角带着轻蔑的微笑，眼看着两尸体抬进了仇人家里，而且，人群逐渐散去。她关上家门，回到饭厅，对上校说：

"先生，我替我的同乡向您深表歉意。我怎么也想不到有些科西嘉人居然会向有外国客人的屋子开枪。我为我的家乡感到惭愧。"

晚上，莉狄娅小姐回到自己的房间，父亲跟着她进去对她说，在这个村子随时都有挨子弹的危险，这里只有谋杀与叛乱，因此他问女儿是否最好第二天便尽快离开。

莉狄娅小姐半晌未作回答，父亲的建议显然使她很为难。终于，她回答说：

"这个不幸的姑娘现在正需要安慰，我们怎么能在她的困难关头离开她呢？父亲，那样做您不认为太狠心了吗？"

"我的女儿，我这样讲完全是为了你，"上校说，"如果你现在是在阿雅克修的旅馆里，平平安安的，我向你保证，只有再与那位勇敢的德拉·雷比亚握手相见之后，我才甘心离开这个该死的岛屿。"

"那好，父亲，我们再等一等吧，看看我们在离开以前是否可以帮他们一把。"

"你的心真好！"上校亲了亲女儿的额头说，"看到你愿意为减轻别人的痛苦而自己做出牺牲，我心里很欣慰。我们就留下吧，做了善事是绝不会后悔的。"

莉狄娅小姐上床后，辗转反侧，难以入眠。有时隐约听见一些声响，便猜想有人准备向这栋屋子进攻；有时对自己的安全感到放心后，又挂念起受了伤的奥索，想他此时此刻大概正躺在冰凉的地上，除了能指望有个绿林好汉对他大发善心而予以照顾外，别无其他的护理照料。她想象他浑身是血，在难以忍受的疼痛中努力挣扎。奇怪的是，每当奥索的形象出现在她脑海中时，总是像他上次告别她时的那个样子：把她赠送的那枚吉祥物紧贴在自己的嘴唇上……接着，她又想到他是多么勇敢，她这样思忖：他是为了早早见到她，才甘愿冒那么可怕的危险前来的呀，而且他终于还超越了绝境。她愈想愈相信，奥索也是为了保护她才被打伤胳膊的。她为此而感到自责，但也愈加对奥索佩服得五体投地。虽然在她眼里，他那两发两中的枪法，不像在布兰多拉契奥与高龙芭眼里那么神乎其神，可是她所读过的小说里

• 272 •

的英雄人物，在如此危急的关头也没有像他这样英勇无畏，沉着冷静呀！她住的房间本是高龙芭的卧室。在一张用来做祈祷的橡木跪凳上方，有一根祝福过的棕榈枝，旁边的墙上挂着一张奥索穿着少尉军装的小肖像。内维尔小姐取下这张画像，端详良久，最后并没有挂回原处，而是放在自己的床边。直到天色破晓，她才入睡。一觉醒来，太阳已经升得很高了。但见高龙芭站在床前，正静候她睁开眼睛哩。

"喂，小姐，在寒舍过得不太舒适吧？"高龙芭说，"我怕你昨夜没有睡好。"

"亲爱的朋友，您有他的消息吗？"内维尔小姐坐起来说。

这时，她瞥见放在床上奥索的画像，便赶紧用一条手帕将它盖住。

"有呀，有他的消息。"高龙芭微笑着说。而后，她拿起那幅画像说：

"您觉得画得像他吗？他本人可比这好看得多。"

"天哪！……"内维尔小姐满脸羞红地说，"我不经意就……把这个画像……取了下来……我有个毛病……什么东西都要动一动……动完又不物归原处……令兄怎么样？"

"相当好。吉奥根托清早四点钟之前来过一趟。莉狄娅小姐，他带来一封信……是给您的。奥索没有给我写信。信封上写的是'高龙芭收'，但底下注明转交N小姐。我们两姐妹之间是不分彼此的。据吉奥根托说，奥索写这封信时伤口很疼。吉奥根托的笔下功夫很好，他主动建议由奥索口授而由他来书写，但奥索不肯。他仰卧着用铅笔写，布兰多拉契奥替他把持着信纸。他总想抬起身来，但只要一动胳膊，就疼痛难忍，据吉奥根托说，他那副样子真是可怜。喏，这就是他的信。"

内维尔小姐开始看信，信是用英文写的，这显然是为谨慎起见。信的内容如下：

小姐：

　　我厄运当头，受其驱逼，已陷困境。不知我的宿敌会如何恶语中伤。然而，只要小姐不予置信，对我则丝毫无损。自从有幸与小姐邂逅，我便陷于不切实际的痴心妄想，直到此次灾祸横生，才如梦猛醒，恢复理智，认清了自己的痴妄。如今我已清醒深知自己所面临的前途，唯有认命而已。小姐惠赠的戒指，我一直视为幸福的吉祥物，但现在已不敢继续保留，内维尔小姐，因为我实在怕您后悔错赠了对象，或者说得更准确些，是怕我自己睹物思人，再回忆起自己痴心妄想的日子。现托高龙芭原物奉还……永别了，小姐，您即将离开科西嘉，而我将永远无缘再睹芳容，但请您告诉舍妹，您仍然敬重我，而我也可以肯定地说，我永远值得您这样做。

O. D. R.

　　莉狄娅小姐是背过身去看信的，高龙芭从旁仔细加以观察，并把那枚埃及戒指交给她，同时以目光探问这究竟是什么意思。但莉狄娅小姐不敢抬头，只是凄然地看着那枚戒指，时而戴上，时而又脱下。

　　"亲爱的内维尔小姐，"高龙芭说，"能否告诉我奥索对您说了些什么吗？他跟您谈了他的健康状况吗？"

　　"这个么……"莉狄娅小姐脸一红，说道，"他没有说……他的信是用英文写的……他要我告诉家父……他希望省长能够处理好……"

　　高龙芭狡黠地微笑着，在床边坐下，握着内维尔小姐的双手，用炯炯有神的眼光看着她，说道："您能行行好，给我哥哥写封回信吗？有您的回信，他该会高兴极了！我接到他给您的信时，本想立即就叫醒您，后来我还是没敢叫。"

"您大错特错了，"内维尔小姐说，"只要我的一句话能够使得他……"

"但是，现在我不能派人给他送信了。省长已经来了，村里到处都是他的武装随从。回信的事以后再说吧。唉，内维尔小姐，您若是了解我哥哥，您一定会像我这样爱他的……他人品多么好！他多么勇敢！想想看，他干得多么漂亮，单枪匹马一个人，要对付两个仇敌，而且还带着伤。"

省长回来了。得到副村长关于突发事件的急报，他便带着警察、兵丁还加上皇家检察官、法院书记员以及其他人等匆匆赶到，以便调查刚发生的这桩惨案，这个案件使得彼埃特拉纳拉村这两个家族的冤仇更加复杂，或者也可以说，会给两家的世仇画上一个终结号。省长到后不久，便会见了内维尔上校父女。他并不讳言，自己实在担心事态发展大有恶化的可能，他说：

"您知道，那场枪战没有目击证人，而且那两个倒霉的年轻人枪法之好、身手之矫健，在本地是闻名遐迩的，谁都不相信，德拉·雷比亚先生如果没有强盗朋友的参战相助，竟能够杀掉这两个敌手，据说，他事后便是逃到强盗那里躲起来了。"

"这不可能！"上校大喊了一声，说道，"奥索·德拉·雷比亚是一个重荣誉感的年轻人，我愿意为他担保。"

"我也相信他有荣誉感，但检察官的意见对他可不怎么有利，他们干检察官这一行的人总喜欢怀疑一切，他手头掌握了一个物证，对您这位朋友十分不利。那就是他写给奥兰杜契奥的一封恐吓信，约他见面……检察官认为，这次约见便是设有埋伏的一个圈套……"

"那个奥兰杜契奥，"上校说道，"不像个光明磊落的男子汉大丈夫，他拒绝正式决斗。"

"决斗不是科西嘉的习俗，埋伏暗算，从背后下黑手，才是本乡本地的方式。倒是，也有一个证词对您这位朋友有利：那就是有个小姑娘认定，她听见了四声枪响，后两响比前两响声音更大，显然是用一支大口径的枪打的，就像是德拉·雷比亚先生所持有的那一支。可惜这个小姑娘是一个强盗的侄女，而这个强盗正好被怀疑是这桩血案的帮凶。因此，这个提供证词的小姑娘已被训斥了一顿。

"先生，"莉狄娅小姐急得满脸通红，突然打断省长的话，说道，"枪战的时候，我们正在路上，我们听到的枪声也正是这种情况。"

"真的吗？这一点至关重要。您呢？上校先生，您当然也注意到这个情况？"

"的确如此，"内维尔小姐连忙抢着说，"家父对武器很内行，他当时就说了一句：'听，德拉·雷比亚先生在用我的枪开火。'"

"您听出来的那两响，的确是后面的两响吗？"

"是后面的两响，可不是吗？父亲？"

上校的记忆力不很好，但不论在任何时候，对女儿所说的话，他总是随声附和的。

"这一点必须马上报告检察官。另外，今晚有一位外科医师要来验尸，要检查一下伤口是否被大口径长枪打的。"

"那支枪是我送给奥索的，"上校说道，"即使它沉入了海底，我也希望真相大白……也就是说……那勇敢的小伙子，我真高兴这支枪正在他手里，因为，要是没有我这支曼顿造的家伙，我真不知道他怎么能够脱身。"

第十九章

外科医生来晚了一点，因为在路上有一番特别的际遇。他碰见了神学家绿林好汉吉奥根托·加斯特里科尼，这位好汉毕恭毕敬请他去为一位伤者进行治疗。他被带到奥索的身边，给伤口做了初次包扎。然后，那位好汉将他往回送了好长一段路，一路上跟他谈了比萨城里好几位最著名的教授，据那位好汉说，这些教授都是他的至交，这一点真使医生长了见识。

"医生，"神学家绿林好汉和他告别的时候，这样说，"我十分敬重您，所以就不必再提醒您，医生理应和听忏悔的神父一样，必须守口如瓶，"说此话时，他摆弄了一下长枪上的扳机，"咱俩是在什么地方相遇的，这点你也应忘得一干二净，再见，能结识阁下，在下不胜荣幸。"

验尸即将进行，高龙芭恳求上校到现场进行观察：

"您比任何人都熟悉我哥哥那支枪的性能，"她说道，"您到场观察，能起很重要的作用。再说，此地居心不良的人太多，如果没有人在场维护我方的利益，我们就会陷于非常危险的境地。"

莉狄娅小姐与高龙芭留了下来，这时，高龙芭突然哀叹自己头痛得厉害，提议到村外散散步。

"户外的空气对我有好处，"她说道，"我很久没有呼吸新鲜空气了！"

她一边走，一边谈论她哥哥，莉狄娅小姐听得出神，不知不觉走出彼埃特拉纳拉村很远很远，当她发觉时，太阳已快落山了，便向高龙芭提议赶快回去。高龙芭则答曰，她认得一条捷径。于是，两人便离开原来走的那条小路，而踏上一条显然罕有人迹的荒径，走了一段距离，便要爬一个陡峭险峻的山坡，高龙芭只好一手抓紧树枝，另一手拉着身后的女伴。经过足足一刻钟艰苦的攀登，她们总算到达一块高地，上面长满了香桃木与野草莓树，遍布着嶙峋的山石。莉狄娅小姐筋疲力尽了，仍不见有村庄的踪影，而这时天色已经几乎全黑。

"亲爱的高龙芭，"她说，"您知道吗，我怕我们已经迷路了。"

"别害怕，"高龙芭回答说，"我们继续走吧，您跟着我。"

"我可以肯定，您一定是走错了，村子不可能在这一边，我敢打赌，您走的方向正好相反。瞧，远处有些野火，彼埃特拉纳拉村一定是在那儿。"

"亲爱的朋友，"高龙芭神色激动地说，"您是说对了，不过，离我们只有两百步啦……就在这片丛林里……"

"怎么啦？"

"我哥哥就在那里，如果您同意，我们就可以见到他，拥抱他了。"

莉狄娅小姐大吃一惊。

"我走出彼埃特拉纳拉村时，没有人注意我，因为我是和您一道……否则，就会有人跟踪……现在，我们已经离我哥哥这么近，怎么能不去看他！……您有什么理由不和我一道看看我可怜的哥哥呢？他见到您，一定会高兴极啦！"

"可是，高龙芭……我这样做恐怕不合适。"

"我明白。你们这些城市妇女凡事总要思前想后，考虑合适不合适的问题，我们这些乡下女子只看做得对不对。"

"但是，天已经这么晚了！……您的哥哥会对我做何感想呢？"

"他会想，他并没有被自己的朋友抛弃，这样，他便会有勇气去承受一切痛苦。"

"那么我父亲呢，他一定很担心我……"

"他知道您是跟我在一起……怎么样，下决心吧……今天早晨，您还老看他的肖像哩。"高龙芭说着狡黠地笑了一笑。

"不是那样……真的，我是害怕，那儿还有强盗……"

"那些强盗并不认识您，有什么要紧？您不是也想见识见识强盗吗？……"

"我的上帝啊！"

"喂，小姐，快下决心吧！要把您一个人留在这儿，我可办不到，谁也不知道会出什么事，咱俩要么去看看奥索，要么就一道回村去……等以后再去看我哥哥……天晓得什么时候才能看到他……也许这一辈子就见不着了……"

"您说什么呀，高龙芭……那好吧！咱俩就去！不过只看一分钟，见一面就立即回村。"

高龙芭马上牵上她的手，一言不发，就带她快步向前，步履之急促，使得莉狄娅难以跟上。幸好高龙芭很快就停步下来，她对自己的女伴说：

"我们不能再冒失往前走啦，先得通知他们一声，要不然我们就会吃枪子。"

高龙芭把手指放在嘴里打了一个呼哨，立即就听见有一声狗吠，绿林好汉的那个前哨很快就出现了，就是我们的老相识小狗布鲁斯科，它马上就认出了高龙芭，便主动在前面为她带路。在丛林间无数转弯抹角的小路上走了一阵之后，两个全副武装的汉子向她们迎了过来。

"是您吗？布兰多拉契奥？"高龙芭问，"我哥哥在哪儿？"

"就在那边，"绿林好汉说，"不过，你们的脚步得放轻点，他正睡。受伤以来，这是他第一次睡着。上帝万灵！今天才知道，魔鬼能去的地方，女人也能去。"

两位姑娘小心翼翼走了过去，但见有一堆篝火，为安全起见，篝火周围垒了一圈矮墙以遮挡火光，奥索就躺在火旁的一堆干草上，身上盖着一件大衣。他脸色苍白，呼吸急促。高龙芭双手合拢，静静地端详着他，就像是默默在做祈祷。莉狄娅以手帕掩面，紧挨着女伴，不时抬起头来，从高龙芭的肩头上看着受伤者。如此这般过了一刻钟，谁也没有开口说话。那位神学家强盗打了一个手势，布兰多拉契奥便随着他一起钻进丛林深处。这使得莉狄娅小姐大大松了一口气，因为这是她有生以来第一次见到强盗，而他们的大胡子与那身打扮地方色彩实在太强烈了，足以对她产生刺激感。

突然，奥索动弹了一下。高龙芭立即向他俯身下去，一连吻了他好几次，不断地问他伤势怎么样，疼不疼，需要些什么。奥索回答说，自己的伤势好得还算过得去，然后就问内维尔小姐是否还在彼埃特拉纳拉村，是否给他写了信。高龙芭俯身对着哥哥，把内维尔小姐整个地都遮住了，何况天色漆黑，即使看见也很难认得出来。高龙芭一只手握着内维尔小姐的手，另一只手则轻轻扶起伤者的头。

"没有，哥哥，她没有托我带信给您……可您总想着内维尔小姐，莫非您很爱她？"

"当然爱她啦！高龙芭！……可是她现在也许看不上我了！"

这时，内维尔小姐使了一下劲，想把高龙芭握住的手抽回去，但谈何容易，高龙芭的手虽然小巧美丽，实则强劲有力，对于这一点，看官在上文中早有见识。

"怎么会看不上您！"高龙芭嚷了起来，"您有那么出色的表现！……正好相反，她可说了您不少好话……噢，奥索，说起她来，我要告诉您的事可多着哩。"

内维尔小姐一直想把手缩回去，但高龙芭把它愈拉愈接近奥索。

"可是，为什么她老不给我回信？"伤者这样说，"哪怕只写上一行，我就心满意足了。"

高龙芭把内维尔小姐的手愈拉愈近，终于把它放在自己哥哥的手里，于是她骤然闪开，还哈哈大笑道："奥索，当心别说莉狄娅小姐的坏话，她现在完全听得懂科西嘉语了。"

莉狄娅小姐立即把手抽了回来，喃喃说了几句无法听清的话。此时的奥索，真以为自己是在做梦。

"您来了，内维尔小姐！我的上帝！您怎么敢来？啊！您真使我感到幸福！"奥索一边说，一边挣扎着要抬起身来，再靠近她一些。

"我陪您妹妹来的，"莉狄娅小姐说，"为了不让别人怀疑她的行踪……再说，我也想……亲眼看看……哎呀！您在这儿该多不舒服呀！"

高龙芭坐在奥索身后，小心翼翼地扶着他，把他的头搁在自己的膝上。她用手臂搂住他的脖子，并示意要莉狄娅小姐靠拢过来。

　　"靠近点，靠近点！"她说，"别让病人说话费劲。"莉狄娅还在犹豫，高龙芭便抓住她的手，硬要她贴近奥索坐下，以致她的连衣裙也直接触及了奥索的身体，而她那只一直被高龙芭握住不放的手，也就放在了奥索的肩上。

　　"这样他就舒服多了，"高龙芭兴高采烈地说，"奥索，在这样一个美好的夜晚，能在丛林里宿营，不是挺美的一件事吗？"

　　"哦，是呀，真是个美好的夜晚，我永远也不会忘！"

　　"您一定忍受了很多痛苦！"内维尔小姐说。

　　"现在我再也不痛苦了！"奥索说，"我真愿意死在此时此地。"说着，他的右手慢慢挪到莉狄娅小姐那只一直被高龙芭紧握住的纤手的近旁。

　　"德拉·雷比亚先生，无论如何，也必须把您送到适合的地方去，让您好好得到护理，"内维尔小姐说，"看见您现在这样露宿野外……条件这么糟……我真难以入眠了。"

　　"如果当时我不是怕碰见您，内维尔小姐，我早就试图跑回彼埃特拉纳拉村，去投案自首成为囚徒啦。"

　　"哎，奥索，您为什么怕碰见她呢？"高龙芭问。

　　"因为我没有听您的话，内维尔小姐……所以真不敢见您。"

　　"莉狄娅小姐，您知道吗？我哥哥对您是百依百顺啊！"高龙芭笑着说，"以后我可再也不能让您来看他了。"

　　"我希望这个不幸的事件将查得水落石出。您不久就得到解脱，再无后顾之忧……如果到我和父亲告别你们的时候，得知您已得到了公正的裁决，您的光明磊落与英勇自卫得到了大家的公认，我会非常高兴的。"

　　"您还得回国！内维尔小姐，您还是别跟我们说这话吧。"

“那有什么办法呢？……我父亲不能老留在法国打猎……他是要回去的。"

奥索一听此话，自己的手便颓然垂下，与莉狄娅小姐的玉手脱离了接触，一时间，大家都沉默无语。

“得了！"高龙芭说，“我们不会让你们这么快就走的。在彼埃特拉纳拉，我们还有好多东西要给你们看……再说，您还答应过要给我画一幅肖像呢，您至今还没有动手呀……我也答应过要给您作一支有七十五段歌词的'小夜曲'……还有……咦，布鲁斯科怎么哼叫起来了？布兰多拉契奥也跟着跑出去了……我们去看看怎么回事。"

她霍地一下站起来，不由分说就把奥索的头放在内维尔小姐的膝上，自己跟着绿林好汉跑了。

内维尔小姐发现眼下的丛林深处，只剩下自己与一个英俊的青年男子单独相处，亲近相靠，还扶着对方的头，不免有几分惊恐。她不知所措，害怕猛然挪开身子会弄疼带伤的奥索。但这时的奥索却主动离开了他妹妹刚给他准备好的内维尔小姐柔软身体这一垫靠，用自己的右臂支撑着坐了起来说：

“这么说，您很快要要走了？莉狄娅小姐，我从来没有想过，您在这个穷乡僻壤会多住些日子……可是，自从您来到这里以后，我一想到和您终有一别，就感到十分痛苦……我是一个可怜的中尉……没有前途……而且还成了逃犯，此时此地要说我爱您，实在是不恰当……可是，我显然只有现在这一次机会向您表白了。我把心里话讲出来，好像就不那么难受了。"

莉狄娅小姐立即把头扭了过去，似乎是觉得夜色还不足以掩饰她脸上的羞红。

“德拉·雷比亚先生，"她的声音有点颤抖，“我怎么会到这丛林里来呢，如果……"说着，把那件埃及吉祥物放到奥索的手里，然后，她努力平复好自己的情绪，又操起平时那种开玩笑的口吻说：

"奥索先生，您此言差矣……在这丛林之中，周围还有您的这帮兄弟好汉，您分明知道我是不敢对您生气的。"

奥索挪动一下身子，想吻一吻把吉祥物还给他的那只玉手。不料，莉狄娅飞快地把手缩了回去，奥索便失去了平衡，身体倒压在那只受伤的胳膊上，痛得他呻吟了起来。

"我的朋友，弄疼了吧，"莉狄娅小姐叫了一声，连忙去搀扶，"都怪我不好，请您原谅……"自然而然，他俩就又靠近在一起，而且轻声细语地说了说话。这时，高龙芭匆匆跑回来了，看到他俩亲近相处的姿势仍然和她离开的时候一模一样。

"巡逻队来了！"她大喊一声，"奥索，硬撑起来赶快走，我来扶您。

"别管我，"奥索说，"叫两位好汉快逃……让他们抓住我好了，没有什么大不了。快把莉狄娅小姐带走，以上帝的名义，决不能让人看见她也在此地！"

"我不会扔下您的，"随高龙芭接踵而至的布兰多拉契奥这样说，"巡逻队队长是巴里契尼律师的干儿子，他不会把您押回去，而会就地灭了您，然后找个借口说不是故意的。"

奥索挣扎着站起来，还努力走了几步，但很快就停了下来说：

"我走不动啦，你们快逃吧……再见啦，内维尔小姐，把您的手给我拉拉，再见！"

"我们不能把您扔下！"两个少女齐声嚷道。

"如果您走不动，"布兰多拉契奥说，"我可以背着您走，来吧，我的中尉，您咬咬牙挺住！从后山沟那边跑，我们还来得及，神甫好汉能抵挡他们一阵子。"

"不，你们别管我，"奥索说着索性就地一躺，"看在上帝分上，高龙芭，你快把内维尔小姐带走！"

"高龙芭小姐，您很有劲，"布兰多拉契奥说，"您抓住他的双肩，我抬着他的双腿，就这么着，往前，开步走！"

不管奥索肯不肯，两人抬着他快步向前，莉狄娅小姐紧随其后。突然一声枪响，立刻就有人回了五六枪，吓得莉狄娅小姐魂飞魄散，她不禁惊叫了一声，布兰多拉契奥则咒骂了一句，随即加快了奔跑的脚步，高龙芭也照样快跑，完全不顾密林里的树枝如何刮打她的嫩脸，如何划破她的衣裙，还关照自己的女友说：

"弯下腰，弯下腰！亲爱的，小心子弹打中您。"

就这样，一行人与其说是走不如说是跑了约五百步之远，直到布兰多拉契奥突然宣称他坚持不住了，不管高龙芭如何鼓劲、如何责骂，他说完就颓然躺倒在地。

"内维尔小姐在哪儿？"奥索问。

莉狄娅小姐确实被枪声吓坏了，在林深树密的险境之中，她每走一步都有阻碍，于是，很快就与大伙走丢了，只剩下孤身一人，更是胆战心惊，魂不守舍。

"她落在后面了，"布兰多拉契奥说，"不过，她丢不了，女人总能找得到路。您听听，奥斯·安东，神父大盗用您的那支枪打得多欢，只可惜黑夜里枪战，看不清对方，彼此不会造成多大伤亡。"

"嘘！"高龙芭喊道，"我听见马跑的声音，我们有救了。"

果然，一匹在丛林里吃草的马，被枪声惊吓，正朝他们这个方向跑来。

"我们得救啦。"布兰多拉契奥也喊道，当即便向那马奔去，一把抓住它的鬃毛，打了一个绳结塞进马嘴当作笼头，有高龙芭从旁相助，他这个绿林大盗一瞬眼之间就将坐骑收拾好了。

"现在，我们通知一声神父吧。"他说着便打了两声呼哨。立刻从远处传来了回答这两声信号的呼哨声，那支曼顿长枪的大嗓门随之也沉寂了下来。于是，布兰多拉契奥跃身上马，高龙芭把哥哥横放强盗前面的马背上。布兰多拉契奥一手紧搂住奥索，另一只手抓住缰绳。那马尽管驮着两个人，但肚子上猛挨了两脚，立即就快捷起跑，直朝陡峭的山坡飞奔而下，唯有科西嘉的马才有这份本领，要是别处的马，早已摔得粉身碎骨了。

高龙芭转身往回走，一路上使劲地呼喊内维尔小姐，但毫无回应。乱走了一阵之后，她想回到原来走过的那条路上去，不料却在一条小径上碰上了两个巡逻兵，他们朝她大喝一声："什么人？"

"喂，先生们，"高龙芭若无其事地以调侃的口吻说，"刚才打得真热闹，打死了几个呀？"

"您跟强盗在一起，"一个巡逻兵说，"得跟我们走一趟。"

"乐于从命，"她答道，"不过，我还有一位女伴在这里走丢了，我们得先找到她。"

"您的那位女伴已经被捕，您就和她一道去蹲监狱吧。"

"蹲监狱？那就走着瞧吧，不过，先得带我去见她。"

巡逻队把她带到绿林好汉驻扎过的那块地方，收集一下战利品，有奥索盖在身上的那件大衣，一口旧锅和一个只装满了水的陶罐。内维尔小姐也被拘留在那里，原来她在迷路中也碰上了巡逻兵，被吓得半死，士兵们盘问她强盗有几个人，往哪个方向逃跑的等等，她都不作回答，只是哭得泪流满面。

高龙芭扑到她的怀里，在她耳边低声说了一句："他们逃脱了。"然后，又对巡逻队队长说：

"先生，您看到了吧，这位小姐对你们问她的问题都一无所知。让我们回村去吧，家里的人等我们该等急了。"

"会把你们带回村的，比您盼望的还要快，我的小姐，"队长说，"你们还得交代清楚，半夜三更，你们在丛林里，与刚逃走的强盗一起干了些什么，真是奇了怪了，那些坏蛋用什么魔法，总能迷惑住女人，因为哪里有强盗，哪里就准能发现漂亮的妞儿。"

"队长先生，您真能花言巧语，"高龙芭说，"不过，说话还是小心一点为妙，这位小姐可是省长的亲戚啊，跟她是不能随便开玩笑的。"

"省长的亲戚！"一个巡逻兵低声提示他的头头，"不会错，她还正式戴着帽子哩。"

"戴了帽子又怎样，"队长反驳说，"她们两人都和那个神父大盗混在一起，而那个大盗是本地勾引妇女的能手。我的职责就是把她们押回去。再说，我们在这里也无所作为了……都怪该死的下士托平……那个法国佬醉鬼，没等我把整个丛林包围起来，他就过早暴露了……要不是他，我们定能把那些贼人一网打尽。"

"你们一共才七条枪吧？"高龙芭问道，"先生们，你们该知道，如果波利家三兄弟刚比尼、萨罗齐和泰奥多尔①碰巧与布兰多拉契奥还有神父，在圣克里斯蒂娜十字架那个地方会合在一起，那就会叫你们难以对付。你们若是一定要跟那位'旷野司令官'②交交手，我可不愿意在场奉陪，黑夜里，子弹可不长眼睛。"

巡逻队一想到可能与高龙芭所说的那股悍匪遭遇，似乎都有些心里发怵。队长一面破口大骂那个坏了事的法国畜生托平下士，一面下令撤离。于是，这一小队人马就带着缴获的大衣与旧锅，朝彼埃特拉纳拉进发。至于那个水罐，则一脚踢碎了事。有个巡逻兵想要挽住莉狄娅小姐的胳膊，高龙芭立即把他推开，说：

"谁都不许碰她！你们还以为我们想跑吗？喂，莉狄娅，亲爱的，靠在我身上，不要像小孩那样哭。这不过是一次奇遇，结局坏不了。半个小时以后，我们就能吃上晚饭啦，我嘛，实在是饿得发慌了。"

"别人对我今晚的经历会怎么想呢？"内维尔小姐悄悄地说。

---

① 三人均为当时著名的绿林好汉。

② 绿林好汉泰奥多尔·波利自封的头衔。——作者原注

"大家都会以为您在树林里迷了路，仅此而已。"

"省长会怎么说呢？……尤其是我父亲会怎么说呢？"

"省长？……您就回敬他一句，叫他管好自己的衙门再说。令尊大人吗？……从您与奥索私下交谈的亲热劲来看，我想您准有什么事要禀告令尊吧？"

莉狄娅小姐在高龙芭的胳膊上掐了一把，没有作答。

"我哥哥很值得疼爱，是吧？"高龙芭附着她的耳朵悄声说，"您不是有点爱他吗？"

"唉，高龙芭，"内维尔小姐答道，她尽管害羞，但还是忍不住笑了，"我，我那么信任你，你还让我上当！"

高龙芭伸出胳膊搂住她的腰，亲了亲她的额头，低声说：

"我的小妹子，您能原谅我吗？"

"姐姐这么厉害，我能不原谅你吗！"说着，莉狄娅小姐还给了她一吻。

省长与皇家检察官进驻彼埃特拉纳拉村，就住在副村长的家里。上校因不知女儿的下落而心急如焚，跑来向省长探听消息已不下二十来趟。突然，巡逻队长派回来的一个通信兵来到了，他报告说小队已与强盗遭遇，恶战了一场，双方均无伤亡，只缴获了一件大衣与一只锅子，俘虏了两个姑娘，据他说，这两个姑娘如果不是强盗的情妇，便是他们的眼线。报告完毕，两个女俘虏被押了进来。当时情景可想而知，高龙芭是得意扬扬，莉狄娅小姐是满面羞愧，省长大吃一惊，而上校又惊又喜。检察官则另有恶劣情趣，以审人为乐，他把莉狄娅小姐直盘问得不知所措，无地自容。

"我认为这两位小姐可以释放了，"省长这样说，"她们到村外去散散步，是再自然不过的事，因为天气晴朗嘛。偶然之中，她们遇见了一个英俊可爱的受伤青年，这也是偶然碰巧，不值得大惊小怪。"说完，他把高龙芭拉到一旁说："小姐，您可以转告令兄，他的案子大有转机，比我希望的还要好。验尸报告与上校的证词都说明，令兄当时纯系自卫还击，而且交火时他是孤身一人迎战。总而言之，一切问题都会迎刃而解，不过，他必须尽快离开丛林，出来归案。"

上校父女与高龙芭坐下用餐时，已经是将近半夜十一点，饭菜都很凉了。但高龙芭吃得津津有味，还不断把省长、检察官以及巡逻队长狠狠揶揄打趣了一番。上校闷着头吃，一言不发，眼睛则一直盯着自己的女儿。莉狄娅小姐也低着头吃，不敢抬起头来。终于，上校用温柔却郑重其事的语气开口了：

"莉狄娅，"他用英语问，"看来，你和德拉·雷比亚私订终身了？"

"是的，父亲，就是在今天。"她答道，满面绯红，但语气坚定。

接着，她抬起眼睛，见父亲脸上丝毫没有责怪之意，便扑到父亲怀里，亲了亲他。在类似情况下，凡是有教养的大家闺秀大抵都有此种表现。

"好呀！"上校说，"他是个优秀青年，不过，上帝保佑！我们可不能住在他这个鬼地方！否则，我就要拒绝这门亲事。"

"你们讲英语，我听不懂，"高龙芭在一旁好奇地看着他们，说道，"但我敢打赌，我猜出了你们在说什么。"

"我们在说，要带您到爱尔兰去旅行。"

"那太好了，我就成为'高龙芭小姑'了。这事说好了吧，上校？我们击击掌，一言为定好吗？"

"碰到这样的好事，要互相拥抱才对。"

第二十章

那次两发两中的案件，据报刊报道，当时使得彼埃特拉纳拉的全村人都不胜惊愕。时光流逝，几个月过去后的一个下午，一个年轻人，左臂用绷带吊在胸前，骑着一匹马离开了巴斯蒂亚向卡尔多村进发，该村以其清泉闻名遐迩，每到夏季，就把甘洌可口的泉水提供给娇生惯养的城里人享用。紧随着那个青年人的是一位身材修美、美貌超群的少女，她骑着一匹黑色的小马，那马，行家一看便会称赞其矫健有力，只可惜一只耳朵有撕裂之痕，不知是由于什么莫名其妙的事故弄伤的。到了村里，少女矫健地跳下马，去扶她的旅伴也下了坐骑，然后卸下几个沉甸甸的皮囊，再把两匹马交给一个农民去照料。男女二人沿着一条陡峭的小路向山里进发，女青年将皮囊掩在自己的美纱罗下，男青年则扛着一支双筒长枪。那条小路看来并不像是通往任何有人家的地区。到了盖尔契奥山的高坡上，他们停步下来，往地上一坐，似乎在等什么人，眼睛不断往山里张望。那少女不时看看一块漂亮的金表，也许是为了欣赏欣赏自己刚得到的这款饰物，也许是想知道约会时间已经到了。他们没有等多久，突然一条狗从丛林里跑了出来，它一听那少女叫它的名字布鲁斯科，便跑过来跟他们亲热。不一会，就有两条汉子现身而出，他们满脸胡子拉碴，腋下挟着长枪，腰间缠有子弹袋，上面还别着手枪。一身破烂褴褛的衣服与欧洲大陆名厂制造的锃亮武器形成鲜明对照。尽管此一场面中的这四个人，地位显然不同，但彼此走近，却像老朋友一样亲热。

"喂，奥斯·安东，"两个绿林好汉中年长的那个说："您的案子总算是结了。裁定不予起诉，真是可喜可贺。可惜巴里契尼律师已经不在本岛了，看不到他气急败坏的样子。您胳膊上的枪伤好些了吗？"

"他们说，不出半个月，"青年男子回答说，"便可以不用三角吊带了。——布兰多好家伙，明天我就要到意大利去了，特地来向您和神父先生告别，所以请你们到此一见。"

"您真是性急，"布兰多拉契奥说，"昨天刚无罪释放，明天就要走了？"

"有事要办嘛，"少女快活地说，"先生们，我把你们的晚餐带来了，快吃吧，别忘了分一份给我的朋友布鲁斯科。"

　　"您把布鲁斯科惯坏了，高龙芭小姐，不过它也会知恩图报，您就看着吧，来，布鲁斯科，"布兰多拉契奥说着，就把他的那支长枪往前一伸，"为巴里契尼父子跳过去。"

　　那狗一动也不动，只舔舔嘴，望着主人。

　　"那就为德拉·雷比亚一家跳过去！"

　　于是，那狗一跃而过，比那支横着的枪还要高出两尺。

　　"朋友们，你们听着，"奥索说道，"你们干的这个行当实在是糟糕，你们的生涯不是在我们所能望得见的那个广场①上完蛋，最好的下场也不过是在丛林中成为警察的枪下之鬼。"

　　"那又怎么啦！"加斯特里科尼反唇相讥说，"反正是一死，总比染上疟疾病死在床要好，也用不着听继承人在你跟前虚情假意地哭哭啼啼，我们这种人过惯了自由自在的生活，风里来，雨里去，用乡下人的话说，只能站着死。"

　　"我希望你们离开本地，去过一种比较安定的生活，"奥索继续说，"比方说，你们为什么不像你们很多伙伴那样，到撒丁岛②去安家落户呢？我可以替你们疏通路子。"

　　"到撒丁岛去！"布兰多拉契奥嚷了起来，"那些撒丁岛人！让他们连同他们的土语见鬼去吧。与他们为伍，那也太委屈我们了。"

　　"在撒丁岛毫无出路，"神学家补充说，"我嘛，我瞧不起那些撒丁岛人，他们为了剿匪，组织了一个骑兵民团，结果是惹得强盗

---

　　① 指巴斯蒂亚城处决犯人的刑场。——作者原注。
　　② 撒丁岛位于科西嘉之南，属意大利。

骂，老百姓也骂①。撒丁岛，去他妈的吧！德拉·雷比亚先生，您品位高雅，见多识广，既然已经体验过绿林生活的滋味，都不愿意过我们的绿林生活，真叫我感到诧异。"

奥索微笑着回答说："不错，我的确曾有幸与你们在丛林中为伴，但实在不大欣赏你们那种生活的魅力，每当我想起在那个美妙的夜晚，自己像个包裹似的被横撂在没有鞍子的马背上，由布兰多拉契奥策马狂奔，我就感到肋骨还在隐隐作痛。"

"但是总还有逃脱了追捕的快乐吧，您怎么忘得一干二净啦？"加斯特里科尼接过话茬说，"在我们这里，风和日丽，生活逍遥自在，真是何其美妙，您怎么能无动于衷呢？我们凭着这个令人敬畏的玩意儿（他指了指自己的那支长枪），所到之处，只要在射程之内，就可以称王称霸。也就是发号施令，除暴安良……先生，这种营生，既符合道德人伦，又自得其乐，我们是决不会放弃的。有什么生活比游侠生涯更美妙呢？何况我等的武器比堂吉诃德的长矛更先进，头脑也要比他更清醒。就说曾经有这么一次吧，一个名叫莉拉·路易吉的小姑娘，她那个老吝啬鬼叔叔不肯给她出嫁妆，我得知此事后，便写了一封信给那老家伙，信上并没有任何恐吓的言辞，因为那不是我的风格，得啦，一下就搞定，他立刻就服服帖帖，老老实实，把侄女嫁出去了。我就这样使得两个情侣喜结了良缘。奥索先生，请相信我的话，什么也比不上我们绿林好汉的生活。唉！如果没有那位英国姑娘，您可能就跟我们一伙了，那姑娘我只隐隐约约见过一次，但在巴斯蒂亚，人们一谈起她就赞不绝口。"

"我那位未来的嫂子可不喜欢深山绿林，"高龙芭大声笑着说，"她见识过丛林，简直是吓坏了。"

---

① 对撒丁岛的此种抨击，鄙人乃听一曾为绿林好汉的某个人士所言，概由他自己负责，其意思是说，凡被骑兵民团抓住的，莫不都是笨蛋。实际上，骑马追捕强盗的民团连强盗的影子也见不到。——作者原注。

"说到底，你们还是想留在丛林里啰？好吧，"奥索说，"请告诉我，需要我为你们做点什么？"

"什么都不需要，别把我们忘了就行，"布兰多拉契奥说，"您待我们已经够好的了。这不，戚丽娜的嫁妆已经有了着落，将来她要嫁人，也用不着我的朋友神父去给老财迷下那种不带恐吓的帖子了。我们也知道，您的佃户会供面包给我们的，必要时还会向我们提供火药。好啦，再见。希望将来还能在科西嘉见到您。"

"碰到紧急情况，口袋里有几块金币总可顶用，"奥索说，"我们现在已经是老朋友，你们该不会拒绝这个小钱袋吧，有了它，你们就可以一本万利啦。"

"中尉，我们之间不谈钱。"布兰多拉契奥语调坚决地回绝说。

"在这个世界上，金钱万能，"加斯特里科尼说，"但在丛林中，我认为重要的是一颗勇敢无畏的心和一支百发百中的长枪。"

"我可不愿意没有给你们留下什么念想就离开，"奥索的盛情难却，"说吧，布兰多，我能给你们留下点什么？"

那绿林好汉挠挠头，斜着眼睛瞧奥索的那支长枪说：

"唉，我的中尉……我斗胆要……不，那是您特别珍视的东西。"

"您想要什么？"

"什么也不要……那物件也没什么……还得看你有没有使用它的本事。我老念念不忘您那次两发两中，而且只用一手……啊，这样的枪法奇迹不会再有第二次了。"

"你是想要我这支枪吗？我特意给你带来了，不过，你得尽量少用。"

"啊！我不敢向您保证把它使用得像您那样好，但也请您放心，除非我布兰多·萨维里已经不在人世，否则这支枪绝不会落入别人手里。"

"您呢，加斯特里科尼，我能送您点什么？"

"既然您一定要留纪念品给我，我就不讲客气了，那就寄一本贺拉斯的作品给我吧，开本愈小愈好。我可以常读它消遣消遣，也不会把我的拉丁文忘得一干二净。巴斯蒂亚港口有一个卖雪茄的小姑娘。您只要把书交给她，她便会转交给我的。"

"学者先生，我会送一本埃尔赛维尔①版的《贺拉斯集》给您。我打算带走的书籍里，恰好有这么一本。——好啦，朋友们，我们该告别啦，握握手吧。如果你们有朝一日愿意去撒丁岛定居，那就给我写信。N.律师会把我在大陆的地址告诉你们。"

"中尉，"布兰多说，"明天，当你们的船出港后，请您朝山这边望一望，我们会在这里，就在这个地点，向您挥手帕送行。"

说完，他们便分手离别。奥索兄妹从原路回加尔多，两位绿林好汉则进山去了。

第二十一章

阳春四月，一个明媚的早晨，上校托马斯·内维尔勋爵，和他几天前刚完婚的女儿以及奥索、高龙芭兄妹，坐着敞篷马车出了比萨城，去参观伊特鲁立亚人的地下古墓，该墓新发掘出土不久，外国游客无不都想一睹为快。下到墓穴后，奥索和他的新婚妻子掏出铅笔，开始临摹墓穴中的壁画。上校与高龙芭二人对考古甚不感兴趣，便撇下奥索夫妇，干脆到外面散步去了。

"亲爱的高龙芭，"上校说，我们来不及回比萨城吃饭啦，您饿不饿？奥索两口子进了古物堆，一临摹起来便没完没了。"

"是呀，"高龙芭答道，"可从来没有见他们临摹下一幅带回来过。"

---

① 埃尔赛维尔，十六世纪末、十七世纪初的荷兰出版商，以出版精美的袖珍本著称。

"我的意见是，到那边那座小农舍去，"上校继续说，"在那儿一定能弄到面包，也许还有紫葡萄酒，谁知道呢？甚至还能弄到奶酪和草莓，那我们就边吃边耐心等那两位画师画个痛快。"

"您说得对，上校。您和我是这个家里有头脑、明事理的两个人，而这对新婚夫妇只顾附庸风雅，玩浪漫，对他们，我们如果一味将就，那可就亏待我们自己啦。来，请把胳膊伸给我。我这不是在学着吗？我也会挽男人的胳膊，我也会戴帽子、穿时装，佩首饰，好多好多时尚风雅的名堂，我都在学，我再也不是乡下野姑娘了。您瞧，我披上这条围巾有那么几分优雅吧……有个金发青年，就是参加奥索婚礼的您团队中那位军官……我的上帝，我不记得他的名字了，只记得是个高个子，头发卷曲，我一拳就可以把他打倒的青年人……"

"是查特沃斯吧？"上校说。

"对啦！这个名字，我怎么也叫不上来，好家伙，他狂热地爱上我了。"

"啊，高龙芭，你也会谈情说爱了……大家很快又会有喜酒喝了。"

"我？结婚？那么奥索给我生了一个小侄儿时，谁去养育呢？……谁来教他讲科西嘉语呢？……对，他一定得学会讲科西嘉语，我还要做一个尖顶帽给他戴上，好把您气得发疯。"

"先等你有了侄子再说吧，而且如果你认为必要，还可以教他玩匕首呢。"

"匕首就不要了，"高龙芭快活地说，"现在我手里正有一把扇子，您若再讽刺我的本乡本土，我就要用它敲打您的手指啰。"

说着说着，他们走进了这家农舍，这里，葡萄酒、奶酪、草莓都有。上校坐在一边酌饮葡萄酒，高龙芭则帮助农妇采摘草莓。她朝一条小径的拐弯处看去。见有一个老头子正坐在草垫椅上晒太阳，看样子是个病人。他两颊深陷，眼睛也凹了进去。全身骨瘦如柴，姿势一动不动，脸色惨白，眼神滞呆，不像个活人，倒像是具死尸。高龙芭非常好奇地足足打量了他好几分钟，引起了农妇的注意，那农妇开言道：

"这个可怜的老头子还是您的同乡呢，我听您说话，就知道您是科西嘉人，小姐。这老头子在家乡遭了难，两个儿子死得很惨。小姐，您别见怪，听说您本地的同乡们报起仇来，都是心狠手辣的。所以这个可怜的老先生只剩下了他孤身一人，举目无亲，就到比萨来投靠一位亲戚，也就是这家农舍的主人。老头子的精神已经有点不正常了，都是不幸的遭遇和伤心过度给闹的……农舍的主妇有很多客人要接待，嫌他有点碍事，便把他送到这里来了。他倒老实巴交的，并不烦人，一天也讲不了三句话。是哦，他的脑子已经糊里糊涂了。医生每个星期来一趟，说他活不了多久了。"

"哦，他真的没有救了吗？"高龙芭说，"既然已经病成这样了，死掉倒是一种福分。"

"小姐，您可以跟他讲讲科西嘉话，听到家乡话，他也许会打起精神来。"

"那就得看看啰。"高龙芭面带冷笑说。

她走近老头子，直到她的阴影将晒在老头子身上的阳光完全遮挡住为止，可怜的老痴呆抬起头来，两眼直挺挺地盯着高龙芭，高龙芭同样也盯着他，脸上一直挂着微笑。不一会儿，老头子以手遮额，闭上眼睛，似乎要躲开高龙芭的目光。而后他又把眼睛睁得大大的，嘴唇直颤动，想要伸出双手，但被高龙芭震慑住了，似乎被钉在椅子上，既不能说话，也不能动弹。终于，他大滴大滴的眼泪夺眶而出，几声痛苦的呜咽从胸腔里迸发了出来。

"这是我第一次见他这样，"那农妇说道，"这位小姐是您的同乡，特意来看望您。"她对老人家这样说。

"饶了我吧！"老头子嘶声地叫了起来，"饶了我吧！你还不解恨吗？那张活页纸……我烧掉的那张纸……上面的字你是怎么看出来的？……为什么我两个儿的命你们都要了呢？奥兰杜契奥，你没有任何理由要他的命呀……应该给我留一个……就留一个……奥兰杜契奥……在活页纸上没有他的名字呀……"

"他们两人的命我全要，"高龙芭压低声音，用科西嘉土话狠狠地说，"砍掉树枝，如果树根不死，那就得彻底拔掉它不可。得啦，你就别怨天尤人了，你的苦日子没有几天了，可我，却曾经在痛苦里熬了整整两年！"

老头子叫了一声，脑袋颓然垂落到胸前。高龙芭转身离开，缓步走向农舍，嘴里哼唱着一首挽歌中难以理解的两句："我还要那只放枪的手，那只瞄准的眼，那颗生恶念的心……"

当农妇忙着去救助老头子的时候，高龙芭神情激动、两眼炯炯如火，在餐桌前落座，面对着上校。

"您是怎么啦？"上校问，"看您这表情，我就想起在彼埃特拉纳拉村吃午饭的那次，突然有子弹射进来时，您的那副样子。"

"因为我刚才又想起了科西嘉的往事。不过，一切都结束了。我要当教母了，不是吗？我想给我侄子取的名字多漂亮，叫吉尔福契奥·托马索·奥索·莱昂纳。"

这时，农妇回来了。高龙芭非常淡然地发问：

"他死了吗？还只是昏过去了？"

"没什么事啦，小姐；不过，他一见您就这样发作，真奇怪。"

"大夫说他活不长了，是吗？"

"也许活不到两个月了。"

"他死了也没有什么了不起。"高龙芭说。

"您在说谁呀？"上校问道。

"我在说我家乡一个白痴，"高龙芭漠然淡定地说，"他就寄居在这里，我会经常派人来了解他的情况的。喂，上校，别吃草莓了，留一些给我哥哥和莉狄娅。"

高龙芭走出农庄登上了马车，那农妇目送了她一会儿，对自己女儿这样说：

"你瞧那位小姐，长得多美！可是，我敢肯定，她长的是一双毒眼。"

2014年9月20日译完

梅里美文学创作中的双璧

　　如果要问在梅里美的文学创作中，最精彩、最出色、最有魅力的作品有哪几篇？答曰：当推《高龙芭智导复仇局》与《卡尔曼情变断魂录》。《高龙芭智导复仇局》写于1840年，《卡尔曼情变断魂录》写于1845年，虽然距离他1870年逝世还有不少年头，但是在这两部作品之后，他就再也没有写出过重要的文学作品了，从这个意义上来说，这两部作品可以说既是他的巅峰之作，也可以说是他文学创作的"晚期"之作。"晚期"与"巅峰"倒也不无联系，到了晚期，思想积淀与艺术积淀自然更多更深厚，产生更为成熟、更为精彩之作也是很自然的。

　　这两部作品之所以在梅里美的文学创作中特别精彩出众，有一个共同点，那就是都塑造了栩栩如生、性格突出、色彩鲜明的女性形象，高龙芭与卡尔曼。主要就是这一艺术成就决定了两部作品的精彩与不朽，使它们足以在整个气象万千的世界名篇文库中，也闪闪发亮并占有一席重要地位，如果要说主要是它们奠定了梅里美能与斯汤达、巴尔扎克、福楼拜这些十九世纪文学大师比肩而立的文学地位，那也并非夸张之词。

　　这两个人物在十九世纪法国文学中的独特性都是显而易见的，纵观十九世纪法国甚至整个欧洲的文学，不难发现其中的主人公几乎全都是贵族沙龙或资产者沙龙中的男女，而梅里美的这两部作品却打破了这种原有的惯性与既定格局。他的这两个主人公都出自完全不同的生存环境，属于完全不同的人群。高龙芭其实是科西嘉岛上的一个乡姑，虽然在当地她也要算是名门闺秀。卡尔曼则是来自世界上著名的流浪民族吉卜赛人群体。两人都不属于文质彬彬、温文尔雅的文明上流社会，而都是充满了野性的文明化低端世界中的"化外之民"。科西嘉岛位于法国南端的地中海中，山峦纵横，林莽密布，民风剽悍、仇杀成风，要算是一个半蛮荒半开化之地；吉卜赛人作为著名的流浪族群，则以野性放荡闻名，其生涯中充满了种种不符合文明社会道德规范、不合法的行径与活动。这样两个人物的故事与作为自然就会呈现各自的母体所赋予她们的属性：一个在家族世仇的复杂矛盾纠葛中，演出了一场扣人心弦而又轰轰烈烈的惊险复仇大戏，一个则在无拘无束、放浪不羁的生活中率性而为，情变无悔而付出了生命的代价。如此浓烈富有刺激性的题材、故事与人物，无异一道下了猛佐料的佳肴，大大给以文明上流社会为主要题材的法国十九世纪文学提了味，使人口感一新。

毫无疑问，这两个人物身上都有明显的野性，甚至有些许邪性，高龙芭虽然是科西嘉岛上殷实大户的闺秀，看来明事理、知分寸，但在布控其家族复仇大计中，在引导其兄走向家族复仇的过程中，却充满了狡黠的算计，无诚实可言的小手段，以及对仇家心狠手辣、赶尽杀绝的冷酷，如果说"眼睛是心灵之窗"的话，那么梅里美在小说的最后明明白白告诉了读者，这位科西嘉岛上的大家闺秀长着"一双毒眼"，这一细节描写可谓是对高龙芭这个人物的画龙点睛，这一句话也可以说是整个这个作品之"眼"，表露出、呈现出了整篇作品精神之眼。卡尔曼作为一个下层的流民，更有不少浪人习性、贪图钱财、小偷小摸、欺诈行骗、谎话连篇，从其行径与作为来看，说她是个下流女人实不为过。梅里美毫不回避、毫不忌讳地描写出她们身上的不道德、不文明，乃至弱点、恶习、污点，既符合了她们的地域环境属性、所属族群的共性，也符合她们在各自的生存条件下，在各自所处的具体境况中，面对着各自所遇到的情势、纠葛、矛盾以及挑战而做出自然而然反应的人性逻辑与心理逻辑，不失为自然、合理、正常、可信，这就使这两个人物成为栩栩如生、有血有肉的真实艺术形象。

然而，至此，梅里美还只走完了他赋予自己的艺术创作行程的一半，他的终极目标却是要把这两个人物塑造为正面的形象，有闪光点的形象。他要点石成金，他要化凡俗为神奇，他的确做到了。在《高龙芭智导复仇局》中，他努力把女主人公描写成为一个具有复合性格的形象：虽然尚未完全开化，野性犹存，流于剽蛮，但却明明白白具有正面性格，她不仅聪明、美貌、富有智慧，甚至有即席吟唱出口成章的才情，而且面世有头脑，办事知进退、有分寸，行动果断敏捷、有勇气、有气势，并非男人，却胜似男人，并非军人，却胜过她那曾在拿破仑军队中磨炼了多年的哥哥，更具军人气质与大将风度，而且她的自然野性与激烈感情所针对的是上流社会的"体统"与是非标准，更是当权统治者的法纪权威，这就使得她高出那些深受贵族、资产阶级文明熏陶的人物，而生气勃勃、果敢大胆地在现实生活中导演了一出惊心动魄的戏剧。她终于成了一朵灿烂的花，一朵带有野性的科西嘉之花。

至于对卡尔曼，梅里美的塑造复合性格的技艺更是达到了艺高人胆大的高度。他在这个带有明显邪恶习性的"化外之民"的身上，竟赋予了她一种闪闪发光的东西：自觉地站在社会的对立面，对统治阶级的规范和法纪表示公开的轻蔑，并以触犯它为乐事。她是一个社会叛逆者，以"恶"的方式来反抗社会；她又是一个独立不羁性格的典型，不愿忍受社会的任何束缚，她最珍视的是个性的自由，即使是在死亡的威胁面前，她也不肯放弃，于是，以整个生命为代价来忠于自己，就成为这个人物最突出的、也是最吸引人的特点。梅里美将这个自由的粗犷的吉卜赛人的典型置于虚伪、苍白的文明社会对立面，把她的非法活动、骇世惊俗的生活态度与统治阶级的道德法律对立起来，让她以勇敢的忠于自己的死超越于文明社会之上，让这个"恶"

的精灵在那个社会的凡夫俗子面前闪闪发光。卡尔曼这个艺术形象就像一朵带有毒性但却鲜艳无比的罂粟花，是名副其实的一朵"恶之花"，成为世界文学人物画廊中的一大奇观。

这便是我把《高龙芭智导复仇局》与《卡尔曼情变断魂录》视为梅里美文学创作中的双璧的原因。